Die Autorin

Diana Stainforth, geboren in Oundle, Northamptonshire, verbrachte nach dem Schulabschluß mehrere Jahre in Italien, Spanien und Südafrika. Sie kehrte nach England zurück, arbeitete zunächst als Innenarchitektin und später als Assistentin der Schriftstellerin Rebecca West, bevor sie selbst zu schreiben begann. Heute lebt sie in London. Bei rororo bereits erschienen: «Liebe im Spiel» (13947), bei Wunderlich: «Schau niemals zurück» (0589-9) und «Über den Wolken» (0624-0).

Diana Stainforth

Der Feind an meiner Seite

Roman

Aus dem Englischen
von Antje Knoop

rororo

Rowohlt

Die Originalausgabe erschien 1996 unter dem Titel
«Intimate Enemy» bei Century Ltd. Random House, London

Deutsche Erstausgabe
Veröffentlicht in Rowohlt Taschenbuch Verlag GmbH,
Reinbek bei Hamburg, Juli 1998

Redaktion Stefanie Segatz
Umschlaggestaltung Barbara Hanke
(Foto: Transglobe/Attard)
Satz aus der Garamond PostScript (PageOne)
Gesamtherstellung Clausen & Bosse, Leck
Printed in Germany
ISBN 3 499 22332 5

Danksagung

Viele Menschen haben ihre wertvolle Zeit geopfert, um mir bei der Recherche für dieses Buch zu helfen. Ihre Fachkenntnisse haben meiner Geschichte Glaubwürdigkeit verliehen. Durch sie wurde die Arbeit daran spannend – und machte Spaß.

Für seine unermüdliche Hilfe danke ich besonders David Walker.

Für ihre Einblicke in das Londoner Finanzzentrum und in die Geldmärkte danke ich – in alphabetischer Reihenfolge: Geoffrey Bunting, Emma da Cruz, Susan Hill, Michael Hintze, Richard Morley, Diarmuid O'Hegarty, Malise Reid-Scott, Christopher Stainforth und vielen anderen.

In der Zeitungswelt bin ich John Jay und Judy Bevan zu Dank verpflichtet.

Ich danke Charles Cousins und Dick Rogoff für ihre unschätzbaren Kontakte.

Ich bin ebenfalls Trudy Gold für ihre historischen Kenntnisse dankbar und Deenagh Brook und Duncan Buyers für ihren Beistand in Sachen Computer.

Diana Stainforth

Februar 1996

Kapitel 1

März 1993

Joanna bezahlte den Taxifahrer mit einem 20-Pfund-Schein, sagte ihm, er solle das Wechselgeld behalten, und schwebte tänzerisch die Stufen zum Broadgate Circle hinauf. Er beäugte ihre Beine – ihm gefiel, was er sah. Ihr Gang strotzte vor Selbstvertrauen.

Er sah allerdings nicht, daß die Knöchel ihrer Finger, die krampfhaft ihre Aktentasche festhielten, vor Anspannung weiß hervortraten und daß sie selbst unter ihrem schwarzen Kaschmirkostüm zitterte.

Sie entfernte sich von den Scharen der adrett gekleideten Angestellten der Finanzwelt und zog sich unter die schützende Überdachung der kreisförmig angelegten Bürogebäude zurück. Über ihr rankten grüne Kletterpflanzen von den oberen Geschossen herunter. Unter ihr drehte ein einsamer Schlittschuhfahrer auf der Eisbahn seine Runden, während die Morgensonne auf den Kufen funkelte.

Sie holte eine Puderdose aus ihrer Handtasche und überprüfte ihr Make-up. Ihr Gesicht war voller Gegensätze. Die klassisch geformten Wangenknochen paßten nicht zu den ungleichmäßig verteilten Sommersprossen auf der Nase, und die geraden, ernsten Augenbrauen ließen ihre grauen Augen weicher erscheinen – und verliehen ihr einen Schlafzimmerblick, wie Peter immer gesagt hatte.

Das entschiedene Kinn wurde durch ihre neue Frisur betont: ein kurzer, glänzend kastanienbrauner Bob, der ihren Nacken ungewohnt frei ließ. Bis Samstag waren ihre Haare noch über die Schultern gefallen, aber sie hatte sie sich abschneiden lassen, um seriöser auszusehen.

Sie wischte ein Staubkörnchen vom Revers ihres maßgeschneiderten Kostüms und strich den kurzen, geraden Rock glatt. Er war etwas eng. Sie hatte das Rauchen aufgegeben und seitdem dank Schokolade und Chips zugenommen. Nun faßte sie den Entschluß, damit aufzuhören.

Sie atmete tief durch, zählte bis drei und stürzte sich in den Kampf. In diesem Moment mußte sie an Christopher denken. Sie wollte heute nicht an ihn denken, aber sie konnte nicht anders.

Wie so oft schlich er sich in ihre Gedanken und versetzte sie zurück an jenen Nachmittag im April, einen Tag bevor ihr letztes Trimester an der Universität anfing. Sie gingen über die Quantock Hills, nur sie beide allein, und kamen an einer Grube vorbei, wo sie als Kind einen von Jagdhunden in die Enge getriebenen Hirsch gesehen hatte.

«Für uns beginnt das Leben nun erst richtig», hatte er gesagt, lachend und ohne Angst, während der Wind sein blondes Haar zerzauste. «Für dich jetzt, Jo. Für mich im nächsten Jahr.»

Für Christopher hatte das Leben nicht begonnen. Vielleicht hatte Joanna deshalb so lange gebraucht, um Fitterton zu verlassen. Anfänge waren immer mit schrecklichen Erinnerungen verbunden.

Kapitel 2

Das Bürogebäude von First Clarence bestand aus fünfzehn Stockwerken mit getöntem Glas und mit Marmor, dessen rosafarbener Stich – so behaupteten zumindest die Konkurrenzbanken – ausgewählt worden war, damit man das Blut nicht sah, wenn sich die Angestellten der First Clarence Bank gegenseitig den Dolch in den Rücken stießen.

Sobald Joanna durch die Drehtür gegangen war und die mit einer Kuppel versehene, marmorne Eingangshalle betrat, beruhigte sie sich. Sie wurde munterer, selbstsicherer und rief sich in Erinnerung, daß First Clarence auf sie zugekommen war und nicht andersherum.

Vanessa, die unangenehm energische Personalleiterin, hielt gerade einer der sechs Empfangsdamen eine Standpauke. Das Mädchen schien den Tränen nahe.

Die Joanna von vor fünf Minuten hätte sich für die Verspätung entschuldigt, obwohl sie pünktlich war. Diese Joanna gab ein selbstbewußtes «Guten Morgen» von sich.

Vanessa drehte der Empfangsdame den Rücken zu und kam ihr mit einem strahlenden Lächeln entgegen. «Willkommen bei First Clarence, Joanna.»

«Ich freue mich, hierzusein.» Joanna fragte sich, ob Vanessa wußte, daß sie sich nach dem Universitätsabschluß bei First Clarence beworben hatte, sie aber noch nicht einmal zu einem Vorstellungsgespräch eingeladen worden war.

Sie nahmen einen leeren Aufzug in den fünften Stock.

«Hatten Sie Gelegenheit, unser Handbuch zu lesen?» fragte Vanessa.

«Natürlich», erwiderte Joanna und wies auf ihre Aktentasche. Sie hatte das gesamte Wochenende damit verbracht, sich die unzähligen Dienstvorschriften für die Angestellten der First Clarence Bank zu erarbeiten.

Als der Aufzug sein Ziel erreichte, erhielt Joanna von Vanessa ein Namensschild mit einem Strichcode. «Sie brauchen es, um Zugang zum Börsensaal zu bekommen», erklärte sie und fügte fast flüsternd hinzu: «Sie werden merken, daß Jeremy ein sehr dynamischer Chefhändler ist, aber ich möchte Sie darauf vorbereiten, daß er alle als ‹Händler› bezeichnet, sogar die Frauen. Ich bin selbstverständlich nicht damit einverstanden, aber er lehnt es ab, sich zu ändern – und da in seiner Abteilung eine Menge Geld verdient wird, müssen wir Frauen, so fürchte ich, wohl damit leben.»

«Das stört mich nicht – sofern wir die gleichen Chancen haben. Der alte Mr. Fitterton nannte uns alle ‹meine jungen Burschen›.»

Vanessa runzelte die Stirn. «Hat sich niemand beschwert?»

«Er ist ein bezaubernder, älterer Herr, und es war nicht respektlos gemeint.» Joanna lächelte freundlich. «Das ist doch die Hauptsache, oder?»

«Vielleicht ... aber ich ziehe es vor, wenn man sich an Vorschriften hält.» Vanessa führte sie durch die elektronisch gesicherte Tür in den riesigen, belebten Börsensaal, in dem Stammaktien gehandelt wurden.

Bei Fitterton war es im Börsensaal so ruhig gewesen wie in einer Bibliothek. Bei First Clarence glich es einem hektischen Marktplatz mit über dreihundert Marktmachern und Händlern, die institutionelle Anleger betreuten und versuchten, sich gegen die anderen Investmentbanken durchzusetzen.

Der Saal war nach Ländern aufgeteilt. An jedem Tisch saß ein Dutzend Händler, deren Augen ständig zwischen ihren drei Bildschirmen hin und her flitzten: einer für die britische

Börse, ein anderer brachte die neuesten Weltnachrichten, und der dritte für die ausländischen Börsen – die gestrigen Schlußnotierungen an der Wall Street, die Notierungen im Fernen Osten vom Vorabend, die Entwicklung des japanischen Nikkei, des All Ordinary in Sydney und des Hang Seng in Hong Kong.

Die Marktmacher – Händler, von denen die Aktienpreise bestimmt wurden – hatten ihre morgendliche Besprechung beendet und brachten ihre Preise entsprechend der nächtlichen Weltereignisse auf den neuesten Stand, während sie unaufhörlich obszöne Zoten über ihre privaten Erfolge der vergangenen Nacht zum besten gaben.

«Sie macht den besten Telefonsex von allen Frauen, die ich kenne», schwärmte ein Händler seinen Kollegen vor. «Allein ihre Stimme macht mich schon so an, daß ...» Er erblickte Joanna und rief: «Hey, Vanessa, willst du mich nicht vorstellen? Ich hab heute abend noch nichts vor und kann aus dem Fenster klettern – nach Mitternacht.» Er grinste Joanna unverschämt an.

«Hör auf damit, Harry!» Vanessa drehte sich zu Joanna um. «Beachten Sie die einfach nicht. Das funktioniert hier am besten.»

Die Händler lachten. Joanna versuchte, einen gelassenen Eindruck zu machen, dennoch errötete sie. Bei Fitterton war ein solches Verhalten nicht üblich gewesen.

Sie hatte Jeremy, ihren Chef, schon vorher kennengelernt. Er sah aus wie ein großer, knuddeliger Teddybär, hatte krause, rötliche Haare, einen kleinen Bauch, fahle bernsteinfarbene Augen und trug eine Brille mit dickem Gestell.

«Willkommen auf dem Schlachtfeld, Joanna.» Er erhob sich mit einem strahlenden Lächeln und schüttelte ihr mit kräftigem Druck die Hand.

«Danke.» Sie versuchte, keinen Klagelaut von sich zu geben, als sie ihre zerquetschte Hand zurückeroberte.

«Ich übernehme, Vanessa.» Er schickte die Personalleiterin mit einer Handbewegung fort, als hätte sie nichts zu sagen, und wandte seine Aufmerksamkeit Joanna zu: «Es wäre sinnlos, wenn Sie an Ihrem ersten Tag gleich alle kennenlernten. Zu verwirrend. Wir beschränken uns auf Ihren Sektor.» Er führte sie zu einem Tisch, an dem etwa ein Dutzend Händler auf Kommunikations- und Computeraktien spezialisiert waren und sich auf den Footsie 100 konzentrierten, also auf die in der *Financial Times* gelisteten hundert größten Kapitalgesellschaften.

«Leute, ich möchte euch Joanna Templeton vorstellen.» Jeremy wies ihr einen freien Platz fast am Ende des Tisches zu und stellte sie ihren neuen Kollegen vor, angefangen mit ihrem Nachbarn Simon, dessen wuscheliges, goldfarbenes Haar und wohlgeformtes, jungenhaftes Gesicht sie an Christopher erinnerte.

«Hallo!» Simon lächelte ihr freundlich zu. «Wenn Sie irgend etwas wissen möchten, können Sie mich ruhig fragen.»

«Danke.» Joanna fand ihn sofort sympathisch.

Neben Simon saß Karen, eine schnell sprechende New Yorkerin mit einem scharfgeschnittenen Gesicht, die mitten in einem Telefongespräch innehielt und ein unhörbares «Hallo» von sich gab.

Weiter unten am Tisch saß Rupert, der erst seit einem Monat bei First Clarence war. Rupert war dünn, blaß, von aristokratischer Schönheit und kaute nervös auf einem Stift aus massivem Gold herum. Er schaute auf. «Hallo. Haben wir uns nicht schon bei Lady Cobthorne kennengelernt?»

Joanna schüttelte den Kopf. «Ich fürchte, nein.»

«Rupert, gib nicht so an!» Vikram, von dem Joanna annahm, er sei indischer Abstammung, zwinkerte ihr zu.

Am anderen Ende saß eine hochnäsige Rotblonde namens Charlotte. Sie warf Joanna einen gelangweilten, kühlen Blick zu. «Oh ... ähm ... ich habe Ihren Namen nicht verstanden.»

Die herablassende Haltung, die hinter der Bemerkung steckte, blieb Joanna nicht verborgen – den anderen am Tisch ebenfalls nicht. Sie war sich bewußt, daß jeder gespannt war, wie sie die Situation meistern würde.

«Templeton, Joanna.» Sie lächelte unschuldig. «Ich fürchte, ich habe Ihren Namen auch nicht verstanden.»

Brüllendes Gelächter ertönte, außer von Charlotte, und Joanna merkte, daß sie den Test bestanden hatte. Sie verspürte eine Genugtuung, gleichzeitig aber auch Entsetzen. Offene Feindseligkeit von Kollegen war sie nicht gewohnt. Bei Fitterton waren sie alle befreundet gewesen.

«Wo haben Sie vorher gearbeitet, Joanna?» erkundigte sich Simon.

«Fitterton.»

«Wie lange waren Sie dort?» fragte Vikram.

«Fünf Jahre.»

«Wollen Sie behaupten, Sie haben die zivilisierte Welt für diesen Kannibalenhaufen hinter sich gelassen? Haben Sie keine Angst, bei lebendigem Leib gefressen zu werden?»

Joannas Blick fiel auf Charlotte. «Ich glaube, ich kann mich wehren.»

Sie erntete erneut lächelnde Blicke.

Der Tisch wurde weiter besetzt, bis nur noch ein Platz, gegenüber von Joanna, frei war.

«Da kommen die ganz Schlauen», sagte Simon, als die Uhr halb acht schlug und die Analysten nacheinander mit ihren Notizen hereinkamen, um ihre Plätze an einem langen Tisch unterhalb des Podiums einzunehmen. Ruhe trat ein, als der Chefanalyst, ein großer, bärtiger Mann, der auch unter dem Namen «Schreihals» bekannt war, ans Mikrofon trat. Bevor er etwas sagen konnte, eilte ein hübsches Mädchen mit schwarzem, lockigem Haar und sehr roten Lippen durch den Raum und setzte sich rasch auf den Platz gegenüber von Joanna.

Jeremy blitzte sie wütend an. «Rebecca! Sie sind schon wieder zu spät. Dies ist Ihr Arbeitsplatz und keine Eheberatungsstelle.»

Rebecca wurde rot. «Entschuldigung.»

«‹Entschuldigung› reicht nicht. Beim nächsten Mal gibt's eine offizielle Abmahnung. Drei Abmahnungen, und Sie können gehen.»

Rebecca biß sich auf die Unterlippe und schaute nach unten auf ihre Hände. Die geschwollenen Augen verrieten Joanna, daß sie geweint hatte.

Der Chefanalyst redete, und wie alle Händler schrieb auch Joanna mit. Er gab eine kurze Zusammenfassung über den aktuellen Haushaltsplan und sagte: «Unserer Meinung nach wird er den Anstieg des britischen Aktienmarktes nicht aufhalten.» Er kam auf Hong Kong zu sprechen und erläuterte: «Der Hang Seng ist im Anschluß an die Unstimmigkeit Chinas mit dem Gouverneur gefallen, aber wir gehen davon aus, daß es nur von kurzer Dauer ist.» Er ging die Neuigkeiten der größten Gesellschaften durch und gab seine Aktien-Empfehlungen – kaufen, verkaufen oder halten. Schließlich stellte er in groben Zügen die Berichte der Regierung dar, die für diesen Tag erwartet wurden.

Nachdem der Chefanalyst fertig war, erhoben sich die anderen Experten, um detaillierte Berichte über verschiedene Firmen zu geben. Als letzter betrat ein junger und nervöser Analyst das Podium. Er beäugte die lauschenden Händler, als erwarte er, von ihnen in Stücke gerissen zu werden.

«Restbreak Motels.» Er räusperte sich. «Als ich die Gesellschaft im vergangenen Monat anrief, wurde ich in dem Glauben gelassen, daß ihre Ergebnisse ... ähm ... mit meinen Zahlen übereinstimmten. Demzufolge ... ähm ... empfahl ich die Aktien dringend zum Kauf. Aber die Zahlen sind ... äh ... wesentlich niedriger. Daher ... äh ... stufe ich Restbreak jetzt ab und empfehle zu verkaufen.»

Die Händler stöhnten auf, denn sie erahnten die Unzufriedenheit ihrer Kunden. Der junge Experte stammelte weiter und versuchte, eine Entschuldigung von sich zu geben, aber niemand hörte zu. Schließlich verließ er das Podium.

Der Chefanalyst marschierte aus dem Börsensaal. Die anderen Experten folgten ihm, der jüngste schlich hinterher. Als er aus dem Raum ging, ließ er die Tür zuschlagen. Ein ohrenbetäubender Knall ertönte.

Am Tisch der Marktmacher spöttelte Harry: «Er ist aus dem Fenster gesprungen.»

«Nein», erwiderte Vikram. «Er ist ein Gentleman. Er hat sich erschossen.»

Alle lachten.

Joanna tat der junge Analyst trotz allem leid. Noch ein Fehler – und er konnte gehen.

Um acht Uhr fingen einige Händler an, ihre Anrufe zu tätigen und in der Vorbörse – also in der verbleibenden halben Stunde vor der offiziellen Eröffnung der Börse – zu handeln. Andere gingen ihre Notizen durch, tauschten Informationen aus oder fragten Jeremy nach seiner Meinung. Joanna beobachtete. Alles war vertraut und doch anders. Bei First Clarence herrschte ein Gefühl der Dringlichkeit, so als bewegte man sich auf Messers Schneide, was bei Fitterton nicht der Fall gewesen war.

Acht Uhr neunundzwanzig. Es herrschte eine angespannte Ruhe. Im Umkreis des Börsensaales bewegte sich die Kursanzeigetafel wie ein langes schwarzes Band und gab ständig die aktuellen Aktiennotierungen und Währungen durch.

Acht Uhr dreißig. Die Börse öffnete. Der Geräuschpegel wuchs, Bildschirme flimmerten, Preise änderten sich – blau für steigende, rot für fallende. Einige Händler erkundigten sich schreiend bei den Marktmachern nach Preisen. Andere beugten sich über ihr Telefon, versuchten ihre verärgerten

Kunden zu beruhigen oder ihnen den Fehler des jungen Analysten plausibel zu machen.

Jeremy saß am Kopf des Tisches, neben Joanna. Im Gegensatz zu Mr. Fitterton, der in seinem Büro geblieben war und gewartet hatte, bis Angestellte mit Fragen zu ihm kamen, war er ein Chefhändler, der ins Geschehen eingriff.

«Hier hab ich eine Kundenliste für Sie, an die Sie sich heranmachen können. Sie sind alle schon in Ihrem Computer gespeichert.» Er gab Joanna die Namen von etwa zwanzig Gesellschaften, hauptsächlich kleine Investmentsfonds oder -trusts, denn um die größeren Fonds kümmerten sich die erfahreneren Händler. «Wir erwarten natürlich, daß Sie auch neue Kunden gewinnen», fügte er hinzu, griff nach seinem Kopfhörer, um in Ruperts Telefongespräch hineinzuhören, und zischte ihm dann zu, daß er aggressiver sein solle.

Er wandte sich wieder Joanna zu. «Machen Sie sich also mit den Unterlagen aller Kunden vertraut. Dann greifen Sie zum Hörer, und denken Sie an unser Motto: Man hört Ihr Lächeln!»

Jeremy ging fort, um einem Händler zu gratulieren, der eine große Order an Land gezogen hatte. Somit kam Simon die Aufgabe zu, ihr zu erklären, daß jeder Tisch, also alle Händler eines Sektors, zum Schutz gegen Industriespionage ein Paßwort teilten, mit dem sie Zugang zu ihren Computern erhielten. Das Paßwort wurde monatlich geändert.

«Wir können nur unsere Kunden aufrufen», sagte Simon, «aber als Chefhändler hat Jeremy Zugang zum Zentralcomputer. Sein Code hat vier zusätzliche Zahlen, die nur er kennt.»

«Mit Sicherheit der Tag und Monat seines Geburtstages», warf Vikram ein. «Eitle Leute nehmen nie ihr Geburtsjahr.»

Simon fuhr mit seinen Erläuterungen fort. «Unser Code in diesem Monat ist Maynard – wie Maynard Keynes – und anschließend kommt der Code unseres Sektors.»

Joanna nickte.

«Sollten Sie sich die nicht aufschreiben?»

Sie wiederholte die Zahlen.

«Ich bin beeindruckt. Viel Glück.» Simon wandte sich wieder der eigenen Arbeit zu.

Joanna gab den Code ein und rief jeden ihrer Kunden auf, prüfte ihre Transaktionen zum Kauf oder Verkauf von Aktien durch First Clarence – sie hatte keine Ahnung, mit welchen Geschäften sie andere Banken beauftragt hatten. Auf ihrer Liste standen einige Offshore-Gesellschaften – Firmen, die außerhalb Großbritanniens eingetragen waren und von dort aus operierten, um die britischen Steuern zu umgehen. Drei von ihnen – Kathpeach Trust in Liechtenstein, Società Hadini in Monte Carlo und New Aldren Fund auf der Kaimaninsel Grand Cayman – trugen den Vermerk ‹*Anweisungen abwarten*›.

«Ist das normal?» fragte sie Jeremy, als er zurückkam.

Er warf einen Blick auf ihren Bildschirm. «Wenn der Kunde das so will, warum nicht?»

Sie nickte, obwohl sie so etwas bei Fitterton nie erlebt hatte.

Er griff nach seinem Kopfhörer. «Versuchen Sie's mal bei Sternhold von Durable Savings Trust.»

Joanna versuchte krampfhaft, Jeremys Anwesenheit zu vergessen. Während sie wählte, spulte sie im Geiste ihren Spruch ab.

«Sternhold», bellte eine schroffe Stimme mit einem starken schottischen Akzent.

«Guten Morgen, Mr. Sternhold, ich bin Joanna Templeton von der First Clarence Bank, und ich wurde beauftragt, mich um die Beziehung zwischen Ihnen und First Clarence zu kümmern.»

«Wie oft muß ich es euch Leuten noch sagen, daß ihr mich nicht mehr nerven sollt?»

Joanna schluckte. Sie war so verblüfft, daß sie fast den Hörer aufgelegt hätte, aber sie schaffte es, sich daran zu hindern. «Es … ähm … tut mir leid, daß Sie verärgert sind», stammelte sie und hoffte, seine Feindseligkeit zu zerstreuen. «Vielleicht könnten wir bei einem Mittagessen über Ihre Beschwerden reden?»

«Hören Sie schlecht?» fragte Mr. Sternhold.

«Ich erwarte natürlich nicht, daß Sie Ihre Meinung über First Clarence ändern», beharrte sie, «aber es wäre überaus hilfreich für uns zu wissen, welchen Fehler wir gemacht haben.»

«Miss Templeton, mein Investmentfonds hat eine Menge Geld verloren, weil wir dem Rat Ihrer Analysten gefolgt sind, und der Händler, mit dem ich zu tun hatte, scherte sich einen Dreck darum.»

Da sie merkte, daß er kurz davor war, den Hörer aufzuknallen, unterbrach sie ihn rasch: «Ein Kunde, der konstruktive Kritik übt, ist für uns von größtem Wert. Ich hoffe, Sie denken noch einmal über ein Mittagessen nach.»

Schweigen. «Ich überleg's mir.» Er legte auf.

Als Joanna aufgelegt hatte, machte Jeremy ihr ein Zeichen mit dem gehobenen Daumen. «Sie werden gut zurechtkommen.»

Er ging zu einem anderen Tisch. Seine Aufgabe bestand darin, die Händler zu motivieren, und da seine Prämien in direktem Zusammenhang zu ihren Gewinnen standen, trieb er sie ziemlich an.

«Jeremy läßt die Neuen immer bei Sternhold anrufen», erfuhr Joanna von Simon. «Das ist seine Art herauszufinden, ob man dem Druck standhält.»

«Welch Einführungsritus!» Joanna lehnte sich zurück. Sie war schon jetzt geschafft.

Die Kurse stiegen, und die Atmosphäre im Börsensaal war sehr produktiv. Joanna wählte, stellte sich vor und machte

Termine. Von den Direktoren, die auf ihrer Liste standen, war einer tot, einer war in Konkurs gegangen, einer war ausgewandert und ein vierter fragte, warum er nicht mehr mit Rosalind Geschäfte machte.

«Wer ist Rosalind?» erkundigte sich Joanna bei Jeremy, da sie sich nicht an eine Kollegin mit einem solchen Namen erinnerte.

«Rosalind mußte gehen, weil sie nicht handeln konnte.»

Joanna wünschte sich, sie hätte nicht gefragt.

Zur Mittagszeit bestellte sie sich ein Sandwich, wie die meisten ihrer Kollegen auch.

«Wenn Sie außerhalb essen gehen, müssen Sie sich austragen, damit Jeremy Ihre Anrufe und Faxe zu sich stellen kann», erklärte Simon und zeigte ihr ein Buch, in dem jeder Händler die Zeit des Weggangs und den Grund eintrug – normalerweise den Namen des Kunden, den er oder sie treffen wollte. Es gab einige wenige Einträge mit «Arzt» oder «Zahnarzt» und noch weniger, die mit «persönlich» gekennzeichnet waren.

Joanna rief den ganzen Nachmittag ihre Kunden an und hoffte, daß einer von ihnen eine Order plazieren würde. Niemand tat es.

Jeremy kam kurz vor Börsenschluß zu ihr zurück. «Haben Sie irgendwelche Geschäfte gemacht?» fragte er.

Sie schüttelte den Kopf und gab sich Mühe, dabei nicht allzu niedergeschlagen auszusehen.

«Machen Sie sich keine Sorgen.» Er lächelte sie zuversichtlich an. «Nur wenige handeln schon an ihrem ersten Tag.»

«Ich wollte eine von denen sein.»

«Das ist die richtige Einstellung. Entschlossenheit.»

Um 16 Uhr 30 schloß die Börse. Der Footsie war um zwanzig Punkte gestiegen. Die Händler plauderten entspannt und zufrieden.

«Meine Frau wird sich freuen, wenn das so weitergeht.» Simon streckte sich, um den verspannten Nacken zu lockern. «Sie erwartet Zwillinge», erklärte er Joanna, «und wir hätten gern ein Haus mit einem größeren Garten.»

«Glückwunsch.» Sie lächelte und versuchte, einen zufriedenen Eindruck zu machen, aber sie wünschte, sie hätte eine einzige Order gehabt. Egal was Jeremy sagte, kein Geschäft getätigt zu haben, gab ihr das Gefühl der Verwundbarkeit. Sie mußte an Rosalind denken.

Einige von Joannas Tisch hatten noch Treffen mit Kunden, andere gingen auf ein Glas zu Corney & Barrow im Broadgate Circle. Joanna wollte sich nicht aufdrängen, sammelte ihre Sachen zusammen und verabschiedete sich.

«Kommen Sie nicht mit?» fragte Simon enttäuscht.

«Natürlich kommt Joanna mit», sagte Vikram. «Wir müssen am Ende des Tages alles immer noch einmal wiederkäuen. Beeile dich, Rupert! Ich weiß, daß du auf eine schicke Dinner-Party eingeladen bist, aber die Frauen werden dir viel aufregender erscheinen, wenn du betrunken ankommst. Hey, Harry!» rief er zum Tisch der anderen Händler hinüber. «Kommst du mit auf ein Glas?»

Harry zwinkerte Joanna zu. «Ich würde gern, aber nicht heute. Ich muß zu meiner Großmutter.»

Vikram schoß mit einem Gummiband nach Harry. «Lügner!»

«Das ist wahr. Ich schwör's.» Harry hielt zwei Finger nach Pfadfindermanier in die Höhe.

Sie verließen das Bürogebäude von First Clarence und gingen durch den Broadgate Circle, vorbei an der schwarzen Granitfassade der St. Leonard's Commercial Banking Group, dem größten Konkurrenten von First Clarence. Der Winter verabschiedete sich noch einmal mit kalter und frischer Luft. Aus allen Gebäuden strömten die Menschen in den Abend hinaus und knöpften ihre Mäntel zu.

Rebecca begleitete sie bis zu den Stufen, die zu dem Weinlokal hinaufführten. «Ich gehe lieber direkt nach Hause», sagte sie.

«Hat Patrick noch keine neue Arbeit gefunden?» fragte Simon mitfühlend.

Rebecca schüttelte den Kopf. «Er ist so verbittert, weil er seinen Job verloren hat, und er fühlt sich natürlich noch mieser, weil ich den ganzen Tag in der Bank bin. Wir waren immer sehr glücklich, aber jetzt … nun … egal was ich mache, sogar wie ich mein Haar kämme, es paßt ihm nicht.»

Joanna erinnerte sich daran, wie Peter in dem Jahr nach der Universität permanent ihre Grammatik verbessert hatte, als er länger als sie gebraucht hatte, um einen Arbeitsplatz zu finden.

Sie gingen in das Lokal, in dem lauter Händler feierten.

Vikram legte seine Kreditkarte auf den Tisch. «Ich gebe die Getränke aus.»

Die anderen protestierten.

«Ich hatte heute den besten Tag des Jahres», beharrte er und bestellte einige Flaschen Champagner, obwohl er selbst nur Orangensaft trank.

«Nehmen Sie sich vor Charlotte in acht», warnte er Joanna, als er ihr ein Glas Champagner reichte. «Sie bewegt sich horizontal nach oben.»

Joanna rätselte. «Was macht sie?»

«Sie hat eine Affäre mit Sebastian Deveraux, dem Leiter der Abteilung Unternehmensfinanzen. Seien Sie vorsichtig! Sie erzählt ihm alles – und er gibt's an Jeremy weiter. Die beiden sind eng befreundet, gleiche Schule und so. Ich bin sicher, Charlotte hat Jeremy erzählt, daß Rebecca Probleme mit ihrem Freund hat und sie deshalb oft zu spät kommt.»

Sie tratschten über First Clarence, erzählten Joanna, wem man vertrauen konnte und wem man aus dem Weg zu gehen hatte. Nach etwa einer Stunde gingen sie auseinander, jeder in eine andere Richtung. Simon und Joanna teilten sich ein Taxi bis zum Sloane Square, wo er umstieg, um nach Clapham zu fahren. Sie fuhr weiter zu dem hübschen Parterre-Apartment in South Kensington, das sie im Sommer zuvor gekauft hatte, als die Preise niedrig gewesen waren.

Felicity, ihre Mitbewohnerin und beste Freundin von der Universität, arbeitete als Lektorin für Belletristik in einem kleinen Verlag. Sie kauerte auf dem Sofa und las ein Manuskript. Ihr vergnügtes, rundes Gesicht war auf die Hand gestützt, die Reste einer kalorienarmen Mahlzeit und das Papier eines Schokoriegels lagen auf einem Teller neben ihr.

«Wie ist die neue Arbeit?» fragte sie und legte erfreut das Manuskript beiseite, um zu plaudern.

«Aufregend und beängstigend zugleich.» Joanna schleuderte ihre Schuhe weg und zog die Jacke aus. «Die Kurse schossen nach oben. Alle machten einen Haufen Geschäfte – nur ich nicht. Kein einziger meiner elenden Kunden plazierte eine Order. O Gott, ich hoffe, morgen läuft's besser bei mir.»

«Bestimmt.» Felicity strich sich eine blonde Haarsträhne hinter das Ohr.

«Und wenn nicht? Die Probezeit bei First Clarence dauert nur drei Monate, und die Personalleiterin meinte zu mir, daß man innerhalb von einer Woche erkennen kann, ob man was taugt.»

«Jo, es sieht dir nicht ähnlich, in Panik zu geraten. First Clarence hätte dir den Job nicht angeboten, wenn sie dich nicht für fähig gehalten hätten.»

«Ich weiß, aber ich habe noch nie in einer so unbarmherzigen Umgebung gearbeitet.» Sie berichtete ihr von Charlottes Versuch, sie zu erniedrigen.

Felicity war entsetzt. «Was für ein Miststück! Warum ist dein Chef nicht eingeschritten?»

«Weil von mir erwartet wird, daß ich mich selbst durchsetzen kann – nehme ich jedenfalls an.»

«Und das kannst du auch, und zwar hervorragend. Wenn dich Charlotte angegriffen hat, dann bedeutet das, daß sie sich bedroht fühlt. Sie weiß, daß du besser bist als sie.» Felicity lächelte ermutigend.

«Danke. Du munterst mich wieder auf.» Joanna schaute auf die Reste von Felicitys Abendessen und lachte.

«Ich mußte einfach etwas Schokolade essen.» Felicitys Lächeln wurde zu einem schuldbewußten Grinsen.

Das Telefon klingelte. Es war Tom, Felicitys amerikanischer Verlobter, der von Washington aus anrief.

Joanna schlenderte in die Küche, machte den Kühlschrank auf und verspeiste genüßlich den Käse und die Pastete. Sie aß etwas Schokolade, bevor sie sich daran erinnerte, daß sie eigentlich gerade eine Diät machte.

Aus dem Wohnzimmer vernahm sie, daß Felicity mit zärtlicher Stimme Tom nach seinem Tag fragte. Als Joanna das hörte, verspürte sie ein plötzliches und akutes Verlangen nach der Vertrautheit, die sie mit Peter geteilt hatte. Er war über sechs Jahre hinweg – mal mehr, mal weniger – ein Teil ihres Lebens gewesen. Sie hatten eine kurze Zeitlang zusammen in seiner Wohnung gewohnt, und ihr fehlte seine Gegenwart, obwohl ihre Beziehung leblos geworden war, lang bevor einer von ihnen es zugeben konnte.

Trotzdem sehnte sie sich an diesem Abend danach, seine freundliche Stimme zu hören, ins Bett zu gehen und die Geborgenheit seines vertrauten Körpers zu spüren. Sie wollte die liebevolle, aber wenig aufregende körperliche Liebe, an die sie sich gewöhnt hatten. Sie spürte ein Verlangen nach dem Gefühl der Sicherheit, das mit seiner mangelnden Leidenschaft einhergegangen war.

Sie fragte sich, ob er noch immer in der Wohnung seines Cousins im Barbican Centre wohnte, wohin sie seine Post nachgeschickt hatte. Oder hatte er das Haus gekauft, von dem er erzählt hatte, als sie sich das letzte Mal sprachen? Hatte der Cousin eine Geheimnummer, oder konnte sie die herausbekommen? Ob Peter jetzt wohl zu Hause war?

Sie riß sich innerlich zusammen. Sie durfte sich nicht mit ihm in Verbindung setzen. Sie mußte ihn gehenlassen. Er war für sie nicht mehr der Richtige, ebenso wie sie für ihn nicht mehr die Richtige war. Er kam nicht mehr gegen sie an. Sie hatte lange gebraucht, um das Ende zu akzeptieren, ebenso wie sie Jahre gebraucht hatte, um Fitterton endgültig zu verlassen.

Kapitel 3

In jener ersten Woche machte Joanna keine Geschäfte. Sie rief ihre Kunden an, diskutierte über die neuesten Nachrichten an der Börse und teilte ihnen die Ansichten der Analysten von First Clarence mit. Sie bedankten sich höflich bei ihr, plazierten aber keine Order. Am Freitag war sie vollkommen verzweifelt. «Ich sagte Ihnen schon, Sie müssen am Telefon zuversichtlicher klingen», sagte Jeremy und gab sich keine Mühe mehr zu verbergen, wie enttäuscht er von ihr war. Er war derjenige gewesen, der der Personalabteilung vorgeschlagen hatte, an Joanna Templeton heranzutreten, nachdem Freunde bei Fitterton ihm erzählt hatten, sie wäre deren größter Shootingstar.

Joanna gab ihr Bestes, um Jeremys Rat zu befolgen, aber es war nicht leicht, überzeugend zu klingen, wenn er jedes Mal seine blassen, bernsteinfarbenen Augen auf sie richtete, wenn ihr kein Abschluß gelang.

«Versuchen Sie, sich zu entspannen», sagte Simon mit einem aufmunternden Lächeln. «Sie brauchen nur eine Order, und schon strotzen Sie vor Optimismus.»

«Machen Sie sich nicht so viel Sorgen», riet ihr Rebecca. «Viele Leute schließen in ihrer ersten Woche keine Geschäfte ab.»

«Und Sie?»

«Schon, aber ich hatte Glück.»

Joanna fühlte sich noch schlechter.

Am Freitagabend schloß sie sich ihren Kollegen nach Feierabend nicht mehr an: Sie schämte sich ihres Versagens zu sehr. Statt dessen ging sie nach Hause.

Vor ihrem Haus traf sie Bertrand und Sylvie, ihre französischen Nachbarn, die ein Antiquitätengeschäft besaßen. Sie luden eine Chiffoniere auf ihren Transporter.

«Wie ist die neue Arbeit?» fragte Bertrand.

Joanna verzog das Gesicht. «Nicht besonders.»

Er lächelte mitfühlend. «Das Leben ist hart. Ich hab früher bei einer Versicherung gearbeitet. Wie habe ich das gehaßt.»

«Ach, ich hasse es nicht», sagte Joanna und dachte an die aufregende Stimmung im Börsensaal.

An jenem Abend vertraute sie sich Felicity an. «Vielleicht bin ich für First Clarence nicht gut genug.»

«Jo, warte doch erst einmal ab.»

«Ich werde wahrscheinlich am Montag gefeuert.» Joanna ließ sich aufs Sofa plumpsen. «Glaubst du, daß mich Gott – wenn es ihn denn gibt – dafür bestraft, daß ich mehr verdienen wollte? Ist das mein gerechter Lohn dafür, daß ich der Habgier erlegen bin?»

Felicity lachte. «Mach dich nicht verrückt!»

«Ich werde aber noch verrückt, wenn ich keine Order bekomme. Man wird mich in der Zwangsjacke abtransportieren, während ich vor mich hin murmele: 'Ich wurde beauftragt, mich um die Beziehung zwischen Ihnen und …› Vielleicht hätte ich bei Fitterton bleiben sollen.»

«Du hast dich zu Tode gelangweilt.» Felicity ging in die Küche, um zwei Cola-light zu holen. Sie überlegte es sich noch einmal und nahm auch noch zwei Tüten Chips mit. «Zu viel Enthaltsamkeit bringt auch nichts.» Sie warf Joanna eine Tüte zu.

Während sie ihre Chips knabberte, erinnerte sich Joanna daran, daß der alte Mr. Fitterton ihr kaum zugetraut hatte, eintausend ICI-Aktien zu kaufen, ohne Angst zu haben, daß sie die Firma in den Bankrott treiben oder gegen die Börsenverordnung verstoßen würde.

«Du hast recht, ich hab mich gelangweilt», gab sie zu. «Aber zumindest hatte ich dort einen sicheren Arbeitsplatz.»

Am Montagmorgen kam Joanna voll neuer Entschlossenheit zur Arbeit.

Die erste Kundin, mit der sie Kontakt aufnahm, war Miss Samson, eine Fondsmanagerin bei Foxham Trust. «Unsere Analysten sind der Ansicht, daß der Rechtsruck bei den französischen Wahlen für Rampayne Communications ideale Möglichkeiten bietet, innerhalb Europas zu expandieren», setzte sie ein.

«Nun ... äh ... Miss Templeton.»

«Bitte nennen Sie mich Joanna.»

«Joanna, wir haben uns mit Rampayne schon genügend auseinandergesetzt. Wir bei Foxham beobachten im Moment den Markt. Danke.» Der Hörer wurde aufgelegt.

«Sie hätten Inter-Picture als Alternative vorschlagen müssen», meinte Jeremy verärgert.

Joanna nickte und versuchte ihr Glück beim nächsten Kunden. Und beim nächsten. Aber keiner ihrer Ansprechpartner gab ihr an diesem Tag eine Order, obwohl die Kurse wieder stiegen und alle ihre Kollegen permanent handelten.

An diesem Abend war Joanna vollkommen entmutigt. Jedesmal wenn Jeremy mit ihr redete, war sie überzeugt, gleich gefeuert zu werden. Als sie den Börsensaal verließ, schaute Harry nicht einmal in ihre Richtung. Sie spürte, daß alle Bescheid wußten: Joanna Templeton macht keine Geschäfte. Sie ist unnütz.

Sie ging nach Hause. Felicity war nicht da. Sie machte sich Rühreier, aber schon nach einem Bissen konnte sie nichts mehr essen.

Am Morgen stellte sie sich auf die Waage. Sie hatte knapp fünf Pfund abgenommen, seit sie bei First Clarence war, aber selbst das konnte sie nicht aufmuntern. Sie bekam kaum ihren Kaffee herunter. Ihr war übel vor Nervosität.

An diesem Abend führte sie das erste Mal einen Kunden zum Essen aus.

«Colin Rottingdean plaziert kleine Order, aber da kommt eine Menge zusammen», erzählte ihr Jeremy, bevor sie ging. «Reden Sie mit ihm über Golf. Drängen Sie ihm nichts auf. Er wird schon eine Order plazieren.»

Sie hatte einen Tisch in einem nahe gelegenen Restaurant reserviert, das Simon ihr empfohlen hatte. Mr. Rottingdean kam zehn Minuten zu spät; zu dem Zeitpunkt befürchtete Joanna schon, er käme gar nicht mehr. Er war klein, hatte eine Hakennase, strohiges Haar und trug eine schwere, runde Brille mit Gläsern aus Bergkristall.

«Was ist mit Rosalind geschehen?» fragte er, sobald er saß.

«Sie ... äh ... ist gegangen.»

Joanna gab ihm die Weinkarte. Sie war sehr wohl in der Lage zu bestellen, aber er war ein so kleiner Mann, daß sie ihm das Gefühl geben wollte, Herr der Situation zu sein.

«Bei euch herrscht eine solche Fluktuation. Die Kunden haben es lieber mit ein und derselben Person zu tun, verstehen Sie?»

«Da haben Sie vollkommen recht, und ich habe die Absicht, viele Jahre bei First Clarence zu bleiben.» Sie fragte sich, was er wohl sagen würde, wenn er wüßte, daß sie vielleicht nicht einmal diese Woche überlebte.

Da First Clarence die Rechnung übernahm, wählte Mr. Rottingdean den teuersten Rotwein. Joanna war es egal, sofern sie ihre Order bekam.

«Jeremy erzählte, daß Sie Golf spielen», sagte sie. «Das wollte ich schon immer mal lernen.»

Zwei Stunden später redete Mr. Rottingdean noch immer

über den Tag, an dem er fast mit einem Schlag eingelocht hätte. Plötzlich schaute er auf seine Uhr. «Neun Uhr. Ich muß mich beeilen, mein Zug geht in zwanzig Minuten. Es war sehr nett ... Joanna.» Er stand auf.

Sie erhob sich und erwartete, daß er ihr seine Order gab.

«Vielen Dank für das Essen.» Er gab ihr die Hand. «Wir kaufen im Moment nicht. Wir haben in unseren Investitionen schon eine breite Streuung, aber Sie hören von uns, wenn wir diese ändern wollen.»

Er verschwand eilig aus dem Restaurant. Joanna war den Tränen nahe, als sie um die Rechnung bat.

Sie ging vollkommen verzweifelt über den Finsbury Circus und überlegte, welche Erklärung sie Jeremy geben konnte. Als sie sich nach einem Taxi umsah, entdeckte sie Charlotte, die neben einem geparkten Wagen stand und mit einem großen, blonden Mann von herber Schönheit redete. Er fummelte an seiner goldenen Uhr herum und hörte Charlotte nur mit halbem Ohr zu, während seine Augen jede vorbeigehende Frau abtasteten. Joanna nickte Charlotte kurz zu. Entgegnet wurde ihr ein ausdrucksloser Blick.

Joanna war so mutlos, daß sie keine Lust hatte, direkt nach Hause zu gehen, daher hielt sie an einer Telefonzelle in der Liverpool Street Station. Max, ein enger Freund von der Universität und ihr Anwalt, war nicht da. Sie versuchte es bei Sophie, einer ehemaligen Kollegin bei Fitterton, aber dann fiel ihr ein, daß sie in Australien war. Schließlich nahm sie voller Verzweiflung ein Taxi zum Barbican Centre.

Sie mußte neben der Tiefgarage warten, während der Pförtner bei Peter anrief.

«Ist er zu Hause?» fragte sie, während sie unruhig auf und ab ging.

«Ja, Miss.»

Einen Augenblick später öffnete sich eine Tür, und Peter trat aus dem Gebäude. Sein braunes lockiges Haar stand ab, er trug seinen Lieblingspullover, und doch sah er anders aus, als Joanna ihn in Erinnerung hatte – weniger wie ein kleiner Junge, eher wie ein Mann.

Er starrte sie erstaunt an. Er hatte eindeutig jemand anderen erwartet. «Ach ... Hallo, Jo.»

Sie ging einen Schritt auf ihn zu. «Peter, ich weiß, ich hätte nicht kommen sollen, aber ich mußte einfach mit irgend jemandem sprechen.»

Er schüttelte den Kopf. «Danke. Da fühle ich mich aber geehrt.»

«So meinte ich das nicht.» Sie stockte und spürte, wie ihr die Tränen in die Augen traten. «Ich glaube, ... ich werde demnächst an die Luft gesetzt.»

Er zögerte und schaute sie stirnrunzelnd an. «Komm am besten auf ein Glas mit hoch.»

«Wenn du es lieber nicht willst, dann ...» Ihr wurde klar, wie egoistisch es gewesen war, herzukommen.

«Nein! Komm schon.» Er hielt ihr die Tür auf.

Schweigend ging er mehrere Treppen voran und über einen offenen Verbindungsweg in der Nähe eines künstlichen Sees in ein zweites Gebäude hinein, wo er eine Tür aufschloß. Die Wohnung war klein und hatte eine Kochnische, die an einen Wohnbereich angrenzte. Das Fenster lag zum See hinaus.

«Ein Glas Wein?» fragte er und holte eine schon geöffnete Flasche hervor.

«Ja, danke.» Sie lehnte sich gegen den Kühlschrank und sah ihm beim Eingießen zu, wobei sie bemerkte, daß seine Hände zitterten.

Er reichte ihr ein Glas, und ihre Hände berührten sich. Sie zuckten zusammen und waren sich des anderen so bewußt, wie seit Jahren nicht mehr.

«Es tut mir leid wegen deiner Arbeit», sagte er.

Sie lächelte traurig. «Danke.»

«Du warst aber auch immer zu ehrgeizig. Vielleicht hättest du bei Fitterton bleiben sollen.»

«Peter, ich hab mich dort so gelangweilt.»

«Wie auch mit mir.»

«Das ist nicht wahr.» Sie log automatisch, um ihn nicht zu verletzen – wie so oft in der letzten Zeit ihres Zusammenseins.

«Ist es nicht?» Er schaute ihr tief in die Augen.

Sie war schockiert, denn sie merkte, daß er sie erregte. «Nein.»

Sie starrten sich an.

«Ich war vollkommen durcheinander, als du mir gesagt hast, ich solle ausziehen», sagte er.

Sie schluckte.

«Mir ging es verdammt dreckig, nachdem wir uns getrennt hatten.»

Sie fühlte sich jetzt weitaus schuldiger als zu dem Zeitpunkt, als sie ihn bat zu gehen. «Es tut mir leid», flüsterte sie.

Er stellte sein Glas hin und nahm ihr den Wein auch ab. Dann legte er die Hände auf ihre Schultern. «Du hättest nicht kommen sollen, Jo», sagte er mit rauher Stimme.

«Ich wollte dich sehen.»

Er drängte sie gegen den Kühlschrank, drückte seinen Körper gegen ihren, seinen Mund auf ihren, und seine Zunge öffnete ihre Lippen. Sie erwiderte sein Drängen und war durch ihn so erregt wie damals zu Beginn ihrer Beziehung. Sie bewegte ihre Hüfte, und er preßte sich gegen sie. Sie ertastete seinen Reißverschluß; sie wollte, daß er sie dort nahm, mitten in der Küche. Er ließ die Hände über die Innenseite ihrer Oberschenkel gleiten, hob ihren Rock an und zerrte an der dünnen Spitze ihres Slips.

«Komm mit!» sagte er und führte sie ins Schlafzimmer.

Sie zogen sich nicht erst aus, sondern fielen wie sie waren

aufs Bett und lagen aufeinander. Ihre Kleidung verwirrte sich bei dem Versuch, sie auszuziehen. Er knöpfte ihren Rock auf und öffnete ihren Büstenhalter.

«Ich halte gern deine Brüste», sagte er, während er sie mit seinen Händen umfaßte. «Hast du das vergessen?»

«Nein, natürlich nicht.»

Er zog sie auf sich und führte sie, bis sie mit gespreizten Beinen auf ihm saß und ihn ritt. «Ich sehe gern dein Gesicht, wenn du kommst», sagte er. «Hast du das vergessen?»

«Natürlich nicht.»

Sie bewegte sich rhythmisch, während er ihre Brüste streichelte. Sie bewegte sich schneller. Er griff nach ihrem Gesäß und stieß nach oben, so als wollte er ihr weh tun. Sie lehnte sich zurück und keuchte vor Lust. Er hielt sie auf sich, vergrub seine Finger in ihr, während er von den Spasmen seines eigenen Orgasmus erschüttert wurde.

Unmittelbar danach lagen sie schweigend nebeneinander und sahen sich nicht an. Peter stand auf und ließ Joanna halb nackt und wie ein Embryo zusammengerollt liegen. Bekleidet mit seinem Bademantel kam er zurück.

«Ich weiß, es klingt vielleicht gefühllos, nach dem, was wir ... ähm ... gerade getan haben, Jo», sagte er und mied dabei ihren Blick, «aber ich hatte viel Zeit zum Nachdenken. Ich fand es gräßlich, allein zu sein. Ein sauberer Schluß ist für mich das beste – das einfachste.» Er hielt inne. «Und ... ähm ... um ehrlich zu sein, habe ich vor kurzem jemanden kennengelernt. Ich bin mir nicht sicher, was ich für sie empfinde, aber wenn ich dich weiterhin treffe, haben wir keine Chance.»

Joanna versuchte, gleichgültig zu sein. «Das ist schon in Ordnung, Peter.» Sie zwang sich zu einem Lächeln. «Ich verstehe das.»

Sie verließ das Bett, hob ihre Sachen auf und ging ins Badezimmer. Ihr Gesicht im Spiegel sah heruntergekommen aus. Ihre Wimperntusche war verschmiert und ihre Lippen geschwollen. Sie war traurig und matt und wünschte, sie wäre nicht gekommen. Als sie ihren Rock zurechtrückte, bemerkte sie einen Zettel neben dem Telefon. Darauf stand «Judy» und eine Nummer.

«Ich habe dir ein Taxi gerufen», meinte Peter, als sie aus dem Badezimmer kam.

«Danke. Ich warte unten.»

Sie sahen sich mit traurigem Blick an.

«Mach's gut, Peter», flüsterte sie.

Er antwortete nicht.

Sie küßte ihn hastig auf die Wange und ging. Daß er sie jetzt zurückwies, konnte sie ihm nicht übelnehmen; sie hatte ihm in der Vergangenheit genügend Schmerzen zugefügt. Sie machte ihm auch keine Vorwürfe, weil er das Bedürfnis gehabt hatte, den Geist ihrer Beziehung zu begraben, bevor er mit jemand anderem neu anfing.

Kapitel 4

Als Joanna am nächsten Morgen zur Arbeit kam, war ihr übel vor Angst.

«Wie lief's mit Rottingdean?» fragte Jeremy.

Sie zwang sich, ihm in die Augen zu schauen. «Gut, aber er kauft im Moment nicht.»

«Zum Teufel noch mal!» Bevor Jeremy seinem Frust weiter Luft machen konnte, marschierten die Analysten herein. «Wir unterhalten uns später noch, Joanna», zischte er.

Sie fragte sich, ob sie ihre Kündigung jetzt einreichen oder darauf warten sollte, gefeuert zu werden.

Die Analysten teilten die neuesten Informationen mit, und anschließend sagte der Chefanalyst: «Und nun wird Sebastian Deveraux zu Ihnen über die Aktienemission der Merantum Building Company reden, denn dies ist heute *die* Neuigkeit bei First Clarence.»

Der Mann von herber Schönheit, den Joanna mit Charlotte am Finsbury Circus gesehen hatte, betrat den Börsensaal und ging auf das Podium zu. Sie schaute zu Charlotte, auf deren sonst so ausdruckslosem Gesicht kaum verhüllte Verbitterung zu erkennen war.

«Da kommt Mr. Sexbolzen.» Vikram sprach absichtlich lauter. «Sei vorsichtig, Joanna, die Frauen werden reihenweise schwach – und er fängt sie auf!»

Joanna lächelte unverbindlich. Sie sorgte sich viel zu sehr um ihren Arbeitsplatz, als daß sie über Männer nachdenken konnte.

Sebastian Deveraux betrat das Podium. «Wie Sie alle wissen, hat First Clarence die Aktienemission von Merantum

Building Company gezeichnet», sagte er mit stolzem Lächeln. «Merantum hat ein großes Wachstumspotential. Die Rezession geht ihrem Ende entgegen, und alle Indikatoren deuten auf einen Anstieg des gewerblichen Immobilienmarkts. Wenn Sie den *Sunday Chronicle* vom Wochenende gelesen haben, dann werden Sie auch den optimistischen Artikel von Adam Hunter über Merantum bemerkt haben. Der *Sunday Chronicle* ist nicht mehr so bissig wie früher, aber Hunters spitze Feder ist allseits bekannt, und er ist kein Journalist, der einen Gang an die Börse unterstützt, wenn er nicht daran glaubt. Wir haben den Preis für die Aktien auf 140 festgelegt. Der Handel auf dem freien Markt beginnt in zwei Wochen. Ich möchte, daß Sie alle sofort Ihre Kunden anrufen und ihnen die Aktien zum Kauf anbieten. Wir brauchen innerhalb der nächsten Stunde zusätzliche Zeichner für diese Emission. Wir müssen das Risiko verteilen.» Er hielt inne und fügte dann mit einem Grinsen hinzu: «Nicht, daß es ein Risiko gäbe. Merantum ist auf der Gewinnerseite.»

«Deveraux braucht die Prämie, um für seine ganzen Ehefrauen, Geliebten und Poloponys aufkommen zu können», sagte Vikram und griff nach dem Telefonhörer, um seinen ersten Kunden anzurufen.

Jeremy zuckte mißbilligend zusammen, aber zu Joannas Überraschung machte er Vikram keine Vorhaltungen. Statt dessen entfernte er sich vom Tisch.

Sie schaute auf ihre Kundenliste und rief – nach einem stillen Gebet – Miss Samson von Foxham Trust an, aber Miss Samson war an Aktien der Baubranche nicht interessiert. Sie versuchte es bei Mr. Rottingdean, aber der zog es vor, nach der Emission zu kaufen. Sie rief all ihre Kunden an, sogar Mr. Sternhold, aber keiner von ihnen war an Merantum interessiert.

Jeremy kam zurück. «Wie läuft's bei Ihnen?»

«Ähm ... bisher nichts.»

«Herrgott noch mal! Was ist denn mit Ihnen los?»

Sie wurde rot. «Ich habe sie noch nicht alle angerufen.»

«Dann tun Sie das schleunigst.»

«Sie meinen, ich soll es ... bei all meinen Kunden versuchen?»

«Sind Sie auch noch taub?» fuhr er sie an.

Joanna wurde puterrot vor Erniedrigung, während sie die Nummer von Kathpeach in Liechtenstein wählte. Es dauerte einen kurzen Augenblick, bis der Anruf geschaltet wurde.

«Ja», sagte eine männliche Stimme.

«Mr. Bilsham?»

«Bilsham», antwortete er.

«Hier ist Joanna Templeton von First Clarence. Ich bin mir darüber im klaren, daß es Ihnen lieber ist, wenn wir Ihre Anweisungen abwarten, aber wir stehen vor einer sehr interessanten neuen Aktienausgabe.» Sie gab ihm eine kurze, aber optimistische Beschreibung von Merantum und sagte abschließend: «Es wäre eine hervorragende Anlage.»

«Hervorragende Anlage», wiederholte er.

Sie traute ihren Ohren kaum. «Lassen Sie mich Ihnen eine Zeichnung von ... 400 000 Aktien vorschlagen.» Sie erwartete, daß er die Menge reduzieren würde.

«400 000», sagte er.

«Wir könnten es auch auf eine halbe Million aufrunden», meinte sie vorsichtig.

«Aufrunden.»

Joanna konnte ihre Aufregung kaum verbergen. Ihre Stimme zitterte, als sie seine Order bestätigte. «500 000 Merantum Building Company für 140 pro Aktie. Vielen Dank.»

Mr. Bilsham wiederholte alles noch einmal, Wort für Wort, und fügte sein Danke hinzu. Ihr erschien dies übervorsichtig, aber das war ihr egal. Sie hatte endlich ein Geschäft abgeschlossen.

Sie ging aus der Leitung und drehte sich zu Jeremy um. «Ich hab verkauft. Eine halbe Million!»

Er klatschte in die Hände. «Hervorragend! Ich wußte, Sie schaffen es.»

«Gratuliere», sagte Rebecca mit aufrichtiger Freude.

Am Tisch machte Simon ihr ein Zeichen mit dem gehobenen Daumen, Vikram pfiff, Karen lächelte und Rupert salutierte. Sie waren sichtlich erfreut, daß sie es geschafft hatte, und sie war von ihren Reaktionen gerührt.

«Welcher Kunde?» fragte Jeremy.

«Kathpeach.»

Sein Gesicht erstarrte. «Ich sagte Ihnen doch, Sie sollten Kathpeach nicht anrufen.» Er zeigte auf den Vermerk «Anweisungen abwarten». «Verdammt noch mal, können Sie denn nicht lesen?»

Joanna war wie gelähmt. Ebenso ihre Kollegen. Sie starrten Jeremy verblüfft an.

«Mein Gespräch wurde aufgezeichnet, wie all unsere Anrufe.» Sie war entschlossen, ihren einzigen Handel zu verteidigen. «Mr. Bilsham hat die Order sogar wiederholt. Wenn Sie mir nicht glauben, spielen Sie es ab.»

Jeremy zögerte. Dann wandte er sich von ihr ab, nahm seinen gelben Telefonhörer in die Hand und wählte rasch eine Nummer. Er sprach leise mit irgend jemandem, während Joanna und ihre Kollegen rätselnde Blicke austauschten.

«Gibt's Probleme?» fragte Sebastian Deveraux, der zu Joannas Tisch hinübereilte, als er sah, daß die Händler regungslos dasaßen.

Bevor einer von ihnen antworten konnte, hatte Jeremy aufgelegt. «Überhaupt nicht. Bei uns läuft's verdammt gut. Joanna Templeton, unser neuer Händler, hat gerade eine halbe Million plaziert.»

«Gut gemacht, Joanna.» Sebastian schenkte ihr sein makelloses Lächeln. «Wir sind froh, Sie bei uns zu haben.»

Sie dankte ihm und strahlte dabei vor Stolz – und Erleichterung.

Als Sebastian wegging, teilte Jeremy ihr mit: «Ich habe mit Kathpeach gesprochen, und zum Glück waren sie kurz davor, Ihnen eine Order durchzugeben. Aber in Zukunft müssen Sie sich an die Anweisungen eines Kunden halten.»

«Natürlich. Entschuldigung.»

Joanna rief ihre übrigen Kunden an. Nachdem sie nun einmal erfolgreich gewesen war, hatte sie an Selbstvertrauen gewonnen, und das spiegelte sich in ihrer Stimme wider. Sie plazierte weitere 100 000 Aktien.

Am späten Nachmittag rief sie erneut Miss Samson von Foxham Trust an, um ihr die aktuellen Nachrichten über Rampayne Communications mitzuteilen, dessen Preis aufgrund des Gerüchts einer Fusion gestiegen war.

«Welcher Preis bei 100 000?» fragte Miss Samson, ohne offenzulegen, ob sie die Aktien kaufen wollte.

Joanna blickte auf den gelben Streifen auf ihrem Bildschirm, auf dem die drei besten angebotenen Preise verzeichnet waren. Die St. Leonard's Commercial Banking Group notierte 266 zum Verkauf und 270 zum Ankauf, First Clarence nannte 266 zu 271.

Da sie verpflichtet war, Foxham den besten Preis zu beschaffen, selbst wenn dies bedeutete, die Order bei einer anderen Bank zu plazieren, rief Joanna zu Harry: «Welcher Preis für Rampayne?»

Er runzelte die Stirn, rechnete und glich an den Preis der St. Leonard's Commercial an.

«266 zu 270», erfuhr Miss Samson von Joanna.

«Ich kaufe 100 000 zu 270.»

Joanna wiederholte die Order, dankte Miss Samson und rief: «Harry, 100 000 Rampayne zu 270.»

Dann lächelte sie Simon zu. «Du hattest recht. Man braucht nur eine einzige Order.»

Joanna verdiente an diesem einen Tag mehr an Provisionen, als sie bei Fitterton je in einem Monat zusammengebracht hatte. Dennoch war sie weiterhin besorgt. Sie konnte das schreckliche Gefühl der Unzulänglichkeit nicht vergessen, das sie erfüllt hatte, als es ihr nicht gelungen war, ein einziges Geschäft zu tätigen. Ebensowenig vergaß sie Jeremys heftige Reaktion auf ihren Handel mit Kathpeach.

Kapitel 5

Es dauerte einige Wochen, bevor Joanna sich entspannen konnte. Im gleichen Maße wie ihre Angst vor dem Versagen schwand, bekam sie Spaß an ihrer Arbeit bei First Clarence. Sie fand Gefallen an dem Stimmengewirr, dem Hin und Her, der aufregenden Stimmung – und dem Geld.

Harry zeigte weiterhin ein offenkundiges Interesse an ihr, zum Vergnügen der anderen Händler. Wenn sie durch den Börsensaal tänzelte, wollte er von ihr wissen, was sie am Vorabend gemacht hatte. Wenn sie zum Kaffeeautomaten ging, war er häufig an ihrer Seite. Er machte ihr vor aller Augen den Hof, und Joanna reagierte mit Humor darauf, obwohl sie ihn insgeheim attraktiv fand. Ihr gefiel diese Unverschämtheit eines Straßenhändlers an ihm. Er brachte sie zum Lachen, und er hatte einen Gang, der sie zu der Vermutung veranlaßte, daß er gut im Bett sei.

An einem Abend folgte er ihr in den Aufzug und drückte auf die Taste «Tür zu».

«Wie wär's mit einem Abendessen heute?» fragte er und näherte sich ihr, während sie abwärts fuhren.

Sie hielt ihre Aktentasche aus Spaß wie zum Schutz vor sich. «Harry, wir arbeiten zusammen.»

«Na und? Du gefällst mir, und ich bin dir auch nicht egal.»

Sie wollte das gerade abstreiten, sagte aber: «Ich habe nicht vor, mich wie Charlotte zur Zielscheibe des Klatsches im Börsensaal zu machen.»

«Joanna, niemand würde es erfahren. Das verspreche ich dir.» Er lächelte sie mit seinem überaus aufrichtigen und betörenden Blick an.

Sie mußte daran denken, wie er seinen Kollegen von seinen Abenteuern berichtete, und lachte laut. «Harry, du bist solch ein Lügner!»

Der Aufzug hielt im Erdgeschoß, und sie verließ ihn immer noch lachend.

Es war Harry jedoch hoch anzurechnen, daß er auch lachte.

An einem Morgen, nachdem der Chefanalyst enthusiastisch über die wirtschaftliche Entwicklung Chinas gesprochen und dabei die Gelegenheit für britische Unternehmen betont hatte, sich an riesigen Kontrakten zu beteiligen, faßte sich Joanna ein Herz und versuchte es noch einmal bei Mr. Sternhold.

«Ich hoffe, Sie haben noch einmal über meine Einladung zum Mittagessen nachgedacht», sagte sie. «Ich würde wirklich gerne wissen, in welchen Bereichen ich unsere Leistung verbessern kann.»

«Ich werde von First Clarence keinen Gebrauch mehr machen, also wäre es für Sie reine Zeitverschwendung, mein Fräulein.»

«Mr. Sternhold, es wäre überaus nützlich.»

Er schwieg einen Moment lang. «Nun gut, aber ich bin ein vielbeschäftigter Mann.»

Sie reservierte einen Tisch in einem ruhigen Restaurant, das bei den lärmenden Händlern nicht so beliebt war, und kam zehn Minuten früher. Zu ihrer Bestürzung saß Mr. Sternhold bereits am Tisch. Er war groß, barsch, hatte schütteres Haar und war wohl Ende Fünfzig.

«Ich habe nur eine halbe Stunde Zeit, deswegen habe ich schon bestellt», teilte er Joanna schroff mit.

«Ich bin Ihnen für jede Minute dankbar, die Sie erübrigen können.» Sie lächelte freundlich und reichte ihm die Weinkarte. «Bitte wählen Sie.»

Er gab sie ihr zurück. «Ich trinke nie Alkohol, Miss Templeton.»

«Oh ... äh ... wie gesund», stammelte sie und fragte sich, wie sie die nächste halbe Stunde überstehen sollte.

«Alkohol ist ein Fluch, Miss Templeton. Wie alle Drogen.» Er schwieg, während ihm der Kellner seinen gedünsteten Fisch brachte. «Ich stamme aus Glasgow, und es bricht mir das Herz, wenn ich sehe, was diese üblen Laster aus meiner Heimatstadt gemacht haben. Ich erwischte meinen Enkel, wie er im Garten rauchte, und dabei ist er erst sechzehn.»

«Mein Bruder hat immer hinter dem Schuppen im Garten meiner Eltern geraucht», erzählte sie ihm. «Ich hab geraucht, seit ich Teenager war, und nichts, was meine Eltern sagten, konnte mich davon abhalten.»

«Aber Sie haben aufgehört?»

«Erst vor drei Monaten – und nur weil ich fest entschlossen war.» Sie fügte nicht hinzu, daß sie in diesem Moment gerne eine Zigarette geraucht hätte.

Sie redeten weiter über seinen Enkel. Mr. Sternhold erteilte keine Order – sie redeten kaum übers Geschäft –, aber als sie das Restaurant verließen, lächelte er Joanna das erste Mal an.

«Sie sind sehr hartnäckig, Miss Templeton», sagte er. «Ich hatte nicht die Absicht, mich mit Ihnen zu treffen – und hier bin ich. Sie müssen schottisches Blut in Ihren Adern haben. Das ist ein Kompliment.»

Sie lachte. «Danke sehr.»

Sie gaben sich die Hand.

«Darf ich Sie anrufen?»

«Das werden Sie ohnehin, egal, was ich sage.» Er kicherte, als er ging.

Als sie zu First Clarence zurückkehrte, traf sie Jeremy im Aufzug. «Sie sehen zufrieden aus», sagte er und fügte ungläubig hinzu: «Sagen Sie nicht, Sie haben den alten Sternhold zu einer Order verführt.»

Sie lächelte. «Noch nicht, aber das kommt noch.»

Joanna, Charlotte und Rupert waren zu einem Essen von Rampayne Communications eingeladen. Sie hielten nach neuen Kunden Ausschau, und zu Joannas Freude stellte sie einen Kontakt zu Hugo Porter her, der gerade zum Fondsmanager bei LinkFund befördert worden war. LinkFund war ein Spezialfonds, der in Aktien der Kommunikationsbranche investierte.

Als sie ins Büro zurückkehrte, berichtete sie Jeremy von ihrem Erfolg. «Ich konnte ihn nicht auf ein Essen festnageln, aber ich bin sicher, daß er von mir hören will.» Sie holte die Visitenkarte von Hugo aus ihrer Tasche. Auf der Rückseite hatte er seine Privatnummer aufgeschrieben.

«Gut gemacht!» Jeremy strahlte sie an. «LinkFund hat riesige Beträge angezogen, und Hugo gelangt immer schnell ans Ziel. Ich bin mit seinem kleinen Bruder zur Schule gegangen. Die ganze Familie ist sehr geschäftstüchtig.»

Sie wurden von Charlotte unterbrochen. «Es tut mir leid, wenn ich deinen Triumph zunichte mache, Joanna, aber Hugo möchte mein Kunde sein. Du hast mit ihm gesprochen, wie jeder Händler, aber er zieht es vor, von mir betreut zu werden.»

Joanna wurde rot. «Hat er das gesagt?»

«Nein, aber das ist offenkundig. Ich arbeite schon länger hier. Du bist noch in der Probezeit. Ich habe ebenfalls seine Visitenkarte.» Charlotte legte sie auf Jeremys Tisch, neben die Karte, die Joanna von Hugo erhalten hatte.

Alle schwiegen. Joanna wußte, daß sie im Begriff war, überlistet zu werden. Sie war wütend und enttäuscht – von sich selbst ebenso wie von Charlotte. Dann langte sie instinktiv nach Charlottes Karte und drehte sie herum. Die

Rückseite war leer. Schwungvoll präsentierte sie ihre eigene – auf die Hugo mit sauberer Schrift die Privatnummer notiert hatte.

«Ich würde sagen, er wird lieber von mir betreut», sagte sie.

«Und was Hugo will, das bekommt er auch», fügte Jeremy entschieden hinzu.

Wortlos zog sich Charlotte zurück. Joanna begegnete Rebeccas Blick über den Tisch hinweg. Sie zwinkerten sich triumphierend zu.

Jeremy schickte die Daten von LinkFund unmittelbar zur Kreditabteilung und drängte sie, den Handel schon für den nächsten Tag zu autorisieren.

An diesem Abend führten Joanna und Rebecca einige Kunden ins National Theater aus. Danach gingen die beiden Frauen über die Waterloo Bridge zurück. Es war der erste warme Abend des Jahres, und in der Luft war der herannahende Sommer zu spüren. In der Mitte der Brücke hielten sie an und schauten hinunter auf das dunkle, ölige Wasser.

«Wie du Charlotte ausgespielt hast, war hervorragend», sagte Rebecca. «Ich hätte fast applaudiert. Das geschieht ihr recht. Sie wirbt immer die Kontakte anderer ab. Sie versuchte es mit dem gleichen Trick bei Rupert, als er bei uns anfing. Leider war sie erfolgreich. Aber du mußt vorsichtig sein, besonders während deiner Probezeit. Wenn du einen Fehler machst, wird sie dafür sorgen, daß Jeremy davon erfährt.»

«Wie kann ich mich denn schützen?» wollte Joanna wissen, während sie sich fragte, wie sie eine gute Leistung erbringen und sich gleichzeitig um Charlotte kümmern sollte.

«Jeremy beachtet sie nicht, solange deine Zahlen stimmen. Ihn interessiert einzig und allein das Geld.» Rebecca dachte nach. «Hat Rupert bei dem Essen irgendeinen neuen Kunden aufgetan?»

«Ich weiß es nicht genau. Warum?»

«Seine Probezeit geht in ein paar Wochen zu Ende, und er hat mir gestern anvertraut, daß seine Zahlen schlecht aussehen. Zu Anfang lief's bei ihm sehr gut, aber er hat anscheinend seinen Enthusiasmus verloren.»

Joanna stellte sich vor, wie Rupert nervös auf seinem goldenen Stift kaute. «Das überrascht mich nicht, mit Leuten wie Charlotte um einen herum. Ich werde mir auch Sorgen machen, wenn es darum geht, ob mein Vertrag verlängert wird – oder nicht.»

«Ach, du schaffst das schon», beruhigte sie Rebecca. «Du hast den alten Sternhold zurückgewonnen.»

Sie gingen weiter gemächlich über die Brücke und genossen die Gelegenheit zu plaudern.

«Wie läuft's mit Patrick?» fragte Joanna.

«Er zieht aus», antwortete Rebecca mit einem Seufzer. «Er behauptet, ich gebe ihm das Gefühl der Unzulänglichkeit, aber ich glaube, er hat jemand anderen kennengelernt. Ich wünschte nur, er würde mir die Wahrheit sagen.»

«Das tut mir leid.» Joanna erinnerte sich daran, wie verletzt sie war, als Peter ihr einen One-Night-Stand gebeichtet und ihr die Schuld gegeben hatte, weil sie immer so lange arbeitete und er sich vernachlässigt gefühlt hatte.

«Meine Mutter ist natürlich hocherfreut», fuhr Rebecca fort. «Sie war nie mit Patrick einverstanden gewesen, weil er katholisch ist; sie möchte, daß ich einen netten jüdischen Jungen heirate. Stell dir vor: Sie hat sogar schon ihre Freundinnen angerufen, um herauszufinden, wessen Sohn noch zu haben ist.»

Joanna mußte lachen.

Als sie den Strand erreichten, unterhielten sie sich noch ein wenig an der Ecke, bis sie sich zögernd voneinander verabschiedeten und zwei Taxis anhielten.

Joanna wollte gerade zum ersten Mal Hugo Porter anrufen, als sie feststellte, daß LinkFund von der Kreditabteilung noch nicht freigegeben war.

«Wenn ich Hugo heute nicht anrufe, verliere ich ihn», beschwerte sie sich bei Jeremy.

Er griff nach dem Hörer der internen Telefonleitung. «Kreditabteilung?» rief er. «Warum wurde LinkFund noch nicht freigegeben? Was? Ihr habt das noch nicht erledigt? Was zum Teufel glaubt ihr, wird hier gespielt? Joanna Templeton hat sich abgerackert, um diesen Kunden an Land zu ziehen. Kapiert ihr denn nicht, daß hinter jedem Fondsmanager unzählige Händler her sind und versuchen, mit ihm ins Geschäft zu kommen? Wie soll Joanna konkurrieren, wenn ihr sie aufhaltet?» Er knallte den Hörer auf.

Eine Stunde später war LinkFund zum Handel freigegeben, und Hugo kaufte eine Million Aktien über Joanna, die sie intern von Harry erwarb. Dies brachte ihr die bisher größte Provision, und sie war ungeheuer stolz auf sich.

Als sie an diesem Abend durch den Börsensaal ging, applaudierten die Marktmacher.

Zu Ostern besuchte Joanna ihre Eltern, die in Somersetshire in einem hübschen Dorf am Rande der Quantock Hills wohnten. Sie fuhr am Samstagmorgen dorthin – sie wäre noch spät am Freitag gefahren, aber da ihr Bruder Christopher nachts ums Leben gekommen war, machte sich ihre Mutter Sorgen, wenn Joanna im Dunkeln fuhr.

Als sie ankam, war ihr Vater gerade im Garten. Er stand unsicher auf den unteren Sprossen einer Leiter und versuchte, den Efeu zu beschneiden, der das gesamte Haus zu überwuchern drohte. Ihr Vater war klein, hatte etwas schütteres Haar und buschige, blonde Koteletten, die ihm ein militärisches Aussehen verliehen, obwohl er nie in der Armee gewesen war.

«Hallo.» Er winkte mit der Gartenschere in ihre Richtung – und fiel beinahe von der Leiter.

«Sei vorsichtig!» rief sie.

«Keine Sorge.» Mit sichtbarer Erleichterung kletterte er hinunter. «Soll ich dir bei deinem Gepäck helfen?»

«Nein, danke. Das schaffe ich schon.»

Sie warf sich ihre Tasche über die Schulter. Als sie über den Rasen zu ihm ging, rannte ihr der Langhaardackel ihrer Mutter entgegen.

«Wie geht's dir, Racker?» Joanna streichelte seinen warmen, runden Körper, worauf er sich vor Wonne hin und her rollte.

Ihr Vater gab ihr einen kratzigen Kuß auf die Wange. «Ich bin so froh, daß du gekommen bist, Liebes. Das wird uns allen guttun. Du mußt uns unbedingt von deiner Arbeit erzählen. James, mein neuer Partner, ist sehr beeindruckt davon, daß du bei First Clarence angestellt bist. Anscheinend hat er versucht, bei ihnen in der juristischen Abteilung unterzukommen, nachdem er die Zulassung als Anwalt erhalten hatte, aber sie haben ihn nicht genommen.» Er trat einen Schritt zurück und betrachtete Joanna. «Du hast abgenommen.»

«Nur ein paar Pfund, aber immerhin ein Anfang.»

«Werde ja nicht zu dünn. Du sahst besser aus, als du … rundlicher warst. Das sage ich auch immer zu Alice. Ach, übrigens, sie hofft, daß du ihr beim Lernen für die Abiturprüfung in Mathematik hilfst.» Er schwieg und fügte dann hinzu: «Deine Mutter ist in letzter Zeit etwas niedergeschlagen. Bald ist der zehnte Jahrestag.» Er drückte Joannas Hand.

Sie schaute zur Küche. Sie fürchtete sich vor dem, was sie vielleicht vorfinden würde. Ihr Vater hatte vor neun Jahren genau die gleichen Worte gewählt, als ihre Mutter einen Nervenzusammenbruch erlitten hatte. «Ich gehe hinein», sagte sie.

Er klopfte ihr auf die Schulter. «Ja, Liebes, tu das.» Er ging zur Leiter zurück.

«Klettere nicht nach ganz oben», rief sie ihm hinterher. «Dort schneide ich.»

«Nein, Liebes, das ist meine Aufgabe. Ich habe mich seit jeher um den Garten gekümmert, und das will ich auch weiterhin.» Er stellte den Fuß auf die erste Sprosse.

Da Joanna wußte, daß eine Diskussion sinnlos war, ging sie ins Haus. Ihre Mutter war gerade dabei, ein Brathähnchen zu begießen. Sie beugte ihren großen und dünnen Körper über den geöffneten Ofen, wobei ihr das dicke, graue Haar wie ein Sicherheitsvorhang über das Gesicht fiel.

Joanna atmete tief durch. «Hallo, Mum, wie geht's dir? Kann ich dir helfen?»

Ihre Mutter richtete sich auf. «Oh, hallo, Liebes. Ich habe dich gar nicht gehört. Hast du Daddy gesehen? Er schneidet den Efeu. Hoffentlich fällt er nicht.» Sie sprach leiser: «Erzähl ihm bitte etwas über deine neue Arbeit. Er ist heute etwas … niedergeschlagen. Die Ablenkung würde ihm guttun.»

«Ja, Mum, natürlich.» Joanna hatte dies schon viele Male mitgemacht. «Ich erzähl ihm beim Essen etwas darüber.»

Sie ging nach oben zu Alice, die Radio hörte und verträumt aus dem Fenster schaute, während die Schulbücher ungeöffnet vor ihr auf dem Tisch lagen. «Jo!» Alice schreckte schuldbewußt auf und griff nach ihren Unterlagen.

«Du Träumerin!» Joanna zog sanft an dem kastanienbraunen Zopf von Alice.

Alice verzog das Gesicht. «Ich habe keine Lust mehr zu lernen, aber Mum und Dad regen sich total auf, wenn ich nicht in jedem Fach bestehe. Du weißt doch, wie sie sind.»

Joanna nickte. «Seit Christopher vertragen sie nicht einmal mehr den kleinsten Rückschlag. Aber mach dir keine Sorgen. Du wirst garantiert bestehen, du bist intelligent.»

«Nein, Jo, bin ich nicht. Zumindest nicht so wie du. Mr. Birtwhistle redet immer noch von dir und nennt dich den ‹Erfolg unserer Schule›.»

«Da waren 'ne Menge schlauer Mädchen, aber die Schule selbst ist verschlafen. Ich helfe dir bei Mathe.»

«Heute nachmittag?»

«Wann du willst.» Joanna ging nach nebenan und warf ihre Tasche auf eines der Betten im Gästezimmer, welches ihr Zimmer gewesen war, bevor sie von Zuhause ausgezogen war. Das Fenster lag zu den Quantock Hills hinaus. Während ihrer Kindheit hatte Joanna Stunden damit verbracht, ihre Nase gegen die Scheibe zu drücken und den wilden Ponys beim Grasen auf den Hügeln zuzusehen.

Während des Mittagessens beschrieb sie ihre neue Arbeit, unterschlug allerdings das sexuelle Geplänkel und die offenkundige Habgier, die ihre Eltern als anstößig empfunden hätten.

Als sie nachher die Geschirrspülmaschine einräumten, fragte ihre Mutter: «Hat sich die Sache mit Peter wieder eingerenkt?»

«Nein, dieses Mal ist es endgültig.» Sie fragte sich, wie er bei Judy vorankam.

Ihre Mutter machte einen betrübten Eindruck. «Das tut mir leid. Er gefiel mir sehr. Christopher mochte ihn auch.»

Joanna wollte einwenden, daß sie ihr Leben nicht mit Peter verbringen konnte, nur weil er Christopher gekannt hatte. Ihrer Mutter zuliebe erwiderte sie lieber nichts.

Sie verbrachte den Nachmittag damit, Alice in Mathematik zu helfen. Nach dem Tee machten sie mit Racker einen Spaziergang. Die Luft roch nach Frühling, und die Täler waren üppig und grün. Ab und zu erblickten sie einen Hirsch, der durch das hohe, sich wiegende Farndickicht schritt.

«Lindsay war seit Wochen nicht zu Hause», vertraute Alice ihrer Schwester an, als sie den steinigen Pfad hinaufkletterten und das Dorf verließen. «Mum glaubt, daß sie einen neuen Freund hat. Wußtest du, daß sie sich von James getrennt hat, weil er sich geweigert hat, Vegetarier zu werden? Sie hat ihn dabei erwischt, wie er heimlich Fleisch aß.»

Joanna kicherte. «Das wußte ich nicht.» Sie wich den Dornen eines Stechginsters aus. «Lindsay und ich unterhalten uns kaum. Wenn mir miteinander reden, kritisiert sie alles, was ich sage. Wir haben nichts gemeinsam. Das ist schade, aber so ist es nun mal.»

«Daddy sagt, daß sich Lindsay immer von dir und Christopher ausgeschlossen fühlte.»

Joanna runzelte die Stirn. «Daran habe ich nie gedacht. Und du, Alice? Hast du dich ausgeschlossen gefühlt?»

«Ja … aber das war nicht so schlimm. Ich bin die Jüngste, also war ich es gewohnt, bei Mum zu bleiben. Für Lindsay war es schmerzlich, wenn ihr zwei immer auf euren Ponys verschwunden seid.»

«Aber sie wollte ja nicht reiten.»

«Sie hatte Angst.»

Sie gingen schweigend weiter. Joanna dachte darüber nach, was Alice gesagt hatte.

«Ich kann verstehen, daß es schwer für Lindsay war», sagte sie nach einer Weile. «Christopher und ich hatten Träume, und Lindsay ist … anders. Sie ist so pessimistisch. Er war so lebenslustig.» Joanna spürte, wie ihr Tränen in die Augen stiegen, als sie den windgepeitschten Hügel hinaufblickte. Sie dachte an die vielen Male, die sie über die Hügel spaziert waren und über ihre herrliche Zukunft gesprochen hatten. Es war ihnen nie in den Sinn gekommen, Lindsay mit einzubeziehen.

Kapitel 6

Die Abteilung Unternehmensfinanzen hatte zu einem abendlichen Empfang eingeladen, um die erfolgreiche Aktienemission der Merantum Building Company zu feiern. Alle Händler, die mehr als 50 000 Aktien plaziert hatten, durften teilnehmen. An Joannas Tisch hatte einzig Rupert dies nicht erreicht.

Die Ausgabe war bei privaten Anlegern und bei den Institutionen gut angekommen. Am ersten Tag des Handels stieg die Aktie auf 170 Pence – damit lag sie weit genug über dem Ausgabepreis, um die Anleger zufriedenzustellen, aber nicht so weit, daß man Sebastian Deveraux und seinem Team vorwerfen konnte, sie hätten die Firma unterbewertet.

Joanna hatte an diesem Nachmittag ungewöhnlich viel zu tun. Eine Zeitlang mußte Jeremy ihre Faxe an seinen eigenen Tisch umleiten, weil sie nicht die Zeit fand, sie zu bearbeiten. Um fünf vor sechs eilte sie in die Damentoilette, spritzte sich kaltes Wasser ins Gesicht, frischte ihr Make-up auf und kämmte sich die Haare. Dann trat sie einen Schritt zurück, um sich in dem Ganzkörperspiegel zu betrachten. Ihr neues Kostüm aus eisblauer Seide war überaus elegant. Der Rock in Wadenlänge und vorne mit einem Schlitz sah eher prüde aus – bis sie sich setzte und der Schlitz schmeichelhaft lange Beine offenbarte. Es war etwas zu gewagt für die Arbeit, aber sie fühlte sich wohl darin, und sie sah gut aus. Das hatte sie an den anerkennenden Blicken am Morgen gemerkt, als sie durch den Börsensaal gegangen war.

Nur ihrem Gesicht war die Erschöpfung anzusehen. Streß und mangelnder Schlaf sorgten für Schatten unter den

Augen. Müdigkeit und zuwenig Tageslicht hatten ihre Haut leichenblaß werden lassen. Sie nahm ihr Rouge heraus und puderte sich noch ein wenig mehr auf die Wangen. Dann fand sie, daß sie zuviel aufgetragen hatte und wischte wieder etwas mit einem Tuch ab.

«Joanna!» rief Rebecca vom Flur her. «Kommst du? Wir warten alle.»

«Ja … tut mir leid.» Sie folgte ihren Kollegen eilig in den Aufzug und kam gerade noch rechtzeitig, um die Warnung von Jeremy zu hören. «Der leitende Direktor von Merantum hat darauf bestanden, einige Journalisten einzuladen. Er ist ein großer Bewunderer von Adam Hunter vom *Sunday Chronicle*, besonders seit jenem optimistischen Artikel. Hunter kommt hinter jedes Geheimnis, paßt also um Himmels willen auf, was ihr sagt – nicht, daß First Clarence irgend etwas zu verheimlichen hätte!»

Alle lachten höflich.

Der Aufzug brachte sie in den 15. Stock, wo sie die luxuriöse Empfangssuite von First Clarence betraten. Die Party hatte gerade erst begonnen, aber das Zimmer füllte sich schon: Die Kellner gingen mit ihren Tabletts und Champagnergläsern zwischen den mit dunklen Anzügen bekleideten Mitgliedern der Londoner Finanzwelt umher, und der Lärm von überwiegend männlichen Stimmen hallte nach draußen über die erleuchtete Terrasse und die Dächer Londons.

Joannas Kollegen verteilten sich, um mit ihren Kunden zu sprechen, und ließen sie allein. Sie erkannte niemanden, und einen Moment lang war sie von der gleichen packenden Schüchternheit erfaßt wie an jenem ersten Morgen auf dem Weg zur Arbeit, als sie unter der Überdachung Schutz gesucht hatte, um ihre Fassung zurückzugewinnen. Dann sah sie zu ihrer Erleichterung den alten Mr. Fitterton, der ihr zuwinkte. Sie eilte zu ihm.

«Joanna! Wie geht's meinem schlauesten Mädchen?» fragte er strahlend.

«Sehr gut, danke. Wie geht's Ihnen? Wie geht's den anderen?»

«Sie fehlen uns, obwohl ich nicht erwarte, daß Sie an uns denken, nicht bei all dieser Extravaganz.»

«Am Anfang fehlte mir Ihre Firma auch», erzählte sie ihm wahrheitsgemäß und dachte an die grauenvollen Tage, an denen sie kein Geschäft zustande gebracht hatte.

«Aber jetzt sind Sie glücklich?»

«Ja, einigermaßen.» Sie schwächte ihre Zufriedenheit mit Absicht etwas ab, um seine Gefühle nicht zu verletzen.

«Gut.» Er tätschelte ihren Arm. «Was für eine Party! Sogar Quentin Brocklebank ist hier. Ich kann mich noch daran erinnern, als er als Nebenanwalt anfing.» Mr. Fitterton winkte dem berühmten Senioranwalt zu, der fast einen Kopf größer als der zweitgrößte Mann im Raum war.

Joanna unterhielt sich weiter mit Mr. Fitterton, bis ein Kunde seine Aufmerksamkeit in Anspruch nahm. Als sie sich entfernte, schnitt ihr Vikram den Weg ab.

«Rate mal, was ich gehört habe», sagte er, wobei die Augen über seinem Orangensaft funkelten. «Sebastian hat Charlotte den Laufpaß gegeben, weil sie seine Frau angerufen hat.»

«Die arme Frau!»

«Verschwende dein Mitgefühl nicht. Seine Frau hat das gleiche mit der vorherigen Mrs. Deveraux gemacht, und die hatte vier Kinder.»

«Du bist ziemlich streng», sagte Joanna.

«Ich glaube nicht an Ehebruch.» Vikram schaute sich im Raum um. «Oh, schau mal! Die arme Karen muß sich die Annäherungsversuche von diesem Tier, Bryan Rawdale, gefallen lassen.»

Joanna sah, wie sich ein riesiger, rothaariger Mann hinunterbeugte, um mit Karen zu reden, deren scharfgeschnittenes Gesicht vor Ekel abgewandt war. «Wenn du ein Gentleman wärest, würdest du sie retten», meinte sie zu Vikram.

«Und den Zorn derer heraufbeschwören, ‹die wirklich zählen›?»

«Wie meinst du das?»

«Bryan Rawdale ist für First Clarence überaus wichtig.»

«Der Mann ist ein sexistischer Kotzbrocken. Er bekam Hausverbot bei Fitterton, nachdem er die Empfangsdame belästigt hatte.»

«Bei First Clarence wird er nie Hausverbot bekommen, solange er nützlich ist. Er ist einer der härtesten Fusions- und Übernahmeanwälte, die wir haben, und er wird aus dem gleichen Grund toleriert, aus dem Jeremy mich auch toleriert: Geld! Einzig darum geht es, Joanna. Geld – und Sex.» Vikram senkte die Stimme und beobachtete ihren Gesichtsausdruck, als er hinzufügte: «Was ist das eigentlich mit dir und Harry?»

Joanna sah ihm direkt in die Augen. «Nichts! Und wenn ich dich dabei erwische, wie du irgendwelche Märchen über mich in Umlauf bringst, Vikram, dann wird es dir sehr leid tun.»

Sie war verärgert über seine Klatschsucht und ging weiter. Sie sah, wie Sebastian Deveraux sich eilig von einer Gruppe löste, um einen Mann in einem maßgeschneiderten grauen Anzug zu begrüßen, der gerade den Raum betreten hatte und der ihr bekannt vorkam. Er war kräftig gebaut, hatte breite Schultern und große, ausdrucksvolle Hände. Der obere Teil seines Gesichts war auf schöne Weise elegant, der untere war grob, fast so, als gehörte er zu jemand anderem. Er hob seine Hand und fuhr sich durch das schwarze Haar, das von silbernen Strähnen durchzogen war, während seine dunklen Augen unter schmalen Lidern den ganzen Raum erfaßten.

Sein Blick landete auf Jeremy. Die beiden Männer schauten sich an. Dann gesellte sich Jeremy wie Sebastian zuvor zu dem Unbekannten, doch zu Joannas Überraschung ging er langsam.

Sie wandte sich ab, um mit einem Kunden zu reden. Als sie wieder hinschaute, war Sebastian verschwunden. Jeremy sprach allein mit dem Unbekannten. Er schaute in Joannas Richtung, sagte etwas zu dem Mann und winkte sie dann herbei.

Sie zögerte, denn sie nahm an, daß er jemanden in ihrer Nähe meinte. Er winkte erneut. Immer noch unsicher, durchquerte sie die Suite.

«Oliver», sagte er, «darf ich Ihnen Joanna Templeton vorstellen, unser neuester Star, von dem ich Ihnen schon am Telefon erzählte. Joanna, ich denke, Sie haben Oliver Safarov noch nicht kennengelernt.»

«Nein.» Sie errötete vor Freude und fühlte sich geschmeichelt, daß ausgerechnet sie eine so hochangesehene Persönlichkeit der Londoner Finanzwelt kennenlernen durfte. «Aber natürlich habe ich schon von Ihnen gehört, Mr. Safarov. Herzlichen Glückwunsch zu Ihrer neuen Position bei Invest-Est Europe.»

«Danke. Bitte nennen Sie mich Oliver.» Er hatte einen abgehackten, fast deutschen Akzent. «Sagen Sie, Joanna, was halten Sie wirklich von dem Immobilienmarkt als langfristige Anlage?»

«Ach, der gewerbliche Immobilienmarkt wird sich sicher wieder erholen, nun da die Rezession ihrem Ende entgegengeht – und Merantum hat die Kapazität, eines der bedeutendsten Bauunternehmen zu werden», erwiderte sie eifrig, während Jeremy zustimmend nickte.

Oliver lächelte angesichts ihres Enthusiasmus. «Ich hoffe, Sie haben recht. Ich habe eine halbe Million gekauft.»

Während Jeremy gegenüber Oliver wiederholte, wie erfreut First Clarence war, an der Aktienemission von Merantum beteiligt zu sein, versuchte Joanna, sich daran zu erinnern, was sie alles über ihn gelesen hatte.

Oliver Safarov war in Finanzkreisen wohlbekannt, blieb aber eine rätselhafte Figur. Er war von Geburt Russe, hatte aber Schulen in England und Frankreich besucht. Jetzt war er Direktor mehrerer mittelständischer Unternehmen ebenso wie Vorsitzender der Invest-Est Europe, einem Investmentfonds, der sich auf die am wenigsten entwickelten Regionen Osteuropas spezialisiert hatte. Außerdem war er als Mäzen bekannt, besonders der russischen Kunst. Zu Weihnachten hatte Joanna einen Artikel über eine bevorstehende Ausstellung russischer Ikonen gelesen. Unter einer der Illustrationen hatte gestanden: «*Reproduktion mit freundlicher Genehmigung von Herrn O. Safarov*».

Jeremy wurde andernorts verlangt, und er entschuldigte sich. Mit Bedauern trat Joanna einen Schritt zurück, denn ihr war bewußt, daß ein Kreis bedeutender Leute darauf wartete, mit Oliver zu sprechen.

«Verlassen Sie mich noch nicht, Joanna», sagte er zu ihrer Überraschung. «Ich möchte mit Ihnen reden.»

Sie war erfreut, fühlte sich aber etwas unwohl. «Ich sollte Sie nicht in Beschlag nehmen.» Sie zeigte auf die Wartenden.

«Ihre Meinung interessiert mich. Glauben Sie, daß der Immobilienmarkt für Privatwohnungen auch ansteigt?»

«Ich persönlich glaube das nicht, nein – zumindest nicht in dem Maße wie in der Vergangenheit.»

«Warum nicht?»

«Weil es heute weniger 18jährige gibt als in den sechziger Jahren, die Nachfrage ist also gedeckt. Das ist nur meine persönliche Meinung», fügte sie rasch hinzu.

«Wenn Sie recht behalten, lade ich Sie zum Mittagessen ein.»

«Oh ... danke.» Sie konnte kaum glauben, daß dies wirklich geschah. Vor einem Monat hatte sie noch kurz vor der Entlassung gestanden, und jetzt lud sie einer der wichtigsten Privatkunden von First Clarence zum Essen ein.

Sie wurden von Sebastian Deveraux unterbrochen. Joanna verstand den Wink und zog sich zurück. Als sie in der Suite umherging und nach bekannten Gesichtern Ausschau hielt, mußte sie sich gegen die Annäherungsversuche von Bryan Rawdale zur Wehr setzen.

«Kompliment für das aufregendste Mädchen in diesem Raum», sagte er und deutete einem Kellner, ihm noch ein Glas Champagner zu bringen.

«Danke.» Sie ging weiter.

«Ach, gehen Sie nicht!» Er versperrte ihr den Weg. «Ich will, daß Sie mit mir essen gehen.»

«Danke, Mr. Rawdale, aber ich habe schon eine Verabredung.» Sie trat forsch zur Seite, aber ihr Fluchtweg wurde durch ein Blumenarrangement versperrt.

Er langte nach ihr. «Was zum Teufel ist mit euch Frauen los? Wißt ihr nicht, daß ihr nur des Sex wegen eingestellt werdet?»

Sie stieß seinen Arm beiseite. «Zum Glück nicht mit Ihnen!»

Ein großer, schlaksiger Mann mit einem falkenähnlichen Gesicht, einem dunkelbraunen Haarschopf und stechend blauen Augen trat zwischen sie. «Lassen Sie sie in Ruhe, Rawdale», befahl er ihm mit einem kaum merklichen Akzent aus dem Norden.

Der Anwalt lief vor Wut so rot an, daß seine Gesichtsfarbe von seinen rötlichen Haaren abstach. «Untersteh dich, so mit mir zu reden, du verdammter Schnüffler.»

Der jüngere Mann kam näher. «Verpiß dich!»

Joanna war schockiert. So etwas sagte man auf den Partys der Londoner Finanzwelt nicht – auch wenn man es dachte. Bryan Rawdale war ebenso verblüfft. Er stand mit offenem

Mund da wie ein Goldfisch, der nach Luft schnappte. Dann ging er weg, ohne noch ein Wort zu verlieren.

«Danke, daß Sie mich gerettet haben», sagte sie zu dem Unbekannten.

«Rawdale ist ein Maulheld mit einer entzückenden Frau, die er nicht verdient hat.»

«Man sagt so was aber nicht ... äh ...»

«Verpiß dich?» Er lachte über ihre Verlegenheit. «Warum nicht?»

«Weil es primitiv ist.»

«Aber ich meinte es – und ich sage immer, was ich meine.» Er schob die Ärmel seines Blazers hoch und hielt seine Arme vor Joanna in die Höhe. «Würden Sie meine Manschettenknöpfe zumachen? Ich hatte keine Zeit mehr dazu. Ich bin immer spät dran.»

Sie beugte sich hinunter, um die Knöpfe zu schließen. «Sie sind schön», sagte sie und strich über die ovalen goldenen Schmuckstücke, die außer der Gravur «R. H.» schlicht gehalten waren.

Er betrachtete ihr konzentriertes Gesicht. «Ich hüte sie wie meinen Augapfel.»

«Warum nannte Rawdale Sie einen Schnüffler?»

«Ich bin Journalist.» Er hielt ihr die rechte Hand entgegen. «Adam Hunter vom *Sunday Chronicle*.»

«Joanna Templeton.»

Sie gaben sich die Hand. Sie warf einen Blick auf die Gravur der Manschettenknöpfe und nahm an, daß sie seinem Vater oder Großvater gehört hatten.

«Ich lese Ihre Artikel sehr gern», erzählte sie ihm. «Mich interessierte besonders der, den Sie im vergangenen Winter über das Risiko und die Chancen bei Investitionen in neue Märkte geschrieben haben.»

«Danke.» Adam war aufrichtig erfreut über ihr Lob.

«Sie hatten recht in Bezug auf China und die Türkei.»

«Zum Glück! Sie sollten mal die gehässigen Briefe sehen, die unseren Postraum überschwemmen, wenn ich unrecht habe.»

«Geben die Leser Ihnen die Schuld, wenn sie ihr Geld verlieren?»

«Selbstverständlich.»

«Bedanken sie sich bei Ihnen, wenn sie einen hohen Gewinn erzielen?»

«Natürlich nicht! Sie beglückwünschen sich zu ihrem Scharfsinn in Sachen Finanzen.»

Ihr gefiel seine ironische Antwort. «Sie schreiben mit einer solchen Autorität. Deshalb glauben Ihnen die Leute.»

Adams Blick wurde sanfter. «Ich hatte einen hervorragenden Lehrer.»

Er wandte sich ab, um sich in der Suite umzuschauen. Dabei blickte er auf eine Art über Joannas Kopf hinweg, die sie als überaus unhöflich empfand. Sie bemerkte, daß Oliver sie vom anderen Ende des Raumes aus beobachtete, und sie lächelte ihm zu. Ihr fiel auf, wie gute Manieren er hatte – im Gegensatz zu diesem ungehobelten, kaum zivilisierten Straßenkämpfer.

«Oliver Safarov ist ein faszinierender Mensch», bemerkte Adam beiläufig.

«Ja, und sehr höflich.»

Adam lachte über ihre Rüge. «Kennen Sie ihn gut?»

«Ich habe ihn erst heute abend kennengelernt.»

«Er scheint sehr an Ihnen interessiert zu sein.»

Sie fühlte sich geschmeichelt, versuchte aber, es nicht zu zeigen und tat das Kompliment ab. «Ach, ich bin nur eine junge Frau, die von seiner Welt fasziniert ist.»

«Machen Sie sich nicht unbedeutender, als Sie sind. Oliver Safarov ist von Ihrer Intelligenz fasziniert. Er könnte hundert jüngere, hübschere Frauen bekommen.»

Joanna errötete. «Haben Sie mal daran gedacht, eine Schule für charmantes Benehmen zu besuchen?»

«Sie sind zu klug, um sich von der Wahrheit beleidigen zu lassen.»

«Es gibt einen Unterschied zwischen Ehrlichkeit und Unhöflichkeit.»

Ihre Antwort amüsierte ihn. «Ich nehme an, Safarov wird zu den meisten Parties von First Clarence eingeladen.»

«Weiß ich nicht. Ich bin erst seit einem Monat hier.»

«Herzlichen Glückwunsch! First Clarence gehört zu den Besten. Deshalb macht Safarov wohl auch selten Geschäfte mit anderen. Sehr loyal von ihm, finden Sie nicht?»

«Wenn wir die Besten sind, warum sollte er dann nicht bei uns bleiben?»

«Gutes Argument!»

Sie war durch sein Lob nur geringfügig milder gestimmt.

«Er verschafft einem Glückspilz bestimmt viele gute Provisionen», fuhr Adam fort. «Handelt er auch auf institutioneller Seite?»

Joanna schreckte auf. Adams Blick ruhte auf Oliver. Dies war ganz offensichtlich kein belangloser Plausch.

«Mir ist es nicht gestattet, der Presse Fragen zu beantworten», erwiderte sie knapp.

«Keine Sorge! Ich schütze meine Quellen immer.»

«Sie haben überhaupt keine Prinzipien. Sie machen First Clarence Komplimente und versuchen so, Informationen über einen Kunden aus mir herauszubekommen.»

«Ich bin Journalist. Ich muß mich auf dem laufenden halten.»

«Sie sind ein verdammter Schnüffler. Bryan Rawdale hatte recht.» Sie ließ ihn stehen, machte sich Vorwürfe, daß sie so dumm gewesen war, und flehte innerlich, daß sie keine vertraulichen Informationen preisgegeben hatte.

Joanna verbrachte den Rest der Party damit, sich über ihre Unterhaltung mit Adam Hunter Sorgen zu machen. Sie hätte gern mit Felicity darüber gesprochen, als sie nach Hause kam, aber Max, mit dem sie in ihrem letzten Jahr an der Universität ein Haus geteilt hatten, war zu Besuch gekommen. Er war in Begleitung seiner Freundin Emma.

«Hey, du siehst toll aus!» Max umarmte Joanna ungestüm. «Wer würde denken, daß du früher immer in Secondhandklamotten herumgelaufen bist?»

«Du gedeihst anscheinend auch nicht schlecht.» Joanna klopfte ihm auf seinen blauen Kaschmirpullover, der sich um seine größer werdende Bauchpartie spannte.»Reicher Anwalt! Essen mit Mandanten! Keine billigen Baked Beans aus Dosen mehr, die wir unter uns drei aufteilen müssen.»

Sie lachten bei dem Gedanken an ihre Studentenzeit.

Joanna zog ihre Jacke aus, schleuderte ihre Schuhe in die Ecke und ließ sich in einen Sessel fallen. «Hast du Peter gesehen?» fragte sie Max und fand es merkwürdig, sich nach dem Mann zu erkundigen, mit dem sie über ein halbes Jahrzehnt verbracht hatte.

«Ich hab gestern mit ihm zu Mittag gegessen.»

«Alles in Ordnung ... bei ihm?» Sie fragte sich, ob Peter von ihrem Besuch erzählt hatte.

«Ähm ... ja. Ihm geht's gut.»

Joanna hätte gern noch mehr gehört, zum Beispiel, ob Peter mit seiner neuen Freundin glücklich war, aber sie merkte, daß Max nicht ausgefragt werden wollte. «Schon gut. Ich will dich nicht ausquetschen», beruhigte sie ihn. «Ich weiß, daß du mit beiden von uns befreundet bleiben willst.»

Max machte einen erleichterten Eindruck. «Das will ich wirklich. Es tut mir leid, daß es mit euch nicht geklappt hat, aber Peter ist ein netter Kerl.»

«Das ist er», stimmte sie zu und dachte erstaunt, wie zutreffend diese Charakterisierung doch war.

Sie sprachen von anderen Dingen: der neuen Wohnung von Max, Emmas neuer Arbeit und Felicitys neuem Autor. Der Abend rief Erinnerungen wach an all die Abende, die sie an der Universität zusammen verbracht hatten: die endlosen Diskussionen über den Sinn des Lebens, die sie am Küchentisch ihres schmuddeligen Reihenhauses geführt hatten, die chaotischen Parties, auf denen sie die ganze Nacht einen so billigen Wein getrunken hatten, daß er als Essig hätte durchgehen können, und schließlich das hektische, nächtelange Lernen.

Ausnahmsweise redete Joanna nicht viel. Sie hörte lieber zu. Aber ziemlich oft wanderten ihre Gedanken zu der Party zurück, zu dem Verhör, das Adam Hunter mit ihr geführt hatte – und zu Oliver Safarov.

Kapitel 7

Am Morgen nach der Party erhielt Joanna einen Telefonanruf von Adam Hunter. «Ich möchte Sie sehen», sagte er.

Sie war auf seine direkte Art nicht vorbereitet. «Ich ... äh ... kann nicht.»

«Ich verspreche Ihnen, daß ich diese Schule für charmantes Benehmen besuchen werde.»

Joanna war sich der Tatsache bewußt, daß Jeremy neben ihr saß. «Mir ist es nicht gestattet, mit der Presse zu reden», erwiderte sie. «Bitte rufen Sie mich nicht mehr an.»

«Adam Hunter?» fragte Jeremy, nachdem sie das Gespräch beendet hatte.

Sie nickte.

«Sie haben das Richtige getan. Ich hab gestern abend gesehen, wie er Sie bedrängt hat, und ich wollte Sie vor ihm warnen.» Jeremy ging fort, um mit einem anderen Händler zu sprechen.

Joannas Telefon klingelte erneut.

«Templeton», antwortete sie knapp, da sie befürchtete, daß Adam hartnäckig bleiben würde.

«Joanna? Sind Sie es?»

Sie brauchte einen Moment, um den abgehackten Akzent von Oliver Safarov zu erkennen.

«Rufe ich zu einem unpassenden Zeitpunkt an?» erkundigte er sich.

Sie sah, daß Jeremy den Saal verließ. «Nein, ganz und gar nicht.»

«Sie hörten sich so grimmig an.»

«Ich hab gerade ein schwieriges Telefonat geführt.»

«Wie unangenehm.»

Er sagte nichts. Ein Schweigen lag zwischen ihnen. Sie wartete voller Neugier. Wollte er Jeremy? Wollte er kaufen oder verkaufen? Wollte er sie?

«Ich fand unsere Unterhaltung äußerst nett», fuhr er schließlich fort.

Das war's also. Er wollte sie. Wohlige Nervosität stieg in ihr auf. «Das fand ich auch.»

«Ich würde sehr gerne mit Ihnen zu Mittag essen.»

«Hat mir der Immobilienmarkt für Privatwohnungen schon recht gegeben?»

Er lachte. «Hätten Sie am nächsten Dienstag Zeit? Ein Uhr in meinem Club?»

Joanna fühlte sich geschmeichelt. Sie zögerte dennoch. Mittagessen bedeutete, sie müßte sich abmelden, aber das wollte sie Oliver nicht erklären, da es sie sehr unmündig aussehen ließ – und sie konnte ihm kaum sagen, daß es ihr zum Abendessen besser passen würde.

«Danke», antwortete sie. «Ich komme gern.»

Sie hatte das Wochenende Zeit genug, um zu überlegen, was sie Jeremy erzählte.

Oliver gab ihr die Adresse vom «Archimedes», einem berühmten und exklusiven Herrenclub in einer Seitenstraße der St. James's Street. Die Mitgliedschaft in diesem Club – so hatte Joanna zumindest gelesen – war so auserwählt, daß die meisten Bewerber starben, noch während sie auf der Warteliste standen.

Als Joanna an diesem Abend nach Hause kam, kämpfte Felicity sich gerade durch einen Haufen Bügelwäsche, während sie sich zum vierten Mal *Pretty Woman* auf Video anschaute.

«Ich habe ein Problem», teilte sie ihr mit. «Ich habe über die Bank einen Mann kennengelernt – eine sehr wichtige Persönlichkeit – und er hat mich zum Essen eingeladen.»

Felicity hielt das Video an. «Wie aufregend! Wer ist es?»

«Aber erzähl es niemandem: Oliver Safarov.»

«Du liebe Güte! Er wurde erst vergangene Woche im *Interrogator* erwähnt. Ich hab auf dem Weg zur Arbeit etwas über ihn gelesen. Oder war's im *Private Eye*? Nein, im *Interrogator.*»

«Was stand da?»

«Ach, nichts Skandalträchtiges. Nur daß er das Abbild des kultivierten Europäers sei und daß er sechs Sprachen fließend spricht – eine Fähigkeit, über die mehr britische Geschäftsmänner verfügen sollten.» Felicity hielt das Bügeleisen in die Luft. «Wie ist er so?»

«Faszinierend und unglaublich einflußreich.» Joanna lehnte sich ins Sofa zurück. «Du kannst dir nicht vorstellen, welche Kontakte so ein Mann hat; das sind Leute, die ich normalerweise nie kennenlernen würde.»

«Du materialistisches Weib!»

«Ich arbeite in einer materialistischen Welt. Aber ich gehe nicht nur mit ihm essen, weil er meiner Karriere nützlich sein könnte. Ich mag ihn.» Joanna hielt inne und gestand dann mit einem Lachen: «Obwohl ich es ehrlich gesagt auch täte, wenn es nicht so wäre. Oliver Safarov ist bekannt, und ich wäre verrückt, wenn ich ablehnte.»

Felicity beobachtete Joannas angeregten Gesichtsausdruck. «Du findest ihn attraktiv, oder?»

«Ja. Von wem stammt noch mal der Spruch ‹Macht ist das beste Aphrodisiakum›?»

«Weiß ich nicht mehr.» Felicity sah besorgt aus. «Jo, ist Oliver Safarov nicht ein bißchen zu alt für dich?»

«Ich mag ältere Männer.»

«Du hattest noch nie einen.»

«Deswegen mag ich sie ja.»

Felicity schüttelte den Kopf und bügelte weiter. «Wo also liegt das Problem?»

«Ich muß mich zum Mittagessen abmelden und den Namen des Kunden angeben, mit dem ich mich treffe. So lautet die Vorschrift bei First Clarence. Oliver ist nicht mein Kunde, aber er ist Kunde der Bank, und ich will nicht, daß alle am Tisch tratschen – ganz davon abgesehen, daß es nichts zu tratschen gibt.»

«Noch nicht!» Felicity zwinkerte Joanna übertrieben zu.

Joanna warf ein Kissen nach ihr. «Schau mich nicht so an! Wir gehen nur zusammen essen.»

«Irgendwie müssen alle Affären ja anfangen.»

«Ich würde meinen Arbeitsplatz aber nicht aufs Spiel setzen», meinte Joanna überzeugter, als sie es wirklich war.

Als Joanna vor dem «Archimedes» aus dem Taxi stieg, wartete Oliver bereits auf sie.

«Ich bin so froh, daß Sie kommen konnten», sagte er und führte sie am Ellbogen hinein.

«Ich auch.» Felicity hatte unrecht. Er kam ihr nicht zu alt vor.

Er geleitete sie durch die schöne, beflaggte Eingangshalle und in den mit Eichenholz getäfelten Speisesaal – den einzigen Raum, zu dem Damen Zutritt hatten.

«Dieser Club wurde im 18. Jahrhundert von einem begeisterten Verehrer Griechenlands gegründet», erklärte er. «Die neuen Mitglieder müssen noch immer diese Aussage von Archimedes in Altgriechisch zitieren.» Er wies auf die Inschrift über der Tür und übersetzte: «Gib mir nur einen Punkt, wo ich hintreten kann, und ich bewege die Erde.» Dann sprach er leiser, als sie an zwei älteren Herren vorbeigingen. «Ich glaube, für einige Mitglieder ist die Zeit des Bewegens vorbei.»

Joanna lachte. Etwas in der Art, wie ihr Oliver diese Bemerkung zuflüsterte, verriet ihr, daß er es nicht zu jedem sagen würde.

Er hatte einen Tisch in einer Nische am Fenster reserviert, und die Art, in der er mit dem Kellner über das Menü sprach, ließ vermuten, daß er hier oft zu Mittag aß. Nachdem er Joanna sorgfältig darüber ausgefragt hatte, welche Art von Gerichten sie mochte, bestellte er für sie – Peter hatte sie so etwas nie gestattet – eine kalte Koriandersuppe und anschließend pochierten Lachs, und damit genau die Speisen, die sie selbst bestellt hätte.

Schließlich wählte er einen sehr leichten Weißwein aus und erläuterte: «Ich weiß ja, daß Sie heute nachmittag noch arbeiten müssen.»

Sie lächelte. «Ja, leider.»

«Ich habe bemerkt, daß Sie von dieser Nervensäge Bryan Rawdale belästigt wurden», sagte er, nachdem sich der Kellner zurückgezogen hatte. «Ich wollte Sie gerade retten, als Sie ihn fortjagten.»

«Bryan Rawdale ist ein allseits bekanntes Ekel.» Sie war überrascht, daß Oliver Adam nicht erwähnte.

«Warum erteilt First Clarence ihm kein Hausverbot?»

«Weil er ...» Joanna hielt inne, denn sie wollte ihre Bank nicht kritisieren. «Ich weiß es nicht.»

«Weil er der beste Jurist auf seinem Gebiet ist und er der Bank Geld einbringt.» Oliver beendete ihren Satz und wiederholte damit, was auch Vikram gesagt hatte.

Joanna fühlte sich unbehaglich. «Ich wollte First Clarence nicht kritisieren.»

«Nein», erwiderte er. «Ich hab es gesagt, und ich halte es Ihnen, den Frauen, gegenüber für respektlos, so einen Mann einzuladen.» Er schaute sie mit seinen dunklen Augen eindringlich an. «Spielen Sie Schach, Joanna?»

Sie hatte gerade darüber nachgedacht, wie ungewöhnlich es war, daß er sich derartige Gedanken machte, so daß sie auf seinen plötzlichen Themenwechsel nicht vorbereitet war. «Ja, schon ... aber nicht gut.»

«Rawdale ist wie der Läufer: so verschlagen, daß er nie geradeaus geht.»

Sie lachte, war aber schockiert. «Aber er ist doch sicherlich nicht unehrlich?»

«Natürlich nicht. Ich hab nur Spaß gemacht.» Er lehnte sich zurück, damit der Kellner seinen Teller abräumen konnte. «Schach ist das großartigste Spiel auf der Welt. Es ist wie im Leben. Der beste Spieler gewinnt. Es gibt kein Glück, nur Können.»

«Glauben Sie nicht ans Glück?»

«Ich glaube, daß einige Menschen in glückliche Umstände hineingeboren werden, aber ohne Können machen sie keinen Gebrauch davon.»

Er fragte sie, wo sie aufgewachsen war, und sie erzählte ihm von ihren Eltern, dem Dorf, den Quantock Hills, Christopher und ihren Schwestern.

«Sie wurden in glückliche Umstände hineingeboren», sagte er, was sie erstaunte, denn aufgrund der Sache mit Christopher war sie der Ansicht, ihrer Familie sei ein schweres Los beschieden. «Wie ich Sie um Ihre sichere Kindheit beneide! Ich wurde in Riga geboren, gegen Ende der deutschen Besetzung von Lettland. Das war kein angenehmer Zeitpunkt oder Ort.»

«Ich dachte, Sie kämen aus Rußland?»

«Ich betrachte mich als Russe, weil die Familie meines Vaters aus Rußland stammte. Mein Großvater war aus St. Petersburg. Er war engagierter Liberaler, nicht gerade eine Haltung, die vom Zaren oder den Sowjets geschätzt wurde. Als Lettland 1920 die Unabhängigkeit erlangte, flüchtete er nach Riga. Waren Sie schon mal dort?»

Sie schüttelte den Kopf.

«Lettland ist eines von den ewig besetzten Ländern. Es war nur zwanzig Jahre unabhängig, bevor es 1940 von Rußland annektiert wurde und 1941 dann Deutschland einmarschierte. Also verlebte mein vom Schicksal geschlagener Großvater sein ganzes Leben in Angst vor einer Verhaftung durch die eine oder andere Seite.» Oliver griff nach einem Brötchen und drehte es langsam herum, bevor er es in zwei Hälften teilte. «Die Unsicherheit und Angst, die mit einer solchen Geschichte einhergehen, sind Ihnen, dem britischen Inselvolk, unverständlich.»

Joanna fühlte sich langsam schuldig, weil in England seit Wilhelm dem Eroberer niemand mehr einmarschiert war. «Wie sind Sie in den Westen gelangt?» fragte sie.

«Meine Mutter ist Französin, und sie hatte ihren Paß behalten – Gott sei Dank! Gegen Ende des Krieges gelang es ihr, auf einem Schiff nach Schweden zu flüchten.»

«Und Ihr Vater?»

«Er war tot.»

«Wie traurig für Ihre Mutter.»

«Sie hat ihre Erinnerungen.»

«Ein kläglicher Ersatz für die Wirklichkeit.»

«Nicht unbedingt. Meine Mutter lernte meinen Vater kennen, während sie die Kinder eines schwedischen Diplomaten in Riga in Französisch unterrichtete. Sie war achtzehn und sehr schön – das ist sie noch heute.» Er lächelte liebevoll. «Als die schwedische Familie bei Kriegsausbruch floh, weigerte sie sich zu gehen. Sie zog bei meinem Großvater ein, der ihr Russisch beibrachte – wir unterhalten uns immer auf Russisch.»

«Wo war Ihr Vater?» fragte Joanna und stellte sich ihren eigenen Vater vor, der sich ernsthaft mit den unbedeutenden juristischen Problemen eines kleinen Dorfes beschäftigte.

«Er war nicht da … er war im Krieg … irgendwo.»

«Das muß schrecklich für Ihre Mutter gewesen sein.»

«War es auch! Die Deutschen haben das Haus meines Großvaters beschlagnahmt. Er und meine Mutter mußten im eiskalten Keller ohne Petroleum leben und mit wenig

Nahrung auskommen. Als ich geboren wurde, war er es, der mich entbunden hat.»

«Haben Sie ... Ihren Vater kennengelernt?»

Oliver runzelte die Stirn. «Er hat mich einmal gesehen, gegen Ende des Krieges, kurz nach meiner Geburt. Er starb kurz darauf.»

«Welch eine Tragödie für Ihre Mutter. Sie macht den ganzen Krieg durch und verliert dann den Mann, den sie liebt.»

Er lächelte schwach. «Vielleicht, aber sie kannte ihn kaum. Sie haben nie zusammengelebt. Er war vielleicht gar nicht so ... wie sie ihn sich vorstellte.»

Sie schwiegen, während der Kellner den Kaffee servierte. Joanna hatte das Gefühl, daß sie Oliver verletzt hatte, obwohl ihr nicht klar war, womit. Es war nur einfach so, daß die Herzlichkeit, mit der er sie am Eingang des Clubs begrüßt hatte, durch eine gewisse Distanz verdrängt worden war.

«Wie kam es, daß Sie dann in England lebten?» erkundigte sie sich und versuchte so, die Harmonie wiederherzustellen.

«Meine Mutter heiratete einen englischen Offizier, einen Witwer.»

«Gefiel es Ihnen in England?»

«Nein, ich hab's gehaßt. Ich wurde ins Internat gesteckt.»

Wieder schwiegen sie. Oliver starrte ins Leere, sein Gesicht war regungslos und sein Ausdruck vermittelte Abscheu. Dieses Mal gab Joanna auf.

«Aber ich liebte meinen Stiefvater sehr.» Oliver entspannte sich plötzlich. «Er machte meine Mutter glücklich und gab ihr Sicherheit – und er hinterließ mir 3000 Pfund, was vor dreißig Jahren sehr viel Geld war. Ich hab alles in Aktien angelegt – und meine Investition vervierfacht.»

Joanna lachte – einerseits über seine Geschichte, andererseits weil sich die dunklen Wolken verzogen hatten.

«Ich sollte gehen», sagte sie und schaute zögernd auf die Uhr. «Du meine Güte! Es ist nach drei.»

«Jeremy wird es nichts ausmachen.»

«Um ehrlich zu sein ... ich hab ihm nicht erzählt, daß ich mit Ihnen zu Mittag esse. Im Börsensaal wird soviel getratscht, also habe ich gesagt, ich treffe einen Freund.» Sie errötete, weil sie befürchtete, daß es albern und anmaßend klang.

«Ich verstehe das und stimme Ihnen zu», erwiderte er. «Ich hasse diesen Klatsch und Tratsch. Wir erzählen niemandem etwas. Dies ist unser Geheimnis.»

«Danke.»

Er bat den Kellner, ihr ein Taxi zu rufen, erhob sich und schob ihren Stuhl beiseite, als sie aufstand.

«Ich wußte nicht, daß Oliver ein russischer Name ist», meinte sie, als sie wieder durch die beflaggte Eingangshalle schritten.

«Mein richtiger Name ist Arkady, so wie auch der meines Vaters und Großvaters, aber ich habe ihn geändert, als ich nach England kam. Rußland war zu dem Zeitpunkt Englands Feind: das Reich der Bösen, die nukleare Bedrohung. Es war nicht sehr angenehm, ein kleiner russischer Junge in einem englischen Internat zu sein.»

«Warum haben Sie sich für Oliver entschieden?»

«Weil Oliver Twist das erste englische Buch war, das ich gelesen habe – und Oliver wollte immer mehr.»

Sie traten auf die Straße hinaus. Sie dankte ihm für das Mittagessen. Er geleitete sie zum Taxi, welches sie zurück in die City fuhr. Aber sie nahm die Fahrt kaum wahr. In Gedanken ging sie ihre Unterhaltung mit Oliver noch einmal durch. Sie war unweigerlich enttäuscht, daß er kein weiteres Treffen vorgeschlagen hatte.

Kapitel 8

*Als Joanna bei First Clarence ankam, machte sie sich Vor*würfe, weil sie so unklug gewesen war, Jeremys Zorn heraufzubeschwören. Sie entschloß sich, ihm die Wahrheit über ihre Verabredung zum Mittagessen zu sagen, aber als sie den Börsensaal betrat, war sein Platz unbesetzt. Ihre Kollegen hatten viel zu tun. Der Markt stieg sprunghaft an, angeheizt durch positive Handelsbilanzen. Anscheinend hatte niemand ihre lange Abwesenheit bemerkt.

Sie setzte sich an ihren Platz und erhielt fast unmittelbar ein Fax von Mr. Frederick von New Aldren Fund, einem ihrer Offshore-Kunden auf der Insel Grand Cayman. Er gab ihr die Anweisung, 150000 Aktien einer großen, kränkelnden Firma für Computerteile namens Fact-Select zu kaufen. Der Preis für die Aktie lag im Augenblick bei 40 Pence, nachdem er in den letzten zwei Monaten um die Hälfte gefallen und die Firma von fast allen Analysten herabgestuft worden war.

«Irgend jemand glaubt, daß sich bei Fact-Select eine Spekulation lohnt», meinte sie zu Simon, während sie Mr. Frederick die Bestätigung zuschickte und ihn sich als einen in der Sonne bratenden, aalglatten Geschäftsmann vorstellte, der unter einer Palme lag und Rum trank.

Er warf einen Blick auf seinen Bildschirm. «Sie ist gerade auf 41 Pence gestiegen. Hab keine Ahnung, warum.»

Sie zuckte mit den Schultern. «Ich auch nicht. Der Chefanalyst meint, sie machen vielleicht Konkurs.»

Jeremy kehrte mit ausgezeichneter Stimmung zurück. «Ich hab mir ein Geburtstagsgeschenk bestellt.» Er strahlte vor Aufregung. «Einen erstklassigen BMW.»

«Herzlichen Glückwunsch zum Geburtstag.» Sie dachte sich, wenn Jeremy nicht wissen wollte, warum sie so lange weggeblieben war, war es unsinnig, es ihm freiwillig zu sagen.

«Danke», antwortete er, «aber der ist erst am Sonntag. Fragen Sie nicht, wie alt ich bin. Das wird allmählich mein wunder Punkt.»

Fünf Minuten bevor die Börse schloß, bekam Joanna noch ein Fax. Es war eine Kauforder von Mr. Lawrence von der Società Hadini in Monte Carlo für 200 000 Fact-Select zum Höchstpreis von 42 Pence. Sie überprüfte die gebotenen Preise. First Clarence bot den besten Preis, also kaufte sie firmenintern.

«Schon zwei Käufer für Fact-Select», berichtete sie Jeremy. «Ich frage mich, was los ist.»

«Ah ja ... wer hat gekauft?»

«New Aldren Fund und Società Hadini, zwei meiner Offshore-Gesellschaften.»

«Wie groß ist ihr Verlust maximal, wenn Fact-Select den Bach runtergeht?»

«Sechzig Mille für New Aldren Fund und achtzig oder mehr für Società Hadini.»

Er gähnte. «Ach ... die spekulieren nur. Fact-Select hat eine gute Software – aber zuwenig Kapital und ein schlechtes Management.»

«Die Art von Unternehmen, die einen Käufer anziehen könnte?»

«Unter Umständen.»

Kurz danach wurde Rupert von Jeremy in ein Nebenzimmer bestellt. Als Rupert zurückkam, sah er noch blasser als gewöhnlich aus.

«Alles in Ordnung?» fragte Joanna in der Annahme, er sei krank.

Rupert verzog das Gesicht. «Meine Probezeit wurde noch einmal um drei Monate verlängert.»

«Das ist Pech, aber immerhin bist du noch hier», sagte sie in dem Versuch, ihn aufzumuntern.

«Ja, immerhin.» Er ließ sich niedergeschlagen auf seinen Stuhl fallen.

Joanna machte mit ihrer Arbeit weiter und versuchte, sich um ihren eigenen Vertrag keine Sorgen zu machen. Ihre Probezeit lief im Juni aus. Würde man ihr eine feste Stelle anbieten, eine Verlängerung – oder gar nichts?

Einige Stunden später, als sie gerade nach Hause gehen wollte, erschien Jeremys Sekretärin mit einem riesigen Strauß weißer Lilien im Börsensaal.

«Joanna», rief sie. «Die sind für Sie.» Mit einem neidischen Seufzer legte sie die auserlesenen Blumen auf Joannas Schreibtisch.

Die Marktmacher sahen von ihren Bildschirmen auf und gaben ein Pfeifkonzert.

«Du brichst mir das Herz», rief Harry. «Du bist mir untreu gewesen. Ihr Frauen seid doch alle gleich.»

«Ihr Männer auch», erwiderte Joanna lachend.

Sie fragte sich, ob die Blumen von Oliver wären, aber das erschien ihr unwahrscheinlich. Dann dachte sie an Peter. Er hatte ihr Lilien als Friedensangebot geschickt, nachdem er ihr seine Untreue gestanden hatte.

«Irgend jemand findet Gefallen an Ihnen, Joanna», sagte Jeremy mit einem amüsierten Gesichtsausdruck.

«Nicht schlecht.» Rebecca lehnte sich über den Tisch, um sie zu bewundern. «Sie sind herrlich. Von wem sind sie?»

Ein kleiner weißer Umschlag kauerte zwischen den Stielen. Vorsichtig zog sie ihn aus der Zellophanhülle und schlitzte ihn auf. Olivers eigene geprägte Karte befand sich darin, auf die er geschrieben hatte: «Danke für das Essen.»

«Komm, erzähl schon!» drängte Rebecca.

Joanna gab sich Mühe, unbeeindruckt zu klingen. «Ach … von jemandem, den ich mal kannte.»

Sie nahm ihre Aktentasche und den Blumenstrauß und verließ den Börsensaal unter Beifallsrufen und bewundernden Pfiffen.

Joanna unternahm alles, um die Privatanschrift von Oliver herauszubekommen, damit sie sich bei ihm bedanken konnte, aber er war bei der Telefonauskunft nicht registriert, und sie wollte keine Neugier erwecken, indem sie bei First Clarence nachfragte. Sie hatte beruflich sehr viel zu tun, sowohl während des Tages als auch abends. Dennoch war ihre Enttäuschung größer, als sie es sich eingestehen wollte, als die Tage vergingen und sie nichts mehr von Oliver hörte.

Eines Morgens erläuterte der Chefanalyst ein Gerücht, demzufolge jemand ein Angebot für Fact-Select machen wollte. «Wir haben die Firma angerufen, aber sie können das weder bestätigen noch dementieren», berichtete er den Anwesenden. «Also halten wir den Kauf der Aktien von Fact-Select für sehr risikoreich.»

Joanna befand sich in einem Dilemma. Sie wollte Mr. Sternhold einen wirklich rentablen Tip geben, um seinen Glauben an First Clarence wiederherzustellen, aber sie fürchtete, sein zaghaftes Wohlwollen aufs Spiel zu setzen, indem sie ihm eine risikoreiche Spekulation empfahl. Falls sie ihm andererseits jedoch nichts von Fact-Select erzählte, würde es ein anderer Händler tun.

Schließlich rief sie ihn an und betonte dabei eingehend das Risiko.

«Wollen Sie mich etwa davon überzeugen, *nicht* zu kaufen?» fragte er sie schroff.

«Oh, nein, Mr. Sternhold. Ich möchte nur ... äh ... ich will nicht, daß Sie durch mich einen Verlust machen.»

Er schwieg und dachte nach. Dann sagte er: «Ich kaufe 100 000 zu 50 Pence, Miss Templeton, aber wenn Sie falsch liegen, will ich nie wieder von Ihnen hören.»

Joanna wiederholte seine Anweisung und wünschte fast, er hätte ihr keine Order gegeben.

Am nächsten Morgen wurden ihre Ängste noch verstärkt, als sie während ihres eiligen Frühstücks die Sendung «Händler im Morgengrauen» hörte. Ein bekannter Londoner Analyst gab ein Interview und sagte, das Gerücht über das Angebot für Fact-Select sei nichts weiter als Spekulation.

Als die Börse öffnete, waren die Aktien wieder auf 45 Pence gefallen.

Ihr erster Anruf kam von Mr. Sternhold. «Ihre Analysten sind Nichtsnutze», fuhr er sie an. «Meine Anteile sind an einem Tag um zehn Prozent gefallen.»

Sie war entschlossen, sich nicht einschüchtern zu lassen. «Mr. Sternhold, ich habe Sie gewarnt, daß Fact-Select ein hohes Risiko birgt.»

«Miss Templeton, wenn diese Aktien abstürzen, erwarte ich, daß Sie sie wieder loswerden, ohne es mir in Rechnung zu stellen.» Er knallte den Hörer auf.

Joanna wandte sich an Jeremy. «Das war Sternhold. Er will, daß ich ohne Provision verkaufe. Geht das? Wenn nicht, verliere ich ihn.»

«Nicht bei diesem Geschäft. Sie haben ihn über das hohe Risiko bei Fact-Select in Kenntnis gesetzt. Sternhold ist ein erfahrener Fondsmanager. Er kennt die Spielregeln.»

«Aber ich verliere nur ungern einen Kunden – insbesondere wenn ich mich so bemüht habe, ihn zurückzuerobern.»

«Deshalb sind Sie auch ein so guter Händler.»

«Danke.» Sie freute sich. Vielleicht würde man ihr doch einen festen Vertrag anbieten.

Gegen Ende des Tages war Fact-Select auf 30 Pence gefallen. Jedesmal wenn Joanna ein Telefongespräch annahm, erwartete sie einen verbalen Peitschenhieb von Mr. Sternhold, aber er rief nicht an.

Sie kam erschöpft nach Hause und war dankbar, einen

Abend für sich zu haben. Kaum hatte sie es sich mit einem Glas Wein und Radiomusik in der Badewanne gemütlich gemacht, klingelte das Telefon. Sie langte nach dem Hörer, wobei es von ihrem nassen Arm auf den Teppich tropfte.

«Hallo», antwortete sie und lehnte sich plätschernd wieder in das wohlduftende, warme Wasser zurück.

«Joanna?»

«Ja.» Sie glaubte, die Stimme Olivers wiederzuerkennen, wollte aber seinen Namen nicht nennen, aus Angst, sie irrte sich.

«Hier ist Oliver Safarov. Die Leitung scheint schlecht zu sein. Ich kann Wasser hören.»

Sie lachte verlegen. «Ich bin in der Badewanne.»

«Soll ich lieber später noch einmal anrufen?»

Sie hätte fast bejaht, änderte aber dann ihre Meinung. Dies war kein geschäftlicher Anruf. «Aber nein», antwortete sie. «Vielen Dank für die schönen Blumen.»

«Ich hätte sie zu Ihnen nach Hause liefern lassen, aber ich wußte nicht, ob sie dort jemand in Empfang nehmen könnte. Ich hoffe, ich habe Sie nicht in Verlegenheit gebracht, indem ich sie zu First Clarence schickte.»

«Meine Kolleginnen waren rasend vor Neid. Sie wollten unbedingt wissen, von wem sie kamen.»

«Aber das haben Sie nicht verraten?»

«Natürlich nicht.» Sie war froh, daß er von den ordinären Bemerkungen der Händler nichts ahnte. «Ich hätte mich bei Ihnen bedankt, aber ich konnte Ihre Adresse nicht ausfindig machen.»

«Ist sie nicht im Computer von First Clarence?»

«Doch, auf dem Zentralcomputer – nehme ich an –, aber nur die Abteilungsleiter dürfen den einsehen.»

«Wie anständig von Ihnen, daß Sie nicht nachgeschaut haben.»

Sie gestand ihm nicht, daß sie den Code gar nicht hatte.

«Erzählen Sie mir von Ihrem Tag», sagte er. «Ich hoffe, Sie verdienen Unmengen von Geld, ohne allzuviel arbeiten zu müssen.»

«Ach, heute nachmittag war's hektisch. Es wird viel über Fact-Select spekuliert.» Sie verriet nichts, was nicht allgemein bekannt war.

«Glauben Sie, daß sie übernommen werden?»

«Schwer zu sagen, aber es wäre an der Zeit. Sie haben ein gutes Produkt, nur einfach zuwenig Kapital.»

«Genau das denke ich auch.»

Sie war erfreut und fragte sich, ob er auch Aktien von Fact-Select gekauft hatte, wollte aber nicht fragen.

«Ich habe den Eindruck, daß Jeremy ein Motivationskünstler ist», fuhr er fort.

«Ja, das ist er.» Sie war zu verschwiegen, um zu ergänzen, daß er auch ein Ekel sein konnte.

«Ganz anders als der alte Mr. Fitterton?»

Sie war überrascht. «Woher wissen Sie, daß ich früher bei Fitterton gearbeitet habe?»

«Joanna, das haben Sie mir erzählt.»

«Wirklich?» Sie erinnerte sich nicht daran.

Sie redeten noch weiter über den Aktienmarkt, und sie mußte daran denken, daß Peter nie etwas über ihre Arbeit hören wollte.

«Ich muß mich gleich verabschieden», sagte er. «Ich soll heute nachmittag eine Rede halten.»

«Heute nachmittag?» wiederholte sie verwirrt.

«Ich rufe aus Boston an. Habe ich das nicht gesagt? Ich besuche meine älteste Tochter, die hier an der Universität studiert, und ich wurde gebeten, zu den Wirtschaftsstudenten zu sprechen.»

«Sind Sie ... noch verheiratet?» fragte sie, um die Lage zu peilen.

«Ich bin seit sieben Jahren geschieden. Wenn ich noch verheiratet wäre, hätte ich es Ihnen gesagt. Ich würde eine Frau nicht unter Vorspiegelung falscher Tatsachen zum Abendessen einladen.»

Sie sank noch tiefer in das wohlriechende Wasser. «Sie haben mich nicht zum Abendessen eingeladen.»

«Das tue ich jetzt.»

Sie war plötzlich unsicher, ob er vorgehabt hatte, sie einzuladen, oder ob sie ihn in eine Lage gebracht hatte, in der er nicht anders konnte, ohne unhöflich zu sein.

«Ich würde gern, aber ich bin sicher, Sie haben sehr viel zu tun», sagte sie und bot ihm so einen Ausweg an.

Er ignorierte ihr Angebot. «Sagen wir ... Donnerstag abend.»

«Danke.» Er hatte es wirklich so gemeint.

«Wir essen bei mir. Kennen Sie sich mit russischer Kunst aus?»

«Ich fürchte nicht.»

«Gut. Ich freue mich darauf, Ihnen etwas beizubringen. Soll ich Sie um acht Uhr von meinem Chauffeur abholen lassen?»

Sie wollte es gerade annehmen, als zurückliegende Erfahrungen sie daran erinnerten, daß es ratsamer war, das eigene Auto dabeizuhaben. Selbst ein freudig erwarteter Abend konnte in einer Katastrophe enden.

«Machen Sie sich keine Umstände», antwortete sie. «Ich fahre selbst.»

Er bestand nicht darauf, sondern gab ihr seine Adresse in einer der vornehmsten Straßen in Holland Park.

Nachdem sie sich voneinander verabschiedet hatten, lehnte sich Joanna in der Badewanne zurück und nippte mit einem Lächeln an ihrem Wein. Dieser mächtige, einflußreiche Mann interessierte sich für sie und gab ihr das Gefühl, wichtig zu sein. Sie stellte ihn sich im steifen Boston vor, wo sie einmal von einem Schneesturm überrascht worden war.

Wenn seine Tochter auf der Universität war, so führte sie sich vor Augen, mußte sie älter als Alice sein. Somit war Oliver annähernd im gleichen Alter wie ihre Mutter. Das erschien ihr unglaublich. Oliver war sinnlich und aufregend, ein Mann, den sie zunehmend attraktiv fand. Ihre Eltern waren Eltern.

Joanna hatte nicht viele Liebhaber gehabt, da sie so lange mit Peter zusammengewesen war. Andere Männer waren nur dann in ihr Leben getreten, wenn sie und Peter ihre «Auszeiten» hatten. Sie alle waren das Produkt ihrer scheiternden Beziehung gewesen: Sie wurden benutzt, um von Peter wegzukommen, ihr Selbstvertrauen zu stärken oder die einsamen Momente zu überstehen. Oliver war anders. Er war ein Mann von Welt.

Noch mehr als gewöhnlich funkelten ihre Augen, als sie am nächsten Morgen zur Arbeit kam.

«Wer ist mein glücklicher Rivale?» fragte Harry, als sie an seinem Tisch vorbeiging.

Sie lachte und ging weiter.

«Die Liebe tröstet über die schlechte Neuigkeit von Fact-Select hinweg, oder?»

Sie machte eine Kehrtwendung. «Welche Neuigkeit?»

«Die Aktie steht zu Börsenbeginn bei 25 Pence. Liest du denn keine Zeitung? Alle sind der Meinung, sie machen es nicht mehr lange.»

«Oh, nein!» Sie eilte zu ihrem Tisch. Ihr Bildschirm bestätigte Harrys Aussage. Sie schlug ihre Zeitung auf und suchte nach Neuigkeiten. Der Leitartikel skandierte gegen die Geißel unbegründeter Gerüchte im Umfeld der Börse und sagte: «*Niemand von dieser Zeitung hat die Tragödie von Carthew Instruments vergessen.*»

«Was war damals mit Carthew?» fragte sie Jeremy, als sie versuchte, sich die Einzelheiten in Erinnerung zu rufen.

«Der Herausgeber vom *Sunday Chronicle* war manisch

depressiv, aber das schien dort niemand zu merken. Weiß der Himmel, warum! Vor einigen Jahren drehte er durch und schrieb einen Artikel, der auf bloßen Gerüchten basierte. Er stufte Carthew herab, und die gingen dann pleite.»

«Wegen dieses einen Artikels?»

Jeremy zuckte die Schultern. «Richard Holfast war brillant. Was er sagte, galt als Tatsache. Die Bank von Carthew geriet in Panik und ließ zwangsvollstrecken.»

«Was passierte mit Holdfast?»

«Er hat sich erschossen.»

«Jetzt erinnere ich mich. Wie tragisch!» Joanna fiel ein, wie sanft der Ausdruck auf Adam Hunters Gesicht geworden war, als er gesagt hatte: «Ich hatte einen hervorragenden Lehrer.» Sie fragte sich, ob er damit Richard Holdfast gemeint hatte.

Fact-Select stand zu Börsenbeginn bei 25 Pence. Da Joanna es für günstiger hielt, sich Sternhold zu stellen, anstatt auf seinen wütenden Anruf zu warten, rief sie ihn an.

«Ihr Mut überrascht mich», sagte er. «Ich habe nicht erwartet, noch einmal von Ihnen zu hören.»

«Sie sind mein Kunde, Mr. Sternhold. Es ist meine Pflicht, Sie auf dem laufenden zu halten.» Sie teilte ihm die Ansicht des Analysten mit und versuchte, nicht allzu unheilvoll zu klingen.

Er ließ sie ausreden. «Sie haben die Hälfte meines Geldes verloren, Miss Templeton. Unterrichten Sie mich sofort über weitere ungünstige Neuigkeiten.» Wie gewöhnlich beendete er das Gespräch abrupt, ohne sich zu verabschieden.

«Zumindest hat Sternhold noch nicht verkauft.» Joanna berichtete Jeremy im Detail von dem Telefongespräch. «Wenn man ihn reden hört, könnte man denken, ich hätte ihm das Geld mit aller Gewalt entrissen.»

Er lächelte. «Ach, Sternhold ist ein gewiefter alter Fuchs. Er hielt Fact-Select sicher für ein kalkulierbares Risiko. Jedenfalls haben Sie das gut gemacht. Dies ist das erste Mal seit Monaten, daß wir in seinem Auftrag gehandelt haben.»

«Ich möchte nicht, daß es das letzte Mal ist.»

Im Laufe des Vormittags fiel Fact-Select um weitere zwei Punkte.

«Sie machen Konkurs», rief Vikram. «Das gibt ein Blutbad.» Er machte sich eilig daran, seine Kunden zu warnen.

Mit leichter Übelkeit wappnete sie sich für das Gespräch mit Sternhold. Gerade als sie seine Nummer zum zweiten Mal an diesem Tage wählte, blinkte ihr Bildschirm auf.

Letzte Meldung: Bestätigtes Angebot von 50 Pence pro Aktie für Fact-Select.

«Irgend jemand da oben hat wirklich ein Herz für mich!» stieß sie hervor und lachte erleichtert, während sie zusah, wie der Preis anstieg. Als er 50 Pence erreicht hatte, rief sie Mr. Sternhold an.

«Das Angebot wurde bestätigt», berichtete sie ihm triumphierend.

«Miss Templeton, die Aktien stehen genau bei dem Preis, den ich für sie bezahlt habe. Ich will einen Gewinn sehen.»

«Sie werden steigen, Mr. Sternhold.»

«Das wäre auch besser so, Miss Templeton.» Dieses Mal verabschiedete er sich.

Fact-Select lehnte das ursprüngliche Angebot ab, aber nach ein paar Tagen der Distanzierung akzeptierten sie ein überarbeitetes Angebot von 70 Pence pro Aktie. Società Hadini und New Aldren Fund hatten einen beachtlichen Gewinn gemacht. Mr. Sternhold hatte 20000 Pfund verdient. Das war ein kleiner Gewinn, aber Joanna war erfreut – und überaus erleichtert.

Kapitel 9

Joanna trug ein schlichtes schwarzes Leinenkleid zu ihrem Abendessen mit Oliver. Sie hatte es im vorigen Herbst in Rom gekauft. Sie war mit Felicity dorthin gereist, da Peter die Mittelmeerländer nicht mochte, und sie hatten das Kleid im Schaufenster einer Boutique in der Via Condotti entdeckt. Es hatte sie ein Vermögen gekostet, sogar noch im Ausverkauf, und sie hatte es nie getragen. Es war zu kalt gewesen, als sie nach London zurückgekehrt waren, und seit sie nicht mehr rauchte, hatte sie zugenommen. Nun paßte es ihr endlich wieder.

«Geht das?» fragte sie Felicity, als sie aus ihrem Schlafzimmer auftauchte.

Felicity legte das Manuskript, das sie gerade lektorierte, beiseite. «Perfekt. Sexy, und doch elegant. Oliver wird ins Schwärmen geraten.»

«Schmuck?» Joanna hielt sich eine dünne Goldkette um den Hals.

«Unauffälligen, oder vielleicht gar keinen.» Felicity zuckte vielsagend mit den Augenbrauen. «Dann versteht er die Andeutung und kauft dir welchen.»

Joanna tat so, als wolle sie ihrer Freundin einen Schlag verpassen. «Ich bin *nicht* an Olivers Geld interessiert.»

«Worin liegt dann die Anziehungskraft? Macht oder Sex?»

«Beides!»

«Du schamloses Luder! Was würde der arme alte Peter dazu sagen?»

«Darüber denke ich lieber nicht nach.» Joanna zog ihre

Lippen rot nach. «Warum sollte ich nicht mal ein Abenteuer haben? Ich habe mit niemandem geschlafen, seit ...» Sie hielt inne und dachte an ihre letzte Begegnung mit Peter. «Erinnerst du dich noch, wie wir an der Universität um eine Ölheizung herumsaßen und Witze darüber machten, reiche Männer kennenzulernen, die uns warme Länder zu Füßen legen.»

«Und warme Mahlzeiten.»

«Ja, keine rationierten Dosenbohnen mehr. Nun, Oliver Safarov ist dieser reiche Traummann. Aber ich mag ihn auch. Er ist faszinierend.»

«Willst du mir damit zu verstehen geben, daß ich die Kette vor die Tür legen soll, wenn ich zu Bett gehe?»

«Mit Sicherheit nicht!» erwiderte Joanna bestimmt. «Er hat mich noch nicht einmal auf die Wange geküßt. Jedenfalls bereitet es mir noch Sorgen, daß er ein Kunde ist. Es würde mir nicht gefallen, wenn das jemand von der Bank herausfindet. Zum Glück sieht er das genauso.»

«Er scheint dich sehr zu mögen», sagte Felicity.

«Ja, ich glaube es zumindest, obwohl er mir manchmal sehr distanziert erscheint und ich nicht weiß warum.» Joanna ließ ihre Handtasche zuklappen, schnappte sich ihre Jacke und die Autoschlüssel und ging zur Tür. Dort hielt sie inne. «Ich bin nervös», gestand sie.

Felicity lächelte aufmunternd. «Wenn du erst einmal da bist, geht's dir gut. Das ist bei dir doch immer so.»

«Danke.» Joanna verabschiedete sich und eilte hinaus, bevor sie erneut einem Anfall von Unsicherheit nachgeben konnte.

Olivers prachtvolles Herrenhaus lag etwas zurückgesetzt. Vor dem von Säulen umrahmten Eingang lag eine kreisförmige Auffahrt mit makellos geharktem Kies. Zwei Autos standen vor dem Haus, ein schwarzer Bentley und ein roter Jaguar E-Type. Als Joanna vorfuhr, wurde die Eingangstür geöffnet und Oliver eilte die Stufen hinunter, um sie zu begrüßen.

«Ich habe mich auf diesen Abend gefreut», sagte er.

«Ich mich auch.» Felicity hatte recht gehabt. Nun, da sie hier war, fühlte sie sich vollkommen sicher.

Oliver hielt die Wagentür auf, während Joanna ausstieg. «Das Kleid sieht italienisch aus.»

Sie lächelte. «Stimmt genau. Woher wissen Sie das?»

«Ich liebe die italienische Mode.»

Er führte sie die breite Treppe hinauf und in eine Eingangshalle mit großen Spiegeln hinein, wo ihr ein älterer, stocksteifer Butler die Jacke abnahm.

«Das ist Withers, ohne den mein Leben ein Chaos wäre», stellte Oliver ihn vor.

«Guten Abend.» Joanna lächelte den Butler an und dachte, welch ein Luxus es doch sein mußte, seinen Haushalt wie ein 5-Sterne-Hotel führen zu lassen.

«Guten Abend, Miss.» Withers verneigte sich kurz, fast militärisch, vor ihr.

Oliver ging voraus in das Empfangszimmer. Es war äußerst üppig ausgestattet, hatte Fenster mit schweren, roten Samtvorhängen und Wände, die so dicht mit goldenen und silbernen Ikonen bestückt waren, daß zwischen ihren Rahmen nur wenige Zentimeter frei waren. Die Möbel waren ebenso überladen. Die antike Chaiselongue war mit schwerem Goldbrokat bezogen, die auf Hochglanz polierten Tische präsentierten silberne Samoware und Bernsteinstatuetten, und auf dem Kaminsims standen zur rechten und linken Seite einer reichverzierten Uhr aus Goldbronze jeweils sechs Fabergé-Ostereier. Joanna fand es faszinierend und fremdartig zugleich.

«Bezaubernd», sagte sie, während sie sich umschaute.

«Ich freue mich, daß es Ihnen gefällt.» Oliver reichte ihr ein Glas Champagner, ohne zu fragen, was sie gerne trinken wollte. «Eine der berühmtesten Ikonen ist die Jungfrau von Kasan. Dies ist eine besonders wertvolle Darstellung.» Er zeigte auf ein kleines, exquisites Abbild der Jungfrau Maria, die von einem Heiligenschein aus Mosaiksteinchen umgeben war und auf ein Kind niederblickte, welches eher einem zehn Jahre alten Jungen als einem Baby glich. «Die Goldschicht, die nur die Hände und das Gesicht freiläßt, nennt man Risa.»

Joanna betrachtete die Ikone eingehend. «Sie ist wunderschön.»

Oliver schaute zum Gesicht der Jungfrau hinauf. «Sie gehörte der Familie meines Großvaters. Diese Ikone war der einzige Wertgegenstand, den er mitnahm, als er Rußland verließ. Meine Mutter brachte sie mit, als sie Lettland verließ. Sie wollte sich damit ihren Weg nach draußen erkaufen, falls man sie aufhalten würde, aber zum Glück wurde das nicht notwendig.» Er schwieg einen Moment gedankenverloren, führte Joanna dann am Arm zu der Chaiselongue und sagte: «Ich möchte alles erfahren, was es bei Ihnen an Neuigkeiten gibt. Wie sieht es an der Börse aus? Was halten Sie von der Fact-Select-Übernahme?»

Sie befand sich auf vertrautem Terrain. «Ich bin froh, Kunden zu haben, die Spekulationen nicht scheuen.»

«Gibt es viele davon?»

«Ach ... einige.»

«Die kannten sicherlich das Risiko?» meinte er.

«Natürlich. Fact-Select war kein reines Glücksspiel. Das Potential für einen Gewinn war eindeutig vorhanden.»

«Ich stimme Ihnen voll zu.» Er lächelte sie bewundernd an.

«Haben Sie ... auch gekauft?» erkundigte sie sich vorsichtig und hoffte, daß er ihre Frage nicht für unverschämt hielt.

Er schüttelte den Kopf. «Ich wünschte, ich hätte es getan, aber als ich von dem Gerücht erfuhr, war der Preis schon gestiegen.»

Sie erinnerte sich an Mr. Sternholds Zorn. «Er fiel wieder.»

«Ja, aber zu langsam. Im Gegensatz zu Ihnen kann ich der Versammlung der Analysten nicht beiwohnen.»

Seine Wortwahl verursachte bei Joanna ein ungutes Gefühl. Sie war nicht sicher, ob er es einfach nur dahingesagt hatte, oder ob er andeuten wollte, daß er gerne Einzelheiten über die morgendlichen Versammlungen von ihr erfahren würde. Als Kunde von First Clarence hatte er ein Recht auf Informationen – aber von seinem eigenen Broker auf der Ebene der Privatkunden, nicht von ihr.

Das Dinner wurde von Withers in einem ähnlich üppig ausgestatteten Eßzimmer serviert. Oliver und Joanna saßen am Ende eines schweren Mahagonitisches und speisten im Licht von zwanzig silbernen Kerzen. Das Essen war vorzüglich, aber Joanna war sich der Anwesenheit von Withers bewußt, obwohl Oliver alles tat, damit sie sich wohl fühlte. Er unterhielt sie mit Geschichten über berühmte Persönlichkeiten der Wall Street und brachte sie zum Lachen.

Als sich Withers zurückzog, beugte sich Oliver über den Tisch und legte seine Hand auf Joannas. «Ich wollte damit nicht andeuten, daß Sie mir vertrauliche Informationen geben sollten», sagte er.

«Ach ... das weiß ich doch.» Sie machte sich Vorwürfe, so argwöhnisch gewesen zu sein.

Er lächelte. «Gut. Lassen Sie uns jetzt einen Kaffee trinken.» Nun erst zog er seine Hand zurück.

Sie gingen in das Empfangszimmer zurück. Joanna machte es sich auf der Chaiselongue bequem, wobei sie ihre Beine provokant übereinanderschlug. Sie sah zu, wie Oliver den Kaffee einschenkte. Ihr gefiel die Art, wie er die zarten Tassen mit seinen großen Händen hielt.

«Ich finde Sie sehr attraktiv, Joanna», sagte er mit ernstem Gesichtsausdruck.

«Danke.» Sie lehnte sich zurück, und ihr Rock offenbarte noch mehr von ihren Oberschenkeln.

Er setzte sich neben sie. Sie tranken den Kaffee.

Dann nahm er ihr die Tasse aus der Hand. «Um ehrlich zu sein, ich finde dich unwiderstehlich.»

Sie wandte sich ihm zu und lächelte einladend. Er legte den Arm um sie und zog sie an sich. Sie streckte ihm das Gesicht entgegen, und er küßte sie zärtlich, bedeckte ihren Mund mit dem seinen. Sie erwiderte den Kuß, indem sie die Lippen öffnete. Er küßte sie heftig, hungrig, preßte sie an sich. Sie dachte einen kurzen Moment lang an den kommenden Morgen – sie mußte noch früher aufstehen als sonst –, aber egal! Sie wollte ihn. Sie wollte mit ihm schlafen.

Er legte die Hand auf ihren Oberschenkel. Sie öffnete die übereinandergeschlagenen Beine. Seine Finger bewegten sich weiter nach oben; er berührte die Spitzenborte ihres Slips.

Die goldbronzene Uhr schlug Mitternacht. Beide starrten dorthin.

«Ich sollte gehen», sagte sie, ohne es wirklich zu meinen.

«Ich möchte, daß du bleibst.» Seine Stimme war heiser. «Aber du hast recht. Wir müssen vernünftig sein. Es ist spät. Du mußt morgen arbeiten, und ich fliege morgen früh nach Moskau.»

Sie war enttäuscht und überrascht, sagte sich aber, daß es so wohl am besten war.

Oliver stand auf und hielt ihr die Hand hin. «Macht es dir etwas aus, wenn ich dich nicht nach Hause begleite? Mein Chauffeur kann dir in meinem Auto folgen, um sicherzugehen, daß dir nichts passiert.

«Danke.» Sie sagte nicht, daß sie des öfteren nachts allein herumfuhr.

Er legte die Arme um ihre Hüfte und zog sie zu sich, um ihr einen Abschiedskuß zu geben, aber als sich ihre Lippen berührten, riß er sie so heftig an sich, daß sie ihn deutlich spürte. Sie bewegte ihre Hüfte, und er strich mit den Zeigefingern an ihren Beinen entlang. Dann umfaßte er plötzlich ihr Gesäß und drückte es so heftig, daß er ihr weh tat – oder fast.

«Wenn du nicht aufhörst, weigere ich mich zu gehen», flüsterte sie ihm ins Ohr.

«Du bist unwiderstehlich.» Er hielt sie auf Armeslänge von sich ab und verblüffte sie mit seiner Selbstbeherrschung.

Er führte sie hinaus zu ihrem Auto. Der Chauffeur wartete bereits neben dem Bentley – der Jaguar E-Type war verschwunden.

«Ich bin so schnell wie möglich zurück», versicherte ihr Oliver. Dann trat er beiseite und schaute ihr nach, als sie davonfuhr.

Joanna hörte mehrere Tage nichts von Oliver, so daß sie allmählich fürchtete, er habe seine Meinung geändert – oder sie habe ihn abgeschreckt, indem sie ihr Begehren zu sehr gezeigt hatte. Dann rief er sie von Moskau aus in der Bank an.

«Ich fliege heute abend nach London zurück, nur für ein paar Stunden», sagte er. «Ich weiß, daß es kurzfristig ist, aber können wir uns treffen? Ich will zur Vorbesichtigung einer Versteigerung bei Sotheby's. Ich bin an einer bestimmten Ikone interessiert. Kannst du kommen? Kannst du früher von der Arbeit weg? Ich möchte dich unbedingt sehen, Joanna.» Seine Stimme verursachte einen Schauer, der ihr über den Rücken lief, während sie sich an den Augenblick erinnerte, als er sie an sich gerissen hatte.

«Ich habe um sechs ein Treffen mit einem Kunden, aber das wird wohl nicht länger als eine Stunde dauern.» Sie verfluchte ihren vollen Terminkalender.

«Komm danach. Aber laß mich nicht zu lange warten. Mein Flug geht um elf.»

«Ich verschwinde so schnell wie möglich.»

«Ich warte.»

Den Rest des Tages hatte Joanna Schwierigkeiten, sich auf die Arbeit zu konzentrieren.

Sie kam fast eine Stunde später als geplant bei Sotheby's an. Sie entdeckte Oliver, der sich mit einer eleganten Frau mit silbrigem Haar unterhielt. Er winkte sie herbei und sagte: «Lady Fircroft, darf ich Ihnen Miss Templeton vorstellen?»

«Guten Abend.» Lady Fircroft berührte Joannas Hand mit ihren winzigen, behandschuhten Fingern. «Sind Sie auch Expertin für russische Kunst, meine Liebe? Ein so interessantes Thema. Natürlich stehe ich in der Schuld von Mr. Safarov. Er ist so großzügig gegenüber meiner Organisation für Flüchtlingskinder.»

Oliver schien ihr überschwengliches Lob in Verlegenheit zu bringen. «Zuviel der Ehre.»

«Ganz und gar nicht. Sie verdienen es. Sie sind viel zu bescheiden.» Sie tätschelte ihm den Arm. «Oh, mein Lieber, da ist diese Prinzessin. Wie heißt sie doch gleich? Ich weiß es nicht mehr, aber ich muß einfach mit ihr reden. Sie ist schrecklich langweilig, aber so wohltätig – wie Sie, mein lieber Mr. Safarov.» Sie tätschelte Oliver noch einmal und ging dann fort.

Oliver wandte sich Joanna zu. «Ich habe mir Sorgen gemacht. Du kommst spät. Ich muß in einer Stunde gehen.»

«Es tut mir leid. Mein Kunde bestand auf einem detaillierteren Gespräch, als ich angenommen hatte.»

«Das ist schon in Ordnung. Ich verstehe das. Deine Karriere ist sehr wichtig. Ich habe nur befürchtet, daß du … mich versetzt.»

«Das würde ich nie tun!» Sie war verblüfft. «Ich wäre auf jeden Fall gekommen, egal, wie spät. Habe ich das nicht gesagt?»

«Nicht alle halten ihr Wort.»
«Ich schon», sagte sie bestimmt.
«Deshalb mag ich dich auch, Joanna.»
Er führte sie am Ellbogen in den hintersten Teil des Raumes.
«Die Ikone, an der ich interessiert bin, ist oben rechts», flüsterte er. «Schau nur beiläufig hin. Die Händler brauchen nicht zu wissen, daß ich daran interessiert bin.»
Joanna tat so, als betrachte sie alle Ikonen an der Wand, während sie sich auf die eine konzentrierte, für die Oliver bieten wollte. Es war ein kleines, eher dunkles Ölgemälde des Heiligen Nikolaus mit einer schlichten Goldrisa.
«Gefällt sie dir?» fragte er.
«Die von deinem Großvater gefällt mir besser.»
Er war anscheinend aufrichtig gerührt. «Danke. Mir auch. Aber diese Ikone ist seltener. Das wäre eine gute Anlage.»
Joanna dachte an sein Empfangszimmer, in dem an den Wänden kaum noch ein Zentimeter frei war. «Aber würdest du sie je verkaufen?»
Er lachte. «Du hast meine geheime Leidenschaft entdeckt. Ich bin Sammler. Ich trenne mich nur ungern von etwas.»
Sie verließen die Veranstaltung kurz darauf. Als sie zu dem Ausgang an der Bond Street gingen, blieb Oliver plötzlich stehen. Draußen auf dem Bürgersteig standen einige Fotografen.
«Könnten wir einen anderen Ausgang benutzen?» fragte er den Portier.
«Ähm ... natürlich, Mr. Safarov.»
«Es ist wegen der Lady», erklärte Oliver und legte einen beschützenden Arm um Joanna. «Sagen Sie doch meinem Chauffeur, er soll zur Hintertür kommen.»
Joanna war etwas verlegen. «Ich denke, die Presseleute warten auf die Prinzessin, nicht auf uns», flüsterte sie.
«Natürlich tun sie das. Aber wenn die Prinzessin auch zur

Hintertür hinausgeht, dann behelfen die sich vielleicht mit einem Foto von uns – und ich möchte doch nicht, daß du bei der Arbeit dem Gerede ausgesetzt wirst.»

«Danke.» Sie war erfreut, daß er daran dachte, und – wie sie anschließend Felicity zu Hause anvertraute – es beruhigte sie.

Kapitel 10

Joanna sah Oliver mehrere Wochen lang nicht, obwohl er sie regelmäßig von Moskau, St. Petersburg, Prag, Krakau und Bratislava aus anrief. Das eine Mal, als er wieder nach London kam, mußte sie einen Kunden zum Essen einladen und konnte sich nicht mit ihm treffen – sosehr sie es auch wollte.

Am ersten Freitag im Juni hatte First Clarence zum abendlichen Pferderennen in Goodwood Kunden eingeladen. An diesem Morgen, als Joanna gerade mit ihrem italienischen schwarzen Leinenkleid über dem Arm zur Arbeit aufbrechen wollte, rief Oliver an.

«Ich komme heute abend nach Goodwood», sagte er.

Sie war plötzlich aufgeregt. «Das ist herrlich! Ich wußte nicht, daß du die Einladung angenommen hattest.»

«Hatte ich auch nicht, aber ich habe meine Meinung geändert. Ich möchte dich sehen.»

«Ich möchte dich auch sehen», antwortete sie und hängte das schwarze Kleid in den Schrank zurück. Sie konnte kaum zweimal dasselbe tragen. Statt dessen wählte sie ein cremefarbenes Kostüm und hochhackige Schuhe, die ihre Beine schmeichelhaft zur Geltung brachten.

Am späten Nachmittag, nach Börsenschluß, zogen sie und Rebecca sich in der Damentoilette um.

«Es ist verrückt, solche Schuhe zu tragen», sagte Rebecca und betrachtete argwöhnisch Joannas Absätze. «Damit versackst du im Rasen.»

«Ach, die sind wirklich ziemlich bequem.» Joanna versuchte, nicht zu stolpern, als sie nach unten zu der wartenden Limousine eilten.

Sie kamen in Goodwood an, als die Sonne fast hinter dem Stadion versank und lange Schatten über den samtigen, grünen Rasen warf. Es war ein herrlicher Abend im Frühsommer, und das Gelände füllte sich schnell. Die Bars waren voller Menschen, die Champagner tranken, und an den Fenstern, an denen die Wetten abgegeben wurden, bildeten sich lange Schlangen.

Jeremy rannte aufgeregt vor der Lounge auf und ab. Er eilte herbei, sobald er seine Mitarbeiter entdeckte. «Kann irgendeiner von Ihnen reiten?» erkundigte er sich.

«Warum?» fragte Vikram. «Brauchen die noch einen Jockey?»

Alle lachten, bis sie sahen, daß Jeremy es ernst meinte.

Rebecca schüttelte den Kopf, Simon sagte, er wäre einmal geritten, Vikram schnitt eine Grimasse.

«Ich hatte als Kind ein Pony», sagte Joanna.

«Ich auch», sagte Rupert.

Jeremy zögerte bei seiner Wahl nicht. «Dann müssen Sie ran, Joanna. Harriet Cunningham von der Finanzberatung der Frauen, mit der wir, wie Sie alle wissen, schon seit längerer Zeit ins Geschäft kommen wollen, hat sich doch zur Teilnahme entschieden. Sie ist schon hier, und wir haben ihr versprochen, daß sich jemand um sie kümmern wird, der sich auch mit Pferden auskennt. Sie ist zäher als altes Leder, macht nie Smalltalk, und ihr einziges Interesse – abgesehen vom Geld – gilt Pferden. Wenn wir vorher gewußt hätten, daß sie kommt, hätten wir Charlotte dafür abgestellt, aber … äh …» Er warf einen Blick in Richtung Lounge, wo Sebastian gerade einem Kunden seine Frau vorstellte. «Charlotte können wir im Moment nicht in Anspruch nehmen. Also, Joanna, es ist Ihre Aufgabe, sich um Harriet zu kümmern – und sie als Kundin zu gewinnen.»

«Ich werde mein Bestes tun.» Joanna lächelte ihm unbeschwert zu.

Rupert stand händeringend neben ihr. Sie wünschte, sie hätte sich nicht ausgerechnet gegen ihn durchgesetzt, aber sie konnte einen potentiellen Kunden nicht ignorieren – auch sie war in der Probezeit.

Sie folgte Jeremy in die Lounge, wo eine große, vorzeitig ergraute Frau mit Sebastian schimpfte, weil er das Dinner während des zweiten Rennens servieren ließ. «Wir sind hier, um die Rennen zu sehen», sagte sie gerade. «Warum, in Gottes Namen, kommt man sonst nach Goodwood?»

«Äh ... Harriet.» Selbst Jeremy fürchtete sich anscheinend davor, sie zu unterbrechen. «Darf ich Ihnen Joanna Templeton vorstellen? Sie ist einer unserer besten ...»

«Jeremy, hören Sie auf mit dem Gewäsch! Hallo, Joanna.» Harriet gab ihr einen festen Händedruck. «Sie sind also die Pferdenärrin. Kommen Sie, hauen wir hier ab. Ich will den Paddock sehen – und Sie sicherlich auch.» Sie marschierte hinaus.

«Pferdenärrin?» flüsterte Joanna fragend.

Jeremy grinste schüchtern. «Nur so konnte ich sie dazu bewegen, noch zu bleiben.»

Joanna eilte hinter Harriet her, aber in ihrem engen Rock und den unpassenden Schuhen war das nicht leicht. Sie erreichte die Pferdekoppel und sah Harriet, die sich gegen das Gatter lehnte, mit dem Rennprogramm in der einen Hand und dem Fernglas in der anderen.

«Wo steht Ihr Pferd?»

«Nun ... äh ... ich habe im Moment keines.» Sie fragte sich, was Harriet sagen würde, wenn sie wüßte, daß ihre einzige Erfahrung mit Pferden an Marbles geknüpft war – ein schmuddeliges, kleines, braunes Pony, das seit über fünfzehn Jahren unter den Osterglocken in einer Ecke im elterlichen Garten begraben lag.

Sie beobachteten, wie die Pferde auf dem Paddock herumgeführt wurden.

«Es ist schon interessant, daß die Regierung fast all ihre Anteile an der British Telecom verkaufen will», bemerkte Joanna so beiläufig wie möglich.

«Ich weigere mich, übers Geschäft zu reden, wenn ich beim Pferderennen bin.» Harriet schaute in ihr Rennprogramm.

«Also, auf wen setzen Sie?»

«No Trump ist mein Favorit», murmelte leise eine Stimme hinter Joanna.

Sie drehte sich rasch um. Oliver lächelte und zwinkerte ihr kurz mit einer Kopfbewegung in Richtung Harriet zu, um ihr zu verstehen zu geben, daß er die Situation durchschaute.

«Guten Abend, Joanna», sagte er laut.

«Guten Abend.» Joanna verzog keine Miene. «Harriet, darf ich Ihnen Mr. Safarov vorstellen?»

Harriet schaute sich kurz um. «Wir kennen uns schon. Guten Abend.» Ihr Tonfall war höflich, aber kühl.

«Ich habe Ihr Stutenfohlen in Doncaster laufen sehen», sagte Oliver. «Sie hätte gewinnen müssen.»

«Danke.» Harriet las weiterhin in ihrem Rennprogramm.

«Wie viele Pferde trainieren Sie?» beharrte Oliver.

«Drei.»

«Eines von ihnen ist der Ururgroßenkel von Northern Dancer, wenn ich mich nicht täusche?»

Harriet war anscheinend überrascht. «Sie haben recht. Woher wissen Sie das?»

«Ich interessiere mich für Züchtung. Ich trainiere ein paar Pferde in Frankreich und beabsichtige, meine Zucht noch zu vergrößern.»

Harriet ließ das Programm sinken. «Sind sie schon gelaufen?»

«Nächstes Jahr – hoffentlich.» Er redete weiter mit Harriet über Pferde und ließ gelegentlich ein gutes Wort über First Clarence fallen, wofür Joanna ihm dankbar war.

Auf dem Paddock half man den Jockeys in die Sättel. Nacheinander ritten sie zu den Startboxen. Oliver, Harriet und Joanna gingen zu der Lounge zurück, wobei Joanna sich größte Mühe gab, nicht mit ihren Absätzen im Rasen stekkenzubleiben.

«Du siehst sehr elegant aus», sagte Oliver zu ihr, als Harriet stehenblieb, um die Startlinie mit Hilfe ihres Fernglases zu beobachten.

«Danke, und vielen Dank für die Hilfe mit ...» Sie nickte in Richtung Harriet.

«Sie ist eine harte Nuß, aber ich glaube, wir haben sie zu guter Letzt geknackt.»

«Das hoffe ich», erwiderte Joanna, obwohl sie das Gefühl hatte, daß Harriet nur teilweise aufgetaut war.

Am Ende des Abends bot Oliver sowohl Harriet als auch Joanna an, sie in seinem Hubschrauber zurück nach London zu bringen. Als sie unter den neidischen Blicken derjenigen, die mit dem Auto zurück nach London fahren mußten, die Lounge verließen, klopfte er Jeremy auf den Rücken.

«Hoffen wir, daß uns niemand von der Aufsichtsbehörde des Wertpapier- und Futurehandels sieht», sagte er.

Jeremy sah ihn verwirrt an. «Warum?»

«Die denken vielleicht, daß First Clarence mit übertriebener Gastfreundschaft um seine Kunden wirbt.»

«Oliver, der Hubschrauber ist Ihr Eigentum.»

«Ich habe ihn mit dem Gewinn gekauft, den ich mit Investitionen gemacht habe, die von First Clarence plaziert wurden!»

«Daran ist nichts illegal.»

Oliver lachte. «Jeremy, ich mache nur Spaß. Wo ist Ihr berühmter britischer Humor geblieben? Kommen Sie, meine Damen!» Er führte sie zu der Limousine, die sie zum Landeplatz des Hubschraubers am anderen Ende der Rennstrecke bringen sollte.

Als sie auf dem Rücksitz Platz nahmen, meinte Harriet: «Jeremy hat aber merkwürdig reagiert.»

«Er ist immer etwas verschlossen», erwiderte Oliver.

«Finden Sie?» Joanna war erstaunt. «Im Börsensaal hört man ihn entweder lauthals schimpfen oder überschwenglich loben. Ich habe noch nie erlebt, daß er um Worte verlegen war.»

Oliver zuckte mit den Schultern. «Ach, die Menschen verhalten sich immer anders, wenn sie nicht bei der Arbeit sind.»

Joanna wollte das Thema nicht weiter vertiefen. Oliver und Harriet waren Kunden, und es wäre ungehörig, sie daran zu erinnern, daß Goodwood zumindest für Jeremy Teil der Arbeit war.

Sie landeten in Battersea, wo bereits der Chauffeur auf sie wartete: Oliver wies ihn an, zuerst Joanna abzusetzen. Sie war dankbar dafür. Sie wollte nicht, daß Harriet irgend etwas ahnte. Als sie vor ihrer Wohnung hielten, stieg Oliver aus dem Auto aus, um sie zum Eingang zu begleiten. Als sie den Schlüssel aus ihrer Tasche holte, nahm er ihn, steckte ihn ins Schloß und öffnete die Tür.

«Vielen Dank für den schönen Abend», sagte er und legte ihr den Schlüssel in die Hand.

«Vielen Dank für die Heimfahrt.» Sie erwiderte den Druck seiner Hand und stellte erfreut fest, daß er wohl gern mehr gesagt hätte, aber durch Harriets Anwesenheit davon abgehalten wurde.

Eine halbe Stunde später, als Joanna unter ihre Daunendecke rutschte, klingelte das Telefon.

«Kannst du nächstes Wochenende mit mir nach Frankreich kommen?» fragte Oliver.

«Liebend gern», antwortete sie, ohne zu zögern.

«Ich habe eine Villa in den Anhöhen hinter Cannes», fuhr er fort. «Sie ist sehr schön. Ich weiß, daß es dir dort gefallen wird. Ich habe die Pläne für die Gärten und den Swimmingpool selbst entworfen.»

Sie legte den Hörer auf ihr Kissen. «Das hört sich wunderbar an.»

«Macht es dir etwas aus, wenn du allein hinfliegst? Ich muß morgen nach Rumänien, und ich fürchte, ich habe nicht die Zeit, dich in London abzuholen. Aber mein Chauffeur kann dich nach Heathrow fahren, und ich hole dich in Nizza vom Flughafen ab.»

«Das ist in Ordnung.» Sie fragte sich, wie es wohl sein würde, zwei ganze Tage mit ihm allein zu verbringen.

«Ich rufe dich im Laufe der Woche wegen der Einzelheiten an.»

«Ich freue mich darauf.» Sie nahm an, daß er oft in Begleitung von Frauen ein paar Tage wegflog.

Er schwieg einen Moment und fügte dann leise hinzu: «Ich kann das Wochenende kaum erwarten.»

«Ich auch nicht.»

Sie wünschten sich eine gute Nacht. Als sie einschlief, stellte sie sich vor, wie sie und Oliver sich liebten – auf einer sonnigen Terrasse neben einem glitzernden, blauen Swimmingpool.

Kapitel 11

Joanna hatte darum gebeten, am Freitagnachmittag frei zu bekommen, und Jeremy erhob keine Einwände. Als es jedoch Zeit wurde zu gehen, hatte sie zuviel zu tun. Jeremy mußte wieder einige ihrer Anrufe zu sich umleiten, damit alle Anfragen ihrer Kunden bearbeitet werden konnten.

Zu Joannas Freude plazierte Harriet Cunningham eine große Order zum Kauf von Aktien der Hong Kong & Shanghai Bank. Dann erhielt sie per Fax die Anweisung von Mr. Bilsham von Kathpeach, 200 000 Rampayne Communications zu 90 Pence pro Aktie zu kaufen. Rampayne war kein schlechtes Unternehmen, aber seine Aktien waren stark gefallen, seit einer der Direktoren des Diebstahls angeklagt worden war – er hatte 20 000 Pfund des Firmengeldes für einen Urlaub mit seiner Geliebten zum Fenster hinausgeworfen.

Erst nachmittags kam sie endlich nach Hause und hatte kaum fünfzehn Minuten, um zu duschen, zu packen und sich anzuziehen, bevor Olivers Chauffeur sie zum Flughafen fahren sollte. Da sie keine Zeit hatte, lange zu überlegen, schlüpfte sie in ein schickes, aber legeres, orangefarbenes Leinenkostüm. Sie zog gerade den Reißverschluß des Rokkes hoch, als es an der Tür klingelte.

Drei Stunden später trat sie aus dem Flugzeug und erlebte gerade noch einen herrlichen, heißen Sonnenuntergang am Mittelmeer. Oliver wartete auf sie in der Lounge der ersten Klasse; er war kurz vorher gelandet. Er war sonnengebräunt und mit seinem weißen Hemd, dem offenen Kragen und der schwarzen Hose eine lässig-elegante Erscheinung. Sie fragte sich, warum sie sich darüber Sorgen gemacht hatte, er könnte zu alt für sie sein.

«Wir haben viel zu lange gewartet», sagte er und küßte sie auf beide Wangen.

«Das haben wir.» Sie lächelte ihn an.

Zum ersten Mal, seit Joanna Oliver kannte, fuhr er selbst und brauste mit ihr in seinem offenen Rolls-Royce Corniche dahin, fort von dem glitzernden Meer und den Hotels an der Küste und hinauf in die purpurfarbenen Hügel. Sie fuhren vorbei an luxuriösen Villen, die eingehüllt waren in rote Bougainvillea und neben denen exotisch geformte Swimmingpools angelegt waren. Joanna ließ ihren Kopf zurückfallen und genoß die Schönheit des tintenblauen Himmels. Welten lagen zwischen dem Jetzt und der Hektik des Börsensaals.

Oliver nahm ihre Hand und legte sie auf die Innenseite seines Schenkels. «Hattest du heute viel zu tun?» erkundigte er sich.

«Sehr viel.» Sie ließ ihre Finger kreisen und versuchte, sich nicht daran zu stören, daß er sie mit der Frage nach der Arbeit wieder in die Realität zurückgeholt hatte.

«Gab's viel Gerede über Rampayne Communications?»

«Ja, und große Verachtung für den Direktor, der für zwanzig Tausender alles aufs Spiel gesetzt hat.»

Oliver schaute mißbilligend. «Diebstahl bleibt Diebstahl, egal, ob zwanzig Tausend oder zwanzig Millionen.»

«Oh, das finde ich auch», antwortete sie schnell.

Sie fuhren an einer hohen weißen Mauer entlang. Plötzlich lenkte Oliver den Wagen abrupt auf eine Auffahrt, wobei die Reifen eine Staubwolke aufwirbelten. Vor ihnen war ein solides Eisentor mit Beschlägen und mit Überwachungskameras auf beiden Seiten. Oliver setzte das Tor elektronisch in Bewegung, es öffnete sich und offenbarte eine schöne weiße Villa in einer perfekt gepflegten Gartenanlage. Als sie näher heranfuhren, wurde Joanna umhüllt von dem Duft des Jasmins, der die Sonnenterrasse bedeckte.

«Welch ein herrlicher Ort.» Sie lehnte sich zu ihm hinüber.

Er küßte sie auf den Mundwinkel. «Ich wußte, daß es dir gefällt.»

Die Eingangstür wurde geöffnet, und eine kleine, in schlichtes Schwarz gekleidete, weißhaarige Frau stürzte die Stufen hinunter. Joanna hielt sie für die Haushälterin.

«Arkasha!» rief die Frau.

Oliver schob Joannas Hand von seinem Schenkel und verließ eilig das Auto. «Mama!» Er umarmte seine Mutter liebevoll.

Joanna war sprachlos. Bei allem, was Oliver über ihr romantisches Wochenende gesagt hatte, war nie davon die Rede gewesen, daß seine Mutter anwesend sein würde. Obwohl sie die deutlich zu erkennende Zuneigung der beiden füreinander rührte, fühlte sie sich äußerst unwohl. Sie stieg aus dem Auto, hielt sich etwas abseits und wartete darauf, vorgestellt zu werden. Aber die beiden umarmten sich weiter und unterhielten sich angeregt auf Russisch.

Schließlich ließen sie voneinander ab. «Mama, das ist Joanna.» Oliver winkte sie herbei.

Joanna streckte ihre Hand aus. «Guten Tag, Madame.»

«Du wirst Französisch sprechen müssen», sagte Oliver.

«Ich versuche es.» Joanna stammelte ein paar Worte.

«*Vous êtes bienvenue, Mademoiselle*», erwiderte seine Mutter.

«*Merci, Madame.*» Joanna lächelte höflich, aber sie fragte sich, warum sie ihr brachliegendes Französisch hervorkramen mußte, wo doch Madame, die über ein Jahrzehnt in England gelebt hatte, sicher annehmbar Englisch sprach.

Oliver ging voran ins Haus, in dem die hohen Wände, der Fußboden aus weißem Marmor und die Möbel in Cremetönen für Helligkeit sorgten. Die einzigen Farbtupfer waren die Bilder – hauptsächlich französische Impressionisten – außer einem ausdrucksstarken Picasso, dessen Blau die Eingangshalle dominierte.

«Es ist so ganz anders als dein Haus in London», bemerkte Joanna.

«Gefällt es dir nicht?» Er schien verletzt zu sein.

«Doch, sehr.» Sie war überrascht, daß er so empfindlich war. «Es ist sagenhaft. Wenn ich sage, es ist anders, dann soll das keine Kritik sein.»

«Gerade der Gegensatz gefällt mir.» Er wandte sich seiner Mutter zu und sagte etwas auf Russisch. Dann meinte er zu Joanna: «Ich zeige dir die Gartenanlage. Wie ich schon sagte, ich habe sie selbst entworfen.»

Als sie auf die Terrasse hinausgingen, entfernte sich seine Mutter lautlos.

«Meine Mutter ist nur in der Küche glücklich», sagte Oliver und hakte sich bei Joanna ein. «Du wirst sehen, sie ist eine hervorragende Köchin.»

«Da bin ich mir sicher.»

Sie wartete auf eine Erklärung von ihm, warum er ihr nichts von seiner Mutter erzählt hatte. Sie war nicht wütend, eher enttäuscht. Daß die Mutter in der Villa wohnte, war einem lustvollen Wochenende nicht gerade dienlich. Das mußte Oliver doch auch klar sein.

Sie schlenderten durch den herrlichen Garten zum Swimmingpool, der so raffiniert angelegt war, daß er wie ein natürlicher See wirkte. Oliver legte Joanna einen Arm um die Taille. Noch immer wartete sie darauf, daß er etwas sagte.

«Ich fürchte, ich muß vor dem Essen noch einige dringende Telefonate erledigen», meinte er zu ihr, als sie zu der Villa zurückgingen. «Würde es dir etwas ausmachen, wenn ich Mutter bitte, dir dein Zimmer zu zeigen?»

«Äh … natürlich nicht.» Was blieb ihr anderes übrig?

«Das Dinner ist um zehn. Wir essen immer spät.» Er sah

sie herzlich an. «Ich bin lange vorher oben.» Er machte eine Pause. «Ich bin so froh, daß du hier bist.»

Sie entschloß sich, das Beste aus der Situation zu machen. «Ich auch.»

Als Joanna hinter Madame die breite Treppe hinaufging, fragte sie sich, ob Oliver ihre Beziehung ernster nahm, als sie es tat. Sie fühlte sich geschmeichelt, falls es so war, aber sie war auch etwas beunruhigt. Sie hatte keine Ahnung, was sie für ihn empfand – außer daß sie seine Gesellschaft genoß und sie wollte, daß sie sich liebten.

Joanna hatte gedacht, sie teilten sich ein Zimmer, aber Madame geleitete sie zu einem großen, luftigen Gästezimmer. Es hatte ein eigenes Bad und begehbare Schränke, wo sie ihre Kleidung bereits ausgepackt und auf Bügel gehängt vorfand. Sie fragte sich, ob Madame das getan hatte. Ihr gefiel die Vorstellung nicht, daß sich die Mutter ihres Liebhabers an ihrem Koffer zu schaffen machte, besonders weil sie ihre aufreizendste Seidenunterwäsche eingepackt hatte, ebenso wie – nach Rücksprache mit Felicity – zwei Schachteln Kondome.

«Ein schöner Ausblick», brachte Joanna mühsam auf Französisch heraus.

«*Merci.*» Madame lächelte ihr schüchtern zu und zog sich zurück.

Joanna nahm ein wohlduftendes Bad, schlüpfte in ihren neuen pfirsichfarbenen seidenen Morgenmantel und legte sich auf das Bett. Die Luft war warm und streichelte ihre Beine. Sie strich mit einem Fuß an der Innenseite ihres Unterschenkels entlang, sinnlich, verführerisch, und wartete auf Oliver.

Eine Stunde verging, aber sie sah und hörte nichts von ihm. Sie schaute auf die Uhr. Es war zwanzig vor zehn. Sie fragte sich, ob sie irgend etwas getan hatte, um ihn zu verärgern. Oder lag es an der Anwesenheit seiner Mutter? Aber das hatte er gewußt, als er sie eingeladen hatte.

Unsicher und ziemlich verärgert zog sie sich zum Essen an. Sie entschied sich für ein blaues Seidenkleid mit einem dezenten und doch aufreizenden Wickelrock. Als sie in ihre goldfarbenen Sandalen schlüpfte, klopfte es an der Tür, hinter der sie einen Schrank vermutet hatte.

«Herein!» rief sie.

Ein Schlüssel wurde herumgedreht, und Oliver trat herein. «Joanna, es tut mir so leid, daß ich dich allein lassen mußte, aber ich habe auf einen wichtigen Anruf gewartet. Bisher vergeblich, und das ist wirklich ärgerlich! Aber das vergessen wir jetzt. Du siehst wunderbar aus. Laß uns nach unten zum Essen gehen – du hast sicher Hunger.» Er streckte die Hand aus.

«Und ob.» Sie legte ihre Finger zwischen die seinen.

Das Dinner war am Ende der Terrasse auf einem runden Tisch im Schutz eines Jasminstrauches angerichtet. Es gab Hummer, eine Platte mit kalten Meeresfrüchten, eisgekühlten Champagner – und nur zwei Plätze.

«Ißt deine Mutter nicht mit uns?» fragte Joanna und versuchte, den hoffnungsvollen Tonfall zu verbergen.

«Sie zieht ihr Zimmer vor.» Oliver zeigte auf einen ebenerdigen Anbau mit Blick auf den Swimmingpool. «Sie ist es gewohnt, allein hier zu wohnen.»

Er rückte Joanna den Stuhl zurecht, schenkte ihr ein Glas Champagner ein und stellte die Speisen zwischen sie. «Ich nehme an, du magst Hummer.»

«Für mein Leben gern.»

Er setzte sich ganz nah neben sie, riß mit den Fingern ein besonders saftiges Stück Fleisch ab und hielt es ihr hin. Sie öffnete den Mund, und er steckte es hinein, wobei seine Finger andeutungsweise ihre Lippen berührten.

Oliver gab ihr noch einen Bissen und wählte dafür das erlesenste Stück aus.

«Du mußt auch etwas essen.» Sie erwiderte die Geste.

Sie fragte ihn nach der Villa und wie oft er sie benutzte.

«Sie ist mein Zufluchtsort», antwortete er. «Ich komme so oft wie möglich hierher.»

«Das kann ich gut verstehen. Sie ist traumhaft.» Sie atmete den Duft des Jasmins ein. «Wie lange hast du sie schon?»

«Ich habe sie kurz nach der Heirat mit Susan gekauft.»

Es war das erste Mal, daß er seine Frau beim Namen nannte, und Joanna wünschte, er hätte es nicht getan, zumindest nicht in diesem Augenblick. Dann tadelte sie sich, weil sie so überempfindlich war. Susan war ein Teil von Olivers Leben gewesen. Sie hatten sich geliebt und gemeinsam Kinder bekommen. Sie teilten eine Vergangenheit.

«Wir kamen nur selten her», fuhr er fort. «Susan ist Amerikanerin. Wir haben die meiste Zeit dort verbracht. Als Jugendlicher erschien mir alles Amerikanische so viel besser, größer, aufregender. Dort hatten sie Hollywood, Rock and Roll, Ölquellen und den Jazz. Ich war entschlossen, eine Amerikanerin zu heiraten.»

«Wie überaus strategisch.»

«Ich habe nicht gesagt, ich hätte Susan nicht geliebt.» Er schien wütend.

«Oliver, ich meinte das ganz allgemein. Ich wollte dich nicht kritisieren.»

«Freut mich zu hören – denn natürlich war ich der Frau, die ich geheiratet habe, sehr zugetan.»

Joanna sagte nichts. Sie wünschte, sie wäre zu Hause geblieben. Die ganze Situation war äußerst seltsam. In London war Oliver humorvoll und weltmännisch gewesen. Hier benahm er sich seltsam abwehrend. Sie fragte sich, ob er es schon bereute, sie eingeladen zu haben.

Oliver stand auf und ging zu ihr, nahm ihr Gesicht in seine großen Hände und küßte sie zärtlich auf den Mund. «Du hast alles Recht der Welt, mir Fragen zu stellen, ich habe nichts zu verbergen», sagte er. «Frag mich alles, was du willst.»

Sie lächelte. «Das brauche ich nicht.»

Er küßte sie erneut. «Komm! Laß uns zu Bett gehen. Wir können später noch etwas essen – falls wir Hunger haben.»

Er entführte sie oben in sein Zimmer, welches in seinem makellosen Weiß fast klinisch kühl wirkte und von seinem Bett nahezu ausgefüllt wurde. Sie standen am Ende des Bettes und küßten sich zärtlich. Er schob das Kleid von ihren Schultern. Die Seide raschelte, als es auf den Boden fiel. Er ließ seinen Mund über ihre Schultern zu ihren Brüsten gleiten und bedeckte sie mit kleinen, dahingehauchten Küssen.

Als sie versuchte, seine Zärtlichkeiten zu erwidern, schüttelte er den Kopf. «Nein! Laß mich dich lieben.»

Er zog sie behutsam aus und küßte jeden Abschnitt ihrer Haut, den er offenbarte. Er legte sie auf das Bett, nackt, mit gespreizten Beinen, und sah stehend auf sie hinab, während er sein Hemd aufknöpfte.

Sie lächelte und betrachtete ihn. Er war kräftiger, als sie sich vorgestellt hatte, mit muskulösen Schultern und dichten, schwarzen gelockten Haaren auf seiner breiten Brust.

Er kam zu ihr. «Wir müssen vernünftig sein», sagte er, öffnete einen Nachttisch und holte ein Päckchen Kondome heraus.

Wieder einmal überraschte er Joanna mit seiner Selbstbeherrschung. Sie hatte es vollkommen vergessen, war aber erleichtert, daß sie das Thema nicht ansprechen mußte.

Er legte sich neben sie, nahm sie in seine Arme und streichelte ihre Brüste und ihren Hals. Erregt durch seine Liebkosungen, drehte sie sich zu ihm, um ihn zu küssen. Plötzlich ergriff er ihre Handgelenke und streckte ihre Arme über ihren Kopf, bis ihre Hände das Kopfbrett berührten.

«Jetzt gehörst du mir», sagte er und spreizte ihre Beine mit seinem Knie. «Sag mir, daß du mich willst! Sag es!» Seine Stimme war rauh, so als gehörte sie einem Fremden.

Joanna war zu überrumpelt, um antworten zu können.

Bevor sie reagieren konnte, schlug Olivers Stimmung um. Er wurde so zärtlich, daß sie sich fragte, ob sie sich die abrupte Veränderung in seinem Verhalten nur eingebildet hatte. Er küßte ihre Augenlider, ihre Augenbrauen, ihre Nase und ihren Mund. Er erregte sie, bis sie es nicht mehr abwarten konnte und ihm ihre Hüften entgegenhob, ihn wollte. Er drang behutsam in sie ein und zog sich fast unmittelbar wieder zurück, als wollte er ihre Lust verlängern. Erst dann stieß er weiter vor, genoß ihren lustvollen Aufschrei und das Gefühl ihrer langen, um ihn gelegten Beine.

«Du bist schön», flüsterte er gegen ihren Mund. «Gott, wie sehr ich dich gewollt habe.»

«Ich wollte dich auch.» Sie kratzte mit ihren Finger über seine breiten Schultern.

Das Telefon klingelte. Oliver erstarrte. Es klingelte erneut. Ein Klicken war zu hören, als der Anrufbeantworter ansprang.

«Tut mir leid», sagte Oliver.

Zu Joannas Erstaunen zog er sich von ihr zurück, verließ das Bett und eilte in den nebenan gelegenen Ankleideraum, wo er den Hörer abnahm, bevor der Anrufer eine Nachricht hinterlassen konnte.

Sie war verwirrt. Wie wichtig der Anruf auch sein mochte, Oliver hätte später zurückrufen können. Sie lag auf dem Bett, nackt, und wartete darauf, daß er zurückkam. Als die Minuten vergingen, ließ ihre Erregung deutlich nach – und ihre Empörung wuchs.

Sie konnte ihn nicht sehen, sondern nur einen Ganzkörperspiegel, in dem eine Reihe von farblich sortierten Anzügen zu erkennen war. Aber sie hörte ihn leise sprechen. Obwohl sie nicht verstand, was er sagte, ließ der Sprachrhythmus darauf schließen, daß er Englisch sprach.

Während sie die offene Tür im Auge behielt, trat er vor den Spiegel. Er hatte den Hörer unter das Kinn geklemmt und die Hände auf die Brust gelegt. Er betrachtete sein Spiegelbild. Während er redete, ließ er die Hand über den Oberschenkel und den Bauch gleiten. Dann drehte er sich um und schaute sich von hinten an, wobei er über die Gesäßhälften streichelte und sie ein wenig auseinanderzog. Als er sich wieder mit dem Gesicht zum Spiegel drehte, konnte Joanna sehen, daß er durch den Anblick seiner selbst ebenso erregt war, wie zu dem Zeitpunkt, als er mit ihr geschlafen hatte – wenn nicht sogar mehr.

Sie fühlte sich erniedrigt und wütend. Sie hatte lang genug gewartet. Wenn er sich lieber mit sich selbst beschäftigte, sollte er sich doch selbst befriedigen. Sie verließ das Bett, sammelte ihre Kleidungsstücke zusammen und eilte aus dem Zimmer. Oliver bemerkte es nicht. Er redete weiter.

Wäre Joanna in England gewesen, wäre sie sofort gegangen. Sie hätte ein Taxi angerufen, hätte den Zug oder einen Bus genommen, wäre zu Fuß gegangen, hätte alles getan, um wegzukommen. Aber da sie in Frankreich in den Bergen festsaß, war ein Entkommen nicht so einfach.

Als sie in ihr eigenes Bett stieg, die Decke bis unters Kinn zog und die Augen schloß, fragte sie sich, wie sie das Wochenende wohl überstehen würde. Zehn Minuten später hörte sie, wie die Tür aufging und Oliver hereinkam. Er rief ihren Namen, aber sie hielt die Augen fest geschlossen und zwang sich, tief und gleichmäßig zu atmen, so als schliefe sie. Zu ihrer Erleichterung rührte er sie nicht an. Statt dessen schlich er hinaus. Erschöpft schlief sie ein.

Am Morgen kam Oliver zurück. Sie fühlte, daß er neben dem Bett stand. Wieder öffnete sie die Augen nicht. Er flüsterte ihren Namen. Sie rührte sich nicht. Er ging, und kurz darauf hörte sie ihn im Garten auf Russisch mit seiner Mutter sprechen.

Gegen Mittag sah sich Joanna gezwungen aufzustehen. Sie duschte – in aller Eile, falls Oliver zurückkam –, zog ihre am wenigsten aufreizenden, knielangen Shorts an und ging nach unten.

Es war sehr heiß, und die Sonne knallte auf die Terrasse und heizte die marmornen Stufen auf. Joanna überquerte den Rasen in Richtung Pool und steckte einen Fuß ins Wasser. Es war herrlich kühl.

Olivers Mutter deckte den Mittagstisch im Schatten eines Weinstocks.

«Guten Morgen», rief sie auf Englisch. «Haben Sie gut geschlafen?»

«Äh … ja … danke. Guten Morgen.»

«Warum schwimmen Sie nicht ein wenig? Mein Sohn ist bestimmt noch eine Stunde fort. Sie haben jede Menge Zeit.»

Sie war so freundlich, daß Joanna dachte, Oliver mußte ihr gesagt haben, er sei nicht mehr an der Engländerin interessiert.

Sie eilte nach oben, um ihren Bikini anzuziehen – nicht den knappen roten, den sie gekauft hatte, um Oliver zu verführen, sondern ihren sittsameren Bikini in Blau. Sie ging zum Pool zurück und schwamm einige Bahnen. Als sie herauskam, wartete Madame auf den Stufen mit einem Badetuch auf sie.

«Mein Sohn hat mir erzählt, Sie seien sehr intelligent.»

«Hat er das?» Sie fragte sich, was er sonst noch erzählt hatte.

«Er verfügt über eine gute Menschenkenntnis.» Madame strahlte vor Stolz. «Er ist sehr loyal gegenüber denjenigen, die er liebt, und er kümmert sich sehr um seine Familie. Würden Sie gern ein Foto von ihm als Baby sehen?»

«Oh … äh … ja.» Joanna konnte es kaum ablehnen.

Sie folgte Madame in ihren Anbau, wobei ihre nassen Füße Abdrücke auf dem Fußboden hinterließen. Das Wohnzimmer von Madame war gemütlich und vollgestellt; Bilderrahmen und Ziergegenstände befanden sich auf allen Flächen, und ein verblaßtes Bild des Franz von Assisi hing an einer Wand – kein kostbares Kunstwerk, von denen Oliver so viele besaß, sondern ein billiger Druck.

Madame setzte sich auf das Sofa und lud Joanna ein, sich auf den Platz neben ihr zu setzen. Aus den vielen Fotos von Oliver, die auf einem Beistelltisch standen, wählte sie ein eingerahmtes Schwarzweißfoto von einem dicken, kahlköpfigen Baby aus, das in ein Tuch eingewickelt war.

«Das ist mein Arkasha, aufgenommen von seinem Vater mit dem Apparat eines Freundes», sagte sie. «Das war das einzige Mal, daß Arkady seinen Sohn sah.»

Joanna betrachtete das Foto. «Wie traurig!»

«Damals war das Leben schwer.»

Madame ging ins Schlafzimmer. Durch die offene Tür sah Joanna, wie sie ein anderes Foto aus ihrem Nachttisch holte. Sie kam damit zurück.

«Olivers Vater.» Sie gab Joanna ein zweites Schwarzweißfoto.

Es hatte in der Mitte, wo es gefaltet worden war, einen starken Knick, aber trotzdem konnte Joanna einen eindrucksvollen Mann erkennen, der große Ähnlichkeit mit Oliver hatte. Er trug eine Uniform, deren Jacke aufgeknöpft war, und er schien vorwärts zu schreiten, wobei seine rechte Hand erhoben war, so als grüße er jemanden. Sein linker Arm war vom Fotografen abgeschnitten worden. Im Hintergrund waren ein Zaun und ein Wald zu sehen.

«Er sah sehr gut aus», sagte Joanna.

«Er war meine große Liebe.» Die Stimme von Madame war zittrig. «Er starb im Lager, am Ende des Krieges. Fast fünfzig Jahre sind jetzt vergangen, aber ich werde ihn nie vergessen.»

«Es tut mir so leid.» Joanna dachte an die tiefe und anhaltende Trauer ihrer Mutter um Christopher.

Sie gab Madame das Foto zurück, aber die Finger der älteren Frau zitterten so sehr, daß es zu Boden fiel. Joanna hob es auf. Dabei bemerkte sie, daß *Lettland, 15.3.1944* auf der Rückseite mit seit langem verblaßter Tinte geschrieben stand.

«Warum lassen Sie es nicht einrahmen wie die anderen?» fragte sie und deutete mit einer Kopfbewegung auf die vielen Bilder von Oliver.

«Arkasha möchte das nicht. Es ist schwer für ihn, daß er sich nicht an seinen Vater erinnern kann. Während seiner ersten Semesterferien an der Sorbonne fuhr er nach Riga. Er wollte die alten Freunde seines Vaters treffen. Ich hatte große Angst, daß die Sowjets ihn festnehmen würden, weil sich sein Vater negativ über den Kommunismus geäußert hatte. Aber Sie kennen ja meinen Sohn, Mademoiselle, er hat vor nichts Angst. Er wollte einen Monat bleiben, aber er kam schon nach einer Woche zurück. Als er zurückkehrte, wollte er, daß ich dieses Bild weglege. Er sagte: ‹Wenn ich meinen Vater nicht lebend kennenlernen konnte, dann will ich auch sein Bild nicht sehen.›»

Madame faltete das Bild mit größter Sorgfalt zusammen.

Sie saßen einen Augenblick schweigend zusammen. Madame war in Gedanken versunken. Dann richtete sie sich auf.

«Das war mein englischer Ehemann», sagte sie und zeigte auf ein Foto eines blonden Mannes mit Brille in einem Tweed-Anzug. «Ich nehme an, Oliver hat Ihnen von Laurie erzählt?»

Joanna lächelte. «Wer ... ist Laurie?»

Bevor Madame antworten konnte, rief jemand vom Pool herüber: «Joanna! Wo bist du?»

«Ich bin hier, bei deiner Mutter», antwortete sie und wappnete sich für den Augenblick, in dem er sie fragen würde, warum sie sein Bett verlassen hatte.

Madame erhob sich. «Sie gehen besser zu ihm, Mademoiselle. Die Männer sind ungeduldig.»

Joanna ging in den hellen Sonnenschein hinaus. Oliver war im Pool und schwamm hin und her, wobei seine kräftigen Schultern naß glänzten.

«Was hast du gemacht?» fragte er vergnügt und ohne Anzeichen, daß irgend etwas nicht stimmte.

«Ich habe Babyfotos von dir gesehen.»

Er lachte. «Ich war ein dickes Baby!»

«Sehr dick.» Joanna machte es sich auf einem Liegestuhl gemütlich. «Wer ist Laurie?» fragte sie, um die Unterhaltung allgemein zu halten.

Oliver hielt mitten in einer Schwimmbewegung inne. «Mein Stiefbruder.» Er schwamm zu ihr hinüber und fügte mit leiser, dringlicher Stimme hinzu: «Bitte rede nicht mit Mutter über Laurie. Es regt sie auf, an glücklichere Zeiten erinnert zu werden, zu denen George noch lebte.»

Joanna wollte gerade sagen, daß sie nichts von Laurie wußte, bis seine Mutter ihn erwähnt hatte, aber sie besann sich eines Besseren. Wenn Oliver der Gedanke gefiel, daß er seine Mutter beschützte, dann war es nicht ihre Aufgabe, sich einzumischen.

Sie schloß die Augen und ließ genußvoll die Sonne auf ihren Körper scheinen, während Oliver weiter im Pool seine Bahnen zog und gelegentlich zum Plaudern anhielt. Wenn es doch nur so zwischen ihnen bleiben könnte – gesellig, aber ohne Sex –, dann könnte sie ihren Besuch überstehen und sogar genießen.

Während der Nachmittagshitze spielten sie im Schatten der Weinrebe Schach. Joanna schlug sich wacker, aber er gewann problemlos, indem er ihre Königin mit einem Läufer und einem Springer ausspielte.

«Ich wurde geschlagen», beklagte sie sich bei seiner Mutter, die ihren Wettkampf aus der Entfernung beobachtet hatte.

«Es ist besser für Sie, wenn Sie verlieren, Mademoiselle. Mein Sohn versagt nicht gern.»

Oliver lachte. «Sie hat recht, Joanna. Ich glaube nicht an das Pfadfindermotto ‹Dabeisein ist alles›. Das ist Unsinn! Gewinnen ist alles.»

«Irgend jemand mußte verlieren», sagte Joanna.

«Irgend jemand – aber nicht ich.»

An diesem Abend entschied Oliver, daß sie zum Dinner an die Küste fuhren. Er lud seine Mutter ein, sie zu begleiten.

«Oh, ja, bitte kommen Sie mit», drängte Joanna sie, denn sie hoffte, die Anwesenheit seiner Mutter würde verhindern, daß ihr Gespräch zu intim wurde.

Zu ihrer Enttäuschung zog Madame es vor, zu Hause zu bleiben.

Sie fuhren zu einem kleinen, exklusiven Restaurant mit Blick aufs Meer.

«Es war sehr nett von dir, daß du Mutter nahegelegt hast mitzukommen», sagte Oliver. «Sie war ganz gerührt.»

Joanna konnte seinen Blick nicht erwidern. Sie spürte, daß er ihren wahren Beweggrund erahnte.

Oliver war in dem Restaurant bekannt, und viele andere Gäste kamen auf einen kurzen Plausch vorbei. Er war wie gewöhnlich ein unterhaltsamer Gastgeber und berichtete Joanna, was über die Anwesenden getratscht wurde. Doch im Laufe des Abends verstärkte sich Joannas Gefühl des Unwohlseins. Immer wenn die Unterhaltung stockte, erwartete sie, daß er auf ihre Flucht zu sprechen kam.

Schließlich konnte sie die angespannte Stimmung nicht mehr ertragen. «Ich war gestern abend sehr verletzt», sagte sie. «Du hast unser Liebesspiel unterbrochen, um ans Telefon zu gehen. Dann ließt du mich da liegen und warten, während du mit irgend jemandem geplaudert hast. Deshalb bin ich in mein eigenes Zimmer verschwunden.»

Es schien, als bereute er es aufrichtig. «Es tut mir leid. Das war ein wichtiger Anruf.»

Ihr wurde klar, daß er nicht bemerkt hatte, daß sie ihn im

Spiegel gesehen hatte. «Du hast sicher nicht von mir erwartet, daß ich ewig warte?»

«Es wird nicht wieder vorkommen.» Er lehnte sich über den Tisch und ergriff ihre Hand. «Ich verspreche es.»

Oliver ging davon aus, daß seine Entschuldigung ausreichte, aber für Joanna war das Thema noch nicht beendet. Während der Fahrt nach Hause bestand er darauf, ihre Hand zu halten, während sie innerlich mit sich kämpfte, ob sie sich eine phantasievolle Ausrede einfallen lassen sollte, um nicht mit ihm schlafen zu müssen, oder ob sie es noch einmal probieren sollte. Vielleicht war sie zu kritisch gewesen. Sie sah oft in den Spiegel, warum also sollte er es nicht auch tun? Sie betrachtete ihren Körper häufig. Daran war nichts auszusetzen. Aber sie nahm keine Telefonanrufe mitten in einem Liebesspiel an. Und genau darüber ärgerte sie sich.

Auf der Treppe im Haus umfaßte Oliver ihre Schultern. Jetzt war der Moment gekommen, wo die Migräne ins Spiel gebracht werden müßte. Aber sie erinnerte sich daran, wie sehr sie ihn in jener Nacht in London gewollt hatte – und sie entschloß sich, es noch einmal zu versuchen.

Sie gingen nach oben in sein Zimmer, und er zog sie aus. Aber etwas in der Art, wie er seine Hände an ihrem Körper hinuntergleiten ließ, kam ihr mechanisch und gleichgültig vor – das Streicheln eines Mannes, der einen Telefonanruf dem Liebesakt vorzog. Ihr Begehren schwand dahin. Sie versuchte zu reagieren, aber sie fühlte nichts. Sie tat so, als wäre sie erregt, und hoffte, es würde sich entwickeln – aber das tat es nicht.

Oliver merkte anscheinend nichts. Er küßte sie leidenschaftlich; er flüsterte ihr zu, wie sehr er sie wollte. Aber dieses Mal genoß Joanna seine Stöße nicht. Es war ein ungewolltes Eindringen in ihren Körper, das sie nun bereute.

«Was ist los?» fragte er, als er plötzlich merkte, daß sie passiv blieb.

«Nichts.» Sie log, um seinen Stolz nicht zu verletzen.

«Es macht dir keinen Spaß.»

«Doch.» Es hatte wohl keinen Sinn, ihm weh zu tun.

Er gab sich um so mehr Mühe.

In ihrer Verzweiflung spielte Joanna ihm einen Orgasmus vor, um das Fiasko zu beenden. Erst dann gestattete Oliver sich selbst, zum Höhepunkt zu kommen.

Zu ihrer Erleichterung schlief er sofort ein. Dieses Mal blieb sie in seinem Bett – sie konnte sich wohl kaum ein zweites Mal davonschleichen.

Früh am nächsten Morgen wurde sie von Oliver geweckt, der sie am Arm rüttelte. Sie setzte sich auf und war entschlossen, nie wieder mit ihm zu schlafen, egal wie wütend er reagieren mochte.

«Ich habe schlechte Neuigkeiten», sagte er. «Ich muß heute morgen nach London zurückfliegen. Es tut mir so leid. Du könntest bis heute abend hierbleiben, und ich organisiere dir ein Taxi, damit du einen späteren Flug nehmen kannst.»

«O nein, ich komme mit dir.» Sie sprang aus dem Bett und flitzte in ihr Zimmer. Es war ihr egal, ob sie sich erleichtert anhörte, weil sie abfuhren, denn sie konnte es kaum erwarten, nach Hause zu kommen. Aber als sie ihre Sachen in den Koffer warf, fragte sie sich doch, ob Oliver sie auch loswerden wollte.

In ihrer Wohnung traf Joanna auf Felicity, die sich auf die Veranda gelegt hatte, um ihrer hellen Haut eine goldene Sonnenbräune zu verleihen, bevor sie Tom das nächste Mal sah.

Sie schaute überrascht auf. «Jo! Ich habe dich nicht erwartet. Warum bist du schon zurück? Was ist passiert?»

Joanna knallte ihren Koffer auf den Boden und ließ sich auf die Decke neben Felicity fallen. «Gott sei Dank, ich bin zu Hause. Es war gespenstisch.»

Felicity setzte ihre Sonnenbrille auf. «Was? Seine Villa?»

«Nein, die war traumhaft. Aber die Situation war merkwürdig. Seine Mutter war da.»

«Seine Mutter?» wiederholte Felicity.

«Ist das nicht seltsam? Er hatte nie auch nur angedeutet, daß sie dort sein würde, aber sie stehen sich sehr nahe, und sie lebt ständig in der Villa.»

«Ich dachte, du fliegst in ein lustvolles Wochenende – und nicht in zwei Tage *en famille*.»

«Das dachte ich auch!»

«Vielleicht sieht er in dir die zukünftige Mrs. Safarov?»

«Oh, nein! Sicher nicht. Um die Wahrheit zu sagen, es gab Augenblicke, da hatte ich das Gefühl, er bereute es, mich eingeladen zu haben.»

«Vielleicht fühlte er sich verwundbar, weil du Zeuge seiner Zuneigung für seine Mutter wurdest?»

«Warum bringt er mich dann ausgerechnet dahin? Er hat noch andere Häuser.» Joanna senkte die Stimme, damit die Nachbarn nichts hören konnten. «Das war nicht das einzige, was eigenartig war. Der Sex war ... ein Alptraum.»

«Was hat er gemacht?» Felicity setzte sich abrupt auf. «War er ... pervers?»

«Nein, aber er war merkwürdig.» Joanna flüsterte ihr die Details ihrer ersten Nacht mit Oliver zu und beendete dann ihre Ausführungen: «Stell dir mal vor, der steht mittendrin auf, um ans Telefon zu gehen. Das war so beleidigend. Ich war vollkommen abgetörnt.»

«Kann ich mir vorstellen. Was hast du gemacht?»

«Ich bin zurück in mein eigenes Zimmer gegangen.»

«Geschieht ihm recht. War er wütend?»

«Nein. Er tat am nächsten Tag so, als wäre gar nichts gewesen. Also habe ich ihn beim Dinner darauf angesprochen. Er hat sich entschuldigt, aber er schien überhaupt nicht zu merken, wie stinksauer ich war. Auf alle Fälle entschied ich, es noch einmal zu versuchen. Ich dachte, vielleicht habe ich ja auch vorschnell reagiert.»

«Was ist passiert?»

«Es war schrecklich.»

«War er wieder grob?»

«Gar nicht. Aber ich konnte einfach nicht vergessen, daß er lieber am Telefon plauderte, als mit mir zu schlafen.»

«Wie hast du dich da herausmanövriert?»

«Hab ich nicht.»

«Was hast du denn gemacht?»

«Ich habe ihm einen Orgasmus vorgespielt.»

«Hat er es gemerkt?»

«Bei seinem Ego? Daß ich nicht lache!»

Felicity legte sich wieder hin. «Glaubst du, daß du noch mal von ihm hörst?»

Joanna schüttelte den Kopf. «Ich wünschte, ich könnte ihn als Freund behalten, aber das würde sein Stolz niemals zulassen. Es ist schade, denn es ist wirklich anregend, mit ihm zusammenzusein. Auf dem Rückflug erzählte er mir eine lustige Geschichte über den Leiter einer Merchant-Bank – den Namen der Bank wollte er natürlich nicht verraten, da ist er zu diskret. Ich mußte weinen vor Lachen. Aber als wir in London ankamen, hat er mich nicht einmal nach Hause gebracht. Er hat mich in ein Taxi gesetzt. Kein gutes Zeichen.» Joanna legte sich in die Sonne und schloß die Augen. «Ich hoffe nur, daß niemand bei First Clarence etwas davon erfährt.»

Kapitel 12

*Joanna hatte nur wenig Zeit, um über ihr peinliches Wochen*ende mit Oliver nachzudenken. Als sie am Montagmorgen in die Bank kam, traf sie auf Rupert, der den Börsensaal gerade verließ.

«Guten Morgen», sagte sie.

Er ging wortlos weiter.

Sie eilte zu ihrem Tisch. «Was ist mit Rupert los?» fragte sie Simon.

«Er wurde gegangen.»

«Der arme Rupert!» Sie versuchte, sich um ihren eigenen Vertrag keine Sorgen zu machen.

In dieser Woche wurde die Börse von dem Gerede um Rampayne Communications beherrscht, die eine feindliche Übernahme durch Twinberrow abwehrten, von denen 110 pro Rampayne-Aktie geboten wurden. Der Aktienpreis stand bei 109 zu 111. Außer der Nachricht über das Angebot wurden weitere Neuigkeiten über den inhaftierten Direktor veröffentlicht: Seine Geliebte war die Frau des Geschäftsführers, der vor lauter Wut und Erniedrigung den Liebhaber seiner Frau bei der Polizei angezeigt hatte.

Joanna war überrascht, ein Fax von Mr. Bilsham mit der Anweisung zu bekommen, die Anteile von Kathpeach um 100 000 Aktien zu erhöhen. «Bilsham kauft bei 111. Das liegt über dem Angebotspreis. Er muß sich sicher sein, daß es nicht angenommen wird», meinte sie zu Jeremy.

Er zuckte mit den Schultern. «Ach, Bilsham ist ein Spieler. Der handelt aus dem Bauch heraus. Er verliert höchstens unsere Provision.»

Am Freitagmorgen machten die riesige US-Gesellschaft Wardener Inc. ein Gegenangebot von 120 pro Rampayne-Aktie. Der Markt reagierte heftig. Die Preise stiegen sprunghaft an, fielen bei der Gewinnrealisierung, bevor sie dann wieder auf 125 stiegen, während die Spekulanten zu erahnen versuchten, ob Twinberrow das Angebot von Wardener noch überbieten würde.

Joanna begleitete ihre Kollegen noch auf einen Drink nach der Arbeit. Sie hatten Rupert eingeladen, aber er lehnte ab. Überall um sie herum unterhielten sich die Händler über Rampayne.

«Einer meiner Kunden ist in Bezug auf Rampayne sehr optimistisch», meinte Simon vertraulich zu Joanna und Rebecca.

«Einer von meinen auch», sagte Joanna, «aber Jeremy glaubt, daß sie nur spielen. Er sagt, die handeln immer aus dem Bauch heraus.»

«Genau das sagte er auch immer über Donia & Co, einer meiner ehemaligen Offshore-Kunden», sagte Rebecca. «Die haben einmal Anteile gekauft, kurz bevor eine Übernahme verkündet wurde.»

Joanna schaute sie gebannt an. «Was wurde aus ihnen?»

Rebecca schnitt eine Grimasse. «Sie ließen ihre Geschäfte dann nicht mehr über First Clarence laufen. Das passierte zum Glück gerade, nachdem ich die Probezeit hinter mir hatte. Sonst wäre ich wahrscheinlich geflogen wie der arme Rupert.»

An den folgenden Tagen dachte Joanna häufiger an Oliver, als sie erwartet hatte: Sie fragte sich, was er wohl zu diesem sagen würde oder ob er über jenes lachen würde.

An einem Abend lud sie den strohhaarigen Mr. Rottingdean zum Essen ein.

«Der Direktor von Rampayne ist ein verdammter Narr»,

meinte er. «Riskiert der doch seine Karriere für gerade mal zwanzig Tausender!»

Joanna warf ihm einen entrüsteten Blick zu. «Aber Betrug ist Betrug – egal wie hoch der Betrag ist.»

Mr. Rottingham schluckte und stimmte ihr eilig zu.

Sie wünschte, sie könnte Oliver das erzählen. Wie sehr er gelacht hätte!

Als sie eine Stunde später nach Hause kam, sah sie Toms Aktentasche auf dem Küchentisch, aber keine Spur von ihm oder Felicity – nur die Nachricht, ihr Vater habe angerufen, um ihr mitzuteilen, daß er das Buffet für den 60. Geburtstag ihrer Mutter bestellt habe und daß Lindsay über das Geschenk reden wolle.

Joanna wählte Lindsays Nummer.

Ihre Schwester antwortete mit verschlafener Stimme. «Hallo?»

«Lindsay, ich bin's. Hast du geschlafen?»

«Ja, du hast mich geweckt. Warum rufst du so spät an?»

«Es tut mir leid, aber es ist erst kurz nach zehn.»

«Ich geh immer um zehn ins Bett, das weißt du doch.»

«Lindsay, ich hab mich entschuldigt. Leg dich wieder hin. Ich rufe morgen noch mal an.»

Als Joanna auflegte, fühlte sie sich deprimiert. Wenn sie mit Lindsay sprach, mit der sie nichts gemein hatte, wurde sie immer daran erinnert, wieviel sie mit Christopher verbunden hatte.

Sie machte sich einen Kaffee und lungerte in der Wohnung herum, stellte kleinere Sachen um, rückte Bilder gerade und dachte dabei an Christopher. Als sie Tom und Felicity im Flur hörte, eilte sie in ihr Zimmer, damit die beiden ein wenig allein sein konnten.

Auf ihrer Frisierkommode stand das Foto von Christopher, das sie auf ihrem letzten Spaziergang aufgenommen hatte. Sie betrachtete sein sorgenfreies Gesicht, wie sie es schon so oft getan hatte. Nichts deutete darauf hin, daß er nur noch kurze Zeit zu leben gehabt hatte.

Twinberrow erhöhte sein Angebot für Rampayne auf 130. Alle erwarteten, daß Wardener noch höher ging. Die Aktien stiegen auf 151 bis 150 im Verkauf, 152 im Ankauf. Kurz vor Börsenschluß erhielt Joanna zu ihrer Überraschung von Kathpeach die Anweisung zu verkaufen.

Wäre es ein anderer Kunde gewesen, hätte sie dort angerufen, um über den Rat ihrer Analysten zu reden, denn die rieten, daß man die Anteile behalten solle, da ein höheres Angebot erwartet wurde. Bei Kathpeach traute sie es sich nicht.

Sie wünschte, sie könnte Rücksprache mit Jeremy halten, aber er war den ganzen Nachmittag nicht im Büro, und sie konnte den Verkauf nicht aufschieben, falls der Preis von Rampayne fallen sollte. Sie ging rasch noch einmal in die Datei von Kathpeach und las erneut «Anweisung abwarten». Dann las sie deren Fax. Dies war eine Anweisung. Aber um sicherzugehen, rief sie die Firma nicht an, sondern faxte ihnen den Rat der Analysten.

Kathpeach brauchte eine Stunde, um zurückzufaxen: «Verkaufen Sie, wie angewiesen.»

Zwei Tage später zog Wardener sich zurück und machte Twinberrow zum Sieger. Kathpeach hatte seinen Gewinn durch den frühen Verkauf fast verdoppelt.

«Ich kann mir nicht helfen, aber ich habe das Gefühl, die haben einen Tip bekommen.» Joanna faßte die wesentlichen Punkte für Felicity zusammen, ohne irgendwelche Namen zu nennen.

«Bist du sicher, daß du nicht einfach nur verärgert bist, weil die deinen Ratschlag nicht angenommen haben?»

Joanna dachte darüber nach. «Nein, ich bin wirklich beunruhigt.»

«Was willst du unternehmen?»

«Ich erzähle es Jeremy. Das ist in der Firma so Vorschrift.»

Während einer Flaute am nächsten Morgen vertraute sie ihre Befürchtungen Jeremy an.

«Du meine Güte! Sind Sie sicher?» fragte er mit besorgter Miene.

«Ich bin nicht sicher, aber ich fühle mich nicht gut dabei.»

Er führte sie in ein Nebenzimmer, damit sie ihm im Detail von dem Handel berichten konnte, woraufhin er sie genauestens befragte und sich Notizen machte.

«Haben Sie nach deren Verkaufsorder sofort gehandelt?» fragte er.

«Nein, ich … ähm … habe den Rat der Analysten gefaxt.»

Er ließ seinen Stift sinken. «Warum? Für diesen Kunden gilt ‹Anweisungen abwarten›.»

Sie wünschte sich allmählich, sie hätte den Mund gehalten. «Ich weiß, aber theoretisch hatten die mir eine Anweisung gegeben, also dachte ich, ich teile denen am besten die neuesten Entwicklungen mit. Wenn Sie dagewesen wären, hätte ich das mit Ihnen abgeklärt.»

«Haben die den Rat der Analysten befolgt?» Er sah jetzt noch ängstlicher aus.

Sie schüttelte den Kopf. «Nein, glücklicherweise nicht.»

«Also wirklich! Die wären ausgerastet. Joanna, Sie müssen die Anweisungen befolgen. Das habe ich Ihnen schon einmal gesagt.»

«Ja, es tut mir leid.» Dies war ganz und gar nicht die Diskussion, die sie angestrebt hatte. Nicht Kathpeach war dem Verdacht ausgesetzt, sondern sie wurde angegriffen.

Jeremy las seine Notizen noch einmal schweigend durch. «Wenn Sie auch nur die Spur eines Beweises hätten, würde ich dem natürlich nachgehen», sagte er schließlich. «Aber Sie haben nichts, nur Ihre vagen Vermutungen. Meiner Meinung nach hatte Kathpeach einfach nur Glück.»

Sie war nicht vollkommen überzeugt – und das sah man ihr an.

«Das ist ein guter, aktiver Kunde, und es wäre eine Schande, wenn die sich unnötig aufregten», fuhr er fort. «Wir wissen doch alle, daß Kunden es irgendwie spüren, wenn sie verdächtigt werden.»

«Glauben Sie?» Das hatte sie noch nie gehört.

«Mit Sicherheit. Wir beobachten sie, und wenn das noch einmal passiert, handeln wir schnell – und mit mehr Beweisen.»

«Ich nehme an, Sie haben recht», sagte sie.

«Ich bin froh, daß Sie vernünftig reagieren, Joanna. Es wird viel zu häufig ungerechtfertigt Panik verbreitet.» Jeremy schwieg einen kurzen Moment. «Ich glaube, Ihre Probezeit geht nächste Woche zu Ende.»

Sie schluckte nervös. «Ja.»

«Sie hatten so einige Hochs und Tiefs.»

«Darüber bin ich mir im klaren.»

«Ihr Hauptproblem ist, daß Sie den Anweisungen der Kunden nicht folgen. Sie werden übereifrig.»

«Ja.» Sie hatte das ungute Gefühl, daß er sie nicht behalten würde.

«Aber Sie sind begeistert bei der Sache, und die Kunden mögen Sie. Ihre Zahlen sind gut, Sie haben neue Geschäfte an Land gezogen, und Sie sind bei Ihren Kollegen beliebt – bei den meisten!»

«Danke.» Sie wartete. Ihre Fingerknöchel waren weiß vor Anspannung.

Er bemerkte das und lächelte. «Ich will Sie nicht länger auf die Folter spannen. Sofern Sie während der restlichen Probezeit keine Fehltritte begehen, kann ich Ihnen vollkommen vertraulich mitteilen, daß ich die Empfehlung aussprechen werde, Ihnen einen festen Vertrag anzubieten. Sie werden den Tisch hervorragend ergänzen.»

«Danke.» Ihr war flau vor Erleichterung.

Sieben Tage lang teilte Joanna niemandem ihre gute Nachricht mit, außer Felicity. Am achten Tag erhielt sie eine Bestätigung von First Clarence.

«Joanna arbeitet nun fest an diesem Tisch», verkündete Jeremy an diesem Morgen. «Wir sind froh, sie bei uns zu haben. Nach der Arbeit gibt's Champagner auf meine Rechnung.»

Ihre Kollegen gratulierten Joanna. Sogar Charlotte schaffte es, sich ein kleines Lächeln abzuringen. Joanna wollte es unbedingt ihren Eltern erzählen, da sie wußte, wie erfreut sie sein würden. Gleichzeitig überkam sie ein Gefühl, als hätte sie ihre Seele an den Teufel verkauft. Der alte Mr. Fitterton hätte niemals auch nur die geringste Vermutung eines unehrlichen Handels ignoriert.

Angeregt durch den Erfolg und den Champagner kam Joanna an diesem Abend nach Hause und traf auf Felicity, die gerade telefonierte.

«Oliver», gab Felicity lautlos von sich.

«Du machst Witze!» Joanna nahm den Hörer.

«Ich möchte mich entschuldigen, daß ich so lange nicht angerufen habe», sagte er, «aber meine Mutter ist schlimm gestürzt, und ich habe mir große Sorgen um sie gemacht.»

Joanna hatte die kleine, schüchterne Frau vor Augen, die ein verblaßtes Schwarzweißfoto in den Händen hielt. «Oh, tut mir leid, das zu hören. Geht es ihr wieder gut?»

«Ja, danke. Sie hat nur ein paar blaue Flecken. Ich bin jetzt bei ihr. Aber ich wollte wissen, was es bei dir Neues gibt. Hattest du viel zu tun?» Er redete, als sei alles in Ordnung.

Verdutzt aber erfreut, antwortete sie im gleichen Tonfall. «Ich feiere gerade. First Clarence hat mir eine unbefristete Stelle angeboten.»

«Das ist phantastisch – und wohlverdient. Wir müssen auch feiern. Ich komme am Freitag für eine Woche nach

London. Komm mit mir in die Oper. Sie führen eine meiner Lieblingsinszenierungen von *Rigoletto* auf.»

«Gerne», antwortete sie. Vielleicht könnten sie doch Freunde bleiben.

Sie unterhielten sich noch ein paar Minuten – über Rampayne und den Aktienmarkt.

«Ich bin erstaunt, daß er sich wieder gemeldet hat», meinte Joanna zu Felicity, als sie den Hörer auflegte.

Felicity zerbrach einen Schokoriegel in zwei Teile und gab Joanna die Hälfte. «Wie willst du den Sex umgehen?»

«Das sieht dir ähnlich! Du kommst gleich auf den Punkt!»

«Er wird es sicher erwarten.»

«Er wird es nicht bekommen. Das werde ich von vornherein klarstellen.» Joanna aß genüßlich ihre Schokolade. «Ich glaube nicht, daß er es so nötig hat. Es sind bestimmt viele Frauen hinter ihm her. Er ist reich, attraktiv und berühmt. Es wird ihm nichts ausmachen, wenn er mich verliert.»

«Vielleicht nicht», sagte Felicity. «Aber es liegt in der menschlichen Natur, gerade denjenigen zu wollen, der einem entwischt ist.»

Am Sonntagabend brachte Simons Frau Katie zwei Mädchen zur Welt. Er teilte Joanna die Neuigkeit am Telefon mit, gerade als sie zur Arbeit aufbrechen wollte. Sein Anruf bedeutete, daß sie im Büro ankam, als der Chefanalyst zu reden begann.

Jeremy saß an Simons Schreibtisch. Er klopfte auf seine Uhr. «Sie sind zu spät.»

«Tut mir leid. Simon rief wegen seiner Zwillinge an und ich …»

«Joanna, dies ist ein Arbeitsplatz und keine Entbindungsstation.»

Sie verkniff sich eine wütende Antwort.

Über den Tisch hinweg begegnete sie Rebeccas Blick, die lautlos andeutete: «Miserable Laune.»

Jeremy verbrachte den Tag damit, sich um Simons Kunden zu kümmern, Simons Unterlagen durchzugehen und in Joannas Telefongespräche hineinzuhören, so als sei sie eine Anfängerin. Sie fand das erniedrigend und störend, entschloß sich aber, es zu ignorieren.

«Was zum Teufel ist nur mit dem los?» flüsterte Rebecca, als Jeremy zur Toilette ging.

Joanna zuckte mit den Schultern. «Weiß der Himmel! Aber irgendwas stimmt mit Sicherheit nicht.»

«Vielleicht hat ihn seine Freundin sitzenlassen», mutmaßte Vikram.

«Würde ihm recht geschehen», sagte Rebecca. «Er zeigte überhaupt kein Mitgefühl, als Patrick und ich uns trennten.»

Mitten in einem Telefongespräch mit Mr. Sternhold schaute Joanna zufällig auf Simons Tisch. Dort lag ein Zettel, auf den in Jeremys Schrift einige Zahlen und die Anmerkung «*Um Kathpeach kümmern*» gekritzelt war.

Als er zurückkam, trotzte sie seiner bissigen Zunge. «Ist die Notiz für mich bestimmt?» fragte sie.

«Nein, das ist privat.» Er nahm den Zettel weg.

Als Simon wieder zur Arbeit kam, lud ihn der Tisch zum Essen ein, um die Geburt seiner Kinder zu feiern. Zur Erleichterung aller hatte Jeremy keine Zeit.

Sie kamen bald auf Jeremys schlechte Laune der letzten Zeit zu sprechen.

«Mein Cousin ging mit ihm zur Schule», sagte Simon. «Er hat mir erzählt, daß Jeremy schon immer von Neid erfüllt war, weil sein älterer Bruder das Familienanwesen erben soll.»

«Es heißt nicht zufällig Kathpeach, oder?» fragte Joanna.

Simon wurde rot. «Kathpeach ist ein Offshore-Fonds.»

«Das weiß ich. Kathpeach ist mein Kunde. Ich hab nur eine Notiz auf Jeremys Schreibtisch gesehen und ... ach, das hat nichts zu bedeuten.» Sie sah ihn an. «Was ist los?»

«Nichts, außer ...» Simon atmete tief durch. «Kathpeach war früher mein Kunde, bis die sich bei Jeremy beschwerten, daß ich nicht schnell genug auf eine Verkaufsorder reagiert habe.»

Joanna war das unangenehm. «Das tut mir wirklich leid. Ich wußte das nicht.»

«Das war ja nicht deine Schuld. Aber ich ärgere mich noch immer darüber.» Simon stocherte in seinem Essen herum. «Ich verstehe einfach nicht, warum sich Kathpeach beschwert hat. Ich habe denen einen guten Gewinn verschafft. Sie hatten Aktien einer winzigen Gesellschaft namens Bellamilly Natural Products gekauft, die kurz vor der Übernahme stand. Und die Tatsache, daß ich ihre Anteile eine Viertelstunde später verkaufte, bedeutete, daß sie zusätzliche zwei Prozent verdienten. Ich sollte mich nicht mehr darüber aufregen, aber das hat ganz schön an mir genagt.»

«Du hast allen Grund, verärgert zu sein», versicherte ihm Joanna.

«Ich will einfach nur sagen, daß Kathpeach sich schon oft beschwert hat. Bevor ich für sie verantwortlich war, wurden sie von Rosalind betreut.»

«Diejenige, die nicht gut handeln konnte?»

«Das stimmt nicht so ganz», sagte Rebecca. «Rosalind war nur sehr streitlustig. Sie stellte alles in Frage. Sie wollte, daß Jeremy einen ihrer Kunden bei der SFA, der Aufsichtsbehörde für den Wertpapier- und Futureshandel, anzeigt.»

«Doch nicht Kathpeach?» fragte Joanna wieder mit einem unguten Gefühl.

«Nein, das war ein anderer Name. Ich kann mich nicht mehr daran erinnern. Warum?»

«Weil Kathpeach einen Gewinn mit Rampayne gemacht

hat, und ich war nicht glücklich damit, also habe ich mit Jeremy darüber gesprochen.»

«Bei seiner momentanen Laune bin ich überrascht, daß du noch lebst.»

«Ich auch. Aber er war sehr gewissenhaft; er denkt allerdings, daß es keinen Grund zur Besorgnis gibt.»

«Ich glaube ihm nur ungern, wenn er sich allen gegenüber wie ein Schwein verhält, aber er hat wahrscheinlich recht», sagte Simon. «Es ist gut möglich, daß Kathpeach bei den Geschäften, die sie von First Clarence ausführen ließen, einfach nur clever waren oder Glück hatten, während sie bei ihren zwanzig anderen Banken oder Brokern Verluste gemacht haben.»

Da Simon sogar Kathpeach noch verteidigte, obwohl sie ihn abserviert hatten, entschied Joanna in diesem zweifelhaften Fall für den Angeklagten.

Kapitel 13

An dem Tag, an dem Joanna sich abends mit Oliver in der Oper treffen wollte, bestellte Jeremy sie in ein Nebenzimmer.

«Was zum Teufel haben Sie getan, um Kathpeach derart zu verärgern?» Er klatschte ihr ein Fax in die Hand.

«Ich habe nichts getan.» Sie warf einen Blick darauf und schluckte entsetzt, als sie las: «Wir bedauern, Ihnen mitteilen zu müssen, daß wir aufgrund der unbefriedigenden Leistung Ihrer Mitarbeiterin Miss Templeton keine weiteren Geschäfte mit First Clarence machen werden.»

«Nur weil Sie Ihre Probezeit überstanden haben, heißt das nicht, daß Sie es sich leisten können, einen Kunden zu verlieren», fuhr er sie an.

«Was habe ich denn falsch gemacht?» fragte sie bestürzt.

«Sie waren streitlustig.»

«Ich habe doch nie mit ihnen gesprochen.»

«Sie haben ihre Anweisung, Rampayne-Aktien zu verkaufen, in Frage gestellt.»

«Ich habe ihnen den Rat der Analysten gefaxt. Als sie ihre Anweisung wiederholten, habe ich sie unmittelbar ausgeführt. Wenn sich Kathpeach beschwert, dann nur, weil sie immer damit durchkommen.»

«Was wollen Sie damit sagen?» fragte er.

Sie mußte sich schnell etwas einfallen lassen, um Simon nicht in Schwierigkeiten zu bringen. «Nun ... äh ... die Kürzel bei ihren früheren Geschäften zeigen, daß verschiedene Händler für sie zuständig waren, was für mich darauf hindeutet, daß es Nörgler sind.»

Jeremy zögerte. «Ja, ich nehme an, sie waren etwas schwierig», gestand er ein und nahm das Fax wieder an sich. «Aber Sie müssen vorsichtiger sein, Joanna. Sie sind gut, Sie neigen nur dazu, sich zu sehr in eine Sache hineinzusteigern. Ich habe Ihnen schon einmal gesagt, daß Sie nie von den Anweisungen eines Kunden abweichen sollen.»

«Ja, ich weiß. Es tut mir leid.»

«Sie haben nun Gelegenheit, es wiedergutzumachen.» Er gab ihr einen Zettel, auf dem die Daten einer anderen Offshore-Gesellschaft, des Redrey Trust auf den Bermudainseln, festgehalten waren. «Das ist ein neuer Kunde, und ich will keine Beschwerden hören. Verstanden?»

«Es wird keine geben. Das verspreche ich.»

«Gut. Und nun zurück an die Arbeit.»

«Danke.» Ihre Hand zitterte, als sie die Tür öffnete.

Sie versuchte, einen gelassenen Eindruck zu machen, als sie durch den Börsensaal ging, aber sie merkte, daß es ihr nicht gelang, als Simon fragte: «Stimmt etwas nicht?»

«Kathpeach hat mich abserviert.»

«Das sind Arschlöcher.»

«Ich weiß, aber es tut trotzdem weh.»

«Man trauert eben um den, der einem entwischt ist», sagte er mitfühlend.

Sie erinnerte sich, daß Felicity genau dasselbe in Bezug auf Oliver gesagt hatte.

Joanna brachte den ganzen Vormittag kein Geschäft zustande. Ihr Selbstvertrauen war angeknackst, und ohne Selbstvertrauen konnte sie nicht handeln. Mittags war sie vollkommen niedergeschlagen, und die Erinnerungen an ihre ersten Tage bei First Clarence suchten sie heim. Am späten Nachmittag faxte Mr. George von Redrey Trust zu ihrer Erleichterung eine Kauforder für 50 000 Aktien einer Fotoagentur namens Inter-Picture. Joanna führte sie prompt aus. Redrey Trust durfte keinen Grund zur Beschwerde haben.

Joanna war durch den Verlust von Kathpeach ziemlich aus dem Gleichgewicht gebracht worden, und das Letzte, wonach ihr der Sinn stand, war Oliver zu sehen – oder irgend jemand anderen. Sie wollte nach Hause, unter die Decke kriechen und ihre Wunden lecken, aber sie konnte ihm nicht absagen, da sie ihn nicht erreichen konnte – er steckte irgendwo zwischen Zürich und London.

Sie traf ihn wie verabredet im Opernhaus. Er wartete – pünktlich wie immer – auf sie im Foyer und beobachtete das eintreffende Publikum.

Als er Joanna sah, hellte sich sein Blick auf, und er eilte ihr entgegen. «Du hast mir gefehlt.» Er küßte sie auf beide Wangen. Dann trat er zurück und betrachtete sie eingehend. «Du siehst erschöpft aus. Ich hätte meinen Wagen schicken sollen, um dich abzuholen.»

«Das ist schon in Ordnung. Mir geht's gut.» Sie zwang sich zu einem Lächeln. «Wie geht es deiner Mutter?»

«Schon viel besser, danke. Aber ich mache mir Sorgen um dich, Joanna.» Er legte den Arm um sie. «Du arbeitest zuviel. Du brauchst etwas Champagner. Wir müssen doch feiern.»

Sie bedankte sich bei ihm. Es wäre unhöflich gewesen, wenn sie gesagt hätte, daß ihr nicht zum Feiern zumute war.

Er führte sie in seine Loge und reichte ihr ein Glas Champagner. Nach dem aufreibenden Tag, den Joanna mitgemacht hatte, stieg ihr der Alkohol sofort zu Kopf, und sie sehnte sich nach Schlaf.

Sie hatten nur wenig Zeit zum Reden, bevor die Musik einsetzte und sich der Vorhang hob, und während der Pausen konzentrierte sich Oliver auf sein Lob für die Inszenierung.

«Es gefällt dir doch, oder?» erkundigte er sich beunruhigt.

«Sehr.» Sie versuchte, begeistert zu wirken.

Es war nicht so, daß ihr die Oper nicht gefiel, aber obwohl

sie den scharwenzelnden Rigoletto, den verführerischen Herzog und die schluchzende Gilda hörte, nahm sie deren trauriges Schicksal doch kaum wahr. Ihre Gedanken waren bei Kathpeach.

Als sich das Publikum nach dem letzten Vorhang erhob, stand auch Joanna auf.

«Laß uns einen Augenblick warten.» Oliver legte ihr die Hand auf den Arm und hielt sie zurück. «Ich kann es nicht ausstehen, mich durch die Menge hindurch nach draußen kämpfen zu müssen.»

Sie setzte sich, und er sprach über eine anstehende Inszenierung von *Tosca*, bis die meisten Gäste das Opernhaus verlassen hatte.

Sie aßen in einem kleinen, gemütlichen Restaurant. Joanna konnte die Augen kaum noch offenhalten, und sie war überaus glücklich darüber, daß Oliver bestellte.

«Du sahst so besorgt aus, als du kamst», sagte er. «Hattest du einen schlechten Tag?»

Sie nickte. «Grauenhaft.»

«Das konnte man dir ansehen. Erzähl es mir. Laß mich dir helfen.»

Sie zwang sich zu einem Lächeln. «Ich wünschte, ich könnte es.»

«Joanna, ich wollte damit nicht sagen, daß du vertrauliche Informationen preisgeben sollst, aber es hilft, wenn man über ein Problem redet.» Er schwieg einen Moment und fügte dann mit einer Spur von Bescheidenheit hinzu: «Der Geldmarkt ist mir nicht gerade fremd.»

«Ach, das weiß ich doch. Ich wünschte, ich könnte mich dir anvertrauen.»

«Erzähl mir nur die wesentlichen Punkte.»

Sie zögerte. «Ich bin wütend, weil ich einen Kunden verloren habe.» Sie wählte ihre Worte sorgfältig und erwähnte keine Namen.

«Oh, nein! Das tut mir wirklich leid.»

«Sie haben First Clarence ein Fax geschickt und sich über mich beschwert.»

«Die müssen verrückt sein.» Er ergriff ihre Hand und verschränkte seine Finger fest mit ihren, so als wollte er ihr seine ganze Unterstützung geben. «Du leistest hervorragende Arbeit. Das hat Jeremy mir erst letzte Woche erzählt. Fühlst du dich jetzt besser?»

«Ja, danke.» Sie dachte kurz nach. «Hat er dich angerufen?»

«Nein. Warum?»

«Ich ... äh ... dachte, du wärst außer Landes.»

Er wirkte etwas nervös, und das veranlaßte Joanna, sich zu fragen, ob er vielleicht mit einer anderen Frau zusammen war. «Ich bin nur für einen Tag zurückgekommen, aber ich habe nicht angerufen, weil ich wußte, daß ich keine Zeit haben würde, um dich zu sehen. Ich war wegen einer schwierigen Besprechung gekommen. Als sie zu Ende war, hatte ich noch eine Stunde Zeit, bevor ich nach Heathrow mußte. Mir war danach, Squash zu spielen. Jeremy und ich sind im selben Club, und er war zufällig auch gerade da. Zufrieden?»

«Ich wollte nicht neugierig sein.» Sie konnte ihm wohl kaum erzählen, daß sie hoffte, er hätte eine andere Frau.

«Das weiß ich.» Er deutete dem Kellner, noch eine Flasche Wein zu bringen, obwohl Joanna beteuerte, daß sie nicht mehr trinken konnte.

Sie sprachen über andere Themen: über seine Mutter, Frankreich, die Börse und Rampayne.

«Ich nehme an, der Kunde, der sich beschwert hat, machte einen Verlust und gab dir dafür die Schuld», sagte Oliver mitfühlend.

«Nein, ganz und gar nicht. Die haben sogar einen Gewinn gemacht.»

«Einen großen?»

Sie nickte. «Einen beachtlichen.»

«Du glaubst doch nicht ...», begann er. Dann hielt er inne. «Nein, das ist sicher nicht der Grund.»

«Sag schon!» Sie lehnte sich vor.

«Daß sie nicht so ganz sauber sind?»

Joanna errötete. «Nun ... um ehrlich zu sein ...» Sie hielt inne. «Oliver, ich kann es dir nicht erzählen, aber ...»

«Du kannst dich auf mich verlassen! Diese Unterhaltung ist vollkommen vertraulich.»

Sie zögerte und erzählte dann weiter: «Ich kann dir keine Einzelheiten sagen, aber ... ich habe ihr Geschäft hinterfragt. Die haben ein Vermögen gewonnen, und ich fühlte mich dabei nicht wohl.»

Er schaute sie ernst an. «Was ist passiert?»

«Ich habe mich an unsere Vorschriften gehalten und meinen Chef informiert.»

«Und er hat es untersucht, ist aber zu dem Schluß gekommen, daß es keine Beweise gab?»

«Oliver, bitte dränge mich nicht, dir noch mehr zu erzählen.»

«Natürlich nicht. Das würde mir nicht im Traum einfallen.» Er schwieg einen Moment lang und betrachtete mit gerunzelter Stirn sein halbvolles Glas vor ihm, bevor er weiterredete. «Ich muß schon sagen, als Privatanleger bei First Clarence beunruhigt mich der Gedanke sehr, daß sie einen Hinweis auf Insiderhandel ignoriert haben.»

Sie war erschrocken. «Das habe ich nicht gesagt!»

«Aber du hast es zu verstehen gegeben. Betrug ist eine sehr ernste Angelegenheit. Ich bin seit vielen Jahren Kunde von First Clarence, aber wenn sie vor unehrlichem Handel die Augen verschließen, dann werde ich ernsthaft darüber nachdenken, all meine Geschäfte woanders zu tätigen – und ich werde ihnen sagen, warum. Ich werde nächste Woche Sebastian Deveraux treffen und ...»

Sie war entsetzt. «Vielen Dank! Und was wird aus meinem Arbeitsplatz? Ich hätte dir nichts erzählt, wenn ich gewußt hätte, daß du so reagierst.»

«Joanna, es ist die Pflicht jedes einzelnen, unmoralische Handlungsweisen energisch zu bekämpfen.»

Sie hatte Kathpeach verloren und riskierte nun, den größten Privatkunden von First Clarence zu verlieren. «Ich stimme dir zu, aber bei Kath ... dem Kunden habe ich mich geirrt. Die Phantasie ist mit mir durchgegangen.» In ihrer Angst hätte sie fast den Namen verraten.

«Bist du sicher?»

«Natürlich bin ich das.» Durch den Streß und die Erschöpfung war sie den Tränen nahe. «Bitte sage nichts! Jeremy hat es sehr gründlich untersucht. Mein Verdacht war vollkommen unbegründet. Das schwöre ich dir.» Sie hatte weit mehr Einzelheiten preisgegeben, als sie vorgehabt hatte.

Er überlegte einen Augenblick. «Also gut. Dir zuliebe unternehme ich nichts – aber nur, wenn du mich auf dem laufenden hältst, falls du noch einen Grund zum Argwohn hast.»

«Ich ... äh ...» Sie schluckte schwer. «Das kann ich nicht machen, Oliver. Ich muß meinen Chef benachrichtigen. So lauten die Vorschriften in der Firma und die Regeln der Börse.»

«Joanna, hör auf, dir Sorgen zu machen! Ich würde dich niemals darum bitten, etwas Unmoralisches zu tun. Ich bewundere deine Loyalität gegenüber deinen Kunden und First Clarence. Natürlich sollst du die Vorschriften einhalten. Aber ich habe wesentlich mehr Erfahrung als du. Wenn da irgendein mieses Geschäft vor sich geht, könnte es sehr unangenehm werden. Ich möchte nur sicher sein, daß du nicht in irgend etwas Gefährliches hineingezogen wirst.»

Joanna betrachtete Oliver auf der anderen Seite des Tisches. Sie hatte seine gefühllose Seite kennengelernt. Einige

Minuten zuvor hatte er sich einen Dreck um ihre Stelle bei First Clarence geschert und nur daran gedacht, seine eigenen Verbindungen zu kappen, falls die Katastrophe über sie hereinbrechen sollte. Natürlich hatte sie schon bemerkt, daß er rücksichtslos war. Er wäre nicht dort, wo er jetzt war, wenn es anders wäre. Aber man mußte auch anerkennen, daß er anscheinend rücksichtslos ehrlich war. Das bewunderte sie.

«Also gut», sagte sie.

«Gut.» Oliver lächelte. «Und jetzt bringe ich dich nach Hause. Du hast einen schrecklichen Tag hinter dir, und so gern ich auch mit dir ins Bett gehen würde, ich sehe dir an, daß du deinen Schlaf brauchst.

«Danke.» Sie war überaus erleichtert, daß ihr eine weitere Diskussion erspart blieb.

Kapitel 14

Am nächsten Morgen wurde Joanna vom Telefon geweckt. Sie griff nach dem Hörer und murmelte: «Was? Ja? Hallo?»

«Hier ist Simon. Hast du die Neuigkeit schon gehört? Der Hang Seng stürzt ab. Es geht das Gerücht um, daß Deng Xiaoping gestorben ist.»

«Oh, Mist!» Joanna setzte sich mühsam auf. «Wie spät ist es?»

«Vier Uhr. Ich dachte mir, du würdest das gerne wissen.»

«Ja ... danke. Wieso bist du schon so früh auf?»

«Die Zwillinge hatten eine schlaflose Nacht – wir also auch!» Simon gähnte herzhaft. «Bis später.»

«Danke für den Anruf.»

Joanna krabbelte widerwillig aus dem Bett. Ihre Kunden würden erwarten, daß sie während einer Krise an ihrem Schreibtisch säße. Viele der Elektronik- und Softwareunternehmen in Großbritannien, von denen sie Aktien besaßen, hofften auf große Verträge in dem sich entwickelnden China. Ein interner Machtkampf könnte diese Abkommen verzögern – und die Aktienpreise der Gesellschaften drükken.

Eine Stunde später betrat Joanna das Bürohaus der First Clarence Bank, zeigte den beiden Nachtportiers ihren Ausweis und nahm den Aufzug in den fünften Stock. In dem normalerweise hektischen Börsensaal war niemand, außer den dreißig Händlern, die mit dem Nikkei-Index arbeiteten, und den zwei Putzfrauen in ihren hellblauen Overalls mit der Aufschrift *BetterClean*.

Als sie zu ihrem Schreibtisch kam, klingelte ihr Telefon.

«Joanna, hier ist Harriet Cunningham. Was rät First Clarence in Bezug auf China?»

«Guten Morgen, Harriet», erwiderte Joanna, um etwas Zeit zu gewinnen, während sie über eine akzeptable Antwort nachdachte. «Unsere Analysten arbeiten im Moment daran. Kann ich … äh … Sie zurückrufen, sobald ich ihre Ansicht gehört habe?»

«Ich will Ihre Meinung jetzt hören.»

Joanna mußte ihrem Instinkt folgen. «Ich würde sagen, daß es keinen Grund zur Panik gibt. Dies ist nicht das erste Mal, daß das Gerücht verbreitet wurde, Deng Xiaoping sei gestorben. Bis zu einem gewissen Grad hat der Markt die Auswirkung seines Ablebens schon vorweggenommen. Er ist immerhin schon recht alt. Sein Tod kann wohl kaum eine Überraschung sein.» Joanna lehnte sich zurück. Sie wußte nicht, ob sie etwas Vernünftiges von sich gab oder schwafelte.

«Die Empfehlung, die ich von einem Händler bei der St. Leonard's Commercial bekommen habe, besagt, daß der Hang Seng abstürzen wird und daß wir jetzt verkaufen sollten», sagte Harriet.

Joanna verabscheute es, wenn Kunden auf abweichende Meinungen anderer Händler hinwiesen, aber sie behielt einen kühlen Kopf und ließ sich nicht beirren.

«Ich glaube, daß er unrecht hat. Ich würde sogar sagen, daß es bei Börsenbeginn ein paar gute Gelegenheiten zum Kauf geben wird.»

Harriet sagte einen Augenblick lang nichts. «Joanna, ich halte mich an Ihren Rat, weil es das erste Mal ist, daß mich ein Händler vom Handeln abhält.»

«Ich bin nicht so sehr auf die Provision versessen, daß ich meine Ansichten über den Haufen werfen würde», erwiderte Joanna barscher, als sie es wollte.

«Freut mich zu hören. Aber ich gebe Ihnen die Schuld, wenn Sie falsch liegen.»

Joanna beendete das Gespräch und stieß ein Gebet für die Gesundheit von Deng Xiaoping aus. Sie konnte es sich nicht leisten, noch einen Kunden zu verlieren.

Sie holte sich Kaffee. Als sie zurückkam, saugte eine sehr junge, erschöpfte Putzfrau neben ihrem Schreibtisch Staub.

«Hier brauchen Sie nichts zu machen», meinte Joanna zu ihr, denn sie wollte unbedingt die Anlagen im Fernen Osten ihrer anderen Kunden überprüfen.

«Ich soll überall staubsaugen», sagte die Frau zaghaft.

Joanna setzte sich. «Heute nicht, danke. Ich arbeite hier.»

Die Putzfrau saugte weiter. «Bitte, Miss! Wenn ich noch eine Beschwerde kriege, dann verliere ich meine Arbeit. Mein Mann ist arbeitslos, und wir haben drei Kinder.»

Joanna wollte gerade sagen, daß ihre Telefonate weitaus wichtiger waren als irgendein elender Putzjob, als sie die Verzweiflung in den Augen der jungen Frau sah.

Sie stand auf. «Ja, natürlich. Machen Sie nur.»

Die Frau war zierlich und sehr dunkelhäutig, wahrscheinlich von den Philippinen, dachte sich Joanna. Sie sah nicht älter als fünfzehn aus.

«Haben Sie wirklich drei Kinder?» fragte Joanna sie.

«Ja.» Auf dem müden Gesicht erschien ein großes Lächeln. «Maria, meine Älteste, ist heute vier geworden.»

Die Putzfrau saugte um den Tisch herum, schnell und gründlich. Dann eilte sie fort, und so klein wie sie war, sah sie zwischen den Computern aus wie ein verlorenes Kind.

Joanna griff nach ihrer Tasche und eilte ihr hinterher. «Entschuldigen Sie.»

Die Putzfrau drehte sich um. «Ja, Miss?»

Joanna hielt ihr einen 20-Pfund-Schein hin. «Bitte kaufen Sie Ihrer Tochter ein Geburtstagsgeschenk.»

«Oh, nein … ich könnte Ihr Geld niemals annehmen.»

«Ich bestehe darauf.» Joanna drückte der Putzfrau den Schein in die Hand.

Tränen traten ihr in die Augen. «Danke», flüsterte sie. «Sie sind sehr nett.»

Joanna fühlte sich unwohl bei dem Gedanken daran, wie oft sie schon zwanzig Pfund für vier Gläser Champagner verpulvert hatte.

Zu ihrer Erleichterung bestätigte der Chefanalyst ihr Gefühl zum Thema China.

«Die jungen Chinesen haben Geschmack an Konsumgütern und am Fortschritt gefunden – und sie wollen sicher mehr», berichtete er auf der morgendlichen Besprechung.

Joanna verbrachte die nächsten Stunden am Telefon mit ihren Kunden. Einige entschieden sich zum Verkauf, aber die meisten folgten ihrem Ratschlag. Einige Mutige gaben ihr die Anweisung zu kaufen. Sie stiegen auf der niedrigsten Basis ein.

Mittags wurde erneut über Dengs Tod berichtet, und Aktien, die im Zusammenhang mit Hong Kong standen, schwankten weiter. Joanna erlebte einen bangen Moment, als Harriets Anteile fielen. Sie kauerte an ihrem Bildschirm und beobachtete jede Entwicklung. Plötzlich blinkte eine Nachricht auf.

«*Gerüchte über Dengs Tod weit übertrieben. Vorsitzender Deng Xiaoping erschien heute morgen kurz in der Öffentlichkeit.*»

«Gott sei Dank!» Joanna lehnte sich zurück und streckte die Arme über dem Kopf aus, um ihren verspannten Nacken zu lockern. Überall um sie herum waren Seufzer der Erleichterung zu hören.

Während sie sich erholte, rief Harriet an. «Gut gemacht», sagte sie. «Sie haben einen kühlen Kopf bewahrt, was man nicht von allen behaupten kann.»

«Danke.»

Joanna wartete darauf, daß Harriet eine Order plazierte,

aber das tat sie nicht. Sie hatte nur angerufen, um ihr zu gratulieren, und das war sehr ungewöhnlich.

Spät am Nachmittag erhielt Joanna ein Fax von Redrey Trust mit der Anweisung, weitere 50000 Anteile von Inter-Picture zu kaufen. Als sie das erledigt hatte, kam Jeremys Sekretärin erneut mit einem herrlichen Strauß Lilien zu ihr. Dieses Mal mußte sie die Karte nicht erst öffnen, um zu wissen, daß sie von Oliver waren.

Als Joanna den Börsensaal mit den Blumen im Arm verließ, fühlte sie sich überragend. Die Händler jubelten ihr zu und pfiffen bewundernd. Harry schwor, er würde Harakiri begehen, weil sie einen anderen hatte. Sogar Jeremy lobte sie. Sie lächelte immer noch, als sie zu Hause ankam. Am Freitag war es die Hölle für sie gewesen. Der heutige Tag war großartig verlaufen. An ihrem nächsten schlechten Tag, so versprach sie sich, würde sie sich an Harriets Glückwünsche erinnern.

Einige Tage später grassierte auf dem Markt das Gerücht, daß Inter-Picture kurz vor der Übernahme stand. Der Aktienpreis stieg. Joanna erfuhr auf dem Weg zur Arbeit davon. Sie freute sich für Redrey Trust – und für sich selbst.

Als sie zu ihrem Schreibtisch kam, rief sie die Datei von Redrey Trust auf, um deren Anlagen zu überprüfen. Das Kürzel neben dem Firmennamen zeigte, daß sie über Jeremy zu First Clarence gekommen waren. Sie wollte gerade die Datei verlassen, als sie merkte, daß sie schon über einen Monat lang zum Handel zugelassen waren – aber Jeremy hatte sie ihr gerade erst zugeteilt. Sie erinnerte sich daran, wie er der Kreditabteilung eine Strafpredigt gehalten hatte, als sie den LinkFund von Hugo Porter nicht schnell genug freigegeben hatten. Sie war verdutzt und versuchte, weitere Informationen zu bekommen, aber auf ihrem Bildschirm wurde angezeigt, daß diese nur auf dem Zentralcomputer einzusehen waren.

«Joanna!»

Sie drehte sich um und sah, daß Jeremy sie beobachtete.

«Was suchen Sie?» fragte er.

«Ich habe die Angaben eines Kunden überprüft.»

«Warum?»

Sie blickte ihn verblüfft an. Sie verstand seine Frage nicht. Die Händler sahen sich oft die Dateien ihrer Kunden an.

«Warum?» beharrte er.

«Ich war ... überrascht, weil wir vorher noch nicht für sie gehandelt hatten.»

«Sie wurden gerade erst freigegeben.»

Das war eine plumpe Lüge, und es wurde ihm klar, als er den Ausdruck in ihrem Gesicht sah.

«Ich meine ... ich war bis jetzt noch mit ihren Referenzen nicht zufrieden.»

Joanna wandte sich wieder ihrem Bildschirm zu, aber sie hatte Mühe, sich auf ihre Arbeit zu konzentrieren. Sie schaute auf und begegnete Jeremys eindringlichem Blick. Fünf Minuten später sah sie noch einmal auf. Er beobachtete sie noch immer. Sie fühlte sich unwohl – und war wütend. Wenn Jeremy in irgendwelche miesen Geschäfte verwickelt war, schadete das nicht nur First Clarence, sondern auch ihrem Tisch. Vielleicht hatte Oliver recht. Sie brauchte seine Hilfe wirklich.

Als Jeremy zum Essen ging, rief Joanna Oliver an. Er war nicht da, also hinterließ sie eine Nachricht bei Withers mit der Bitte, daß er sie zu Hause – nicht bei der Arbeit – anrufen möge. Nach Börsenschluß mußte sie zu einem Vortrag von Mr. Sternhold. Normalerweise hätte sie die Gelegenheit genutzt, um neue Kunden zu werben. Heute eilte sie nach Hause.

Als sie in der Wohnung ankam, trocknete sich Felicity gerade hastig die Haare, bevor sie mit einem Autor und dem Käufer einer Buchhandelskette zum Essen gehen wollte.

«Hat Oliver angerufen?» übertönte Joanna den lauten Föhn.

Felicity schüttelte den Kopf. «Du bist doch … wohl nicht an ihm interessiert, oder?» fragte sie.

«Nein. Ich brauche seinen Rat.»

Felicity schaltete den Fön aus. «Was ist los?»

«Ich habe den schrecklichen Verdacht, daß Jeremy in Betrügereien verwickelt ist.» Joanna begann, ihr von Kathpeach und dem Redrey Trust zu erzählen, wurde aber unterbrochen, als Felicitys Taxi kam.

«Ich ruf dich morgen vormittag an», sagte Felicity und griff nach ihrer Jacke und Tasche. «Morgen nachmittag fahre ich in den Norden, um ein paar Autoren zu besuchen, die nicht weit weg von meinem Vater wohnen, also übernachte ich bei ihm auf dem Hausboot. Kein Telefon. Kein Strom.» Sie schnitt eine Grimasse und kicherte dann liebevoll. «Lieber Dad, warum bist du nur so verschroben?»

Joanna war ausnahmsweise zu sehr mit sich selbst beschäftigt, um Einfühlungsvermögen zu zeigen. «Ruf mich nicht bei der Arbeit an», sagte sie hastig. «Unsere Anrufe werden alle festgehalten.»

Felicity sah erschrocken aus. «Was für eine argwöhnische Atmosphäre! Sei vorsichtig.»

«Deshalb brauche ich Oliver.»

Als Joanna allein war, wartete sie auf Olivers Anruf. Sie nahm ein Bad, machte sich einen Salat und bügelte ihre Wäsche vor dem Fernseher. Mitten in den 9-Uhr-Nachrichten klingelte das Telefon.

Sie nahm ab. «Hallo?»

«Jo, hier ist Bertrand. Entschuldige, daß ich dich störe, aber wir waren auf einer Versteigerung in Dorset, und der verflixte Laster ist liegengeblieben. Wir können also heute nicht mehr zurückfahren. Könntest du die Katzen füttern?»

«Ja, natürlich.» Sie verließ nur ungern die Wohnung, aber sie konnte wohl kaum nein sagen.

Sie schaltete den Anrufbeantworter ein und raste nach nebenan. Als sie die Dose mit dem Katzenfutter öffnete, hörte sie das dumpfe Klingeln ihres Telefons durch die Wand. Aber als sie in ihre Wohnung zurückkehrte, war zu ihrer Enttäuschung die einzige Nachricht für Felicity von Tom.

Sie überlegte, ob sie Oliver noch einmal anrufen sollte, entschied sich aber dagegen. Withers war so zuverlässig. Sie konnte es sich nicht vorstellen, daß er vergessen hatte, ihre Nachricht weiterzugeben.

Am nächsten Morgen stand sie früher als gewöhnlich auf. Da sie wußte, daß sie den ganzen Tag nicht ungezwungen reden konnte, schrieb sie eine kleine Notiz für Oliver, in der sie ihren Verdacht kurz erläuterte, ohne Namen zu nennen. Dann fuhr sie nach Holland Park und warf ihren Brief bei ihm ein. Die Vorhänge waren zugezogen. Im Haus war es ruhig und alle schliefen. Als sie die Auffahrt hinausfuhr, stieß sie versehentlich gegen einen der Torpfosten. Sie hielt fluchend an, um den Schaden unter die Lupe zu nehmen. Sie hatte nur etwas Farbe abgekratzt – es war nicht so schlimm, als daß es gerechtfertigt war, den ganzen Haushalt aufzuwecken.

Sie fuhr in die Londoner City, parkte in der Nähe von der Liverpool Street Station und ging durch den Bahnhof zum Broadgate Circle. Die Eisbahn war schon lange abgetaut und durch eine Arena aus Sand und Stroh ersetzt worden, in der zur Mittagszeit eine Musikkapelle spielte und tänzelnde Pferde ihre Gangarten zur Schau stellten. Vor ihr ging Simon.

Sie eilte zu ihm. «Hast du kurz Zeit für einen Kaffee?»

«Natürlich. Laß uns in den Bahnhof gehen.» Er hielt inne und betrachtete ihr Gesicht. «Was ist los? Du siehst blaß aus.»

«Ich erzähl es dir gleich.»

Sie bestellten Cappuccinos und stellten sich zum Trinken nebeneinander.

«Ich glaube, Jeremy ist in eine unehrliche Sache verwikkelt», vertraute Joanna ihm fast flüsternd an.

Er ließ seine Tasse sinken. «Das meinst du nicht ernst?»

«Doch. Erinnerst du dich, daß ich meinen Verdacht gegen Kathpeach gemeldet hatte?»

Simon nickte.

«Ich bin davon überzeugt, daß es nicht weiterverfolgt wurde, weil Kathpeach – und vielleicht ein neuer Kunde, den er mir zugeteilt hat – mit Hilfe von Insiderinformationen handelt und daß er es weiß.»

Simon schaute sich um, als hätte er Angst, jemand könnte lauschen. «Joanna, um Himmels willen, verbreite bloß nicht so ein Gerücht. Einem Kunden zu mißtrauen, ist eine Sache. Mit dem Finger auf den Chefhändler zu zeigen, ist eine andere. Warum zum Teufel sollte Jeremy seine Karriere aufs Spiel setzen und sogar riskieren, ins Gefängnis zu wandern?»

«Geld.»

«Jeremy verdient ein Vermögen.»

«Simon, hör mir zu. Nachdem ich meinen Verdacht gegen Kathpeach geäußert hatte, haben die mich abserviert. Okay, ich weiß, es hört sich so an, als wäre ich eingeschnappt ... aber ich hab es einfach im Gefühl. Sobald ich Jeremy erzählte, daß ich weiß, wie schwierig Kathpeach ist – nein, ich habe dich da nicht mit hineingezogen –, hat er einen Rückzieher gemacht und mir einen anderen Offshore-Kunden zugeteilt.»

«Na und?»

«Es war wie ... eine Bestechung.»

«Glaubst du nicht, daß deine Phantasie etwas mit dir durchgeht?»

«Dieser andere Kunde kaufte Inter-Picture *vor* den Gerüchten über die Übernahme.»

Simon sagte nichts.

«Sie wurden vor einem Monat für den Handel freigegeben, aber sie wurden noch keinem Händler zugeteilt», fuhr sie fort. «Das ist doch merkwürdig.»

Simon runzelte die Stirn. «Okay, finde ich auch. Das sieht Jeremy überhaupt nicht ähnlich.»

«Ich habe das bemerkt, als ich ihre Daten überprüfte. Jeremy sah mich dabei und fragte, was ich mache. Ich erzählte ihm, was ich herausgefunden habe, und er log. Er behauptete, daß ihre ersten Referenzen nicht zufriedenstellend gewesen seien.»

«Das könnte doch wahr sein», sagte Simon.

«Ja, aber warum war er so feindselig? Und damit meine ich nicht, daß er auf seine übliche Art aggressiv war, sondern daß er mich weiter beobachtete. Simon, ich weiß nicht, was ich tun soll. Unsere Vorschriften lauten, daß ich Jeremy Bericht erstatten soll, wenn ich Zweifel habe. Aber was ist, wenn er darin verwickelt ist? Er würde es natürlich nicht weiterverfolgen. Was würdest du machen, Simon? Ihn übergehen?»

Simon rührte seinen Kaffee um und dachte dabei angestrengt nach. «Wie wichtig ist dir deine Karriere bei First Clarence?»

«Sehr wichtig.»

«Dann würde ich es mir sorgfältig überlegen, bevor ich etwas unternehme. Niemand dankt dir, wenn du jemanden verpfeifst. Wenn du Jeremy übergehst, egal, unter welchen Umständen, wirst du bei First Clarence nie befördert – und auch nicht woanders.»

«Aber wir müssen gegen Unehrlichkeit eintreten», protestierte Joanna.

Er lächelte traurig. «Du vielleicht, aber ich muß an Katie und die Zwillinge denken. Rosalind hat jede Transaktion hinterfragt – und sie wurde gefeuert. Habe ich dir schon erzählt, daß ich sie vor Ostern zufällig getroffen habe?»

Joanna schüttelte den Kopf und versuchte, nicht ungeduldig zu erscheinen.

«Ich war bei uns an der Tankstelle. Rosalind stand am Wochenende nachts hinter der Kasse. Ich hab meinen Augen nicht getraut, aber sie erzählte mir, Jeremy hätte sich geweigert, ihr eine Empfehlung zu schreiben. Und ohne die sei es ihr nicht möglich gewesen, eine andere Stelle in der Londoner City zu finden. Ich kann es mir nicht leisten, gegen irgend etwas einzutreten, Joanna, besonders, wenn es keine richtigen Beweise für unrechtes Handeln gibt.»

«Schon gut, das verstehe ich. Danke fürs Zuhören.» Sie war Simon nicht böse, aber sie war enttäuscht.

Er spürte das und machte einen reumütigen Eindruck. «Ich war keine große Hilfe, aber du solltest dir überlegen, was letztendlich dabei herauskommt. Egoistisch betrachtet, würde ich dich nur ungern gehen lassen. Du und Rebecca, ihr seid die Kollegen, die mir am nächsten stehen. Katie nennt euch meine Tagesfamilie.»

Joanna lächelte. «Ich arbeite auch gern mit dir zusammen – und ich will First Clarence sicher nicht verlassen.» Sie schaute auf die Uhr. «Laß uns gehen, sonst kommen wir zu spät.»

Sie kamen zu ihrem Tisch, und Jeremy unterrichtete sie darüber, daß ihr monatliches Paßwort auf Einstein geändert wurde. Als Joanna ihren Platz neben ihm einnahm, langte er nach seinem Kalender, blätterte zurück und tippte rasch das Datum vom vergangenen Montag ein. So verstohlen, wie er das tat, ging sie davon aus, daß sie es nicht hätte bemerken sollen.

Oliver rief Joanna an diesem Abend an. Inzwischen hatte sie schon gedacht, daß sie sein Angebot, zu helfen, falsch verstanden haben mußte.

«Es tut mir leid, daß ich nicht früher anrufen konnte, aber ich mußte unerwartet nach Warschau.» Er wartete einen Augenblick, bevor er fragte: «Also, was macht dir Sorgen? Es muß wichtig sein, wenn du es auf dich genommen hast, vor der Arbeit zu meinem Haus zu fahren – und einen meiner Torpfosten anzufahren, wie ich gehört habe.»

«Ja, es tut mir leid. Das war unvorsichtig von mir. Ich werde für die Kosten aufkommen, um es neu streichen zu lassen.»

«Joanna, beleidige mich nicht! Bitte! Ich will wissen, warum du so aufgewühlt bist. Geht es um First Clarence?»

«Ja. Da ist etwas passiert und ...»

«Halt! Nicht am Telefon. Komm morgen abend zum Dinner, und dann reden wir darüber. Behalte deine Sorgen in der Zwischenzeit für dich.»

«Natürlich.» Sie war erleichtert, daß sein Angebot, ihr zu helfen, aufrichtig gemeint war.

Am nächsten Morgen, nach der Besprechung mit den Analysten, rückte Jeremy mit dem Stuhl näher an Joanna heran. «Ich habe mich noch einmal mit Ihren Zweifeln bezüglich Kathpeach beschäftigt», erzählte er ihr leise, «und ich habe auch mit dem für die Firmenvorschriften zuständigen Abteilungsleiter darüber geredet.»

Sie war so überrascht, daß ihr keine Antwort einfiel.

«Wir haben beide das Gefühl, das Geschäft von Kathpeach war in Ordnung», fuhr er fort. «Aber Sie haben richtig gehandelt, indem Sie mir Ihre Befürchtung mitteilten. Bitte tun Sie das auch weiterhin.»

«Äh ... danke.»

Er sah sie ernst an. «Es ist die Pflicht von uns allen, gegen jedes Anzeichen von Unehrlichkeit hart vorzugehen.»

«Ja ... sicher.» Sie fühlte sich sehr unwohl, als sie sich die Schwere ihrer Anschuldigung in Erinnerung rief. Vielleicht hatte sie vorschnelle Schlüsse gezogen. Immerhin hatte sie keine Beweise. Wie Simon gesagt hatte: Warum sollte Jeremy eine Gefängnisstrafe riskieren, wenn er ohnehin schon eine ganze Menge Geld verdiente?

Kurze Zeit später sah sie Simon auf dem Weg zum Kaffeeautomaten, und sie schloß sich ihm an.

«Danke, daß du mir gestern zugehört hast», flüsterte sie. «Ich bin immer noch nicht überzeugt, was den Kunden angeht, aber in Bezug auf ... die Person, da hab ich vielleicht zwei und zwei zusammengezählt und bin auf fünfzehn gekommen.»

Auf Simons Gesicht erschien ein breites Grinsen. «Gott sei Dank!»

Sie gingen zu ihrem Tisch zurück. Der Markt war ruhig und wartete auf die Bekanntgabe der Inflationsrate durch die Regierung. Joanna organisierte ein Mittagessen mit Harriet, sprach mit Mr. Sternhold und nahm eine Kauforder von Hugo Porter entgegen. Vor Börsenschluß überprüfte sie ihr Faxgerät und den Inhalt ihres Eingangskorbes. Es war kein Fax gekommen und im Korb waren nur Bestätigungsorder. Um sechs Uhr sah sie noch einmal nach und verließ die Arbeit pünktlich.

«Schönen Abend», wünschte ihr Jeremy mit einem freundlichen Lächeln.

«Danke.» Sie fragte sich, was er wohl sagen würde, wenn er wüßte, mit wem sie ihn verbrachte.

Als Joanna bei Oliver ankam, parkte nur der rote Jaguar E-Type vor dem Haus. Als sie zur Eingangstür ging, wurde sie schon geöffnet.

«Guten Abend, Miss Templeton», sagte Withers mit einer steifen Verbeugung. «Ich fürchte, Mr. Safarov wurde im Verkehr aufgehalten, aber er müßte bald kommen. Treten Sie doch ein.»

«Danke.» Sie betrat die beflaggte Empfangshalle.

Genau in dem Moment öffnete sich am anderen Ende eine Tür, und ein jüngerer Mann erschien. Er war schmächtig, hatte perfekt frisierte blonde Haare und trug – obgleich er leger gekleidet war – eine teure Designerjacke.

«Ich will dich nicht länger aufhalten, Stuart», sagte Withers und lächelte dem jungen Mann liebevoll zu.

«Ach, ich leiste dir noch ein wenig Gesellschaft.» Er näselte ein wenig. Er zog sich dorthin zurück, wo Joanna die Räumlichkeiten des Butlers vermutete. Sie konnte nicht umhin sich zu fragen, wer das war.

«Das ist mein Neffe», sagte Withers, als er ihre Neugier spürte.

«Oh … wie nett.» Was immer der Neffe auch tat, er verdiente gut.

«Ja, Stuart ist ein guter Junge.» Withers führte sie in das Empfangszimmer und schenkte ihr ein Glas Champagner ein. «Ich habe es ihm zu verdanken, daß ich bei Mr. Safarov arbeite. Nachdem meine geliebte Frau starb, wußte ich nicht so recht, was ich mit mir anfangen sollte, also schlug Stuart vor, daß ich wieder arbeitete. Ich war in der Armee und habe gern immer etwas zu tun.» Sie wurden durch das Geräusch von Reifen unterbrochen, die auf dem Kies knirschten. «Das wird Mr. Safarov sein. Ich erkenne das Auto.» Withers beeilte sich, um ihm die Eingangstür zu öffnen.

Joanna wartete in dem Empfangszimmer.

«Ist Miss Templeton da?» hörte sie Oliver fragen.

«Ja, Sir.»

«Gut. Und Ihr Neffe?»

«Er ist im hinteren Wohnzimmer, Sir.»

«Danke. Bitte sagen Sie Miss Templeton, daß ich sofort bei ihr bin.»

Zehn Minuten später begrüßte er Joanna mit einem Kuß auf beide Wangen. «Es tut mir so leid, daß ich dich habe warten lassen», sagte er.

«Mr. Withers hat sich gut um mich gekümmert.»

«Ich wußte, du bist in guten Händen.» Er zog einen Stuhl herbei und setzte sich ihr gegenüber. «Du hattest vollkommen recht, dich an mich zu wenden. Es tut mir nur so leid, daß ich so lange brauchte, um zu antworten. Aber nun erzähl mir, was du herausgefunden hast.»

Joanna lachte verlegen. «Ich komme mir schrecklich albern vor. Seit wir uns unterhalten haben, bin ich zu dem Schluß gekommen, daß mein Verdacht unbegründet war – zumindest was First Clarence betrifft.»

«Es beruhigt mich, das zu hören, aber du mußt doch einen Grund für diese Verdächtigungen gehabt haben.»

«Ich habe überreagiert.»

«Joanna, du bist intelligent und scharfsinnig. Du würdest nicht ohne Grund Verdacht schöpfen.»

Sie zögerte. «Ich ... habe einen Kollegen verdächtigt, in eine zwielichtige Sache verwickelt zu sein, aber jetzt glaube ich, daß ich unrecht hatte.»

«War es ein Vorgesetzter?»

«Ja, aber ich habe mich geirrt. Zumindest bin ich ziemlich sicher, daß es keinen Grund zur Besorgnis gibt.»

«Aber du bist nicht hundertprozentig sicher?» beharrte er.

Sie nippte an ihrem Champagner und überlegte einen Augenblick. «Du hast recht. Ich bin nicht überzeugt, daß der Kunde gesetzestreu handelt, aber ich bin recht sicher, daß die Person, die ich verdächtigt habe, unschuldig ist. Das ist die Wahrheit.»

Oliver schwieg und dachte nach. Dann lehnte er sich lächelnd zurück. «Ich bin sehr froh, daß sich deine Befürchtungen als unbegründet erwiesen haben. Du könntest für keine bessere Bank als First Clarence arbeiten.»

Sie nickte. «Ich weiß.»

Sie gingen zum Dinner über. Oliver redete von seiner

Mutter und seinen Sorgen über ihre Gesundheit, während Joanna höfliche Bemerkungen machte. Erst nach dem Essen, als sich Withers zurückzog, berührte er sie.

«Du hast mir gefehlt», sagte er und langte nach ihrer Hand.

Sie würde es nicht ertragen, wenn er in diesem Sinne weitermachte. Gleichzeitig wollte sie ihn nicht verletzen – nicht, nachdem er ihr so selbstlos geholfen hatte.

«Ach du meine Güte!» rief sie aus und schaute auf die Uhr. «Es ist halb zwölf. Ich muß leider gehen. Meine kleine Schwester, Alice, ist bei mir zu Besuch, und sie hat Angst, allein in London zu sein.»

«Wie schade.» Er ließ ihre Hand los. «Aber natürlich mußt du dich um deine Schwester kümmern.»

Als Oliver sie zu ihrem Wagen hinausbegleitete, merkte sie, daß der Jaguar E-Type fort war, woraus sie schloß, daß er Withers wohlhabendem Neffen gehörte.

«Ich werde vielleicht eine Woche oder so in Frankreich bleiben, um in der Nähe meiner Mutter zu sein», erzählte Oliver ihr, als sie sich verabschiedeten.

«Bitte grüße sie von mir.»

«Das werde ich. Danke.» Er küßte sie auf beide Wangen, aber es waren die Küsse eines Freundes.

Joanna fuhr davon und hoffte, Oliver würde nie herausfinden, daß Alice sicher zu Hause in Somerset aufgehoben war.

Kapitel 15

Gegen neun Uhr am nächsten Morgen nahm Jeremy ein Telefongespräch an seinem gelben Apparat entgegen, von dem Rebecca felsenfest behauptete, daß die Telefonate nicht aufgezeichnet wurden.

Neben ihm berichtete Joanna gerade Harriet Cunningham, daß der Chefanalyst Fact-Select für den wahrscheinlichen Gewinner eines Vertrages hielt, der die Lieferung von Software an eine Regierung im Nahen Osten regelte. Harriet stellte ein paar entsprechende Fragen und kaufte dann 100 000 Anteile.

Joanna drehte sich zu Jeremy um, der noch immer telefonierte, und teilte ihm leise den Umfang von Harriets Order mit. Er nickte. Sie war mit ihrem bisherigen Morgen zufrieden und ging zum Kaffeeautomaten.

Als sie zurückkam, stand Jeremy mit einem Stapel Papiere in der Hand an ihrem Tisch. «Könnten wir uns mal unter vier Augen sprechen?» fragte er und deutete auf eines der Nebenzimmer.

«Natürlich.» Sie hoffte, daß er ihr einen neuen Kunden zuteilen wollte, wobei sie sich nur wünschte, daß es nicht auf Kosten eines Kollegen ging. Sie wußte, wie schmerzhaft es war, einen Kunden zu verlieren.

Jeremy führte sie in das Büro, das am nächsten lag, und schloß die Tür. «Warum haben Sie diese Order von der Società Hadini nicht plaziert?» fragte er und hielt ihr ein Fax entgegen.

Sie nahm das Stück Papier und starrte auf das Geschriebene. «Ich habe das noch nie gesehen. Von wann ist das?»

«Gestern. 16:28 Uhr. Können Sie denn nicht lesen?»

Sie wurde leichenblaß, als sie die Zeit und das Datum sah. «Ich habe das vorher noch nie gesehen. Ich habe mein Fax und meinen Eingangskorb überprüft, bevor ich gegangen bin. Ich erinnere mich genau daran.»

«Joanna, schauen Sie sich die Fax-Nummer an. Das ist Ihr Gerät.»

«Die Order war gestern abend nicht da. Ich schwöre es.»

«Ich habe sie gerade auf Ihrem Schreibtisch gefunden, als Sie sich einen Kaffee holten.»

«Aber ich habe auch heute morgen in meinen Korb geschaut.»

«Joanna, Mr. Lawrence von der Società Hadini rief mich an, um zu erfahren, warum Sie seine Order nicht bestätigt haben. Er ist wütend, und das kann ich gut verstehen.»

Ihr wurde übel. «Es ... es tut mir so leid. Ich kann mir nicht vorstellen, daß ich es übersehen habe. Ich bin so sorgfältig.»

Jeremy schien milder gestimmt. «Ich bin mir darüber im klaren, daß Sie nur zwei Minuten Zeit gehabt hätten, um die Order vor Börsenschluß unterzubringen. Ich habe Mr. Lawrence gesagt, daß es wirklich sehr knapp war.»

«Danke. Ich verspreche Ihnen, daß es nicht wieder vorkommen wird.»

Jeremy runzelte die Stirn. «Ich ... fürchte, daß es dazu auch keine Gelegenheit mehr geben wird, Joanna. First Clarence kann keinen Händler beschäftigen, der es versäumt hat, in einem Monat Anweisungen von zwei Kunden auszuführen. Ich muß Ihnen leider mitteilen, daß ich die Personalabteilung angewiesen habe, Ihre Anstellung zu beenden.»

Joanna ließ sich auf einen Stuhl sinken. Sie war sprachlos, fast unfähig zu atmen. Sie konnte nicht glauben, daß dies wirklich geschah, daß sie so unachtsam gewesen war und eine Order übersehen hatte. Sie wollte schreien und weinen und ihn anflehen, daß er ihr noch eine Chance geben möge: Sie biß sich auf die Unterlippe, um sich daran zu hindern.

Jeremy betrachtete ihren niedergeschmetterten Gesichtsausdruck. «Wenn Sie es gestern abend nicht so eilig gehabt hätten, zu Ihrem Rendezvous zu kommen, dann hätten Sie Ihre Arbeit ordentlich erledigt.»

Sie rief sich den vorigen Abend in Erinnerung. «Ich habe zweimal nachgeschaut. Sie waren da. Sie müßten mich gesehen haben.»

«Ich war beschäftigt.»

Sie starrte ihn an. «Jeremy, keiner von uns hatte etwas zu tun. Der Markt war tot.»

«Ich hatte zu tun», wiederholte er.

«Aber ... das ist nicht wahr. Sie haben nur herumgesessen. Wie wir alle.» Sie stand auf und ging einen Schritt auf ihn zu.

Zu ihrer Überraschung wich er zurück, so als hätte er Angst vor ihr. «Gehen Sie ohne Aufsehen, oder ich rufe den Sicherheitsdienst.»

Er sah so lächerlich aus, daß Joanna gelacht hätte, wäre sie nicht so durcheinander gewesen.

«Jeremy», sagte sie, «ich weiß nicht, welches Spiel Sie spielen, aber Sie sind ein Lügner.»

Sie marschierte aus dem Büro. Er eilte hinter ihr her. Sie ging direkt zu ihrem Schreibtisch und machte sich daran, ihre Tasche und ihren Aktenkoffer einzusammeln.

«Was ist denn los?» fragte Rebecca und schaute von der schockierten und wütenden Joanna zum verschlossenen und zornigen Jeremy.

«Ich wurde gefeuert, weil ich nicht auf ein Fax reagiert habe, das ich nie bekommen habe.»

«Oh, nein!» rief Rebecca entsetzt.

Simon wandte sich von seinem Bildschirm ab. «Ist es etwa wieder Kathpeach? Die beschweren sich über jeden.»

Joanna schüttelte den Kopf. «Nein, ein ähnlicher Kunde.»

«Aber du hast Sternhold zurückgewonnen. Das hat keiner von uns geschafft.»

«Du hast mit die besten Zahlen», mischte sich Vikram ein. «Warum wollen Sie sie loswerden, Jeremy? Das kann doch nicht Ihr Ernst sein.»

Jeremy lief rot an vor Wut. «Ich an Ihrer Stelle würde mich um meinen eigenen Kram kümmern», fuhr er ihn an. «Denken Sie daran, daß es da draußen eine Menge hungriger, hochqualifizierter Leute gibt, die nur darauf warten, für First Clarence zu arbeiten.»

Bevor einer ihrer Kollegen etwas erwidern konnte, schritt Joanna ein. «Ich danke euch allen für eure Unterstützung, aber setzt euren Arbeitsplatz nicht für mich aufs Spiel.» Sie versuchte zu lächeln, aber es war unmöglich. Wut und Schmerz schnürten ihr die Kehle zu.

Simon und Rebecca umarmten sie. Vikram und Karen gaben ihr die Hand. Joanna konnte nur mit dem Kopf nicken. Die Worte blieben ihr im Hals stecken.

Sie nahm ihre Sachen und zwang sich, mit hocherhobenem Kopf quer durch den Börsensaal zu gehen. Jeremy folgte ihr. Nachdem sie durch die elektronischen Schranken gegangen war, nahm sie ihr Namensschild mit dem Strichcode ab und ließ es auf den Boden fallen, so daß er sich bükken mußte, um es aufzuheben. Es war eine fast lächerliche Geste, aber das war ihr egal.

Am Aufzug drückte er die Taste für die Personalabteilung. «Ich bin sicher, Sie finden bald eine neue Anstellung, Joanna», sagte er in dem Versuch, seine Macht über sie wiederzugewinnen.

Sie drehte sich zu ihm um. «Jeremy, dieses Fax ist nie auf meinem Schreibtisch gelandet – und Sie hören noch von mir.»

Sein Blick verfinsterte sich, und er schaute sich kurz um, um sicherzugehen, daß sie niemand beobachtete. Dann griff er nach Joanna, vergrub seine Finger in ihrem Arm und zog sie zu sich heran.

«Lassen Sie die Angelegenheit auf sich beruhen, wenn Sie ein Zeugnis wollen», zischte er.

In dem Augenblick kam der Aufzug, und die Tür ging auf. Die Menschen darin blickten erstaunt, als sie Chefhändler Jeremy sahen, wie er die zurückweichende Joanna festhielt. Er errötete, bestärkte damit ihre Vermutungen, und ließ sie los.

Sie sprang in den Aufzug und zwang so die anderen, Platz für sie zu machen. Sie wußte, was sie dachten – und sie hätten nicht mehr danebenliegen können.

Kapitel 16

*Joanna biß die Zähne zusammen und konnte nur so verhin*dern, daß sie im Taxi in Tränen ausbrach. Aber als sie erst einmal in ihrer Wohnung war, den Aktenkoffer und die Tasche auf den Boden fallen gelassen hatte, schlug sie die Hände vors Gesicht und weinte. Sie lehnte die Stirn gegen die kühle Wand und weinte mit bebenden Schultern. Es waren Tränen der Enttäuschung, der Erniedrigung – und der Wut. Dann hielt sie plötzlich inne, wischte sich mit dem Ärmel ihrer Jacke übers Gesicht und eilte zum Telefon.

Oliver nahm nach dem zweiten Klingeln ab. «Joanna, wie nett, von dir zu hören.»

«Ich wurde … gefeuert.» Ihre Stimme zitterte. «Mir wurde vorgeworfen, die Anweisung eines Kunden nicht ausgeführt zu haben.»

«Das tut mir *so* leid. Wann ist das passiert?»

«Heute morgen.» Sie erzählte ihm stockend die Geschichte von dem Fax und fügte hinzu: «Ich weiß, daß ich es nicht übersehen habe. Ich habe nachgesehen.»

«First Clarence ist verrückt», sagte er. «Aber nimm's nicht so schwer. Du bist clever. Mit meinen Beziehungen finden wir schnell eine andere, bessere Stelle für dich.»

«Du verstehst mich nicht», protestierte sie. «Ich bin durcheinander, aber ich bin auch zornig. Jeremy lügt. Er hat gesehen, daß ich meinen Korb überprüft habe, und er leugnet es. Verstehst du nicht, er wollte mich loswerden. Du hättest ihn am Aufzug sehen sollen. Als ich sagte, er hört noch von mir, hielt er mich fest und drohte, mir ein Zeugnis zu verweigern.»

«Das ist entsetzlich.»

«Oliver, Jeremy war derjenige, den ich verdächtigt habe – und jetzt weiß ich, daß ich recht hatte. Warum würde er sonst so handeln, wenn er unschuldig ist?»

«Hast du irgendwelche Beweise?»

«Keine», antwortete sie kläglich. «Aber die werde ich mir verdammt noch mal besorgen.»

«Joanna, sei vorsichtig. Denk dran, du brauchst dieses Zeugnis, um einen zukünftigen Arbeitgeber von dir zu überzeugen.»

«Du willst doch wohl nicht sagen, daß ich vor einem Gauner klein beigeben soll?»

«Ganz und gar nicht!» erwiderte er heftig. «Ich war immer der Ansicht, daß man gegen Betrug eintreten muß.» Er schwieg einen kurzen Moment und sprach dann stockender fort. «Nur das war, bevor jemand, der ... mir viel bedeutet, Gefahr lief, verletzt zu werden.»

Sie war durch sein Geständnis etwas in Verlegenheit gebracht. «Danke, aber ich muß mich dagegen wehren. Ich weigere mich, ungerechtfertigt entlassen zu werden.»

Er sagte einen Augenblick nichts. «Joanna, ich bewundere deinen Mut.»

«Oliver, deine Anerkennung bedeutet mir sehr viel.» Sie sagte die Wahrheit.

«Wir müssen das mal durchsprechen», fuhr er fort. «Komm heute abend zum Dinner in meinen Club. Ich habe eine Konferenz in der Nähe, aber sie müßte um sieben zu Ende sein.»

Sie dankte ihm noch einmal. Mit Olivers Unterstützung würde Jeremy es nicht wagen, sie einzuschüchtern.

Joanna verbrachte die verbleibenden Stunden damit, ihre Verdächtigungen gegenüber Jeremy aufzulisten. Sie wünschte, sie könnte mit Felicity sprechen. Zusammen hätten sie jeden fraglichen Punkt diskutiert. Aber Felicity war nicht zu erreichen. Sie war noch bei ihrem Vater auf dem Hausboot.

Zur Mittagszeit riefen Rebecca und Simon von einer öffentlichen Telefonzelle aus an.

«Alle an unserem Tisch sind schockiert», sagte Rebecca.

«Wir sind alle auf deiner Seite», fügte Simon hinzu.

«Danke.» Ihre Worte rührten Joanna sehr.

Sie kam ein paar Minuten zu früh zum Club Archimedes, und Oliver war noch nicht da. Sie nannte dem Portier ihren Namen und nahm auf dem harten Ledersofa in einer Ecke des Foyers Platz. Sie öffnete ihre Tasche und überprüfte ihre Notizen. Sie war sicher, daß Oliver von der Menge der Details, an die sie sich erinnerte, beeindruckt sein würde. Sie konnte es nicht abwarten, ihm ihr Herz auszuschütten. Jedesmal wenn die Eingangstür aufging, schaute sie erwartungsvoll auf.

Die Standuhr schlug Viertel nach sieben. Joanna fingerte am Riemen ihrer Tasche herum. Weitere zehn Minuten vergingen. Sie sah, wie der Portier zu ihr hinschaute. Normalerweise hätte sie seine Neugier ignoriert. Heute war sie verletzlich und argwöhnisch – eine Frau allein in einem Herrenclub.

Sie ging zum Empfangstisch hinüber. «Mr. Safarov ist immer so pünktlich. Sind Sie sicher, daß er keine Nachricht für mich hinterlassen hat?»

Der Portier schaute zum zweiten Mal die Nachrichten durch, aber für sie war keine dabei.

Sie ging zu ihrem Platz zurück, nahm eine Ausgabe der Zeitschrift *Country Life* von einem Tisch in der Nähe und blätterte sie durch, aber sie war nicht in der Lage, sich darauf zu konzentrieren. Aus Angst, er könnte krank geworden sein oder einen Unfall gehabt haben, rief sie nach vierzig Minuten bei ihm zu Hause an.

Withers war am Apparat. «Ich fürchte, Mr. Safarov ist heute abend außer Haus.»

«Wenn er anruft, sagen Sie ihm doch bitte, daß ich wie verabredet in seinem Club warte.»

Es war Joanna peinlich, daß der aufrechte Mr. Withers denken mußte, sie stellte Oliver nach, wo ihr doch nichts ferner lag.

Sie blieb noch eine Stunde im Archimedes; mittlerweile war sie unruhig, frustriert und vollkommen verlegen. Da sie es nicht mehr aushalten konnte, hinterließ sie beim Portier eine Nachricht, um Oliver mitzuteilen, sie sei nach Hause gegangen. Sie ging nach draußen und suchte ein Taxi. Selbst als sie auf dem Rücksitz Platz nahm, suchte sie noch die Straße ab und hoffte, ihn zu erblicken.

Sie erwartete, zu Hause eine Nachricht von Oliver vorzufinden, aber dort war keine – außer einer von Felicity, daß sie nicht vor nächstem Freitag nach Hause zurückkehren würde, wenn auch Tom ankommen sollte; sie hatte sich entschlossen, von ihrem Vater aus direkt zu der Verkaufskonferenz der nächsten Woche zu fahren. Joanna war unweigerlich enttäuscht.

Sie ging auf und ab und wartete auf einen Anruf von Oliver. Ihr war übel. Oder hatte sie Hunger? Sie konnte es nicht unterscheiden. Sie öffnete den Kühlschrank und griff nach einem Käseteller, aber den Geruch von Essen empfand sie als ekelerregend.

Das Telefon klingelte. Sie griff hastig nach dem Hörer.

«Hallo, Jo», sagte ihr Vater. «Schön, dich zu Hause zu erwischen.»

«Oh ... hallo.» Sie bemühte sich, nicht enttäuscht zu klingen.

«Ich schließe gerade die Vorbereitungen für den sechzigsten Geburtstag deiner Mutter ab.» Er flüsterte nun fast. «Sie ist im Bad, also wollte ich anrufen, solange sie nicht zuhören kann.»

«Ja ... natürlich, Daddy.» Joanna erzählte ihm nicht, daß

ihre Mutter von dem Fest wußte und nur so tat, als sei sie ahnungslos, um ihm die Freude nicht zu verderben.

«Würde es dir etwas ausmachen, Virginia auf dem Weg hierher mitzunehmen?» fragte er. «Ich weiß, sie ist eine schreckliche alte Nervensäge, aber du würdest uns einen großen Gefallen tun.»

«Natürlich.» Joanna graute bei dem Gedanken an die ältere Schwester ihrer Mutter.

Ihr Vater redete weiter über das Fest. «Du hörst dich müde an, Liebes», sagte er schließlich. «Hast du viel gearbeitet?»

«Mir geht's gut, danke.»

Joanna brachte es nicht übers Herz, ihn zu beunruhigen, indem sie ihm beichtete, daß sie ihren Arbeitsplatz verloren hatte. Ihre Eltern waren so empfindlich.

Es war weit nach Mitternacht, als sie schließlich zu Bett ging. Selbst dann konnte sie nicht schlafen. Sie versuchte, nicht zu weinen, aber sie konnte ihre Tränen nicht zurückhalten und vergrub ihr Gesicht in der Bettdecke. Sie fühlte sich im Stich gelassen – von Oliver, von allen. Als sie schließlich doch ab und zu eindöste, wachte sie immer wieder auf und glaubte, das Klingeln des Telefons zu hören – aber es war nur eine Polizeisirene, die gelegentlich in der Nacht aufheulte.

Am nächsten Morgen stand sie aus Gewohnheit früh auf, duschte, trank zwei Becher Kaffee und versuchte, Kraft zu schöpfen, um ihren Tag zu planen. Sie trug noch immer ihren Morgenmantel, als es an der Haustür klingelte. Da sie annahm, es wäre der Postbote, antwortete sie durch die Sprechanlage.

«Joanna?»

«Oliver!» Sie konnte kaum seinen Namen aussprechen, so erleichtert war sie, daß man sie doch nicht im Stich gelassen hatte.

Einen Augenblick später betrat er die Wohnung und nahm sie in den Arm. «Es tut mir leid wegen gestern abend.» Er umarmte sie heftig. Ich war in einer Besprechung, die bis nach Mitternacht andauerte, und ich konnte nicht weg, nicht einmal für eine Sekunde. Als ich schließlich im Club anrief, warst du natürlich gegangen.»

Sie klammerte sich trostsuchend an ihn. «Ich bin nach Hause gefahren. Hat man dir das nicht gesagt?»

«Ja, aber ich war der Ansicht, es wäre zu spät, um dich noch anzurufen. Du hattest einen solch schrecklichen Tag hinter dir, daß ich dachte, du bist bestimmt erschöpft. Dann erhielt ich die Nachricht, daß meine Mutter einen Herzinfarkt gehabt hat. Ich bin jetzt auf dem Weg nach Frankreich – mein Chauffeur wartet draußen. Aber ich wollte dich sehen, bevor ich fahre.»

«Es tut mir leid, das mit deiner Mutter.» Sie tat ihr Bestes, um die Enttäuschung darüber, daß er sie schon so bald wieder verließ, zu verbergen.

Oliver nahm ihr Gesicht in die Hände. «Joanna, First Clarence hat dich entsetzlich behandelt. Gestern abend habe ich entschieden, meine Geschäfte nicht mehr über sie zu tätigen.»

«Wirklich?» Sie war erstaunt, als sie sich daran erinnerte, wie er vor kurzem noch nur an sich gedacht hatte.

«Ich weigere mich, sie noch einmal für mich handeln zu lassen.»

«Danke. Ich kann dir nicht sagen, wieviel mir deine Unterstützung bedeutet.»

«Aber ich mache mir Sorgen um dich.» Er strich ihr das Haar aus dem Gesicht. «Ich glaube, es wäre klüger, wenn du First Clarence vergißt und dich auf die Zukunft konzentrierst.»

Joanna sah zu ihm auf. «Oliver, gestern abend war ich kurz davor nachzugeben, aber du hast mich in meiner Entschlossenheit bestärkt. Ich werde Max zu Rate ziehen. Er ist Anwalt und ein enger Freund von der Universität. Ich wurde zu Unrecht entlassen, und ich verlange Gerechtigkeit.»

Oliver runzelte die Stirn. «Hast du daran gedacht, daß rechtliche Schritte deine Karrierechancen beeinträchtigen können? Natürlich helfe ich dir dabei, eine neue Arbeit zu finden, aber es ist vielleicht nicht so einfach, wenn du als Unruhestifterin bekannt bist.»

«Ich werde nur die Wahrheit sagen», protestierte sie.

«Nun ... natürlich mußt du tun, was du für richtig hältst. Aber, Joanna, versprich mir bitte, daß du keine übereilten Schritte einleitest, während ich weg bin. Versprich mir, daß du mit niemandem darüber sprichst. Warte, bis ich zurück bin, dann können wir uns in Ruhe beraten.»

Sie zögerte.

«Bitte», fuhr er fort. «Ich würde mir große Sorgen machen, wenn ich wüßte, daß du auf eigene Faust gegen First Clarence vorgehst.»

«In Ordnung», lenkte sie zögernd ein.

Er gab ihr einen Kuß auf die Stirn. «Ich muß jetzt los. Es tut mir leid, daß ich dich zurücklassen muß. Ich komme so schnell wie möglich zurück.»

«Wann wird das sein?» fragte sie mit dem schrecklichen Gefühl, allein gelassen zu werden, als er zur Tür ging.

«In ein oder zwei Wochen.»

«Ein oder zwei Wochen?» Sie war entsetzt. «Oliver, ich kann nicht so lange warten, bis ich etwas unternehme.»

«Meine Rückkehr hängt von der Gesundheit meiner Mutter ab.» Seine Stimme klang kühl und abweisend.

Sie unterdrückte ihre Ungeduld. «Ja. Natürlich. Das verstehe ich. Es ist nur so, daß ... Ich kann nicht nur tatenlos herumhängen. Ich muß eine neue Arbeit finden.»

«Das wirst du. Du bist clever.» Er hielt inne. «Vielleicht zu clever.»

«Was meinst du damit?»

«Ach ... daß du dich nicht zum Narren halten läßt. Du hast den Mut, kein Blatt vor den Mund zu nehmen, wenn andere die Augen verschließen würden.»

«Du bist auch mutig, Oliver.»

Er tat ihr Kompliment mit einem Schulterzucken ab. «Mach's gut, Joanna.»

«Mach's gut – und danke.» Sie lächelte tapfer, aber sobald Oliver die Tür hinter sich zugezogen hatte, ließ sie den Tränen freien Lauf. Sie mußte daran denken, wie sehr sie diesen Job bei First Clarence gewollt hatte.

Im Laufe des Tages wurde Joanna immer unruhiger, weil sie ihre mißliche Lage mit niemandem besprechen konnte. Als sie Oliver ihr Wort gegeben hatte, war ihr nicht klar gewesen, daß er so lange fortbleiben würde. In einer schlaflosen Nacht entschied sie, daß sie juristischen Beistand suchen mußte. So ungern sie auch ihr Versprechen gegenüber Oliver brach, am nächsten Morgen rief sie Max an.

Er saß in seinem Garten und war in die Sonntagszeitungen vertieft. Er legte sie raschelnd zur Seite und hörte sich Joannas Geschichte an.

«Jeremy scheint ein richtiger Mistkerl zu sein», sagte er mitfühlend. «Aber ich fürchte, sein Wort steht gegen deines – und er hat das Fax als Beweis.»

«Max, in meinem Korb war kein Fax, und ich weigere mich, für einen Fehler gefeuert zu werden, den ich nicht begangen habe. Das ist vollkommen ungerecht.»

«Wir würden das unzulässig nennen. Widerrechtliche fristlose Entlassung bedeutet, daß deine Entlassung nicht in Übereinstimmung mit deinem Vertrag durchgeführt wurde. Unzulässige Entlassung bedeutet, daß du aus einem unzulässigen Grund entlassen wurdest. Leider, so wie das Recht heute ist, mußt du seit zwei Jahren angestellt gewesen sein.»

«Willst du damit sagen, daß Jeremy damit durchkommt?»

«Äh ... Jo, warte einen Moment. Ich gehe nach drinnen, da bin ich ungestörter.» Die Leitung wurde unterbrochen. Kurz darauf nahm Max an einem anderen Apparat ab. «Warum sollte der angesehene Chefhändler, der eine ganze Menge Geld verdient, einen seiner Händler in Bezug auf ein Fax anlügen? Das ergibt keinen Sinn.»

«Er wußte, daß ich ihn verdächtige, und er wollte mich loswerden.»

«Hast du irgendeinen Beweis?»

«Nein, aber ...»

«Dann halt um Himmels willen deinen Mund. Du willst doch nicht wegen Verleumdung angezeigt werden.»

«Max, er hat gedroht, mir ein Zeugnis zu verweigern.»

«Jo, ein Arbeitgeber ist nicht verpflichtet, ein Zeugnis auszustellen.»

«Das weiß ich, aber Jeremy darf mich damit doch sicher nicht bestechen, oder?»

«Hat irgend jemand gehört, daß er das sagte?»

«Leider nicht. Die Leute im Aufzug haben wohl angenommen, daß er mir gegenüber zudringlich wurde.»

«Egal, ich bezweifle, daß sie den Kopf hinhalten und ihren eigenen Arbeitsplatz riskieren würden – und du mußt an deine Zukunft denken. Du solltest einen Brief an First Clarence schreiben und nach einer schriftlichen Begründung für deine Entlassung verlangen.»

«Wäre der Brief nicht wirkungsvoller, wenn er von dir käme?»

«Nicht zu diesem Zeitpunkt. Bei einem Brief von einem Anwalt würden sie denken, du willst klagen – und du brauchst dieses Zeugnis.»

Sie besprachen den Wortlaut von Joannas Brief, und schließlich sagte Max: «Emma und ich fahren morgen für ein paar Tage nach Kopenhagen. Ich rufe dich an, sobald ich wieder zu Hause bin. Wirklich, es tut mir leid, was dir passiert ist.»

Sie verabschiedeten sich, und es kam Joanna so vor, als hätte sie gerade den Hörer aufgelegt, als Max zurückrief.

«Emma erzählte mir gerade, daß Felicity die ganze nächste Woche fort ist.»

«Ja. Sie bringt die Vertreter in Stimmung, um die Bücher der nächsten Saison zu verkaufen.»

«Dann komm mit uns nach Kopenhagen. Wir nehmen einen Nachmittagsflug. Ich habe gerade nachgefragt, es sind noch Plätze frei. Wir wohnen in einer Wohnung, die Verwandten von Emma gehört, also müssen wir kein Hotel bezahlen.»

«Das ist sehr nett von euch, aber ... ihr seid doch sicher lieber zu zweit?»

«Wir würden dich nicht einladen, wenn wir es nicht so meinten.»

Joanna zögerte immer noch.

«Wenn du dir wegen des Geldes Sorgen machst, dann lade ich dich zu dem Flug ein», fügte er hinzu.

«Nein, das ist es nicht. Ich würde gern mitkommen, aber ...» Sie hatte Angst, die Geborgenheit ihrer Wohnung aufzugeben, ihren einzigen Anker, der ihr noch geblieben war, nun, wo alles andere davontrieb.

«Jo, du mußt mal raus. Ich buche dir den Flug, während du deinen Brief an First Clarence schreibst. Du kannst ihn mir dann vorlesen, wenn wir die Einzelheiten für die Reise durchgehen.»

Die Aussicht auf ein Entrinnen erschien ihr plötzlich sehr reizvoll. «Ich komme gern mit», sagte sie. «Du bist ein wahrer Freund.»

Als Joanna spätabends gerade ihren Koffer packte, rief Oliver an.

«Ich bin froh, daß du mich noch erreicht hast», erzählte

sie ihm. «Ich fliege für drei Tage mit Freunden nach Dänemark.»

«Welche Freunde?»

«Max und Emma.»

«Max, der Anwalt? Also hast du ihn doch kontaktiert?»

«Ich habe ihn angerufen, weil ich über meine Rechte Bescheid wissen wollte. Er hat mir gesagt, ich solle ein Entlassungsschreiben verlangen.»

«Joanna, du hast mir versprochen, daß du mit niemandem sprichst.»

«Ich weiß, und es tut mir auch leid, aber mir war nicht klar, daß du so lange fortbleibst. Max ist vollkommen vertrauenswürdig. Er ist einer meiner ältesten Freunde.»

Sie schwieg kurz und fuhr dann in einem etwas versöhnlicheren Tonfall fort, da sie sich fragte, ob Oliver eifersüchtig war. «Max ist kein Liebhaber.»

«Du hast mir dein Wort gegeben.»

Sie fing an, sich über ihn zu ärgern. «Oliver, ich kann mich nicht von einer Arbeit, die ich liebe, feuern lassen und dann zwei Wochen allein zu Hause herumsitzen, ohne mit meinen engsten Freunden darüber zu reden. Da wäre ich depressiv geworden.»

«Ein Versprechen ist ein Versprechen», sagte er kühl – und hängte ein.

Kapitel 17

Joanna war immer noch über Olivers Haltung verärgert, aber sie vertraute sich Max und Emma nicht an, als sie von ihnen abgeholt wurde, da sie nichts von ihrer Beziehung wußten.

Es war Abend, als sie in Kopenhagen ankamen, aber die Sonne schien noch und es blieben ihnen einige Stunden Tageslicht. Auf den Straßen wimmelte es von Radfahrern, und in den Straßencafés am Nyhavn – dem alten Hafen – drängten sich die Menschen, die redeten, lachten und Lagerbier tranken.

Die Wohnung von Emmas Verwandten befand sich im vierten Stock eines vor kurzem renovierten Gebäudes ganz in der Nähe des Hafens. Gleich nachdem die drei ihr Gepäck abgestellt hatten, machten sie sich auf die Suche nach einem Restaurant, wo sie im Freien essen konnten. Sie fanden eines am Hafen. Frischer Fisch und Weißwein wurden dort angeboten, und zwar so teuer, daß Max dachte, daß es sich in der Speisekarte um einen Druckfehler handeln müsse. Beim Essen verbesserten sie die Welt, ganz so wie sie es schon zu Studienzeiten immer getan hatten. Joanna merkte, wie sehr es ihr zwischen dem langen Arbeitstag bei First Clarence und der unsteten Affäre mit Oliver gefehlt hatte, Zeit mit ihren Freunden zu verbringen.

Als sie am nächsten Morgen aufwachte, konnte sie sehen, wie die Autos auf die Fähre nach Schweden verladen wurden. Welten trennten sie von ihren Problemen mit First Clarence, und sie war froh, daß sie mitgekommen war.

«Danke, daß ihr mich eingeladen habt», meinte sie zu

Max und Emma, als sie gerade am Frühstückstisch einen Stadtplan unter die Lupe nahmen.

«Wir freuen uns, daß du dabei bist.» Max ging die Liste der Sehenswürdigkeiten durch. «Oh, schaut mal! Das Museum Erotica! Das müssen wir besuchen.»

Sie gingen los und erkundeten die Altstadt. Max marschierte zwischen den beiden Frauen, die sich bei ihm eingehakt hatten, während sie durch die gepflasterten Fußgängerstraßen der Strøget spazierten. Sie fanden das Museum Erotica und kicherten, als sie die Stufen hochgingen, vorbei an einem riesigen Kunststoff-Phallus. Joanna hätte Max und Emma gern sich selbst überlassen, aber sie hatte das Gefühl, sie fiele bei den pornographischen Fotos und Gemälden um sich herum auf, wenn sie allein blieb. Gleichzeitig war sie sich bewußt, daß sie allein und die beiden ein Paar waren und daß ihr gegenseitiges Begehren vielleicht durch die Umgebung angeregt wurde.

Eine Zeitlang ging sie voraus und betrachtete Fotografien aus dem 19. Jahrhundert von Prostituierten, die auf ihre Freier warteten. Die Gesichter der Mädchen waren traurig, ihr Ausdruck resigniert. Kurz vor dem Ausgang ging sie in ein kleines Kino, in dem neun Pornofilme gleichzeitig auf Bildschirmen in der Größe von Fernsehern gezeigt wurden. Ein Dutzend einzelner Geschäftsmänner schaute vom hinteren Teil des Raumes aus zu. Wäre Joanna mit einem Liebhaber dort gewesen, hätte sie vielleicht anders empfunden, aber umgeben von diesen Fremden fühlte sie sich unwohl.

Max und Emma holten sie ein.

«Das ist genau der Ort, wo man zufällig alte Schulfreunde trifft», sagte Max.

Lachend eilten sie aus dem Museum und in die vollen Einkaufsstraßen hinein.

Sie erkundeten die Altstadt und aßen zu Mittag in einem Straßencafé auf einem der alten Plätze mit Kopfsteinpflaster.

In der Nähe war eine Gruppe Studenten, die auf ihren Rädern saßen und Bier aus der Flasche tranken. Einer von ihnen spielte Gitarre.

Am Nachmittag liehen sie sich Fahrräder und fuhren hinaus zur Kleinen Meerjungfrau, wobei sie Bussen voller amerikanischer Touristen mittleren Alters ausweichen mußten. Als sie zum Hafen zurückkehrten, wimmelte es dort wieder von Menschen, die einen Abendspaziergang machten und deren Stimmen sich mit Jazzmusik vermischten.

«Morgen wollen wir nach Helsingør, um Hamlets Schloß zu besichtigen», meinte Max zu Joanna. «Wir können ein Auto mieten. Es ist nur etwa eine Stunde entfernt.»

«Fahrt nur. Ich bleibe hier.» Joanna war entschlossen, ihnen ein wenig Zweisamkeit zu verschaffen.

«Du mußt mitkommen», protestierte Emma.

«Nein ... wirklich ... das ist sehr nett von euch, aber es macht mir nichts aus, mal einen Tag allein zu sein und nachzudenken ... über meine Zukunft.»

Sie drängten sie nicht.

Max und Emma machten sich früh auf den Weg. Sobald sie gegangen waren, wurde die Wohnung unerträglich still. Joanna stand im Wohnzimmer und fühlte sich wie ein Eindringling, als sie sich in der Wohnung der dänischen Familie umsah, die nichts von ihrer Anwesenheit ahnte.

Es regnete stark, aber sie zog ihre Jacke an, nahm ihre Tasche und ging hinunter zur Straße. Im Schutz des Eingangs schaute sie auf einen Stadtplan. Dann zog sie los, am Hafen entlang, zum Palast der Königin, wobei sie den Kopf wegen des Windes und des starken Regens gesenkt hielt.

Sie überquerte den gepflasterten Platz neben dem Palast und ging in den Königlichen Garten. Von den Bäumen tropfte es auf sie herab, während sie vor sich hin murmelte und in Gedanken ihren letzten Nachmittag bei First Clarence an sich vorüberziehen ließ. War es möglich, daß sie das

Fax übersehen hatte? Sie war sicher, daß dies nicht der Fall war, aber zum ersten Mal nagten Zweifel an ihr.

Als Max und Emma von Helsingør zurückkamen, war Joanna überaus erleichtert, die beiden zu sehen. Sie hatte genug von ihren eigenen Gedanken und ihrer eigenen Gesellschaft in einer verregneten fremden Stadt.

Am nächsten Morgen flogen sie zurück. Joanna versuchte, sich vergnügt zu geben, als sie sich London näherten, aber es kostete sie Mühe, in ihre leere Wohnung zurückzukehren. Da Felicity noch fort war, hatte sich die Post auf der Türmatte gestapelt, und der Anrufbeantworter zeigte zwölf Anrufe an. Simon, Rebecca und Vikram hatten angerufen – aber die anderen hatten aufgelegt, ohne einen Namen zu hinterlassen.

Als sie ihre Post öffnete, klingelte das Telefon.

«Joanna Templeton?» fragte eine unbekannte männliche Stimme.

«Ja», antwortete sie.

«Ich bin vom *Interrogator*. Wollen Sie einen Kommentar abgeben zu unserem Artikel über Ihre Affäre mit Oliver Safarov?»

Joanna schnappte nach Luft. «Welcher ... welcher Artikel?»

«Was haben Sie zu der Anschuldigung zu sagen, Sie hätten Oliver Safarov sexuell belästigt?»

«Ich ... ich weiß nicht, wovon Sie reden.» Sie knallte den Hörer auf.

Das Telefon klingelte erneut, aber Joanna ging nicht ran. Sie ließ den Anrufbeantworter laufen. Niemand hatte eine Nachricht hinterlassen.

Sie griff nach ihrem Portemonnaie und eilte aus der Wohnung hinunter auf die Straße zu einem Zeitungsstand, wo sie eine Ausgabe des *Interrogator* kaufte. Als sie zurückging, blätterte sie die Zeitschrift durch. Es war ein Sensationsblatt, nicht sehr gehaltvoll, aber sie konnte keinen Artikel finden, der sie betraf.

Als sie sich dem Haus näherte, kam ein Mann auf sie zu. Er hatte einen Fotoapparat um den Hals gehängt. «Entschuldigen Sie», sagte er, «aber kennen Sie Joanna Templeton?»

Joanna starrte ihn an.

«Schicke Bankerin, etwa so groß wie Sie», fuhr er fort.

«Nein ... äh ... tut mir leid.» Sie eilte die Stufen zur Eingangstür hoch. Ihre Hände zitterten, als sie den Schlüssel im Schloß umdrehte.

Der Fotograf bemerkte seinen Irrtum und hob seine Kamera. «Joanna! Joanna!» rief er.

Sie schaute sich nicht um, sondern flitzte in den Flur und knallte die Tür hinter sich zu. Erst als sie wohlbehalten in ihrer Wohnung war, fühlte sie sich sicher. Selbst dann zog sie noch die Vorhänge zu, sowohl vorne als auch hinten – letzteres für den Fall, daß er Zugang zu ihrem Garten bekam.

Joanna blätterte erneut die Zeitschrift durch und suchte jede Seite ab, bis sie zu den Seiten im hinteren Teil mit dem Klatsch und Tratsch der Londoner City kam, wo ihr Blick auf einen bestimmten Absatz fiel.

Was steckt hinter der Entlassung der erfolgreichen Joanna Templeton, die bis zu dieser Woche den Testosteron-Spiegel der Händler bei First Clarence ansteigen ließ? Könnte es mit ihrer Jagd auf die bekannte Persönlichkeit des Londoner Finanzzentrums Oliver Safarov zusammenhängen, der einer der meistgeschätzten Privatkunden von First Clarence ist? Die sinnliche Joanna wird doch wohl kaum dem vor kurzem ernannten Vorsitzenden von Invest-Est Europe nachstellen?

Joanna ließ sich auf das Sofa fallen. Sie las den Artikel dreimal. Bei jedem Mal vergrößerte sich das Gefühl der Erniedrigung. Sie konnte sich nicht vorstellen, woher diese Leute von ihrer Beziehung mit Oliver wußten.

Als sie den Artikel zum vierten Mal las, klingelte das Telefon. Sie wartete darauf, daß der Anrufbeantworter ansprang, und nahm erst den Hörer ab, als sie Rebeccas Stimme erkannte.

«Oh, Rebecca, Gott sei Dank», sagte sie. «Ich dachte, es wäre noch ein Journalist.»

«Joanna, du mußt den *Interrogator* verklagen. Es ist unerhört, daß die das Recht haben, so einen Quatsch zu veröffentlichen.»

Simon stimmte ein. «Komm heute abend zum Essen. Rebecca wird auch da sein. Es gibt nur etwas Einfaches. Katie füttert die Zwillinge, und ich koche.»

«Ich komme gern.» Joanna fragte sich, wie sie wohl reagieren würden, wenn sie zugab, daß sie Oliver kannte.

Selbst wenn Oliver noch wegen Max wütend war, so mußte sie doch mit ihm sprechen. Sie wußte, daß er über diese geschmacklose Enthüllung seines Privatlebens außer sich sein würde.

Withers war am Apparat, als sie anrief. «Ich bin sicher, Mr. Safarov hätte nichts dagegen, wenn Sie seine Nummer bekämen, Miss Templeton, aber ich habe nicht die Erlaubnis, sie irgend jemandem preiszugeben», erklärte er entschuldigend. «Ich hoffe, Sie verstehen das.»

«Ja … natürlich.» Sie hätte Oliver nach der Nummer fragen sollen. «Bitte richten Sie ihm aus, daß er mich dringend anrufen soll.»

«Das werde ich, Miss Templeton.» Der Butler hörte sich so mitfühlend an, daß sie ihm fast den Grund für ihren Anruf anvertraut hätte, aber sie unterließ es. Oliver würde das nicht gutheißen.

Da sie nicht wußte, was sie als nächstes tun sollte, machte sie sich einen Kaffee. Mit der Tasse in der Hand ging sie auf Zehenspitzen zum vorderen Fenster und spähte zwischen den Vorhängen hinaus. Zwei Fotografen standen nun vor dem Haus. Sie zog sich in die Küche zurück.

Sie fühlte sich gefangen und verfolgt, ging auf und ab und wartete darauf, daß Oliver zurückrief. Der Butler mußte ihn doch in der Zwischenzeit erreicht haben? Oliver würde sich doch nicht weigern, mit ihr zu sprechen, nur um sie dafür zu bestrafen, daß sie sich Max anvertraut hatte? Sie machte sich noch einen Kaffee und kam zu dem Entschluß, ihn einzuladen und ihren Freunden vorzustellen, sobald dieser Schlamassel vorüber war. Bis dahin, falls er sie bitten sollte, zu ihm nach Frankreich zu kommen, würde sie es tun. Sie dachte wehmütig an die schöne weiße Villa, den Sonnenschein, den Swimmingpool, an diesen wunderbaren Zufluchtsort. Kein Journalist würde es wagen, ihr dorthin zu folgen.

Das Telefon klingelte. Sie nahm hastig ab und machte sich nicht länger Sorgen darüber, ob Oliver ihr wegen Max Vorhaltung machen würde.

«Miss Templeton?» erkundigte sich eine höfliche Stimme.

Sie war sofort mißtrauisch. «Ja?»

«Hier ist Kevin Cardwell von der *London Evening Post*. Entschuldigen Sie die Störung, aber ...»

Sie unterbrach ihn. «Ich habe nichts zu sagen. Bitte rufen Sie nicht mehr an.»

«Miss Templeton», sagte er immer noch höflich, «wir haben Beweise, daß Sie Mr. Safarov bis zu seiner Villa in Frankreich gefolgt sind.»

«Ich bin ihm nicht nachgelaufen! Er hat mich eingeladen!» Sie hielt inne. Sie merkte, daß sie schon zuviel gesagt hatte.

«Miss Templeton, dies ist Ihnen gegenüber sehr ungerecht. Wir Journalisten setzen Ihnen zu, nur weil Mr. Safarov eine international bekannte Persönlichkeit ist.»

Joanna schwieg.

«Ich möchte Ihnen einen Rat geben», fuhr er fort. «Es wäre viel besser, wenn Sie mir Ihre Version der Geschichte erzählten. Dann würden unsere Leser nicht denken, Sie seien lediglich ein Flittchen, das einem reichen und berühmten Kunden nachstellt – wobei ich natürlich weiß, daß das nicht der Fall ist.»

Joanna dachte einen Augenblick lang nach. Ihr Instinkt riet ihr, nie einem Journalisten zu trauen, aber vielleicht hatte Cardwell recht. Vielleicht hatte sie keine andere Wahl, wenn sie nicht für immer als Närrin dastehen wollte.

«Ich kenne Mr. Safarov in der Tat», sagte sie und wählte dabei sorgfältig ihre Worte. «Ich habe ihn in der Tat in seinem Haus in Frankreich besucht, aber nur auf seine Einladung hin. Ich habe ihn nicht dorthin verfolgt. Ich weiß, daß Mr. Safarov meine Aussage gern bestätigen wird.»

«Ich habe nie geglaubt, daß Sie ihn belästigt haben», gestand Cardwell.

«Danke.»

«Nur noch eine Frage, Miss Templeton. Als Sie in Frankreich waren, haben Sie dort Mr. Safarov angeboten, ihm Informationen dahingehend zu verkaufen, welche Aktien Ihre anderen Kunden über First Clarence kaufen?»

Sie war entsetzt. «Sicherlich nicht!»

«Haben Sie ihm die Informationen umsonst angeboten?»

«Ich habe nichts dergleichen getan. Es würde mir nicht einmal im Traum einfallen, das Vertrauen der Kunden zu hintergehen.» Ihre Stimme wurde lauter vor Wut, als sie sich daran erinnerte, wie vorsichtig sie gewesen war, um keine Namen zu nennen. «Ich weiß nicht, wo Sie das her haben, aber es ist vollkommen unwahr, und wenn Sie eine solche Lüge abdrucken, werde ich Sie anzeigen.»

«Vielen Dank, Miss Templeton.» Die Leitung wurde unterbrochen.

Joanna war entsetzt. Mit geballten Fäusten lief sie auf und ab, wutentbrannt angesichts dieser Unverschämtheit. Cardwell mußte die Geschichte von Jeremy gesteckt worden sein. Es gab gar keine andere Möglichkeit. Sie verspürte einen unmäßigen Zorn, aber auch Hilflosigkeit, als ob ihr Innerstes bloßgelegt worden wäre.

Sie brauchte den Rat von Max. Er würde wissen, was sie unternehmen könnte. Mit zitternden Händen wählte sie seine Nummer – nur um zu erfahren, daß er bei einer Besprechung sei. Während sie darauf wartete, daß er zurückrief, machte sie in der Wohnung sauber – Hauptsache, sie hatte etwas zu tun. Das Telefon klingelte achtmal. Sie ließ den Anrufbeantworter laufen, aber keiner der Anrufer hinterließ einen Namen. Ihre Sprechanlage summte. Sie ignorierte es. Noch ein Summen. Sie schaltete die Anlage ab.

Max rief sie von seinem Auto aus an. «Emma hat mir gerade von dem Artikel erzählt. Ich stecke gerade zwischen zwei Besprechungen. Soll ich kurz vorbeikommen?»

«Oh, ja! Bitte!»

Zwanzig Minuten später schloß sie die Tür auf, und Max schlüpfte rasch hinein.

«Arme Jo! Wie schrecklich das für dich sein muß!» Er nahm sie freundschaftlich in den Arm.

«Das Ganze ist eine einzige Lügengeschichte.» Sie vergrub ihr Gesicht an seiner Schulter.

«Willst du damit sagen, daß du Safarov nicht einmal kennst?»

Joanna atmete tief durch und trat einen Schritt zurück. «Doch, Max, aber ich habe ihn nicht belästigt. Er bemühte sich um mich. Und ich habe ihm mit Sicherheit nicht angeboten, Informationen über den Aktienhandel anderer Kunden an ihn zu verkaufen.»

Max schaute sie schockiert an. «Wer hat dir das vorgeworfen?»

«Ein Journalist hat mich gefragt, ob das Gerücht wahr sei. Ich war ungeheuer wütend. Ich finde nie eine neue Arbeit, wenn alle denken, ich hätte Betrug begangen – und was weiß ich noch.»

«Ich nehme an, er wollte es nur einmal versuchen», sagte Max, um sie zu trösten. «Keine Zeitung würde eine solche Geschichte ohne Beweise abdrucken. Und wenn, dann würden wir riesigen Schadensersatz verlangen – und das wissen sie.» Er machte eine Pause. «Aber ... du hast ... dich mit Oliver Safarov getroffen?»

Sie nickte.

«Gütiger Himmel! Einen großen Fisch hast du dir da geangelt.» Sie erschien ihm in einem neuen Licht. «Ich hatte keine Ahnung.»

Sie setzte sich auf die Armlehne des Sofas. «Nur Felicity wußte es, und sie sollte es für sich behalten. Aber, Max, das hatte nichts damit zu tun, daß ich meine Arbeit verloren habe. Bei First Clarence wußte niemand etwas davon. Oliver ging da auf Nummer Sicher. Er hat sich wirklich bemüht, mich vor dem Gerede zu beschützen – und auch sich selbst, nehme ich an.»

«Nun, irgend jemand hat die Katze aus dem Sack gelassen. Hast du eine Ahnung, wer das gewesen sein könnte?»

«Überhaupt nicht. Aber ich gehe davon aus, daß Oliver seine Verdächtigungen hat. Ich erwarte seinen Anruf.»

«Könnte es Jeremy gewesen sein?»

«Er kommt am ehesten als Schuldiger in Frage – und als Erfinder ordinärer Gerüchte, aber es überrascht mich, daß er es wagen würde, Oliver gegen sich aufzubringen.» Sie verzog das Gesicht. «Das ist meinen Karriereaussichten nicht gerade dienlich, oder?»

«Die Presse ist am reichen und mächtigen Mr. Safarov interessiert, nicht an dir. Die meisten Leute werden vergessen, daß du damit zu tun hattest, sobald die Geschichte einschläft – besonders, wenn First Clarence dir ein erstklassiges Zeugnis ausstellt. Zieh einfach den Kopf ein und bleib außer Sichtweite.» Er lächelte ihr aufmunternd zu. «Ich muß jetzt los. Ich rufe dich später an. Wenn du dich morgen aus dem Haus schleichen kannst, dann komm ins Büro, und wir gehen Mittag essen.» Er umarmte sie noch einmal tröstend und eilte zu seiner nächsten Besprechung davon.

Als es Zeit für Joanna wurde, zu Simon aufzubrechen, standen fünf Journalisten unten auf der Straße. Da sie keine Lust auf einen Spießrutenlauf hatte und ihnen auch nicht die Gelegenheit zu einem weiteren Foto geben wollte, verabredete sie mit Bertrand und Sylvie, daß sie über die Mauer zu ihnen in den Hintergarten kletterte.

«Wenn du irgendwelche Hilfe brauchst, kannst du dich auf uns verlassen», sagte Bertrand, als er sie durch ihre Wohnung begleitete.

«Soll ich diesen elenden Reportern mal erzählen, daß ein Mann seinen Bentley nur einer Frau schickt, die er begehrt?» fragte Sylvie.

Joanna schüttelte den Kopf. «Danke, aber je schneller die Geschichte einschläft, um so besser.»

Sie hielt ihr Gesicht von den Journalisten abgewandt, schlich aus der Haustür nebenan auf die Straße und ging zu ihrem Auto. Dann fiel ihr ein, daß dies ihre Identität verraten könnte. Also ging sie weiter zu dem nahe gelegenen Platz und hielt ein Taxi an.

Sie erreichte das große, viktorianische Haus von Simon und Katie, und sobald sie auf die Klingel gedrückt hatte, öffneten sie auch schon die Tür, hießen sie voller Mitgefühl willkommen und führten sie in die gemütliche Küche, wo Rebecca wartete.

«Wie schrecklich für dich!» Sie umarmte Joanna.

«Es ist … ein Alptraum.» Joanna stiegen Tränen in die Augen.

«Man sollte diese Journalisten abschießen.» Simon reichte Joanna ein großes Glas Wein. «Man sollte es ihnen verbieten zu behaupten, daß du sie in dein Haus gelassen hast.»

«Was meinst du damit?» Joanna war verdutzt.

«Hast du die *Post* nicht gesehen? Die sagen, du hast ein Interview gegeben.» Rebecca gab Joanna den Artikel von Kevin Cardwell, der neben einem unkenntlichen Foto von ihr abgedruckt war, welches er von hinten aufgenommen hatte, als sie in ihr Gebäude eilte.

»Joanna Templeton gestand mir gegenüber heute ein, daß sie ein Wochenende mit dem Multimillionär Oliver Safarov in Frankreich verbracht habe – finanzielle Ratschläge habe sie ihm allerdings nicht gegeben!»

Auf der gegenüberliegenden Seite war ein Bericht mit der Überschrift «*Das neue Raubtier – die junge Karrierefrau*».

Joanna ließ die Zeitung auf den Tisch sinken und schaute ihre ehemaligen Kollegen verzweifelt an. «Wie konnte ich nur so dumm sein? Ich habe mit Cardwell gesprochen, weil ich es für die einzige Möglichkeit hielt, mich zu verteidigen. Wie töricht von mir, einem Journalisten zu vertrauen. Ich hoffe, daß meine Eltern nichts von alldem erfahren. Sie würden sich so schämen. Das ist das Letzte, was sie gebrauchen können – nach dem, was meinem Bruder zugestoßen ist.» Sie vergrub ihr Gesicht in den Händen.

Ihre Freunde versammelten sich besorgt um sie und versuchten, sie zu trösten.

«Es ist also … wahr, das mit Oliver Safarov?» fragte Rebecca vorsichtig, als sich Joanna etwas gefaßt hatte.

«Ja, aber ich habe ihm nicht nachgestellt. Er war hinter mir her.» Sie schaute auf, und der Ausdruck in ihren Gesichtern verriet ihr, daß sie die ganze Geschichte für eine Lüge gehalten hatten. «Es fing an, als die Merantum-Building- Aktie an der Börse eingeführt wurde. Erinnert ihr euch an die herrlichen Lilien? Die waren von Oliver. Ich bin auch nach Frankreich gefahren, aber auf seine Einladung hin. Aber ich habe ihn nicht belästigt. Ich liebe ihn nicht. Ich ... mag ihn einfach. Es ist sehr nett, mit ihm zusammenzusein. Wir waren ... eher Freunde als Liebhaber.» Sie war Oliver gegenüber zu loyal, um ihnen zu erzählen, daß der Sex eine Katastrophe gewesen war.

«Wenn er ein so guter Freund ist, warum ist er dann nicht hier, um dich zu verteidigen?» fragte Katie mit ihrer gewohnten Offenheit.

«Er ist in Frankreich bei seiner Mutter. Sie hatte einen Herzinfarkt.» Joanna schwieg einen kurzen Moment. «Allerdings scheint sie immer dann krank zu sein, wenn es ihm hier zu heiß wird.»

«Genau wie Bunbury, der ewig kranke Freund aus Oscar Wildes Theaterstück.»

«Wie günstig, daß sie in Frankreich lebt, wo es Gesetze zum Schutz der Privatsphäre gibt.» Simon rührte eine Pakkung Pestosauce in die Pasta. «Zumindest wird das andere Gerücht in dem Artikel aus der Welt geschafft», fügte er hinzu und versuchte, zuversichtlich zu klingen.

«Du meinst, daß ich Informationen verkauft haben soll?»

«Joanna, wir wissen alle, daß du das nicht tun würdest. Sogar Vikram hat gesagt, es sei nicht wahr.»

«Das ist erstunken und erlogen.» Ihre Stimme zitterte vor Wut. «Falls irgend jemand es wagen sollte, das zu drucken oder zu wiederholen, werde ich klagen.»

«Und wir alle unterstützen dich.» Simon stellte das Gas ab. «Setzt euch bitte. Nehmt euch von dem Knoblauchbrot. Joanna, hier ist dein Teller. Du siehst aus, als hättest du den ganzen Tag noch nichts gegessen.»

«Danke. Habe ich auch nicht.» Joanna hatte schon immer gewußt, daß Simon nett war.

Sie saßen an dem langen Küchentisch.

«Zumindest erkennt man dich auf dem Foto in der Zeitung nicht», sagte Katie in dem Versuch, Joanna zu trösten.

«Immerhin etwas», stimmte sie zu, während sie die Tagliatelli um ihre Gabel wickelte. «Was ich nicht verstehe, ist, wie diese Geschichte an die Presse gelangt ist.»

«Oliver Safarov ist einer der Hauptakteure in der City», sagte Simon. «Er ist reich, höflich, berühmt und geheimnisvoll. Er ist von öffentlichem Interesse.»

«Aber wer hat es dem *Interrogator* erzählt?»

«Ich würde auf Charlotte tippen», sagte Rebecca bestimmt.

Simon schüttelte den Kopf. «Charlotte würde nicht mit einem Journalisten reden. Sie würde nie ihre Karriere gefährden – oder ihr nächstes Zeugnis.»

«Geht sie?» Joanna war für den Moment von ihren eigenen Problemen abgelenkt.

«Den Gerüchten zufolge schon. Jeremy hat Charlotte noch nie gemocht, und nun, wo sie Sebastian als Gönner verloren hat, gibt er sich keine Mühe, das zu verbergen.»

«Und Vikram?» meinte Joanna. «Ich wette, er kommt aus dem Lästern nicht mehr heraus.»

«Schon, aber er würde nicht mit der Presse reden. Auf seine zynische Art mochte er dich. Nein, ich glaube, das Leck liegt bei Safarov selbst.»

«Aber Oliver haßt öffentliches Aufsehen.» Joanna berichtete, wie er sich bemüht hatte, bei Sotheby's die Presse zu umgehen, und wie er nach dem Pferderennen in Goodwood bewußt zuerst sie nach Hause gefahren hatte.

«Was ist mit seinem Butler?» fragte Rebecca.

«Withers würde seinen Arbeitsplatz nicht aufs Spiel setzen. Er ist Oliver ergeben.»

«Er könnte insgeheim verärgert sein.»

Joanna erinnerte sich an die Geschichte von Withers und wie es dazu gekommen war, daß er für Oliver arbeitete. «Das glaube ich nicht.»

«Ich bin der Meinung, wir reden alle am Thema vorbei», sagte Katie, als sie die Käseplatte holte. «Hier geht es nicht nur um einen bekannten Mann und eine wesentlich jüngere Frau. Es geht darum, daß Geschäft und Vergnügen vermischt werden – mit der zusätzlichen Würze, daß das Raubtier eine Frau ist.»

«Was soll ich also tun? Auf einen neuen Skandal in der königlichen Familie hoffen?»

«Der Sturm wird sich legen», versicherte Katie ihr. «Ich war früher in der Öffentlichkeitsarbeit tätig. Niemand interessiert sich für ein Thema, wenn es keine Neuigkeiten mehr gibt.»

«Hoffentlich hast du recht.» Joanna wollte ihr glauben. «Das Problem ist, daß immer irgend etwas hängenbleibt – und bei solchen Affären noch am ehesten. Bis die Angelegenheit vollkommen vergessen ist, habe ich keine Chance, einen neuen Arbeitsplatz zu finden.»

Es war spät, und Joanna wurde klar, daß Simon und Rebecca nicht erwähnt hatten, daß sie früh aufstehen mußten, um nicht noch mehr Salz in die Wunde zu streuen.

Sie stand auf. «Vielen Dank für diesen Abend. Zu Hause wäre mir die Decke auf den Kopf gefallen. Aber es ist schon spät. Könntest du mir ein Taxi rufen, Simon?»

«Ich nehme dich mit», bot Rebecca an.

«Du wohnst in Hampstead. Das ist ein Umweg.»

«Nein, ist es nicht. Auf alle Fälle kannst du nicht allein nach Hause fahren, nicht nach einem solch schrecklichen Tag.» Rebecca griff nach ihrer Tasche. «Ich bestehe darauf.»

Sie bedankten sich bei Katie und Simon und gingen in die Nacht hinaus.

Als Rebecca in Joannas Straße einbog, bremste sie ab, um zu sehen, ob Reporter herumlungerten. Zu ihrer Erleichterung war die Straße menschenleer.

«Ich rufe dich morgen in der Mittagspause an, um sicherzugehen, daß es dir gutgeht», meinte Rebecca zu Joanna.

«Das mußt du nicht. Ich überlebe den Tag schon. Ich gehe mit einem alten Freund von der Universität zum Essen, und abends ist meine Mitbewohnerin zu Hause.»

«Dann rufe ich dich am Montag an. Am Wochenende bin ich bei meiner Großmutter in Brighton.»

«Danke – für alles.» Joanna zwang sich zu einem Lächeln und bekämpfte die Furcht vor der einsamen Wohnung, die sie erwartete. Sie tröstete sich mit dem Gedanken, daß Felicity morgen nach Hause käme.

Sie holte ihren Schlüssel hervor, rannte die Stufen zu ihrer Haustür hinauf, schloß sie auf und drehte sich dann um, um zum Abschied zu winken. Als sie Rebecca wegfahren sah, versetzte ihr der Neid einen Stich. Morgen würden Rebecca und Simon in der Hektik und Aufregung von First Clarence ihrer Arbeit nachgehen – und sie, Joanna, war dort nicht mehr willkommen.

Es war weit nach Mitternacht, aber Joanna konnte nicht schlafen. Sie saß am Küchentisch und arbeitete ihre Finanzen aus. Sie hatte etwas Geld gespart, aber nicht viel, vielleicht genug, um sechs Monate über die Runden zu kommen – länger, wenn sie umsichtig war. Bei First Clarence zu arbeiten, hatte sich als kostspielig herausgestellt. Es bedeutete hohe Ausgaben für Kleidung, Taxis und Drinks nach Feierabend.

Sie erinnerte sich an Fitterton. Vielleicht hätte sie dort bleiben und auf Nummer Sicher gehen sollen, anstatt nach mehr zu streben. Sie fragte sich, ob der alte Mr. Fitterton von ihrem Karrieresturz gehört hatte, und mit einem schmerzenden Gefühl der Zuneigung wußte sie, daß er sich ihretwegen aufregen würde.

Ein lautes Klopfen ertönte an ihrer Wohnungstür. Joanna erstarrte. Sie lauschte aufmerksam, gab keinen Laut von sich und wagte kaum zu atmen. Sie hatte keine Ahnung, wer das sein konnte. Man mußte die Sprechanlage benutzen, um Zutritt zu dem Gebäude zu bekommen.

Noch ein Klopfen und eine gedämpfte Stimme: «Joanna.»

Sie ging auf Zehenspitzen zur Tür. «Wer ist da?» flüsterte sie.

Es kam keine Antwort. Wer immer auch draußen stand, er konnte – oder wollte – sie nicht hören. Sie ließ die Kette vor, öffnete vorsichtig die Tür und spähte durch den Spalt.

In dem schwach beleuchteten Flur stand ein Mann. Er kam ihr bekannt vor, aber sie konnte ihn nicht einordnen.

«Ich bin Adam Hunter», erinnerte er sie. «Ich möchte mit Ihnen über Oliver Safarov sprechen.»

«Ich habe nichts zu sagen, außer daß Sie nicht das Recht haben, in diesem Gebäude zu sein», erwiderte sie frostig. «Ich weiß nicht, wie Sie hereingekommen sind, aber ...»

«Dank der Erfindungsgabe eines Journalisten. Joanna, bitte hören Sie mir zu. Nur fünf Minuten.»

«Mit Sicherheit nicht.» Sie schlug ihm die Tür vor der Nase zu.

«Ich bin nicht an Ihrem Liebesleben mit Safarov interessiert», rief er.

«Ich habe einem Journalisten vertraut – und das hat mir gereicht. Wenn Sie nicht gehen, rufe ich die Polizei.»

Er schwieg eine Minute lang. «In Ordnung, ich gehe. Auf ihrer Türmatte finden Sie ein Geschenk. Ich schlage vor, Sie lesen Seite fünfzehn.»

Die Haustür fiel ins Schloß, und Joanna hörte seine Schritte auf den Stufen zur Straße hin. Sie schlich zum vorderen Fenster und beobachtete, wie er auf dem Bürgersteig zu seinem Auto ging und davonfuhr. Erst dann öffnete sie ihre Tür. Auf der Matte lag eine Zeitung. Ohne die Kette zu lösen, streckte sie die Hand durch den Spalt und zog die Zeitung herein. Oben auf die Seite hatte Adam seine Telefonnummer im Büro und zu Hause aufgeschrieben.

Joanna schlug die Zeitung auf. Mitten auf Seite fünfzehn war ein Bild von Oliver, der gerade eine exklusive Klinik in Frankreich verließ.

> *«Ich kenne Joanna Templeton», gab Mr. Safarov heute zu. «Sie ist ein nettes Mädchen, das unsere Beziehung leider mißverstanden hat. Aber ich bin ein Gentleman, und ich rede nicht über die Damen in meinem Leben – auch nicht über diejenigen, die nur kurzzeitig darin erscheinen.»*

Joanna war übel vor Wut und Demütigung. Olivers Worte waren wie ein Schlag in die Magengrube, saugten ihr die Luft aus den Lungen, zerschmetterten und erniedrigten sie. Wie konnte er es wagen zu behaupten, sie wäre nur ein Zeitvertreib für ihn gewesen? Wie konnte er es wagen, eine Zielscheibe des Spottes aus ihr zu machen, nur um seine eigene Männlichkeit hervorzuheben?

Sie durchlebte noch einmal die Momente, in denen sie sich schuldig gefühlt hatte, weil es vielleicht Grund für die Vermutung gegeben hatte, sie benutze Oliver wegen seiner Beziehungen. Sie erinnerte sich, wie sie noch an diesem Abend davon abgesehen hatte, von ihren katastrophalen Liebesakten zu berichten. Sie dachte daran, daß sie Simon versichert hatte, Oliver würde niemals mit der Presse reden. Was war sie doch für eine Närrin gewesen!

Sie machte sich einen Kaffee und las den Artikel noch einmal. War es möglich, daß der Journalist Oliver die Worte im Mund verdreht hatte, wie Kevin Cardwell es auch mit ihr gemacht hatte? Sie wollte es glauben, aber sie hatte Angst, sich selbst etwas vorzumachen. Oliver war reich und mächtig. Er würde wegen der geringsten Abweichung vom Gesagten klagen. Daher würde keine Zeitung es wagen, ihn falsch zu zitieren. Sie dagegen war eine arbeitslose Händlerin. Welcher Zeitung würde es etwas ausmachen, ihre Worte aufzupeppen, um eine bessere Story zu bekommen? Sie las Olivers Aussage genau. Er war zu gerissen, um sich nicht im klaren darüber zu sein, was er gesagt hatte. Nur sie – dumm und leichtgläubig wie sie war – ging den Journalisten auf den Leim.

Kapitel 18

Zwei Briefe kamen mit der Morgenpost. Einer war von First Clarence, und in ihm stand, daß sie aufgrund einer «Pflichtversäumung» entlassen sei.

Der zweite beinhaltete eine handschriftliche Notiz von Harriet Cunningham.

Tut mir leid, von Ihren Schwierigkeiten zu hören. Habe Safarov nie gemocht. Melden Sie sich, wenn sich die Wogen geglättet haben. Werde mein Bestes tun, um zu helfen.

Harriet war eine der letzten Personen, von denen Joanna erwartet hätte, daß sie sich jetzt um sie kümmerten. Mit scheuer Dankbarkeit erwiderte sie ihr Schreiben.

Der Morgen zog sich dahin. Die einzige Verbindung zur Außenwelt war ein Journalist, der sich über ihre Sprechanlage meldete, bis sie damit drohte, die Polizei zu rufen, falls er nicht aufhörte. Um zwölf Uhr lugte sie durch die Vorhänge. Zu ihrer Erleichterung war die Straße verlassen.

Da sie kein Geld für ein Taxi verschwenden wollte, nahm sie, obwohl es zu regnen drohte, die U-Bahn bis zur Station Temple und ging durch Lincoln's Inn Fields zu den schikken, hektischen Büros, in denen Max arbeitete. Er war in einer Besprechung, also geduldete sie sich in einem Wartezimmer voller Chrom und Leder. Auf dem Tisch vor ihr lagen mehrere Zeitungen und Zeitschriften, einschließlich des *Interrogator.* Joanna sah zur Empfangsdame und fragte sich, ob sie wohl Bescheid wußte.

Max stürzte aus seinem Büro. «Hallo, Jo. Tut mir leid, daß du warten mußtest. Ich habe einen Tisch beim Italiener reserviert. Ich hoffe, es gefällt dir.» Er umarmte sie auf seine gewohnt kumpelhafte Art und führte sie zum Aufzug. «Beschissene Angelegenheit, das mit dem Artikel», sagte er, sobald die Türen geschlossen waren. «Sie müssen Safarov falsch zitiert haben. Er wäre einer Frau gegenüber nicht so ungehobelt.»

«Ich wünschte, ich könnte das glauben!»

«Meinst du ... glaubst du, er hat das wirklich gesagt?»

«Ja. Eitler Mistkerl. Gott, wie blöd von mir! Wieso hab ich mich mit dem Kerl bloß eingelassen?»

Joanna gab ihm den Brief von First Clarence. Max warf einen kurzen Blick darauf und steckte ihn dann in seine Tasche.

«Was mache ich jetzt?» fragte sie besorgt.

«Das erzähle ich dir, wenn wir im Restaurant sind.» Der Aufzug hielt an, und er führte sie am Ellbogen hinaus auf die Straße. «Wir setzen uns an unseren Tisch, bestellen etwas zu trinken, und dann reden wir darüber.» Er schaute zu dem dunkler werdenden Himmel hinauf. «Schnell, bevor es gießt!»

Sie eilten die Chancery Lane entlang, vorbei an den Rechtsanwälten und Büroangestellten des High Court. Erst als sie an ihrem Tisch saßen, mit gefüllten Weingläsern und Salattellern vor sich, las Max den Brief von First Clarence noch einmal durch. Er nahm sich ungewöhnlich viel Zeit dafür, jedenfalls kam es Joanna so vor. Aus Erfahrung wußte sie, daß es unmöglich war, ihn zu drängen. Max war schon immer peinlich genau gewesen.

«Sie haben einen vollkommen ausreichenden Grund, dich zu entlassen», sagte er schließlich. «Du hast es versäumt, den Anweisungen zu folgen – zweimal.»

«Ich habe das Fax nicht erhalten.»

«Damit steht dein Wort gegen das von Jeremy.» Max legte den Brief auf den Tisch.

Mit einem lauten Krachen zerbrach Joanna eine Grissini-

Stange. «Ich habe meine Arbeit verloren. Mir wurde gedroht. Mir wurde sexuelle Belästigung und Unehrlichkeit vorgeworfen. Willst du mir jetzt erzählen, daß ich nichts dagegen unternehmen kann?»

«Vernünftig betrachtet – ja.» Er kaute geräuschvoll rohen Blumenkohl. «Das wilde Gerücht, daß du Safarov Informationen angeboten haben sollst, ist von allein eingeschlafen. Wenn das nicht der Fall gewesen wäre, hätten wir etwas unternehmen müssen. So wie es jetzt aussieht, ist für dich das beste, die Angelegenheit zu vergessen. Wenn du es weiterhin zur Sprache bringst, erweckst du es wieder zum Leben. Die Leute werden anfangen, sich Fragen zu stellen.»

«Du glaubst, die werden sich denken, ohne Rauch gibt's kein Feuer.»

Er nickte. «Genau. Ich weiß, es erscheint dir ungerecht, aber mein Rat lautet, das Ganze so schnell wie möglich zu vergessen. Selbst wenn du klagen würdest, First Clarence gäbe dir niemals deinen Job wieder – und das ist es ja, was du eigentlich willst.»

«Ich weiß, leider.» Sie bemühte sich nicht, den Schmerz in ihrer Stimme zu verbergen.

«Also müssen wir das beste Ergebnis anstreben. Ich könnte in deinem Auftrag für ein gutes Zeugnis eintreten – nicht nur einen unpersönlichen Tätigkeitsnachweis – sondern etwas, das einen möglichen Arbeitgeber beeindruckt.»

Joanna seufzte. «Max, ich bin dir für deinen Rat dankbar, aber die ganze Angelegenheit ist nicht gerecht. Jeremy hat gelogen. Oliver ebenso. Er steckt wahrscheinlich auch dahinter.»

Max schaute vorsichtig zu den Nachbartischen. «Jo, sprich leiser. Du wirst sonst wegen übler Nachrede verklagt. Safarov ist vielleicht kein Kavalier, aber das heißt noch nicht, daß er unehrlich ist. Er ist eine viel zu bekannte Persönlichkeit, um an irgendwelchen miesen Geschäften beteiligt zu sein.

Warum sollte er ein solches Risiko eingehen, um Himmels willen? Er ist auch so schon ungeheuer reich.»

«Ich weiß – aber Jeremy nicht.»

«Sei vorsichtig.»

«Warum?» Sie stieß die Gabel in ihr Steak. «Ich habe nichts zu verlieren.»

«Du hast dein Leben. Wenn das wahr ist, was du vermutest, dann ist da eine Menge Geld im Spiel.»

«Man muß Jeremy aufhalten.»

«Falls – und ich sage *falls* – er Betrug begeht. Aber du hast keinen Beweis. Du hast nicht einmal genug, um den Gang zur Polizei zu rechtfertigen. Wenn du anfängst, wilde Anschuldigungen zu erheben, bist du diejenige, die dran glauben muß.»

«So wie ich mich heute fühle, wäre das ein Segen.»

«Das ist nicht wahr! Du hast eine großartige Zukunft, solange du dich nicht einzig dem Wunsch nach Rache hingibst.»

Joanna sah ihn mit schmerzvollem Blick an. «Max, ich will keine Rache. Ich will Gerechtigkeit.»

Er lächelte traurig. «Ich weiß, und ich wünschte, ich könnte dir dabei helfen, sie zu erlangen. In einer perfekten Welt würden wir kämpfen. In dieser Welt müssen wir praktisch denken.»

Joanna langte über den Tisch und drückte seine Hand. «In einer perfekten Welt, Max, gäbe es keine Jeremys.»

Sie verabschiedeten sich draußen auf dem Bürgersteig.

«Du kannst das Wochenende nicht allein verbringen», sagte Max besorgt. «Emma und ich fahren heute abend nach Wales. Komm mit uns.»

Joanna gab ihm einen Kuß auf die Wange. «Danke – aber nein. Ihr habt schon mehr als genug getan, als ihr mich nach Kopenhagen eingeladen habt. Ich komme zurecht. Felicity ist heute abend wieder da.» Sie brachte ein munteres Lächeln zustande, dankte ihm für das Mittagessen und ging die Straße hinunter. Als sie gerade die Fleet Street überqueren wollte, rempelte sie ein korpulenter, junger Mann in einem billigen, eng sitzenden Anzug an. Sie trat beiseite. Er stieß sie erneut an. Sie fing an zu protestieren.

«Sie sind Joanna Soundso», sagte er mit einem unangenehmen Kichern. «Das Mädchen in der Zeitung.»

Joanna spürte, wie ihr die Röte ins Gesicht stieg. Einen Moment lang war sie wie gelähmt, konnte nicht reagieren. Dann raste sie an ihm vorbei, rannte mitten auf die Straße und hielt ein Taxi an. Sein Gelächter verfolgte sie.

Sie zitterte immer noch, als sie vor ihrem Haus ankam. Ihre Hände bebten so sehr, daß ihr das Wechselgeld, welches ihr der Taxifahrer gegeben hatte, in den Rinnstein fiel. Sie ließ es dort liegen und rannte hinein.

Als Joanna in der Wohnung war, verriegelte sie die Tür, hängte die Kette vor und rüttelte daran, um sicherzugehen, daß sie ordentlich eingerastet war. Selbst dann fühlte sie sich noch nicht sicher. Sie ging auf Zehenspitzen zu dem vorderen Fenster und spähte durch einen Schlitz zwischen den Vorhängen. Zwei Männer standen auf der Straße und unterhielten sich. Warteten die auf sie? War sie deren Beute? Sie dachte an den Hirsch, der in der Grube gefangen war und mühsam die steile Wand hochzuklettern versuchte, um den Jagdhunden zu entkommen. Sie erinnerte sich, wie er den Halt verloren und mit vor Angst verdrehten Augen rücklings in die Meute gefallen war, wo er in Stücke gerissen wurde.

Das Telefon klingelte. Sie trat zurück, ging in die Küche, so als hätte sie Angst, der Anrufer könnte sie sehen. Der Anrufbeantworter sprang mit einer Reihe von klickenden Geräuschen an.

«Ich bin mit Tom übers Wochenende in Paris. Bis Sonntagabend. Tschüß.»

Joanna griff nach dem Hörer, aber Felicity hatte die Leitung schon unterbrochen.

Sie sank in einen Sessel und vergrub das Gesicht in den Händen.

Es war egoistisch von ihr, wütend zu sein, nur weil Felicity nach Paris fuhr, besonders weil sie selbst bis vor kurzem wenig Zeit für ihre Freunde gehabt hatte. Aber sie konnte ihre Enttäuschung nicht unterdrücken. Sie hatte sich auf Felicitys Rückkehr gefreut, auf das Mitgefühl und die Unterstützung, die Teil ihrer Freundschaft waren. Nun hatte sie ein Wochenende allein vor sich.

Gleich nach sechs Uhr rief ihr Vater an. Als Joanna das Zittern in seiner Stimme hörte, wußte sie, daß man ihn über ihren Karrieresturz informiert hatte.

«Virginia hat uns eine Zeitung gebracht», setzte er an.

«Ich weiß, Dad. Es tut mir leid.» Joanna verfluchte Virginia und malte sich dabei aus, wie ihre rechthaberische Tante zu ihren Eltern eilte und sich an dem Pech eines anderen labte.

«Warum hast du uns nicht gesagt, daß du in Schwierigkeiten bist?»

«Ich wollte euch nicht beunruhigen.»

«Jo, wir sind deine Eltern. Wir wollen dir helfen. Komm ein paar Tage nach Hause. Komm heute abend. Der Abstand wird dir guttun.»

Sie sah sich in der Wohnung um. Nur hier, hinter der verriegelten Tür und der Kette, fühlte sie sich sicher. «Mir geht's gut ... danke ... und ich komme zu Mutters Geburtstag.»

Sie verabschiedeten sich. Er hatte nicht gefragt, ob die Geschichten wahr seien, und Joanna spürte, daß er vom Liebesleben seiner Tochter nichts wissen wollte.

Joanna war wütend auf Virginia, weil sie sich eingemischt hatte, und auf Lindsay, weil sie sich nicht einmal die Mühe gemacht hatte anzurufen. Sie zog ihr Kostüm aus und schlüpfte in eine Jeans und eine Bluse. Dann sah sie im Kühlschrank nach, was sie noch für Vorräte hatte. Im Gefrierfach waren jede Menge vorgekochte Mahlzeiten, aber keine Milch.

Sie ging zum Fenster und schaute hinaus. Die beiden Männer waren verschwunden. Nur ein paar Nachbarn kamen schlendernd von der Arbeit nach Hause und wichen Pfützen aus, die in den wenigen Sonnenstrahlen glitzerten. Joanna nahm ihre Schlüssel und etwas Kleingeld und eilte nach draußen zu dem kleinen Laden an der Ecke.

Es tat gut, an der frischen Luft zu sein und lachende, Witze machende Menschen zu sehen, die ihrer gewohnten Beschäftigung eines Freitagabends nachgingen. Nachdem sie Milch gekauft hatte, spazierte Joanna weiter. Sie bummelte bis zur Fulham Road und betrat den Buchladen in der Nähe des Kinos. Niemand sah sie an. Sie war nur eine schmökernde Kundin wie andere auch. Sie brachten sie nicht mit der Frau in Verbindung, die im Zentrum des Skandals um Oliver Safarov stand.

Sie schlenderte weiter und kam zu dem Kino, wo sie schaute, welche Filme demnächst laufen würden. Als sie zum zweitenmal an dem kleinen Laden vorbeikam, kaufte sie den *Evening Standard*. Sie überflog die Seiten im Gehen und war erleichtert, daß sie nicht erwähnt wurde.

Als Joanna ihre Straße erreichte, sah sie bestürzt, daß der Fotograf von der *London Evening Post* vor ihrem Haus stand. Verärgert zog sie sich auf einen nahe gelegenen Platz zurück, setzte sich auf eine Bank und wartete.

Mrs. Applegate, eine ältere Nachbarin, führte ihren Pudel in der Gartenanlage spazieren. «Genießen Sie die frische Luft, Kleines?» fragte sie Joanna.

«Ja … äh … genau.»

«Recht haben Sie. Ich kann es nicht ausstehen, eingesperrt

zu sein. Aber passen Sie auf, bei all diesen fremden Männern, die hier herumlungern, muß man vorsichtig sein. Irgend jemand hat mir erzählt, daß die von den Zeitungen sind, aber ich glaube, das sind Einbrecher. Nicht, daß ich irgendwas hätte, was sich lohnen würde zu stehlen. Meine Rente reicht gerade für uns zwei. Komm, Nancy! Zeit fürs Abendessen.» Sie zog sanft an der Leine des Pudels. «Auf Wiedersehen, Joanna. Genießen Sie Ihren Abend.»

Joanna fragte sich, was Mrs. Applegate wohl sagen würde, wenn sie den Grund dafür wüßte, weshalb sie hier in der Gartenanlage herumsaß.

Sie ging zu ihrer Straße zurück und wartete am äußersten Ende, wo die Äste eines großen Baumes über den Bürgersteig hingen. Zwei Fotografen standen jetzt vor ihrem Eingang. Sie hätte nur zu gern gewußt, was geschehen war, um ihr Interesse erneut zu entfachen. Sie sehnte sich nach ihrer Wohnung, fürchtete sich aber vor dem Hagel von Fragen. Also ging sie zu der Bank zurück und las ihre Zeitung.

Joanna verbrachte die nächsten zwei Stunden auf dem Platz und verließ ihn nur, um in regelmäßigen Abständen einen Blick auf ihre Straße zu werfen. Aber die Fotografen rührten sich nicht von der Stelle. Allmählich wuchs ihre Verzweiflung. Die Dämmerung brach herein und es wurde kälter. Der Himmel verdunkelte sich, Regen drohte.

Sie fand eine Telefonzelle und verbrauchte wertvolle zwanzig Pence von ihrem mitgenommenen Kleingeld, um Simon und Katie anzurufen.

Ihr Kindermädchen ging ans Telefon. «Sie sind übers Wochenende zu Katies Eltern gefahren.»

Joanna dankte ihr – und verfluchte die verschwendeten zwanzig Pence.

Sie versuchte es bei Rebecca, in der Hoffnung, sie zu erwischen, bevor sie nach Brighton abfuhr, aber der Anrufbeantworter meldete sich. Weiteres Kleingeld war vergeudet.

Hungrig und durstig ging sie zu dem Laden an der Ecke und kaufte eine Tafel Schokolade – sie kümmerte sich nicht mehr darum, ob das dick machte. Als sie zurück zum Platz kam, schlang sie die Schokolade hinunter und trank die Milch. Die Männer waren noch immer nicht verschwunden.

Nieselregen setzte ein. Die Feuchtigkeit trieb sie aus der Gartenanlage. Sie kehrte zur Fulham Road zurück, ging in all die Läden hinein, die lange geöffnet waren, und tat so, als sei sie eine ernsthaft interessierte Kundin, während sie in Wirklichkeit nur trocken bleiben und Zeit vertreiben wollte.

Da sie auf die Toilette mußte, ging sie in einen Pub und drängte sich durch die Menge von Trinkenden zum Damen-WC. Sie blieb dort eine Weile und wärmte sich die Arme unter dem automatischen Händetrockner.

Zwei Mädchen, die gerade über einen Film redeten, kamen herein. Eine von ihnen ließ eine Ausgabe der *London Evening Post* neben dem Waschbecken liegen, während sie auf die Toilette ging. Joanna warf einen Blick auf die Titelseite. Da stand nichts über sie. Dann schaute sie hinein – und biß sich auf die Unterlippe, als sie las:

> *BANKERIN IN ROT*
> *Als die Bankangestellte Joanna Templeton dem reichen, stadtbekannten Oliver Safarov sexuell nachstellte, war es, Kollegen zufolge, nicht nur Macht, die sie anzog, sondern purpurrote Unterwäsche aus reiner Seide.*

Joanna stützte sich am Waschbecken ab. Kein Wunder, daß die Presseleute auf ihrer Türschwelle verharrten. Aber wer von ihren Kollegen hatte geredet? Könnte es Charlotte gewesen sein? Andere bei First Clarence waren unangenehm, doch Charlotte war ein Miststück. Aber Simon hatte recht: Charlotte würde ihre eigene Stelle nicht gefährden.

Die Toilettentür ging auf und das Mädchen kam heraus. «Das ist meine Zeitung», sagte sie vorwurfsvoll.

«Entschuldigung.» Joanna ließ sie fallen und floh.

Sie ging zu ihrer Straße zurück. Die Fotografen suchten unter einem riesigen Regenschirm Schutz. Sie rauchten, plauderten und machten keine Anstalten zu gehen. Wieder zog sich Joanna auf den Platz zurück. Dieses Mal hielt sie sich im Schutz der Bäume, denn die Bank war viel zu naß, als daß sie sich darauf hätte setzen können.

Panik stieg in ihr auf. Sie wußte nicht, was sie tun sollte. Sie konnte nicht die ganze Nacht draußen bleiben, und sie hatte kein Geld für ein Hotel oder auch nur ein Taxi.

Der Nieselregen wurde zu richtigem Regen. Ihre Jeans und ihre Bluse klebten ihr am Körper. Sie zitterte heftig. Was immer auch auf sie zukam, sie mußte nach Hause. Sie bereitete sich auf einen Spießrutenlauf vor und ging auf dem Bürgersteig neben dem Eisengeländer entlang, das die Gartenanlage umgab. Sie hatte ihre Straße fast erreicht, als die niedrige Tür eines roten MG-Sportwagens vor ihr aufsprang und ihr den Weg versperrte.

Sie machte einen Satz zurück.

«Joanna! Ich will mit Ihnen sprechen.» Es war Adam Hunter.

«Bitte lassen Sie mich in Ruhe.»

«Das kann ich nicht.»

Sie merkte, daß er im Begriff war, sein Auto zu verlassen, daher drehte sie sich um und rannte, fort von ihrem Haus und zurück in die hell erleuchtete Fulham Road.

Adam rannte hinter ihr her. «Joanna! Warten Sie!»

Sie rannte weiter, an dem Pub vorbei und lief fast in den Verkehr, als er sie einholte und am Arm festhielt.

«Bringen Sie sich für Safarov doch nicht um», sagte er.

Sie versuchte, sich loszureißen. «Hören Sie auf, mich zu belästigen, oder ich rufe die Polizei. Ich meine es ernst.»

Er ließ sie los. «Joanna, ich kann Ihnen helfen.»

Sie lachte zynisch auf. «Ein Journalist! Erzählen Sie nicht so einen Mist!»

«Ich arbeite an einer Story, und Sie sind meine Informantin.»

Joanna hob ihr Kinn an und sah ihm in die Augen. «Ich habe Ihnen nichts zu sagen.»

Sie ging wieder zurück zur Wohnung; ihre Füße wateten in den nassen Sportschuhen.

Adam folgte ihr. «Ich bin nicht an Ihrem Liebesleben mit Safarov interessiert», sagte er. «Ich bin an Safarov interessiert.»

Joanna antwortete nicht.

Sie kamen zu seinem Auto zurück. Jetzt konnte sie fünf Fotografen und Reporter vor ihrem Haus sehen. Sie verlangsamte ihren Schritt, zögerte und suchte unter einem großen Baum Schutz vor dem Regen.

«All Ihrer schlechten Laune zum Trutz, biete ich Ihnen in meinem Wagen Schutz», reimte Adam und öffnete die Beifahrertür.

Joanna ignorierte seine Späßchen.

«Es wäre klüger von Ihnen, mir zu vertrauen, als sich dem Wohlwollen dieses Packs auszuliefern», fuhr er fort.

Sie beobachtete weiter das Haus.

«Sie holen sich noch eine Lungenentzündung.» Er selbst setzte sich in sein Auto, drehte die Fensterscheibe herunter und witzelte erneut auf seine dumme Art: «Oliver Safarov ist es nicht wert, daß Sie sich wegen ihm den Tod holen.»

Joanna erwiderte nichts. Sie war sich im klaren, daß er versuchte, sie zu provozieren, um etwas aus ihr herauszubekommen.

Adam machte Musik an und nahm sich eine Zigarette. Joanna zitterte unter dem tropfenden Baum und fragte sich, was sie als nächstes tun sollte.

Der Regen wurde stärker. Es regnete wie aus Kübeln, geradewegs durch den Baum auf Joannas Kopf. Sie umklammerte die Zeitung, um sich zu wärmen, wobei die Druckerschwärze auf ihre Arme und ihre Bluse abfärbte. Sie weigerte sich, zu Adam in seinem behaglichen Auto zu schauen. Diese Genugtuung würde sie ihm nicht verschaffen.

Adam beobachtete sie und war ungewollt von ihrer Unverwüstlichkeit beeindruckt. Sie war vollkommen durchnäßt. Die Kleidung klebte ihr am Körper, und ihr Haar hing klatschnaß herab, aber sie weigerte sich nachzugeben. Er erinnerte sich an die aalglatte, selbstsichere Händlerin, die er bei First Clarence kennengelernt hatte. Es bestand keinerlei Ähnlichkeit. Statt dessen erinnerte sie ihn an das halb ertrunkene Hundebaby, das er in einem beschwerten Sack am Rande einer Kiesgrube gefunden hatte, als er acht Jahre alt gewesen war. Ihm fiel wieder ein, wie er versucht hatte, es wiederzubeleben, indem er es unter seinem Pullover an sich drückte und ihm so etwas von seiner eigenen Wärme abgeben wollte – aber es war in seinen Armen gestorben.

Er stieg aus dem Auto und ging zu Joanna hinüber. «Sollen wir über einen Waffenstillstand verhandeln?» schlug er vor.

«Nur wenn Sie versprechen, daß sie mich nicht ausfragen.» Ihre Zähne klapperten beim Sprechen.

«Versprochen – bis es aufhört zu regnen.»

«Das ist nicht lang genug.» Das Ende des Satzes ging in einem Niesen unter.

«Doch, wenn Sie an Unterkühlung sterben.» Er zog seine Jacke aus und legte sie ihr um die Schultern. «Steigen Sie ins Auto, Sie eigensinniges Weib!»

Joanna fror zu sehr, und sie war zu naß, um noch weiter zu diskutieren. Sie ließ sich in sein Auto führen, genoß die gemütlichen Ledersitze und streckte ihre Beine zur wärmenden Heizung aus, die er angestellt hatte, um sie zu trocknen.

«Zigarette?» Er bot ihr eine an.

«Bringen Sie mich nicht in Versuchung! Ich habe aufgehört.»

Er lächelte. «Ich hab ja gesagt, Sie sind störrisch.»

«Wenn Sie das durchgemacht hätten, was mir diese Woche widerfahren ist, dann wären Sie auch argwöhnisch», erwiderte sie heftig.

Er hob seine Hände kapitulierend. «Ich habe Ihnen einen Waffenstillstand angeboten, und ich halte mein Versprechen. Aber Sie sind durchgefroren und naß, und ich habe riesigen Hunger. Wir könnten also in meine Wohnung fahren, uns abtrocknen, etwas essen, und dann fahre ich Sie nach Hause.»

«Und Sie werden mich nicht ausfragen? Kommen Sie, Adam, ich habe vielleicht Fehler gemacht, aber ich bin nicht vollkommen schwachsinnig. Bitte fahren Sie mich zu meinem Haus. Ich werde hineinspurten.»

«Wollen Sie denen wirklich die Gelegenheit zu einem Foto geben, auf dem man Sie wiedererkennt?»

Joanna starrte ihn an. «Dieser Mann! Woher kannte er mein Gesicht?»

«Welcher Mann?» fragte Adam gespannt.

«Ich wurde heute auf der Straße angesprochen, nachdem ich bei meinem Anwalt war.»

«Sie waren bei einem Anwalt? Warum? Um Himmels willen, das müssen Sie mir erzählen.»

«Ich *muß* gar nichts», erinnerte sie ihn.

«Ich weiß. Der Waffenstillstand. Keine Fragen.»

Die Ungerechtigkeit ihrer Entlassung und die Anspannung der letzten Tage stiegen in Joanna auf. «Glauben Sie wirklich, daß ich Oliver Safarov nachgestellt habe?» fragte sie.

Adam umfaßte ihre Schultern und drehte sie zu sich, damit sie ihn ansah. «Nein, und ich glaube auch nicht, daß Sie ihm Informationen über die Anteile anderer Kunden angeboten haben.»

Joanna zuckte zurück.

«Ich habe das Gerücht gehört und es abgetan, wie die meisten», fuhr er fort. «Deren Grund war der Mangel an Beweisen. Meiner ist, daß ich Sie nicht für eine Betrügerin halte. Es war verdammt unklug von Ihnen, mit einem Mann wie Safarov zu spielen. Na und? Wir hatten alle schon mal unkluge Affären.»

«Die meisten bezahlt man aber nicht mit dem Arbeitsplatz», sagte sie verbittert.

«Joanna, bei dieser Geschichte geht es um viel mehr. Deswegen muß ich mit Ihnen sprechen.» Er sah das Mißtrauen in ihrem Gesichtsausdruck und fuhr rasch fort. «Ich möchte nur, daß Sie mir zuhören. Ich werde Ihnen keine einzige Frage stellen. Sie müssen nichts sagen. Aber hören Sie mir zu. Danach fahre ich Sie, wenn Sie es wollen, nach Hause und werde mich nie wieder mit Ihnen in Verbindung setzen.» Eine starke Ergriffenheit lag in seiner Stimme und aufrichtige Sorge in seinen dunkelblauen Augen – eine Pein, die derjenigen glich, die Joanna durchgemacht hatte.

«Sofern Sie versprechen, daß Sie mich nicht ausfragen», sagte sie.

«Ich habe Ihnen mein Wort gegeben.»

Er streckte ihr die Hand entgegen, und sie erwiderte seinen Händedruck – wobei sie die innere Stimme ignorierte, die sie warnte, daß Adam Hunter auch nur ein Journalist war, dem man nicht vertrauen durfte.

Kapitel 19

Adam war Eigentümer der beiden oberen Geschosse eines im gotischen Stil gebauten Hauses in Bayswater. Er hatte seinen eigenen Eingang an der Seite des Gebäudes. Eine breite Eichentreppe führte direkt nach oben zu einem riesigen sechseckigen Raum mit einer hohen, gewölbten Decke und Fenstern, die zum Hyde Park hinausgingen. Der Raum war spärlich eingerichtet: nur zwei teuer aussehende Sofas, eine Standuhr, ein paar Ölgemälde, einige Bücherstapel und mehrere Umzugskartons. Es hätte kaum einen größeren Gegensatz zu Olivers überladenem Londoner Haus geben können.

Adam verschwand hinter einer Tür und kam mit zwei trockenen Pullovern zurück.

«Ziehen Sie das an», sagte er und hielt Joanna den kleineren in Marineblau hin.

«Das geht schon, danke. Meine Bluse ist getrocknet.»

«Sie holen sich eine Erkältung.» Er hielt ihn über ihren Kopf. «Muß ich Sie gewaltsam anziehen?»

«Nein.» Sie nahm ihm den Pullover ab. Die Wolle roch leicht nach seinem Aftershave.

Er ging auf einer Wendeltreppe voran zu seinem geräumigen Büro mit Küche unter dem Dach. An einem Ende des Raumes stand ein antiker, mit Leder bezogener Schreibtisch mit seinem Computer, Fax, Telefon und mehreren Ordnern. Die Wände waren mit Büchern vollgestellt, während noch mehr Bücher in Kartons darauf warteten, ihren Platz in den Regalen zu erhalten. Am anderen Ende war eine Küche mit einer Tür, die zu einer Dachterrasse hinausführte. Auf dem

Küchentisch lagen Stapel mit Zeitschriften. Darunter standen noch mehr Kisten mit Büchern.

«Wann sind Sie eingezogen?» fragte Joanna.

Er sah sie leicht verlegen an. «Vor vier Jahren.»

Sie lachte.

«Meine Schwester hackt bei jedem Besuch auf mir herum, daß ich auspacken soll», vertraute er ihr an. «Aber ich finde immer etwas Wichtigeres zu tun – wie die Arbeit zum Beispiel. Ich weigere mich, behelfsweise Möbel zu kaufen, die mir nicht gefallen, also habe ich letztendlich nichts.»

«Das Büro eines Minimalisten?»

Er grinste. «Das werde ich Sarah, meiner Schwester, sagen.»

Er ging in die Küche und legte ein Baguette in die Mikrowelle. «Wein oder Kaffee, oder beides?» fragte er.

«Zuerst Wein. Später Kaffee.»

«Gut.» Er öffnete eine Flasche Rotwein und füllte zwei Gläser. «Das wird Sie aufwärmen. Schade, daß er keine Zeit zum Atmen hat, aber wir können jetzt nicht anspruchsvoll sein.»

Adam hatte recht, der Rotwein war zu kalt, aber er wärmte sie von innen und gab ihr ein angenehmes Gefühl. Während er den Kühlschrank plünderte, Käse, Pastete und den Rest eines Salates hervorholte, betrachtete sie ein Foto eines etwa sechs oder sieben Jahre alten Jungen. Er hatte dunkelbraunes Haar, wie Adam, und die gleichen tiefblauen Augen, aber ein dickeres Gesicht und einen runden Lausbuben-Haarschnitt.

«Ihr Sohn?» fragte sie.

Adams Augen leuchteten auf. «Das ist Toby. Mein kleiner Teufel.»

Joanna nahm an, daß Toby unten schlief, hinter einer der Türen. Er hatte viele Bilder von dem Jungen, als Baby, als Kleinkind, beim Fußballspielen, aber keines von einer Frau –

obgleich Joanna ein Paar Perlenstecker auf einem Regal bemerkte.

Sie fragte sich, ob die Besitzerin dieser Ohrringe auftauchen würde, und ob sie verärgert darüber sein würde, ihren Mann mit einer fremden Frau vorzufinden, die einen seiner Pullover trug. Oder vielleicht hatten sie so viel Vertrauen zueinander, daß sie keinen Verdacht hegen würde. Joanna wurde unweigerlich neidisch. Sie war sich eines Mannes nie so sicher gewesen – nicht einmal während der Zeit mit Peter.

Der herrliche Duft von warmem Brot erfüllte das Zimmer. Adam räumte die Zeitschriften und die Bücher vom Tisch, schaute kurz auf die Titel, fragte, ob Joanna sie gelesen hätte, und empfahl einige, während er von anderen abriet.

«Lassen Sie uns essen», sagte er und zog einen Stuhl für sie heran. «Tut mir leid, daß ich Ihnen nichts Aufregenderes anbieten kann.»

«Es sieht wunderbar aus.» Sie nahm sich eine Ecke vom Brie.

Sie aßen hastig, rissen sich Baguettestücke ab und strichen Pastete oder Käse darauf. Zwischen den Bissen redete Adam.

«Richard Holdfast, der frühere Herausgeber vom *Sunday Chronicle*, war Schuld daran, daß ich erst diese Wohnung gekauft, dann Wurzeln geschlagen habe und schließlich festangestellter Reporter geworden bin.» Er machte eine Pause, um Joannas Glas aufzufüllen. «Bis vor fünf Jahren habe ich es nie in Betracht gezogen, etwas anderes als Freiberufler zu sein. Ich liebte die Freiheit, auch wenn es eine verdammte Schufterei war, anderen meine Ideen aufzudrängen, sich für Kolumnen abzurackern, für eine Verfasserzeile zu kämpfen. Dann, eines Nachmittags, bot mir der *Sunday Chronicle* eine feste Stelle an. Ohne auch nur darüber nachzudenken, habe ich sie abgelehnt. Ich wollte meine Freiheit nicht verlieren – obwohl der *Sunday Chronicle* meine Lieblingszeitung war und ich unbedingt an einem ihrer Hintergrundberichte arbeiten wollte, die immer den fest angestellten Reportern zugeteilt wurden.»

Adam erhob sich, um noch mehr Brot in die Mikrowelle zu legen. «Später an diesem Tag betrat ich den Aufzug und stand plötzlich allein Richard Holfast gegenüber, dem Herausgeber. Dem Großen Häuptling! Ich fühlte mich wie ein niederer Söldner, der den Aufzug mit dem Oberhaupt der Streitkräfte teilt. Richard hatte bis dahin nur zweimal mit mir gesprochen: einmal, um einen Artikel abzulehnen, den ich vorgelegt hatte, und ein anderes Mal, um mich zu loben. Dieses Mal blickte er mich unter seinen buschigen Augenbrauen streng an. ‹Sie sind ein verdammter Narr, Hunter›, sagte er. ‹In Ihnen steckt viel, aber Sie haben keine Disziplin.›»

In dem Augenblick kamen wir im Erdgeschoß an. Ohne ein weiteres Wort ging er am Empfang vorbei hinaus auf die Straße. Ich eilte ihm hinterher, um ihn zu fragen, was er damit meinte. Wir standen auf der Ecke Fleet Street und Ludgate Hill – das war, bevor die Zeitung in die Docklands umzog – und er zeigte mit seinem riesigen Finger auf mich – er hatte diese riesigen Hände – und erzählte mir, daß ich nur ein besserer Journalist werden könne, wenn ich mich einer Zeitung verschreibe.» Adam lächelte bei der Erinnerung daran. «Ich habe an Ort und Stelle meine Meinung geändert und die Stelle angenommen.»

Die Mikrowelle klingelte. Adam holte das Brot heraus und setzte sich wieder.

«Haben Sie Ihre Entscheidung je bereut?» fragte Joanna.

Er verzog das Gesicht. «An jedem einzelnen Tag in den ersten Monaten. Richard ließ mich alles neu schreiben und überarbeiten, bis ich keine neue Story mehr sehen wollte. Aber allmählich lernte ich, ihn zu schätzen. Ich liebte ihn. Wir alle liebten ihn. Er hat mich gelehrt, nach Perfektion zu streben. Er glättete meine Kanten und Ecken. Er verlieh meiner Schreibe Struktur.» Adam warf einen Blick auf das Bild von Toby. «In anderen Bereichen meines Lebens lief es nicht so gut, aber man kann nicht alles haben.»

Joanna erinnerte sich an ihre Unterhaltung mit Jeremy. «Hat Richard Holdfast nicht jenen Artikel über Carthew Instruments geschrieben?»

Adam runzelte die Stirn. «Richard hat sich wegen Carthew das Leben genommen.»

«Natürlich. Es tut mir leid, ich hätte das nicht erwähnen sollen.» Sie machte sich Vorhaltungen, weil sie so taktlos gewesen war.

«Er litt an Depressionen, aber – egal was die Leute im nachhinein sagten – sein Urteilsvermögen wurde durch seine Stimmungsschwankungen nie getrübt.»

«Adam, ich wollte ihn nicht kritisieren. Wenn Carthew Instruments ihren finanziellen Verpflichtungen nicht nachkommen konnten, was nun einmal Fakt ist, dann hatte Richard eine Berechtigung, den Artikel zu schreiben – wie schmerzhaft die Auswirkungen auch gewesen sein mochten. Er hatte keine Veranlassung, sich selbst die Schuld zu geben.»

«Carthew war nicht in ernsthaften Schwierigkeiten.» Adam ging vom Tisch fort, um eine zweite Flasche Wein zu öffnen. «Wegen der Rezession hatten sie zu kämpfen, aber sie hätten das überstehen können. Ihr Produkt – Präzisionswaagen für Pillen – war hervorragend. Die Menschen brauchen immer Medikamente. Richards Artikel hatte nicht nur zur Folge, daß ihre Bank in Panik geriet und zwangsvollstrecken ließ, sondern daß die Zulieferer auch das Vertrauen verloren und sofortige Zahlung verlangten.»

«Warum hat Richard denn so etwas geschrieben?»

«Er glaubte, er hätte Beweise.» Adam ging zu den Regalen hinüber, zog ein Buch heraus und entnahm diesem zwei Briefe, die zwischen den Seiten versteckt waren. «Lesen Sie das!» sagte er und gab ihr einen der Briefe.

Der Brief war mit «Vertraulich» gekennzeichnet und stammte von dem Vorstandsvorsitzenden von Carthew. Er war gerichtet an den Firmenanwalt Nigel Kirkpatrick von der Anwaltskanzlei Rawdale – der Firma von Bryan Rawdale. Darin wurde Kirkpatrick um Rat gebeten, wie Carthew am besten ihre Bank darüber in Kenntnis setzen sollten, daß sie die nächste Rate für ihr Darlehen nicht bezahlen konnten.

«Der ist gefälscht», sagte Adam, als Joanna zu Ende gelesen hatte.

«Woher wissen Sie das?»

Er gab ihr den zweiten Brief. Es war ein wütendes Schreiben von dem Vorstandsvorsitzenden von Carthew an Richard. Er leugnete energisch, den Brief an Kirkpatrick geschrieben zu haben, auf den sich Richard in seinem Artikel bezogen hat – obwohl er eingestand, daß die Unterschrift eine perfekte Kopie war. Er beschuldigte Richard, seine Fakten nicht überprüft zu haben, und behauptete, daß er allein für den Verlust des Arbeitsplatzes von zweitausend Carthew-Angestellten verantwortlich war. Unter den Brief hatte Richard geschrieben: «*Er hat recht. Es ist meine Schuld. O Gott, was habe ich getan?*»

«Fünf Tage später hat sich Richard erschossen.» Adam nahm Joanna den Brief aus der Hand.

«Es tut mir so leid», sagte sie. «Welch eine Tragödie. Aber warum hat er nicht schnell einen Artikel geschrieben, in dem er seinen Fehler korrigierte?»

«Am Sonntag darauf war der Schaden schon angerichtet.»

«Wie schrecklich, daß er sich selbst die Schuld gab.»

«Er konnte nicht anders. Sie müssen wissen, er verstand die blanke Verzweiflung angesichts einer Entlassung nur allzu gut. Sein Vater war Bergarbeiter, der nie wieder Arbeit fand, nachdem seine Zeche geschlossen worden war.»

«Woher haben Sie diese Briefe?»

«Von Mary Holdfast, Richards Witwe. In der Notiz, die er ihr hinterließ, bat er sie, mir die Briefe zu geben.»

«Wer hat sie Richard gegeben?»

«Wenn ich das wüßte, hätte ich das Rätsel schon zur Hälfte gelöst.»

«Glauben Sie, es war dieser Widerling Rawdale?»

«Sosehr ich Bryan Rawdale auch verabscheue, ich kann mir nicht vorstellen, daß er seine einträgliche Karriere aufs Spiel setzen würde.» Adam legte die Briefe in das Buch zurück. «Wenn herauskäme, daß er einen vertraulichen Brief eines Mandanten veröffentlicht hat, dann wäre er weg vom Fenster. Das gleiche gilt für Kirkpatrick. Das sind habgierige Bestien, aber keine Idioten.»

«Wenn man dem Vorstandsvorsitzenden von Carthew Glauben schenkt, dann hat es nie einen Brief an Kirkpatrick gegeben.»

«Genau! Jemand hat ihn gefälscht.»

«Jemand mit Zugang zum Firmenpapier von Carthew und der Fähigkeit, die Unterschrift des Vorstandsvorsitzenden zu kopieren.» Sie sah Adam an. «Jeder Angestellte oder Aktionär hätte sie von dem Jahresbericht kopieren können.»

«Bis auf die Tatsache, daß nicht jeder Angestellte oder Aktionär den Bankrott von Carthew gewollt hätte.» Adam stand auf und ging auf und ab, dann drehte er sich um und sah Joanna mit seinen tiefblauen Augen direkt an. «An dem Tag, an dem Richard jenen Artikel zu schreiben begann, hat er Oliver Safarov bei einem Mittagessen getroffen.»

«Deshalb wollten Sie also mit mir sprechen?»

«Ich habe geschworen, daß ich das Rätsel um Richards willen lösen werde – und für Mary.»

Joanna dachte an das, was Max gesagt hatte. «Ich wünschte, ich könnte glauben, daß Oliver etwas damit zu tun hat», antwortete sie, «aber sosehr es mich auch ärgert, ihn zu verteidigen, ich bin durch den Wunsch nach Rache nicht so blind geworden, daß ich ihn als Fälscher bezeichnen würde – geschweige denn zu behaupten, daß er sich in ein schmutziges, kleines Geschäft hineinziehen ließe.»

«Wie können Sie so sicher sein?»

«Weil er es nicht nötig hat. Er ist überaus reich, und Ansehen bedeutet ihm alles.»

«Das hat ihn nicht davon abgehalten, Sie bei der Presse in Verruf zu bringen.»

Sie verzog das Gesicht. «Daran brauchen Sie mich nicht zu erinnern.»

«Entschuldigung.»

Sie kehrte zum Thema zurück. «Welchen Vorteil hätte Oliver von dem Bankrott Carthews haben können?»

«Ich weiß es nicht.» Adam löffelte Kaffeepulver in die Kanne und fügte dann kochendes Wasser hinzu.

«War er der einzige, mit dem Richard bei dem Essen sprach?»

«Natürlich nicht. Richard war Journalist. Er wird sich durch den ganzen Raum gearbeitet haben. Aber ich habe die Gästeliste überprüft, und von den dreißig Leuten, die dort waren, steht nicht einer in Verbindung zu Carthew.»

«War von First Clarence jemand dabei?»

Adam griff ihre Frage auf. «Nein, aber Sie haben mir noch nicht erzählt, warum Sie einen Anwalt aufgesucht haben. Hatten Sie irgendeinen Verdacht? Das hatten Sie, oder? Ich kann es in Ihrem Gesicht ablesen. Joanna, Sie müssen es mir erzählen!»

Sie reagierte distanziert. «Ich habe nur zugestimmt, Ihnen zuzuhören.»

Er hob kapitulierend seine Hände, eine Gewohnheit, die ihr vorher schon aufgefallen war. «Ich wollte sie nicht drän- Es ist nur so, daß …» Er lächelte sie bittend an. «Ich n Januar nach New York versetzt. Sie sind meine beste – und wahrscheinlich meine letzte – Chance, herauszufinden, was wirklich mit Richard passiert ist. Wenn ich zurückkehre, in zwei Jahren, ist die Spur noch kälter, als sie es jetzt schon ist.»

Sie schwiegen einige Minuten lang, während Adam den Kaffee einschenkte. Joanna schwankte zwischen ihrem Wunsch nach Gerechtigkeit und ihrem Mißtrauen gegenüber Adam als Journalisten. Dann dachte sie an Oliver. Was für eine Witzfigur hatte er aus ihr gemacht! Und Jeremy. Sie konnte noch immer spüren, wie sich seine Finger in ihren Arm gruben, und hören, wie er ihr drohte, das Zeugnis zu verweigern.

«Heute nachmittag, als ich von Max kam, meinem Anwalt, war ich in kämpferischer Laune», sagte sie. «Auf meinem Heimweg sprach mich ein Mann an. Er gab vor, mich aus der Zeitung zu kennen. Jetzt weiß ich, daß das unmöglich ist. Das Bild war zu verschwommen.»

«Irgend jemand ist fest entschlossen, sie fertigzumachen – und ich glaube, daß Safarov diese Person ist.»

«Aus welchem Grund? Er hat sein aufgeblasenes Ego schon genug befriedigt.»

«Wer dann?»

«Es muß Jeremy sein, mein Chef. Er hat mir eine Falle gestellt, um mich feuern zu können.»

«Haben Sie einen Beweis?»

Sie schüttelte den Kopf.

«Dann finden wir einen.»

Joanna stand auf. «Nein, Adam, das kann ich nicht.»

«Sie wollen also, daß er damit durchkommt?» fragte er verzweifelt.

«Ich muß! Mein Vater rief heute abend an. Meine übereifrige Tante hat meinen Eltern die Geschichten in der Presse gezeigt. Sie sind außer sich. Wenn ich nicht aussteige, riskiere ich noch mehr öffentliches Aufsehen. Das kann ich ihnen nicht antun.» Sie ging quer durch den Raum bis zur Tür und hielt dann inne. «Die Sache mit Richard tut mir leid.»

Sie begann, die Wendeltreppe hinunterzugehen.

«Joanna!» rief Adam hinter ihr her. «Wer immer auch versucht, Sie zum Schweigen zu bringen, will, daß Sie die Angelegenheit mit First Clarence vergessen, weil Ihre Verdächtigungen wahr sind.»

Joanna stand auf der Wendeltreppe. «Glauben Sie nicht, daß es mich nicht auch wahnsinnig macht, daß ich meine geliebte Arbeit verloren habe, weil ich meinen Chef für einen Betrüger halten mußte?»

«Dann erzählen Sie mir alles, was Sie wissen. Helfen Sie mir zu zeigen, daß Richard mit einem Ring von Insiderhändlern zusammenstieß, und ich werde alles mir Mögliche tun, um zu beweisen, daß Sie auf unzulässige Weise entlassen wurden – und daß Sie Safarov nicht nachgestellt haben.»

«Adam, wer würde Ihnen glauben? Die Leute glauben lieber das Schlimmste.»

«Ich überzeuge sie ... wir überzeugen sie. Das verspreche ich!»

Sie zögerte.

«Kommen Sie zurück», sagte er und streckte ihr die Hand entgegen. «Wie lang es auch dauert, ich gebe nicht auf. Ich gebe Ihnen das gleiche Versprechen, wie ich es Mary auf Richards Begräbnis gegeben habe.»

Sie blickten sich im Halbdunkel an. Dann hob sie die Hand, um seine langen, dünnen Finger mit den ihren zu umfassen.

«Wie lang es auch dauert.» Sie wiederholte seine Worte.

Er ließ ihre Hand nicht los, sondern führte sie zurück ins Büro, wobei er sie festhielt, als ob er fürchtete, sie könnte ihre Meinung ändern.

«Zuerst müssen wir eine Verbindung zwischen denen herstellen, die unter Verdacht stehen», erklärte er und zog einen zweiten Stuhl an den Schreibtisch heran. «Dann müssen wir ihr System aufdecken, und schließlich brauchen wir konkrete Beweise für den Betrug selbst.»

Joanna verbrachte die folgenden zwei Stunden damit, die Vermutungen, die ihrer Meinung nach zu ihrer Entlassung geführt haben, auszuführen. Zuerst ließ sie die Namen der Offshore-Gesellschaften aus, da sie sich noch immer an die Vertraulichkeitsvorschriften für Kundeninformationen gebunden fühlte. Aber Adam wies sie bald darauf hin, daß sie keinen Erfolg haben könnten, wenn sie nicht beide all ihre Informationen offen auf den Tisch legten.

Während sie redete, gab er die Namen der Fonds und die Daten der Transaktionen in den Computer ein, von denen sie sich an das meiste ohne Hilfe eines Kalenders erinnerte.

«Könnte es sein, daß vorher ein anderer Händler für Società Hadini handelte und daß die das Fax versehentlich ihr oder ihm zugeschickt haben?» fragte er.

«Es war meine Faxnummer.»

«Haben Sie eine Kopie davon?»

Sie schüttelte den Kopf. «Ich wünschte, ich hätte eine. Ich wünschte, ich hätte alle Daten kopiert, als ich noch die Gelegenheit hatte. Wenn ich doch nur in den Börsensaal einbrechen könnte. Das Paßwort wird einen Monat lang nicht verändert, aber natürlich habe ich keinen elektronischen Ausweis für die Tür mehr.»

«Sie können nicht zu First Clarence zurück», sagte Adam entschieden. «Es ist zu gefährlich. Jeremy wäre gewarnt. Und es wäre ohnehin umsonst. Eine Zeitung kann keine Informationen benutzen, die auf illegale Weise beschafft wurden. Der Ausschuß für Beschwerden über die Presse räumt uns einige Freiräume ein, wenn die Story von öffentlichem Interesse ist und das Material nicht auf andere Weise beschafft werden kann, aber das beinhaltet nicht den Einbruch in Büroräume und Diebstahl von Informationen.»

«Wenn Ihnen illegal beschafftes Beweismaterial einen Hinweis auf eine rechtmäßige Quelle gibt, können Sie das benutzen?»

«Ja.» Er dachte einen Augenblick nach. «Was ist mit Ihren Kollegen? Wäre irgend jemand von ihnen ausreichend verärgert, um den Computer für uns anzuzapfen?»

Joanna war schockiert. «Adam, darum könnte ich sie nicht bitten. Das wäre nicht fair.»

Er zuckte mit den Schultern. «Es war nur so eine Idee.»

Adams Vorschlag erinnerte Joanna daran, daß er einem als gaunerisch verschrienen Berufsstand angehörte. Während er sie über die Offshore-Gesellschaften und die Leute, mit denen sie dort zu tun hatte, ausfragte, faßte sie den Entschluß, daß er auf keinen Fall Kontakt zu ihren Freunden aufnehmen dürfte.

Er gab Bilsham bei Kathpeach, Lawrence bei Società Hadini, Frederick bei New Aldren Fund und George bei Redrey Trust ein. «Besteht irgendeine Verbindung zwischen diesen Leuten?» erkundigte er sich.

«Soweit ich weiß, nicht.»

«Haben Sie mit ihnen gesprochen oder ihnen nur gefaxt?»

«Ich habe nur das eine Mal mit Bilsham gesprochen. Ich habe Ihnen ja erzählt, daß Jeremy ziemlich sauer darüber war.»

«War Bilsham wütend?»

Sie überlegte. «Überhaupt nicht. Er schien nicht einmal überrascht zu sein, von mir zu hören. Jeremy zufolge war Kathpeach kurz davor, eine Order zu plazieren.»

Adam lehnte sich zurück und streckte die Arme über den Kopf aus. «Warum zum Teufel sollte ein Kunde, der sich nicht beschwert hat, als Sie seinen Anweisungen zuwiderhandelten, anschließend darum bitten, Sie wegen eines weitaus geringeren Vergehens von seinen Geschäften abzuziehen?»

Sie seufzte. «Ich weiß es nicht – aber das würde ich gern.»
Die Standuhr schlug drei Uhr.

Sie schob ihren Stuhl vom Tisch weg. «Ich muß nach Hause.»

«Ich begleite Sie in einem Taxi, um sicherzugehen, daß Sie gut nach Hause kommen», sagte er und fügte entschuldigend hinzu: «Ich weiß, ich habe versprochen, Sie zu fahren, aber ich habe nun doch zuviel Wein getrunken.» Er zögerte. «Ansonsten könnten Sie heute nacht in Tobys Zimmer schlafen.»

Joanna sah ihn zweifelnd an.

«Nein, Sie haben schon recht. Warum sollten Sie in einem fremden Bett übernachten, wenn ich Ihnen gesagt habe, daß ich Sie nach Hause fahre?»

«Ach, das ist es nicht.» Sie überkam plötzlich Angst bei der Aussicht auf ihre einsame Wohnung. «Macht es Toby denn nichts aus?»

«Er lebt bei seiner Mutter und schläft hier nur Sonntag abends. Ich bringe ihn montags zur Schule – Montag hat man immer frei, wenn man bei einer Sonntagszeitung arbeitet.»

«Dann bleibe ich, wenn das in Ordnung ist.»

«Gut.» Er lächelte, und sie kam zu dem Schluß, daß er auf seine kantige Art recht attraktiv war, obwohl er nicht der Typ Mann war, zu dem sie sich je hingezogen gefühlt hatte – Peter hatte ein eher jungenhaftes Gesicht. Trotzdem, seine Haltung gegenüber ihren Kollegen schockierte sie noch immer.

Adam führte sie nach unten zu einem kleinen Schlafzimmer, in dem lauter Bilder aus Kinderbüchern hingen.

«Das Badezimmer ist nebenan», sagte er und gab ihr ein Handtuch und eine neue Zahnbürste.

«Danke. Gute Nacht.»

Als sie sich in dem dunklen Flur vor dem Badezimmer anblickten, fühlte Joanna sich ziemlich unwohl. In ihr kam der Wunsch auf, sie hätte darauf bestanden, daß er sie nach Hause brachte. Sie mußte verrückt sein, im Haus eines fremden Mannes zu übernachten. Nach all dem, was er über sie in der Zeitung gelesen hatte, nahm er wahrscheinlich an, daß sie mit ihm schlafen wollte.

Er machte einen Schritt auf sie zu.

Sie erstarrte.

Er langte mit einer Hand in das Badezimmer. «Das Licht ist hier», sagte er und zog an der Schnur. «Aber die Tür läßt sich nicht verschließen. Toby hat den Schlüssel verloren.»

Joanna machte sich Vorwürfe, weil sie so argwöhnisch war. «Danke ... vielen Dank.»

«Gute Nacht. Schlafen Sie gut.» Er ging die Wendeltreppe hinauf und rief über die Schulter zurück: «Ich hätte meine Kollegen auch nicht darum gebeten, sich in Gefahr zu begeben.»

Sie war auf unerklärliche Weise erleichtert.

Halb ausgezogen wusch sie sich das Gesicht, putzte sich die Zähne und schlüpfte dann unter Tobys Peter-Hase-Bettdecke. Von oben vernahm sie das Klappern von Adams Tastatur.

Joanna wurde früh geweckt – durch die Sonne, die durchs Fenster schien, und durch das Brummen des Druckers im Büro. Aufgrund von zuviel Wein und zuwenig Schlaf war sie derart matt, daß sie sich nun aus dem Bett, unter die Dusche und in ihre Kleidung quälen mußte. Als sie ihr Spiegelbild betrachtete, mußte sie feststellen, daß sie selten schlechter ausgesehen hatte. Ihre Kleidung war zerknittert, auf einem Ärmel ihrer Bluse war Schokolade verschmiert, und ihr Haar war vom Regen verfilzt. Sie konnte nicht einmal die Ringe unter den Augen mit Make-up verdecken – sie hatte keines.

Sie fuhr sich mit den Fingern durch die Haare und ging hinauf. Adam saß an seinem Computer.

«Guten Morgen», sagte sie.

Er schaute kurz auf. «Oh ... hallo. Äh ... macht es Ihnen etwas aus, sich Ihr Frühstück selbst zu machen? Kaffee ist fertig.» Er deutete mit der Hand zur Küche und wandte sich wieder seinem Bildschirm zu.

Joanna goß sich einen Becher Kaffee ein und fragte dann: «Möchten Sie auch einen?»

Er runzelte die Stirn. «Äh ... nein, danke.»

Joanna versuchte, sich nicht über Adams lässige Art zu ärgern, aber in ihr kamen Zweifel auf. Sie hatte ihm alles über First Clarence und ihre Affäre mit Oliver erzählt. Außerdem hatte sie die Nacht in seinem Haus verbracht.

«Ich möchte, daß Sie Ihre Fakten richtig darstellen», sagte sie wütend.

Er schaute überrascht auf. «Wovon reden Sie?»

Joanna zog die Bluse über die Schulter, um den Träger ihres Büstenhalters freizulegen. «Meine Unterwäsche ist weiß, nicht purpurrot. Soll ich Ihnen ‹weiß› buchstabieren?»

Adam erhob sich von seinem Stuhl, griff nach ihrem Arm und schleppte sie hinüber zu seinem Computer. «Ich schreibe keine Abhandlung über meine Nacht mit Joanna Templeton, falls Sie das befürchten. Solch einen Schwachsinn schreibe ich grundsätzlich nicht.» Er schob sie näher an den Bildschirm heran. «Sehen Sie selbst!»

Joanna schaute. Er überarbeitete einen Artikel über das Abkommen von Maastricht.

«Ich bin Journalist», fuhr er fort. «Ich arbeite für eine Sonntagszeitung. Der Samstagmorgen ist die hektischste Zeit für uns.» Er ließ sie abrupt los. «Höre ich eine Entschuldigung?»

«Ja. Es tut mir leid, wirklich, aber ich bin zwangsläufig so argwöhnisch geworden.»

Er setzte sich an den Computer. «Wir müssen einander vertrauen, wenn wir zusammenarbeiten wollen.»

«Ich weiß.» Sie sah ihn traurig an und fragte sich, ob sie jemals wieder jemandem vertrauen konnte.

Während Adam seinen Artikel zu Ende schrieb, saß Joanna draußen auf der Dachterrasse, aß Toast mit Marmelade und genoß die Morgensonne.

«Wo können wir die Faxnummern der Offshore-Gesellschaften finden?» fragte er, als er sich zu ihr gesellte.

Sie rasselte sie herunter.

Er blickte sie erstaunt an. «Ich bin beeindruckt.»

«In Zahlen bin ich gut.» Sie verzog das Gesicht. «Das ist im Moment anscheinend das einzige, worin ich gut bin.»

«Selbstmitleid hilft da auch nicht.»

«Ich *habe* kein Selbstmitleid!»

Er lachte. «Schon besser. Jedesmal, wenn Sie niedergeschlagen sind, werde ich Sie provozieren, bis Sie sich wehren – auch wenn das bedeutet, daß Sie auf mich einschlagen.»

Sie wurden vom Telefon unterbrochen.

Adam ging zu seinem Schreibtisch zurück. «Das ist sicher das Büro.» Er nahm den Hörer ab. «Ja, Malcolm. Gut, du hast es bekommen. Nein, ich arbeite an etwas. Das könnte der Durchbruch sein, den wir brauchen, eine riesige Enthüllungsstory, aber nicht für diese Woche. Natürlich werde ich es dir erzählen! Du bist mein Herausgeber!» Adam hörte zu und runzelte die Stirn. «Was stimmt denn mit Maastricht nicht? Du mußt es kürzen? Nein, die Zeile nimmst du nicht raus, das ist doch genau der springende Punkt. Ich mach es. Fax es mir zurück. Nein, ich komme rein.» Er legte auf und ging zu Joanna zurück. «Ich muß Maastricht vor der Feigheit von Malcolm retten. Malcolm Burke, ein hoffnungsloser Trottel.»

Joanna lachte. «So schlimm?»

«Malcolm war früher Richards Stellvertreter. Meine Kollegin Paola behauptet, er sei der geborene Stellvertreter, und sie hat recht. Am Anfang hat ihn der Vorstand als Lückenbüßer befördert. Ein Zeitungsherausgeber benötigt ein feines Gespür und Mut. Malcolm ist zu vorsichtig. Nachdem Richard starb, schrieb ich einen Artikel über das, was er alles für den *Sunday Chronicle* erreicht hat – seine Brillanz und seinen Niedergang. Ich erwähnte das letzte Mittagessen in der City, bei dem er anwesend war, und welche Leute sonst noch da waren, einschließlich Oliver Safarov. Eine Stunde, bevor die erste Ausgabe ausgeliefert wurde, bat der Vorsitzende des Vorstandes Malcolm um den Gefallen, Safarovs Namen herauszulassen.»

«Warum, wenn Sie ihn doch nicht beschuldigt haben?»

«Weil Safarov ein Freund des Vorsitzenden ist und sie zusammen in einigen bedeutenden Wohltätigkeitsausschüssen sitzen.»

«Hat sich Malcolm gefügt?»

«Ja, dieser Feigling! Er hat alle Namen rausgenommen. Er hat meinem Artikel die Zähne gezogen.»

Joanna erinnerte sich daran, daß Sebastian Deveraux gesagt hatte, der *Sunday Chronicle* wäre nicht mehr so bissig wie früher.

«Warum wird er nicht gefeuert?» fragte sie.

«Weil wir ihn decken.» Adam sammelte seine Unterlagen zusammen. «Malcolm ist nicht unangenehm, er hat nur nicht das Zeug zum Herausgeber, und er wird zu seinen Ungunsten mit Richard verglichen, was ihn verständlicherweise ärgert.» Er verschloß seine Aktentasche. «Aber wer will schon dafür verantwortlich sein, daß jemand seine Arbeit verliert?»

«Jeremy, zum Beispiel.»

«Ich bin nicht Jeremy», sagte er entschieden. «Kommen Sie!»

Als sie die Eichentreppe zur Straße hinuntergingen, erklärte Adam ihr die Arbeitsweise einer Wochenzeitung. «Sie wird wie eine Armee geführt, mit einer strengen Hierarchie. Eine Sonntagszeitung herzustellen, bedeutet, einen wöchentlichen Schlachtplan aufzustellen. Es funktioniert nur, wenn der Herausgeber die volle Kontrolle hat. An jedem Dienstagmorgen haben wir eine Redaktionssitzung, in der die Themen diskutiert und zugeteilt werden. Wenn eine aktuelle Sache hereinkommt, hat sie natürlich Vorrang. Am Samstag müssen dann einige Berichte in der Schublade landen. Ein Journalist, der tagelang an einem Bericht gearbeitet hat, kämpft für seinen Artikel. Der Herausgeber muß entscheiden. Malcolm macht den Fehler, daß er versucht, alle zufriedenzustellen, indem er jeden Artikel kürzt – als ob Wellington versucht hätte, die Schlacht von Waterloo ohne den Verlust eines einzigen Infanteristen zu gewinnen.» Er schloß die Haustür auf, und sie traten in den hellen morgendlichen Sonnenschein hinaus.

Adam bot Joanna an, sie nach Hause zu fahren, aber sie lehnte ab. Sie merkte, daß er es eilig hatte. Sie dagegen hatte nichts vor. Bevor sie auseinandergingen, verabredeten sie ein Treffen am Montagmorgen am Companies House, der britischen Registrierbehörde für Gesellschaften, um zu überprüfen, ob einer der Offshore-Fonds Niederlassungen in Großbritannien hatte.

«Es ist ziemlich unwahrscheinlich, aber Nachforschungen bestehen aus harter Arbeit, winzigen Details – und einer Prise Glück.» Er stieg in sein Auto und fuhr davon.

In dem Augenblick erinnerte sich Joanna daran, daß sie nur noch vierzig Pence bei sich hatte, nicht einmal genug für eine Busfahrkarte. Sie machte sich zu Fuß auf den Heimweg durch den Hyde Park, in dem die Jogger die Wege entlang hechelten und die Hunde auf dem Rasen tollten. Als sie sich ihrer Wohnung näherte, hielt sie vorsichtig nach Fotografen Ausschau, aber die Straße war menschenleer. Dankbar eilte sie in das sichere Haus.

Aber als sie den Schlüssel in die Wohnungstür steckte, merkte sie, daß sie nicht abgeschlossen war. Starr vor Angst raste ihre Phantasie hin und her zwischen bewaffneten Einbrechern, Reportern und dem Mann, der sie auf der Straße angesprochen hatte.

Die Tür wurde aufgerissen.

Ihr stockte vor Angst der Atem.

«Da bist du ja!» rief Felicity. «Wir haben uns solche Sorgen gemacht. Wir kamen zurück, und dein Bett war unbenutzt, deine Tasche und dein Portemonnaie lagen auf dem Tisch – aber du warst weg.»

Joanna konnte nichts sagen. Sie schlug die Hände vors Gesicht und weinte vor Erleichterung und Erschöpfung.

Während Tom ihr einen starken Brandy einschenkte, erklärte Felicity, daß sie von Joannas Problemen nichts gewußt hatte, bis sie auf dem Flug nach Paris eine Zeitung gelesen hatte. Nach der Landung hatte sie versucht, Joanna vom Flughafen Charles de Gaulle aus anzurufen, in der Wohnung aber niemanden erreicht. Sie versuchte es dann bei Max und Emma, die jedoch auch nicht da waren. Schließlich rief sie Joannas Eltern an, die ganz verzweifelt klangen. Bei dem Gedanken, daß Joanna allein war, hatte Felicity sich dermaßen gesorgt, daß sie kaum schlafen konnte. Am Morgen hatte Tom dann vorgeschlagen, nach Hause zu fliegen.

«Ich kann euch nicht genug danken, euch beiden», flüsterte Joanna. «Die Woche war die reine Hölle. Zuerst habe ich meine Arbeit verloren, und dann … die Pressegeschichten. Ich wurde von Fotografen und Reportern verfolgt. Sie waren gestern abend vor der Haustür. Ich konnte nicht herein. Ich könnte Oliver umbringen.»

Tom war erstaunt.

«Ein Mann wie Oliver Safarov würde eure Affäre doch sicher nicht dem *Interrogator* offenbaren?»

«Nein, ich glaube, es war Jeremy, obwohl ich überrascht

bin, daß er Olivers Mißbilligung in Kauf nehmen würde – es sei denn, er hat davon Wind bekommen, daß Oliver vorhat, keine Geschäfte mehr über First Clarence zu tätigen – jedenfalls hat er das versprochen. Nicht daß sein Wort viel bedeutet, wie ich schmerzhaft feststellen mußte.»

«Hat Oliver nicht versucht, die Presse abzulenken?» beharrte Tom.

«Den Teufel hat er! Er hat ihnen erzählt, daß ich nur ein Zeitvertreib für ihn war.»

«Der Mann ist ein Mistkerl.» Felicity legte den Arm um Joanna. «Er mag ja eine angesehene Persönlichkeit in der Londoner Finanzwelt sein, aber er ist ein mieses Schwein und verdient dich nicht.»

Joanna lächelte schwach. «Danke.»

«Zumindest hast du ihn nicht geliebt.»

«Ja. Es ist schon schlimm genug, von jemandem erniedrigt zu werden, der sich als Freund ausgibt.»

Sie machten Kaffee und setzten sich im Garten in die Sonne. Durch die Wärme auf ihrem Gesicht und ihrem Körper fühlte Joanna sich langsam besser.

«Ich weiß nicht, wie ich jemals wieder irgendeinem Mann vertrauen soll», vertraute sie den beiden an, während sie zwei werbende Spatzen auf einem Dach in der Nähe beobachtete und sich fragte, ob Vögel sich auch hintergingen.

«Du hast uns noch nicht erzählt, wo du die letzte Nacht verbracht hast», sagte Felicity.

«Ich war bei Adam Hunter.»

Felicity schaute sie ausdruckslos an.

«Ich bin sicher, ich habe dir schon von ihm erzählt. Er ist der Journalist vom *Sunday Chronicle*.»

«Du hast bei einem Reporter übernachtet?» Felicity starrte Joanna an, als sei sie verrückt geworden.

«Ich habe in seinem Haus geschlafen – nicht mit ihm! Er wird mir dabei helfen, mich zu entlasten. Er hat versucht, das

Geheimnis um Richard Holdfast, seinen Herausgeber, der Selbstmord verübt hat, zu lüften. Er glaubt, da besteht eine Verbindung.»

Tom und Felicity tauschten zweifelnde Blicke aus.

«Ich mische mich nur ungern ein», sagte Tom, «aber bist du sicher, daß du diesem Kerl vertrauen kannst? Wenn der erst einmal seinen Knüller veröffentlicht und den Ruf dieses Richards wiederhergestellt hat, warum sollte er sich dann noch einen Dreck um dich scheren?»

«Ich muß an Adam glauben», erwiderte Joanna und sah von einem zum anderen. «Versteht ihr nicht? Er ist meine beste Chance – meine einzige Chance.»

Kapitel 20

*Am Montagmorgen wartete Joanna auf den Stufen des Com*panies House in der City Road und beobachtete die Busse und Autos, wie sie ihre Abgase in den heißen Sommermorgen ausstießen. Auf dem Bürgersteig drängten sich Menschen – aber von Adam war nichts zu sehen.

Fünfzehn Minuten vergingen. Die Sonne knallte auf ihr Gesicht. Der Geruch von Benzin und Diesel drang ihr in Nase und Kehle und brannte in den Augen. Sie trat von einem Bein auf das andere und wurde unweigerlich an den Abend erinnert, an dem sie auf Oliver in seinem Club gewartet hatte. Es war mehr als eine Woche vergangen, seit sie von First Clarence gefeuert worden war, aber die Wunde war so frisch, als wäre es gestern geschehen.

Weitere zehn Minuten verrannen. Joanna wurde wütend. Sie erinnerte sich an den Blick, den Felicity und Tom sich zugeworfen hatten. Hatten sie recht? Wurde sie – schon wieder – zum Narren gehalten?

Plötzlich knatterte ein riesiges, schwarzes Motorrad, eine Norton Commando, an die Stufen heran.

«Tut mir leid, daß Sie warten mußten», rief Adam Joanna zu. «Ich mußte Toby mit dem Auto zur Schule bringen. Dann habe ich mich entschlossen, nach Hause zu fahren und das Motorrad zu nehmen. Damit ist man bei dem Verkehr wesentlich schneller.» Mit einem vergnügten Winken fuhr er davon, um einen Parkplatz zu finden.

Einen Augenblick später schlenderte er auf dem Bürgersteig mit dem Helm unterm Arm heran. Als er Joannas Gesichtsausdruck sah, hielt er lächelnd an.

«Sie dachten, ich komme nicht, oder?» fragte er erstaunt.

«Ich mag es nicht, wenn man mich warten läßt.»

«Sie nahmen an, ich hätte meine Meinung geändert?» Er wiederholte seine Anschuldigung und schüttelte ungläubig den Kopf. «Joanna, sind Sie verrückt? Glauben Sie, ich würde meine beste Chance, Richard zu entlasten, aufs Spiel setzen?»

«Es würde höflicher klingen, wenn Sie Ihren Wunsch, mich zu rehabilitieren, mit einschlössen», sagte sie steif und verärgert über seine Haltung.

«Es ist Teil unseres Abkommens, zu beweisen, daß Sie aufs Kreuz gelegt wurden. Das ist der Preis, den ich für Ihre Hilfe zahlen muß.»

Sie versteifte sich. «Sind Sie immer so unhöflich?»

«Ich bin ehrlich», erwiderte er. «Ich mag Sie. Ich finde Sie attraktiv. Mir gefiel die Art, mit der Sie meine Manschetten zugeknöpft haben, so als sei es das Natürlichste auf der Welt, auf Londoner Parties zu gehen, wo einen fremde Männer bitten, ihnen beim Anziehen zu helfen. Aber Richard bedeutete mir ungeheuer viel – wir dagegen haben uns gerade erst kennengelernt. Die Gefühle lassen sich ganz und gar nicht vergleichen. Etwas anderes zu behaupten, würde die Größe meiner Zuneigung für ihn schmälern – und würde implizieren, daß Sie dumm genug sind, mir zu glauben.» Er machte eine Pause und fügte dann hinzu: «Wenn Sie zuckersüße Lügen hören wollen, dann brauchen Sie Oliver Safarov.»

Sie errötete. «Das war gemein.»

«Es ist die Wahrheit.» Er hielt ihr die Tür zum Gebäude auf.

«Haben Sie *Stolz und Vorurteil* von Jane Austen gelesen?» fragte sie.

Er schaute sie verwirrt an. «Vor langer Zeit. Warum?»

«Um Elizabeth Bennett zu zitieren: ‹Ehrlichkeit ist eine oft überschätzte Tugend; Schweigen wäre in einigen Fällen angebrachter›.» Sie ging hochmütig an ihm vorbei ins Companies House.

Adam lachte. «Genau das gefällt mir an Ihnen, Joanna. Sie sind geistreich.»

Sie bedachte ihn mit einem vernichtenden Blick. «Es sollte eine Beleidigung sein.»

Sie setzten sich an einen der Computer in den riesigen Großraumbüros und riefen die Namen der Unternehmen auf. Obwohl es viele Firmen mit ähnlichen Namen gab, wurde klar, daß keine von ihnen in Verbindung zu den Offshore-Fonds stand. Sie suchten Bilsham, Lawrence, George und Frederick unter den Namen der Direktoren. Auch hier gab es zwar Direktoren mit diesen Nachnamen, aber niemand hatte etwas mit den Gesellschaften namens Kathpeach, Società Hadini, Redrey Trust oder New Aldren Fund zu tun. Ebensowenig schienen sie irgendeine Verbindung zu Liechtenstein, Grand Cayman, den Bermuda-Inseln oder Monte Carlo zu haben.

«Es war ohnehin unwahrscheinlich», sagte Adam, als sie das Büro verließen und hinaus in die schwüle Luft gingen.

«Und was jetzt?» Joanna versuchte, sich durch den ausbleibenden schnellen Erfolg nicht entmutigen zu lassen.

Er schaute auf die Uhr. «Elf Uhr. Wir trennen uns, dann schaffen wir mehr. Wir treffen uns um sieben Uhr bei Ihnen. Ich gehe in die Handelsabteilungen der Botschaften oder Konsulate, die Monaco, Liechtenstein, die Cayman- und die Bermuda-Inseln vertreten, um zu sehen, ob ich die richtigen Adressen der Fonds bekommen kann, nicht nur die Postfächer. Sie gehen in die Westminster City Library und suchen in den Telefonbüchern von London und den angrenzenden Grafschaften nach jedem Bilsham, George, Frederick und Lawrence. Achten Sie auf schicke Adressen wie Mayfair, Kensington, Hampstead oder Bezeichnungen wie Gut, Alte Pfarrei, Gutshof und Herrenhaus.»

«Soll ich so vornehme Grafschaften wie Gloucestershire und Cheshire mit einbeziehen?»

«Unbedingt. Ich kann mir nicht vorstellen, daß keiner von ihnen einen Wohnsitz in Großbritannien hat.»

«Sie meinen, wenn die in Übersee ein Vermögen verdient haben, könnten sie der Versuchung nicht widerstehen, zu Hause den Herrn zu spielen?»

Er lächelte. «Genau das!»

Sie gingen gerade die Straße zu seinem Motorrad entlang, als ein Taxi an den Bordstein fuhr und ein blonder Mann mit Brille, dessen Gesicht Joanna irgendwie bekannt vorkam, seinen Kopf aus dem Fenster steckte.

«Adam, du Gauner!» rief er. «Was bist du denn für ein Freund? Warum hast du mich am Freitag nicht zurückgerufen? Melissa ist bei ihrer Mutter, und ich wollte einen trinken gehen.»

Lachend ging Adam zum Taxi. «David! Was zum Teufel machst du denn hier?»

«Ich bin auf dem Weg zum Interview mit dem Präsidenten der Bank von England.» David betrachtete Joanna. «Willst du mich nicht vorstellen – oder ist das ein geheimes Treffen? Montagmorgen in der City Road! Adam, hättest du dir nicht etwas Romantischeres einfallen lassen können?»

Joanna kicherte.

«Ich weiß, was du vorhast», sagte David. «Du bist irgendeiner heißen Story auf der Spur.»

«Wenn's so wäre, würde ich es dir erzählen?» spaßte Adam.

«Nein, du Mistkerl, das würdest du nicht. Wie geht's Toby?»

«Ausgezeichnet.»

«Gehst du immer noch nach New York?»

«Ja, es sei denn, man kann Malcolm überzeugen, daß ich in London unabkömmlich bin.»

«Oder man kann ihn überzeugen, daß deine Beliebtheit keine Bedrohung seiner Stellung als Herausgeber ist.»

«Und das ist sie auch nicht!»

«Natürlich nicht – jedenfalls wäre sie es bei einem stärkeren Herausgeber nicht.» David schaute auf seine Uhr. «Ich muß mich beeilen. Kann den Präsidenten nicht warten lassen. Besuch uns bald mal, Adam. Ich fliege morgen nach Kalifornien zu Melissa und den Jungs. Wir sind eine Woche weg. Komm zusammen mit Toby am Sonntag vorbei, wenn wir wieder zurück sind.» Er beäugte Joanna noch einmal. «Auf Wiedersehen, geheimnisvolle Lady. Seien Sie nett zu Hunter. Er ist ein guter Freund.» Er klopfte gegen die Trennscheibe und rief dem Taxifahrer zu, daß er weiterfahren solle.

«Er ist überaus unterhaltsam», sagte Joanna, als das Taxi verschwand. «Ich habe ihn schon einmal gesehen, aber mir fällt nicht ein, wo.»

«Im Fernsehen. Er moderiert jeden Samstagmorgen *Weekly Money.*»

Sie schnippte mit den Fingern. «Natürlich!»

«Ich arbeite immer, also zeichne ich es auf», fuhr Adam fort. «David ist einer meiner engsten Freunde. Wir haben uns als junge Reporter bei einem chaotischen Provinzblatt kennengelernt. Unser Herausgeber war der herzloseste Mensch, den ich je kennengelernt habe. Seine Anweisung für die Börse lautete: ‹Bringt mir einen N-und-I-Schluchzer›. Übersetzt bedeutete das, daß wir auf der Straße herumhängen und Zahlungsunfähigen oder Betrügern auflauern sollten, um ihr Leid aus nächster Nähe und in aller Innigkeit festzuhalten.»

Joanna mußte über diese makabre Geschichte lachen. «Angenommen, sie wollten nicht reden?» fragte sie.

«Dann haben wir sie bestochen.»

«Und wenn sie sich noch immer weigerten?»

«Das taten sie nie.»

Sie waren bei der großen, schwarzen Norton Commando angekommen. «Ich kann Sie mitnehmen», bot er ihr an. «Ich habe noch einen Helm.»

Joanna schüttelte den Kopf. «Nein, danke.»

«Angst?» stichelte er, während er den Motor anließ.

«Mein Bruder starb vor zehn Jahren bei einem Motorradunfall. Damit meine Eltern ihren Seelenfrieden haben, versprachen meine Schwestern und ich, uns nie wieder auf ein Motorrad zu setzen.»

«Es tut mir leid, wenn ich einen wunden Punkt getroffen habe», sagte er mitfühlend.

«Es ist nicht Ihre Schuld. Das ist der Nachteil, wenn man jemanden kaum kennt, nicht wahr? Man sagt Dinge, die weh tun, weil man keine Ahnung von vergangenen Wunden hat.»

«Wenn man jemanden gut kennt, besteht der Nachteil darin, daß man weiß, was man sagen soll, wenn man ihm weh tun will. Man kann immer wieder Öl ins Feuer gießen.» Ein trauriger Ausdruck erschien auf seinem Gesicht und ließ es älter und härter erscheinen. Er schwang das Bein über den Sitz seines Motorrades und donnerte in Richtung City davon.

Joanna ging davon aus, daß er auf Tobys Mutter angespielt hatte.

Sie verbrachte den Rest des Tages damit, die Telefonbücher in der Westminster Library durchzusehen. Allein in London gab es sechs Bilshams, drei Spalten mit Georges, ein Dutzend Fredericks und eine Seite mit Lawrences. In den angrenzenden Grafschaften entdeckte sie weitere zehn Bilshams, dreißig Georges, acht Fredericks und sieben Seiten mit Lawrences. Sie fotokopierte die Einträge, ging nach Hause und war dankbar, daß keine Reporter vor ihrer Wohnung standen.

Sie öffnete die Terrassentür, um frische Luft hereinzulassen, und hörte sich dann die Nachrichten auf dem Anrufbeantworter an. Rebecca und Simon sprachen ein paar aufmunternde Worte. Sie wünschte, sie hätte den beiden von ihrem Streben nach Rehabilitation erzählen können, aber das war unmöglich: Es hätte sie in eine unangenehme Lage gebracht.

Als sie gerade die Blumen goß, rief Max an. «Ich habe mir Sorgen um dich gemacht», sagte er. «Wie geht's dir?»

«Etwas besser, danke.»

«Hast du dich entschieden, ob ich mit First Clarence wegen deines Zeugnisses verhandeln soll?»

«Ich ... äh ... denke darüber nach.»

«Jo, du weichst mir aus. Ich kenne diesen Tonfall. Was hast du vor?»

«Max, bitte frage nicht. Du würdest es nicht gutheißen. Aber ich danke dir für deine Sorge.»

Sie goß weiter die Blumen. Dann machte sie die Wohnung sauber – nicht, weil es schmutzig war, sondern um sich zu beschäftigen. Es war warm und drückend. Als sie fertig war, lief ihr der Schweiß am Körper herunter. Sie duschte und zog ein ärmelloses, dunkelrosa Kleid aus indischer Baumwolle an, das sie immer nur im Urlaub getragen hatte.

Adam kam zu spät, aber sie gewöhnte sich schon daran. Er hatte die Adressen der Offshore-Gesellschaften ausfindig gemacht, wußte aber nicht, ob es sich um richtige Büros oder Briefkastenfirmen handelte. Joanna zeigte ihm ihre Listen mit den Namen und Adressen.

«Haben Sie es bei irgend jemandem versucht?» fragte er.

Sie schüttelte den Kopf.

Er setzte sich an den Tisch. «Fangen wir also an. Darf ich das Telefon benutzen?»

«Natürlich.» Sie war überrascht, daß er daran gedacht hatte zu fragen.

«Wir versuchen es zuerst bei den Bilshams in den Grafschaften.» Er deutete Joanna, den Hörer in der Küche abzunehmen, und wählte den ersten Namen an.

«Könnte ich mit Mr. Bilsham sprechen?» erkundigte er sich höflich.

«Äh ... wer spricht denn da?» fragte eine ältere Frau mit zittriger Stimme.

«Ein alter Freund von ihm.»

«Aber ... mein Mann ist seit zehn Jahren tot.»

«Oh, entschuldigen Sie. Es muß sich um den falschen Bilsham handeln.» Er legte den Hörer auf, strich diesen Bilsham durch, schrieb «verstorben» daneben und versuchte es beim nächsten.

«Mr. Bilsham?»

«Es tut mir leid, er kann nicht zum Telefon kommen. Kann ich Ihnen helfen?» Die Stimme dieser Frau war energisch und geschäftsmäßig.

«Ich habe ihn in Vaduz getroffen und ...»

«Wo?»

«In Liechtenstein.»

«Sie irren sich. Mr. Bilsham ist noch nie außerhalb Englands gewesen.»

«Oh, entschuldigen Sie. Ich muß den falschen Bilsham haben.» Adam strich den zweiten Namen durch und versuchte den dritten – wieder ohne Erfolg.

Er brauchte ein halbe Stunde, um fünfzehn Bilshams anzurufen. Der sechzehnte war in Urlaub, wie ihm der Gärtner erzählte, der den Anruf entgegengenommen hatte.

«Könnten Sie mir sagen, wo er ist?» fragte Adam.

«Irgendwo in Österreich, glaube ich.»

«Österreich!» wiederholte Adam und zeigte Joanna den erhobenen Daumen. «Wann kommt er zurück?»

«Morgen früh.»

«Danke. Ich rufe wieder an.» Adam legte auf und lächelte

sie breit an. «Ich glaube, wir sind auf Gold gestoßen. Liechtenstein grenzt sowohl an Österreich als auch an die Schweiz. Joanna, ich werde in unserer Dienstagsbesprechung festsitzen, also rufen Sie ihn morgen an.» Mit einer schwungvollen Geste umkreiste er den letzten Mr. Bilsham mit einem roten Stift.

Felicity kehrte von der Arbeit zurück. «Laßt euch nicht stören», sagte sie.

«Sie stören uns nicht.» Adam machte für sie am Tisch Platz. «Ich wollte Joanna gerade zum Essen einladen. Warum gehen wir nicht alle drei?»

Die beiden Frauen tauschten Blicke aus und nickten.

Sie gingen in ein nahe gelegenes Bistro und setzten sich an einen Tisch am Fenster. Nachdem sie Felicity über ihre Fortschritte auf den aktuellen Stand gebracht und ihre nächsten Schritte besprochen hatten, legte Adam Wert darauf, daß sie über andere Themen sprachen. Er fragte Felicity nach ihrer Arbeit, und sie diskutierten über ihre Lieblingsschriftsteller.

Nach dem Essen begleitete Adam sie zu Fuß nach Hause und wartete, bis sie ihre Wohnungstür aufgeschlossen hatten. Dann wandte er sich im dunklen Flur an Joanna. «Rufen Sie Bilsham gegen Mittag an. Ich melde mich später bei Ihnen.»

«Drücken Sie die Daumen, daß er der Richtige ist.»

«Wenn nicht, versuchen wir es weiter.»

«Ich will Ergebnisse – und zwar jetzt!»

«Geduld, Miss Templeton!» Er lächelte und wünschte eine gute Nacht.

Joanna machte die Tür hinter ihm zu. Sie war auf merkwürdige Weise enttäuscht.

«Ich mag Adam», rief Felicity vom Badezimmer aus, wo sie gerade ihr Make-up entfernte. «Er ist ganz anders, als ich es erwartet hatte. Es ist sehr anständig von ihm, seine freie Zeit damit zu verbringen, den Ruf von Richard wiederherzustellen.»

«Er muß es tun», sagte Joanna.

Felicity steckte ihren Kopf aus dem Bad. «Warum?»

Joanna erinnerte sich an die Art, wie sanftmütig Adams Gesicht wurde, wenn er von den Menschen sprach, die ihm etwas bedeuteten. «Er hat es Richards Witwe versprochen.»

Am nächsten Morgen rief Joanna bei Mr. Bilsham an und setzte dabei ihren geschäftsmäßigen Tonfall ein. Eine Frau war am Apparat. «Weswegen rufen Sie an?» erkundigte sie sich.

«Ich bin Mr. Hunters Sekretärin. Mr. Hunter hat Mr. Bilsham vor kurzem in Liechtenstein kennengelernt, und er würde gern ein gemeinsames Mittagessen organisieren.»

«Wer? Was? Aber mein Mann war noch nie in ... Liech ... wo auch immer.»

«Aber er war doch gerade in Österreich?»

«Wir haben eine Bustour mit unserer örtlichen Gesellschaft für Kunstgeschichte gemacht.»

Trotz ihrer Enttäuschung wäre Joanna angesichts der überaus ehrenhaften Erklärung fast in Gelächter ausgebrochen. «Entschuldigen Sie», stotterte sie. «Da muß ein Irrtum vorliegen.»

Als Adam anrief, tat er ihren Rückschlag ab und sagte, sie müßten mit falschen Spuren rechnen.

«Ich muß nach Brüssel», sagte er. «Es ist verflixt unpassend, aber Malcolm will, daß ich über irgendeine blöde Konferenz berichte.»

«Haben Sie ihm nichts von unseren Ermittlungen erzählt?»

«Doch, natürlich.»

«Ist er nicht daran interessiert?»

«Er lechzt danach. Eine große Enthüllungsstory zu veröffentlichen, ist der Traum eines jeden Zeitungsmenschen. Der Alptraum ist es, angeschmiert zu werden.»

«Wie bei den Hitler-Tagebüchern?»

Er kicherte. «Ganz genau!»

«Wenn Malcolm so versessen darauf ist, warum müssen Sie dann Ihre Zeit in Brüssel verschwenden?»

«Was weiß ich! Aber so ist es nun einmal. Malcolm besteht darauf, daß ich weiter an anderen Storys arbeite.»

Nun war Joanna an der Reihe, eine positive Einstellung zu zeigen. «Brüssel ist nur etwa 600 Kilometer von Liechtenstein entfernt. Sie könnten dorthin fahren und die Adresse von Kathpeach überprüfen. Vielleicht finden Sie sogar Mr. Bilsham. Wenn er in Liechtenstein lebt, muß ihn jemand kennen. Es ist winzig.»

Adam fing sich rasch wieder. «Gute Idee! Ich faxe den Brüssel-Artikel am Freitag, fliege dann nach Innsbruck und miete ein Auto. Ich hatte mal einen Kontaktmann in der Hauptstadt Vaduz – einen pensionierten Telefontechniker. Er kennt Bilsham bestimmt.» Adam machte eine Pause. «Warum treffen wir uns nicht dort? Es wäre doch witzig – und wir könnten mehr erledigen.»

«Ich wünschte, ich könnte kommen.» Sie meinte es ehrlich. «Aber am Samstag ist der sechzigste Geburtstag meiner Mutter. Mein Vater veranstaltet eine Party für sie. Ich kann das unmöglich verpassen.»

«Wenn Ihr Bruder vor zehn Jahren starb, muß dies eine schmerzhafte Zeit für sie sein», sagte er mitfühlend.

«Das ist es.» Joanna war erstaunt, daß er sich daran erinnerte.

Das letzte, wonach Joanna jetzt der Sinn stand, war ein Familienfest mit ihren Verwandten und den Freunden ihrer Mutter, die allesamt wußten, daß sie einen solchen Schlamassel aus ihrem Leben gemacht hatte.

Es war der erste Samstag einer vorausgesagten Hitzewelle; der aus London herausfahrende Verkehr war dicht und stieß beißende Abgase in die regungslose Luft aus. Die Sonne knallte auf Joannas Autodach nieder, während sie die M4 entlangkroch. Nördlich von Bridgewater wurde sie durch einen Unfall eine Stunde lang aufgehalten. Sie dachte an Virginia und Lindsay, die ungeduldig warteten, und an ihre Eltern, die bei der geringsten Verspätung beunruhigt waren, aber sie konnte nichts tun. Sie machte das Radio an, legte den Arm aus dem offenen Fenster und versuchte, sich zu entspannen.

Virginia und Lindsay standen unruhig vor Virginias hübschem Landhaus, das von einer Glyzine bedeckt war. Sie sahen immer wieder auf die Uhr und schauten sorgenvoll den Weg entlang. Virginia, eine eindrucksvolle grauhaarige Frau, trug ein lilafarbenes Seidenkleid, das sie vor fünfzehn Jahren gekauft hatte, als sie noch zwei Kleidergrößen weniger benötigte. Lindsay war in ein versonnenes Hellblau gekleidet. Ihr schulterlanges, kastanienbraunes Haar – sie hatte den gleichen Farbton wie Joanna – war in einem losen Zopf zurückgebunden. Ihr Gesicht – dem von Joanna nicht unähnlich, nur ohne das entschlossene Kinn – war frei von Make-up.

«Tut mir leid, daß ich zu spät bin», rief Joanna ihnen zu. «Der Verkehr war grauenhaft.»

«Da du arbeitslos bist, verstehe ich nicht, warum du nicht schon gestern abend aus London hättest abfahren können», sagte Virginia, als sie ihren massigen Körper vorsichtig auf dem Vordersitz niederließ. «Dein armer Vater wird das mit dem Buffet alles allein geregelt haben müssen.»

Joanna war entschlossen, sich nicht aufzuregen, und antwortete nicht.

Lindsay saß auf dem Rücksitz und schwieg ebenfalls.

«Ich muß schon sagen, Joanna», fuhr Virginia fort, «von allen Töchtern von Margaret bist du die letzte, von der ich erwartet hätte, daß sie auf der Strecke bleibt. Du bist doch angeblich der kluge Kopf.»

Bevor Joanna explodieren konnte, mischte sich Lindsay ein. «Virginia, wir haben abgemacht, daß wir nicht darüber sprechen. Mummy will das nicht», fügte sie hinzu, um ihren Worten mehr Bedeutung zu verleihen.

Joanna war überrascht und dankbar für Lindsays Einmischung. Sie begegnete ihrem Blick im Rückspiegel und lächelte.

Sie beendeten die Fahrt in eisigem Schweigen. Als sie das Haus erreichten, stieg Virginia ohne ein Wort des Dankes aus dem Auto und marschierte über den Rasen zum Obstgarten, wo das Buffet im Schatten der alten Apfelbäume auf Tapeziertischen aufgebaut war.

Joanna wandte sich Lindsay zu. «Danke, daß du mir beigestanden hast. Ich hätte der alten Hexe den Hals umdrehen können.» Lindsay fummelte an ihrem Haar herum. «Es tut mir leid, daß ich mich nicht gemeldet habe. Ich hatte immer wieder vor, dich anzurufen, aber ich wußte nicht, was ich sagen sollte. Es muß schrecklich für dich gewesen sein, so in der Öffentlichkeit hintergangen zu werden. Ich weiß nicht, wie ich damit fertig werden würde, wenn mir das passierte, wirklich nicht.»

Joanna schnitt eine Grimasse. «Verdammte Männer!» stieß sie durch zusammengebissene Zähne hervor.

Lindsay lachte. «So ist es richtig, Jo! Zeig ihnen, aus welchem Holz du geschnitzt bist. Wenn jemand sich wehren kann, dann bist du es.»

Sie gingen langsam den Weg zum Garten entlang und genossen ihre neue Vertrautheit.

Kapitel 21

Joanna war erleichtert, als die Party zu Ende war. Obwohl alle Gäste es vermieden hatten, auf ihre Schmach zu sprechen zu kommen, hatte sie das Mitgefühl für ihre Eltern deutlich gespürt – ebenso wie eine gewisse Selbstgefälligkeit bei denen, deren Töchter nie aus Taunton herausgekommen waren.

Das verbleibende Wochenende verbrachte sie damit, mit Lindsay und Alice lange Spaziergänge über die Quantocks zu machen, frische Luft einzuatmen und den Geruch von Farn und Heidekraut zu genießen. Von Zeit zu Zeit hielten sie an, um Heidelbeeren zu pflücken oder die wilden Ponys zu beobachten, die in den bewaldeten Tälern grasten.

Sie hatte ursprünglich geplant, am Sonntagabend nach London zurückzufahren, aber der Gedanke an ihre Wohnung und die möglicherweise vor ihrer Tür stehenden Reporter hielt sie zurück, also blieb sie bei ihren Eltern. Am Morgen fuhr sie später als beabsichtigt ab, sie trödelte beim Frühstück und fürchtete sich vor dem Augenblick, in dem sie sich der Außenwelt wieder stellen mußte.

Es war Mittag, als sie in ihre Straße einbog und dankbar feststellte, daß sie menschenleer war. Sie stellte ihr Auto ab und eilte hinein. Im Haus war es bedrückend leise. Alle waren bei der Arbeit. Auf dem Tisch im Flur lagen zwei Briefe für sie, beides Rechnungen. In der Wohnung lagen die Zeitungen vom Vortag ordentlich gestapelt aufeinander und die Überreste eines Schokoriegels von Felicity.

Zwei Nachrichten waren auf dem Anrufbeantworter. Joanna starrte auf das blinkende Licht und versuchte zu ergründen, wie sie reagieren würde, wenn sich herausstellte, daß Oliver einer der Anrufer war. Würde sie ihn zurückrufen und ihn verbal in Stücke reißen – oder verfügte sie über die nötige Selbstkontrolle, um auf ihren Triumph im *Sunday Chronicle* zu warten?

Sie drückte auf die Taste.

Die erste Nachricht war von Adam. Er hatte am Samstag aufs Band gesprochen. Das eingetragene Büro von Kathpeach hatte er gefunden, aber es war bis Montag geschlossen. Er blieb übers Wochenende in Vaduz und hoffte, seinen Kontaktmann, den Telefontechniker, zu treffen.

Eine Reihe von klickenden Geräuschen war zu hören, dann die zweite Nachricht.

«Ich bin zu Hause. Wo sind Sie? Sie haben mir gesagt, Sie wären am Sonntagabend wieder in London. Wir müssen uns unterhalten.»

Es war noch einmal Adam. Sie atmete erleichtert durch. Seine Stimme munterte sie auf. Während sie seine Nummer wählte, malte sie sich ihre Story auf der Titelseite des *Sunday Chronicle* aus. Sie rehabilitiert. Jeremy im Gefängnis. Oliver beschämt und erniedrigt. Ja, sie brauchte diesen letzten Sieg einfach.

«Wo zum Teufel sind Sie gewesen?» wollte er wissen.

«Bei meinen Eltern», erwiderte sie trotzig.

«Ich hab den ganzen verdammten Morgen herumgehangen.»

«Dann beeilen Sie sich und erzählen mir, was in Vaduz passiert ist.»

Er seufzte ungeduldig. «Es war reine Zeitverschwendung! Das war das Büro eines Anwaltes, und die haben sich geweigert, mir Einzelheiten mitzuteilen – außer, daß es sich um die eingetragene Adresse von Kathpeach handelt. Verflixte Anwälte! Ich war stinksauer.»

«Und sind es immer noch», sagte sie. «Haben Sie Ihren Kontaktmann getroffen?»

«Er war im Urlaub.» Er machte eine Pause. «Wie war die Party für Ihre Mutter? Haben Ihre Verwandten Sie auf dem Scheiterhaufen verbrannt – oder stillschweigend Mitleid mit Ihren Eltern gezeigt?»

Sie lachte, und ihre gereizte Stimmung legte sich. «Letzteres. Aber das Gute war, daß ich mit meiner Schwester Lindsay geredet habe. Ich meine, wir haben wirklich miteinander geredet. Das haben wir noch nie gemacht, und wir haben gemerkt, daß wir keine … gegenseitige Abneigung hegen. Wir sind unterschiedlich, das ist alles. Lindsay zu entdecken, war das Beste vom ganzen Wochenende.»

«Das freut mich.» Er war plötzlich ganz freundlich. «Warum kommen Sie jetzt nicht vorbei? Ich mache gerade Mittag – beziehungsweise das Delikatessengeschäft hat die Soße gemacht. Spaghetti *alle vongole*.»

«Setzen Sie Wasser auf. Ich komme in fünfzehn Minuten.»

Als Joanna das Haus von Adam erreichte, kam er nicht herunter, um ihr die Tür zu öffnen, sondern ließ sie über die Sprechanlage herein. «Ich bin in der Küche und brauche Hilfe!» rief er hinunter.

Sie eilte nach oben, wo er gerade versuchte, die Spaghetti in ein Sieb abzugießen, das zu klein war. Ein Großteil der Pasta war schon in den Abfluß gerutscht. Belustigt über seine mißliche Lage übernahm Joanna alles Weitere.

«Sie haben mir noch immer nicht erzählt, warum Sie gestern abend nicht zurückgekommen sind», sagte Adam, der ihr dankbar das Sieb überließ.

Sie sah ihn nicht an. «Ich hatte nicht die Kraft … mich dem Ganzen zu stellen.»

«Dieses Montagmorgengefühl?»

Sie nickte. «Aber jetzt, da ich hier bin, geht es mir besser.»

«Das freut mich.»

Er öffnete eine Flasche Weißwein und schenkte jedem von ihnen ein Glas ein. Dann setzten sie sich und aßen.

«Ich hatte dieses flaue Gefühl immer am Ende der Schulferien», sagte er zwischen zwei Bissen. «Als ich elf Jahre alt war, hatte mein Vater seinen ersten Herzinfarkt. Mutter war damit beschäftigt, sich um ihn zu kümmern – und ich verwahrloste.» Er brach ein Baguette durch und reichte Joanna die Hälfte. «Ich schwänzte die Schule und fing mit Ladendiebstahl an. Ich war ein zorniger kleiner Junge, der verzweifelt um Aufmerksamkeit kämpfte. Schließlich wurde ich von der Polizei geschnappt, was meiner armen Mutter noch mehr Sorgen bereitete.»

«Was passierte dann?» fragte sie und schob ihren leeren Teller beiseite.

«Ein wohlwollender Sozialarbeiter fand einen betreuten Platz in einem Internat für mich, das dazu diente, zügellosen Jungen Disziplin beizubringen. Ich entging Borstal, der Erziehungsanstalt für jugendliche Straftäter, nur knapp. Ich vergesse nie die Angst, die ich davor hatte, noch einmal dorthin zurück zu müssen»

«Wie lange waren Sie dort?»

«Ein Jahr.» Er zündete eine Zigarette an. «Ich flog aus dem Internat, weil ich Zigaretten verkauft hatte. Sie warfen mich so schnell raus, daß ich nicht einmal mehr die Zeit hatte, meinen Vorrat einzupacken: zehn Schachteln Gitanes, die unter der Markise versteckt waren. Ich nehme an, sie sind noch immer da.»

Sie lächelte über seine Geschichte. «Sie sollten mit dem Rauchen aufhören.»

Er blies einen Ring zur offenen Terrassentür. «Ja, Boß.»

Joanna lehnte sich zu ihm hinüber, stützte die Ellbogen auf den Tisch und hatte ein flirtendes Glänzen in den Augen. «Sie brauchen eine feste Hand.»

Er betrachtete ihre Gesichtszüge, ihre großen grauen Augen, ihre vollen Lippen. «Nein, Sie brauchen das.»

Sie hielten dem herausfordernden, provozierenden Blick

des anderen stand, genossen das Spiel und waren beide entschlossen, nicht nachzugeben. Dann dachte Joanna an Oliver, der immer gewinnen mußte.

«Wir machen uns lieber an die Arbeit», sagte sie in einem geschäftsmäßigen Ton.

«Sie haben recht.» Er ahmte ihren Tonfall nach. «Wir verschwenden meinen wertvollen freien Montag.»

Sie riefen bei all den verbleibenden Personen an, deren Adressen betucht klangen, aber keiner von ihnen wies irgendeine Verbindung zu den Gesellschaften in Liechtenstein, Grand Cayman, auf den Bermuda-Inseln oder in Monte Carlo auf.

«Das wird ewig dauern», meinte Joanna stöhnend.

«Aber wir schaffen es.» Adam lächelte ihr aufmunternd zu. «Solche Nachforschungen können Monate dauern.»

Sie war noch entsetzter. «Ich kann doch nicht so lange Däumchen drehen!»

«Joanna, wir können unsere Story nicht schreiben, solange wir keinen Beweis dafür haben, daß gegen das Gesetz verstoßen wurde. Malcolm würde es nicht abdrucken – und damit hätte er ausnahmsweise recht. Wir müssen nachweisen, daß mindestens einer von diesen Investmentfonds nicht nur Aktien vor der Bekanntgabe der Übernahme gekauft hat, sondern daß er es auf der Grundlage von Insider-Informationen getan hat. Darin besteht das Verbrechen.»

Sie seufzte. «Wenn ich doch nur Zugang zu dieser Liste mit den Transaktionen der Offshore-Kunden in Jeremys Computer hätte. Dann könnten wir sie mit den öffentlichen Bekanntgaben vergleichen.»

«Wenn!» wiederholte Adam und lehnte sich zurück.

Sie stand auf. «Ich muß los. Ich habe … einiges zu erledigen.»

«Was genau?»

«Ach … persönlichen Kram.»

«Hat das nicht Zeit?» fragte er ungeduldig. «Heute ist mein einziger freier Tag. Wir schaffen es nie, wenn Sie so leicht aufgeben. Wir müssen jeder Spur nachgehen. Gehen Sie zur Zeitungsbibliothek in Colindale. Überprüfen Sie die Ausgaben der *Financial Times* der letzten drei Jahre, und erstellen Sie eine chronologische Liste der Bekanntgaben von Angeboten und Übernahmen. Der Ring hat mit Sicherheit Anteile einiger der betroffenen Gesellschaften gekauft. Irgendwo, irgendwie gibt es einen Hinweis – und wir müssen ihn finden.»

Joanna nahm ihre Tasche. «Ich rufe Sie morgen vormittag an.»

Adam machte keine Anstalten, seinen Ärger zu verbergen. «Ich dachte, Sie hätten mehr Mumm. Ich hätte nie vorgeschlagen, daß wir zusammenarbeiten, wenn ich gewußt hätte, daß Sie so wenig Rückgrat haben. So haben Sie nicht die geringste Chance, sich zu rehabilitieren, selbst mit meiner Unterstützung – und das verdienen Sie, verdammt noch mal, auch nicht.»

«Richards Ruf können Sie ohne meine Hilfe auch nicht wiederherstellen», entgegnete sie, verletzt durch seine Anschuldigungen. «Innerhalb von zwei Jahren haben Sie nichts erreicht.»

«Ihre Hilfe! Sie sind so nutzlos wie Malcolm.»

Sie hob ihr Kinn. «Vielleicht werden Sie das noch zurücknehmen müssen.»

Er machte einen Schritt auf sie zu. «Das bezweifle ich sehr stark!»

«Wir werden ja sehen.» Joanna marschierte vom Dachboden.

Als sie ging, merkte sie, daß die Perlenstecker nicht mehr auf dem Regal lagen. Ihre Besitzerin war zurückgekehrt.

Sie ging zu Fuß nach Notting Hill. Sie machte Adam keine Vorwürfe, weil er enttäuscht war. Sie wünschte nur, sie hätte ihm erzählen können, was sie vorhatte, aber er hätte vielleicht versucht, sie davon abzubringen – und das konnte sie nicht riskieren.

Sie hielt an einer Telefonzelle, um eine Nummer und eine Adresse zu überprüfen. Dann nahm sie die U-Bahn bis St. Paul's. Nachdem sie auf ihrem Stadtplan nachgeschaut hatte, ging sie unter dem Holborn Viaduct durch und machte mehrere Male kehrt, bevor sie die Sackgasse fand. Auf halber Höhe entdeckte sie an einer hellblauen Tür das Schild: «BetterClean Büroreinigungsdienst».

Sie öffnete die Tür und betrat ein großes, heruntergekommenes Büro mit einem Schreibtisch in einer Ecke und mehreren Stühlen entlang einer Wand. Es war niemand da. Joanna zögerte.

Eine Innentür ging auf, und eine mollige, vollbusige blonde Frau mittleren Alters erschien. «Guten Tag», sagte sie, als sie hinter dem Schreibtisch ihren Platz einnahm und eine Brille mit türkisfarbenem Gestell aufsetzte, die ihr an einer Kette um den Hals hing. «Setzen Sie sich doch. Ich bin Mrs. Hollingsworth, die Managerin von BetterClean. Was kann ich für Sie tun?»

«Ich suche Arbeit», sagte Joanna und nahm sich einen der Stühle.

Mrs. Hollingsworth zeigte sich überrascht. «Als Putzfrau?»

«Ja, in Büros.»

«Sind Sie sicher, Kleines? Meine Mädchen arbeiten außerhalb der normalen Arbeitszeiten.» Mrs. Hollingsworth beäugte Joannas abgetragene, aber sichtlich teure schwarze Leinenjacke. «Sie fangen um ein Uhr morgens an und sind um fünf Uhr fertig. Keine Zeit für Partys und Männer. Waren Sie schon mal als Putzfrau tätig?»

«Als ich auf der Universität war. Ich habe in einem Pub gearbeitet, und wir mußten die Büros nebenan saubermachen.»

«Universität!» Mrs. Hollingsworth schaute noch zweifelnder drein. «Warum wollen Sie als Putzfrau arbeiten, wenn ich fragen darf, und ich fühle mich dazu verpflichtet. Unsere Kunden erwarten von mir, daß ich alles über meine Mädchen weiß. Immerhin würden Sie sich in ihren Büros aufhalten, während die Angestellten zu Hause schlafen, und da liegen viele vertrauliche Informationen herum.»

«Ich wurde entlassen und ... brauche Geld.» Joanna log nicht gerne, aber sie hatte keine Wahl.

«Wie sieht's mit Zeugnissen aus?»

«Wären Leumundszeugnisse in Ordnung? Ein Anwalt und eine Verlagslektorin?»

«Ich würde den Namen Ihres letzten Arbeitgebers vorziehen.»

Joanna stellte sich vor, wie Vanessa, die den Vorschriften so ergebene Personalleiterin von First Clarence, einen Anruf von BetterClean entgegennahm. «Den würde ich Ihnen lieber nicht nennen, wenn es Ihnen nichts ausmacht», teilte sie Mrs. Hollingsworth mit und fügte erklärend hinzu: «Ich ... äh ... möchte nicht, daß sie erfahren, daß ich mich als Putzfrau durchschlagen muß.»

Sie war dankbar, daß Mrs. Hollingsworth keinen Anstoß nahm. «Nun gut. Ich werde Leumundszeugnisse akzeptieren, sofern sie Ihre Ehrlichkeit bestätigen.»

«Oh, das werden sie.»

Joanna fing an, das Bewerbungsformular auszufüllen, aber als sie zu der Rubrik *Name* kam, zögerte sie. Sie hatte Angst, ihren richtigen Namen einzutragen, falls First Clarence eine Liste mit den Reinigungskräften erhielt, die das Gebäude betraten, und das konnte sie nicht überprüfen. Andererseits konnte sie Felicity und Max – insbesondere Max, einen Anwalt – nicht bitten, Meineid zu leisten, indem sie ein Zeugnis für jemanden abgaben, von dem sie wußten, daß er einen falschen Namen benutzte. Sie schaute auf. Mrs. Hollingsworth beobachtete sie. Sie schrieb Jo Temple und gab eine Adresse in Maida Vale an, wo sie und Felicity eine trostlose Wohnung geteilt hatten, nachdem sie nach London gezogen waren. Das war sicher, denn das Gebäude hatte in der Zwischenzeit den Besitzer gewechselt.

«Ich kontaktiere eine Referenz nie im Beisein des Bewerbers», sagte Mrs. Hollingsworth. «Und telefonische Zeugnisse akzeptiere ich normalerweise auch nicht, aber ... nun ... Sie scheinen ein nettes Mädchen zu sein, und wir haben viel zuwenig Personal. Es ist immer das gleiche im Sommer.»

«Wann könnte ich anfangen?»

«Heute abend, wenn alles in Ordnung ist.»

Joanna erhob sich. «Danke. Ich melde mich später bei Ihnen. Wo ... werde ich eingesetzt?»

«In einer der Banken in der City.»

Joanna hätte nur zu gern gefragt, in welcher Bank, aber das konnte sie nicht, ohne Argwohn zu wecken. Warum sollte das eine Putzfrau auch interessieren?

Sie eilte aus dem Büro, die Straße hinunter in die nächste Telefonzelle. Da sie annahm, daß Mrs. Hollingsworth zuerst bei Max anrufen würde, weil er Anwalt war, wählte sie seine Nummer. Seine Empfangsdame stellte ihn durch.

«Max, hier ist Joanna. Bitte stell mir keine Fragen, aber eine Mrs. Hollingsworth von BetterClean, dem Büroreinigungsdienst, wird dich anrufen und um ein Zeugnis für eine gewisse Jo Temple bitten. Das bin ich.»

«Wie bitte?» stieß er hervor.

«Ich habe mich für einen Job als Reinigungskraft für Büros beworben, aber ich ... äh ... wollte nicht meinen vollen Namen benutzen.» Sie nahm es mit der Wahrheit nicht allzu genau, weil sie Max nicht bitten konnte, für sie zu lügen.

«Jo, hör zu, das mußt du nicht.» Max war entsetzt. «Wenn du so nicht über die Runden kommst, dann kann ich dir

Geld leihen. Ich werfe noch heute abend einen Scheck in die Post.»

«Max, du bist ein Pfundskerl, aber das brauche ich nicht. Ich ... brauche einfach den Job. Bitte!»

«In Ordnung.» Er zögerte. «Ich nehme an, es hat keinen Sinn, dich zu fragen, was du vorhast?»

«Lieber nicht. Danke.»

Als nächstes rief sie Felicity an, die ebenso bestürzt war und ihr auch Geld anbot.

«Ich will einfach nur den Job», erklärte Joanna.

«Aber warum? Was hast du vor?»

Mangelndes Kleingeld bewahrte sie vor einer Antwort. Die Leitung war unterbrochen.

Auf ihrem Heimweg ging Joanna in eine Drogerie. «Ich möchte mein Haar vorübergehend blond färben», sagte sie zu der Verkäuferin, als sie die Regale mit den unterschiedlichsten Haarfärbemitteln sah.

Das Mädchen schaute auf Joannas kastanienfarbenes Haar. «Eine Intensivtönung macht da keinen großen Unterschied. Die Haare wären nur etwas heller. Um blonde Haare zu bekommen, müßten Sie sie bleichen – auf Dauer.»

«Oh, nein!» Joanna stellte sich vor, wie ihr platinblondes Haar am Ansatz braun nachwuchs.

«Sie könnten es hiermit versuchen.» Die Verkäuferin gab ihr eine Dose Spray. «Blonde Strähnen. Die müßten Sie sich jeden Tag reinmachen.»

Joanna kaufte die Tönung und die Dose.

Von zu Hause aus rief sie Mrs. Hollingsworth an, die ihr sagte, daß sie in dieser Nacht anfangen könne zu arbeiten.

Als Felicity an diesem Abend nach Hause kam, beugte Joanna ihren Kopf gerade über das Waschbecken und kämmte die Blondtönung ins Haar.

«Was machst du da?» fragte sie und las den Namen auf der Packung. «Hellgoldblond! Jo, was geht hier vor?»

«Ich ändere mein Image.»

«Aber warum?»

Joanna richtete sich auf. «Bitte frag mich nicht.»

«Ich weiß, daß dies irgendwas mit dieser Frau von BetterClean zu tun hat», beharrte Felicity.

«Bitte!»

«In Ordnung. Ich werde meine Neugier bändigen.» Felicity öffnete ihre Handtasche und holte ihr Scheckbuch heraus. «Laß mich die nächsten drei Monatsmieten im voraus bezahlen, damit du dich über Wasser halten kannst.»

«Danke, aber ich komme über die Runden, und ich weiß, daß du dich auf dieses Kleid von MaxMara versteift hast, um Toms Eltern zu beeindrucken.» Joanna schob Felicitys Scheckbuch sanft beiseite. «Nur bitte erzähle Adam nichts von BetterClean.»

«Warum nicht?»

«Er würde versuchen, mich aufzuhalten.»

«Jo, du hast etwas vor … etwas Riskantes. Ich weiß es.»

«Solange es ein Geheimnis bleibt, bin ich vollkommen in Sicherheit», erwiderte Joanna und gab sich mutiger als sie sich fühlte.

Kurz nach Mitternacht zog Joanna eine alte Jeans und ein Sweatshirt an, kämmte ihre Haare zu zwei kurzen, blonden Büscheln zurück und schlich aus der Wohnung. Sie wäre bis Smithfield gefahren und hätte ihr Auto ein paar Straßen von BetterClean entfernt abgestellt, aber sie hatte Angst, daß die Polizei ihr vermeintlich verlassenes Auto in der Nacht finden und es abschleppen lassen würde, weil sie den Verdacht hegten, daß eine Bombe darin lag.

Als sie bei BetterClean ankam, hielten sich im Büro dreißig oder vierzig erschöpft aussehende Frauen auf, von denen die meisten Ausländerinnen waren. Sie saßen zusammengesackt auf den Stühlen oder lehnten sich gegen die Wand, redeten und rauchten. Viele unterhielten sich auf Spanisch. Joanna schaute sich vorsichtig die Gesichter an und betete, daß die junge Frau, der sie die zwanzig Pfund gegeben hatte, nicht dabei war. Dann sagte sie sich, daß niemand die neue Putzfrau mit einer Angestellten der First Clarence Bank in Verbindung bringen würde.

«Hier ist ihre Dienstkleidung, Jo.» Mrs. Hollingsworth gab Joanna einen hellblauen Overall. «Sie bekommen jeden Montag einen sauberen. Ich behalte zehn Pfund als Pfand von Ihrem Lohn ein, falls Sie verschwinden, ohne ihn zurückzubringen. Ich muß das tun, sonst wäre ich bald pleite.» Sie winkte eine muntere, schwarze Frau herbei, die angeregt mit einer Gruppe von Frauen plauderte. «Sheila, das ist Jo, deine Neue.»

Sheila lächelte herzlich und zeigte einige Goldzähne. «Hallo, Jo, ich bin deine Teamleiterin.» Sie spähte aus dem Fenster. «Ah, der Broadgate-Bus ist da. Mir nach.»

Der hellblaue Minibus war rückwärts die Straße hinuntergefahren, bis er auf Höhe des Büros ankam. Die Frauen stiegen ein. Joanna folgte ihnen. Die anderen Frauen bestiegen Busse zur Bank of England oder nach Leadenhall Market. Zumindest fuhr sie in die richtige Richtung.

Der Bus fuhr durch die dunklen, leeren Straßen. Da sie nicht vom Verkehr aufgehalten wurden, kamen sie zügig voran. Während sie sich Broadgate Circle näherten, wurde Joanna immer nervöser. Sie drückte die Daumen und betete, daß sie zu First Clarence käme.

In der Liverpool Street hielt der Bus an, und nacheinander stiegen sie aus.

«Auf geht's, Leute!» rief Sheila und boxte in die Luft, während sie auf den Broadgate Circle zuging.

Joanna drückte alle zur Verfügung stehenden Daumen, als sie sich dem Bürogebäude von First Clarence näherten. Als die Drehtür in Sichtweite war, drehte sich ihr der Magen um.

Gleichzeitig war sie ungeheuer aufgeregt. Sie wehrte sich. Sie konnte es kaum erwarten, Adam davon zu erzählen.

Aber Sheila hielt nicht bei First Clarence. Zu Joannas riesiger Enttäuschung marschierte sie weiter zu dem schwarzen Graniteingang der St. Leonard's Commercial Banking Group, zeigte dem Nachtportier ihren Ausweis und führte ihre Leute hinein. Joanna konnte ihre Wut nur insgeheim ausleben – und auf mehr Glück in der nächsten Nacht hoffen.

Sie wurde der Buchhaltung zugeteilt und verbrachte vier frustrierende Stunden damit, Papierkörbe auszuleeren, Schreibtische abzuwischen und zu staubsaugen. Als die Nacht zu Ende ging, war sie erschöpft. Bei hereinbrechender Dämmerung verließ sie mit den anderen Reinigungskräften die St. Leonard's Commercial und ging durch den Broadgate Circle zum Minibus zurück.

Als sie an der eckigen Eisenskulptur vor der Liverpool Street Station vorbeikamen, sah Joanna, wie Jeremy gerade aus einem Taxi ausstieg. Er war keine zwanzig Meter entfernt. Erschrocken wandte sie ihr Gesicht zur Seite und zog ihr Haar wie einen Schleier vor das Gesicht. Er ging auf sie zu. Sie wollte ihn nicht anschauen, konnte aber nicht anders – sein fleischiges Gesicht, seine hellen bernsteinfarbenen Augen, seine roten, krausen Haare. Ein Schauer überkam sie bei dem Gedanken an den Moment, als er sie am Arm festgehalten hatte, an seinen drohenden Tonfall, an die Art, wie er sie zu sich herangezogen hatte.

Jeremys Blick fiel auf Joanna – das Blut wich ihr aus dem Gesicht. Sie biß vor Angst die Zähne aufeinander. Sie konnte kaum atmen. Aber er ging – ohne Notiz von ihr zu nehmen – weiter und ließ sie flau vor Erleichterung zurück. Dann wurde ihr klar, wie albern es gewesen war, Angst zu haben. Jeremy würde nie eine Putzfrau bemerken.

Der Minibus ließ Joanna am U-Bahnhof St. Paul's aussteigen, und sie fuhr von dort nach Hause. Sie war so müde, daß sie in ihrer Straße nicht einmal nach Journalisten Ausschau hielt. Zum Glück waren keine dort. Bedacht, Felicity nicht zu wecken, wusch sie sich den Schmutz der Nacht ab, fiel dann ins Bett und war im selben Moment eingeschlafen.

Sie wurde vom Telefon geweckt. Noch halb schlafend griff sie nach dem Hörer. «Ja?» murmelte sie.

«Sie wollten mich doch heute vormittag anrufen», sagte Adam.

«‹Tschuldigung. Hab ich ... ähm ... vergessen.»

«Sind Sie noch im Bett?»

«Äh ... ja, bin ich.»

Er seufzte verärgert. «Joanna, um Himmels willen! Wir erreichen überhaupt nichts, wenn Sie den ganzen Tag im Bett rumhängen.» Er machte eine Pause, bevor er in einem verständnisvolleren Ton fortfuhr. «Hören Sie, ich weiß, Sie hatten eine schwere Zeit, aber Sie dürfen nicht so schnell aufgeben. Kommen Sie heute abend zu mir. Wir sprechen alles durch und planen, wie wir weiter vorgehen.»

«Das würde ich gern ...» Joanna dachte an ihre gefärbten Haare. «Aber ich kann nicht. Ich glaube, ich bekomme eine Erkältung.»

Schweigen. Sie stellte sich vor, wie er zähneknirschend eine vernichtende Antwort zurückhielt.

«Nun gut. Ich hoffe, Sie fühlen sich morgen wieder besser.» Es war offensichtlich, daß er sie für wehleidig hielt.

«Danke.» Sie konnte es nicht erwarten, sein Gesicht zu sehen, wenn er die Wahrheit erfuhr.

Die nächsten drei Nächte reinigte Joanna die Buchhaltung der St. Leonard's Commercial und unterdrückte ihre Enttäuschung darüber, daß sie so nah an First Clarence herangekommen war – aber nicht nah genug.

Adam rief jeden Morgen an und wurde immer verärgerter, daß Joanna noch im Bett lag.

Beim dritten Mal verlor er die Beherrschung. «Sie verdienen es verdammt noch mal nicht, rehabilitiert zu werden», brüllte er sie an und knallte den Hörer auf.

Simon und Katie luden Joanna zum Essen ein. Sie wollte die beiden nur zu gerne sehen, aber das konnte sie nicht – nicht, ohne Neugier angesichts ihrer gefärbten Haare zu wecken. Rebecca lud sie ins Theater ein. Wieder einmal mußte Joanna eine andere Verabredung erfinden.

Als Joanna am Donnerstagabend bei BetterClean ankam, winkte sie Mrs. Hollingsworth herbei. «Ich nehme Sie heute aus Sheilas Team. Big Pam hat zuwenig Leute in ihrer First-Clarence-Gruppe. Michelle ist nicht da. Tut mir leid, Kleines, ich weiß, wie ungern ihr wechselt.»

«Ach, das geht in Ordnung.» Joanna versuchte, einen unbekümmerten Eindruck zu machen, als sie mit Big Pam in den Bus stieg, aber sie mußte die Hände fest zusammenpressen, damit sie nicht zitterten.

Der Busfahrer rief: «Alle an Bord?»

Ein einstimmiges «Ja!» ertönte.

Als er rückwärts vom Büro wegfuhr, rannte eine zierliche, blonde Frau in Leggings, die Straße entlang, wedelte mit den Armen und rief: «Halt! Wartet auf mich!»

Der Fahrer öffnete die Tür, und die Frau stieg ein. «Tut mir leid, daß ich zu spät bin, Pam», sagte sie.

«Also wirklich, Michelle! Ich nehme an, dein neuer Freund hat dich besucht?» tadelte Big Pam.

Michelle kicherte. «Er kann einfach nicht genug von mir bekommen. Er will, daß ich mit der Nachtarbeit aufhöre.» Sie ging vorsichtig an Joanna vorbei, um zu dem First-Clarence-Team zu gelangen.

«Du bist wieder bei uns, Jo», sagte Sheila lächelnd.

Joanna nickte. Sie konnte nichts sagen; sie brach vor Enttäuschung fast in Tränen aus. Ihr blieb nur noch eine Nacht, bevor das Paßwort geändert wurde.

Joanna verbrachte den Freitagnachmittag abwechselnd in Verzweiflung und Optimismus. Ihr ganzer Plan war davon abhängig, ob der neue Freund von Michelle darauf bestand, daß sie sich die ganze Nacht liebten. Wenn Joanna seinen Namen gewußt hätte, wäre sie nur zu gewillt gewesen, ihn dafür zu bezahlen, daß er Michelle zu Hause behielt.

Nachdem sie eine Nachricht für Felicity hinterlassen hatte, um ihr viel Glück mit Toms Eltern zu wünschen, nahm Joanna den Nachtbus. Auf der Fahrt überkam sie eine so große Verzweiflung, daß sie mit dem Gedanken spielte, Mrs. Hollingsworth darum zu bitten, sie im First-Clarence-Team einzuteilen, aber ihr fiel kein passender Grund für eine solche Bitte ein.

Sie erreichte das Büro und schaute sich unter den anderen Frauen um. Michelle war nicht dabei. Joanna drückte die Daumen. Die Uhr tickte weiter. Um fünf vor eins kam der Bus. Immer noch keine Michelle in Sicht. Joanna versuchte, keine allzu große Hoffnung aufkommen zu lassen.

«Michelle und Tracy fehlen», beklagte sich Mrs. Hollingsworth. «Also hat das First-Clarence-Team zwei Leute zuwenig. Jo, würdest du mit ihnen gehen?»

«Natürlich.» Erwartungsvoll ging Joanna auf Big Pam zu.

«Nimm uns Jo nicht weg!» protestierte Sheila. «Sie arbeitet gut, und außerdem geht Tracy oft direkt zum Broadgate Circle.»

Joanna verfluchte Sheila insgeheim.

«Ach, nun gut», sagte Mrs. Hollingsworth. «Big Pam muß dann mit einer weniger auskommen.»

Joanna schrie fast auf. Es war alles umsonst gewesen. Resigniert folgte sie den anderen Frauen in den Minibus und fragte sich, ob sie in die Dunkelheit verschwinden und nach Hause gehen konnte.

Als sie gerade losfahren wollten, eilte Mrs. Hollingsworth aus dem Büro und klopfte an das Seitenfenster. «Michelle hat angerufen. Sie kommt nicht. Und Tracy auch nicht. Tut mir leid, Sheila, ich muß eine von dir nehmen.» Sie schaute sich im Bus um.

Joanna ergriff ihre Chance. «Ich gehe», bot sie sich an und ignorierte Sheilas Aufschrei.

«Danke, Jo. Das ist nur für heute nacht. Tut mir leid, Sheila, aber du bekommst sie nächste Woche zurück.»

Joanna tat es leid, daß sie Mrs. Hollingsworth enttäuschen mußte, denn sie war auf ihre herrische Art recht nett.

Wieder preßte sie die Hände fest zusammen, damit sie nicht zitterten, während sich der Bus der Liverpool Street näherte. Sie hatte weiche Knie, als sie Big Pam durch den Broadgate Circle folgte. Kalter Schweiß bildete sich auf ihrer Stirn, während sie sich dem Bürogebäude von First Clarence näherte. Als sie durch die Drehtür in das Atrium aus rosa Marmor gelangte, konnte sie kaum glauben, daß sie es geschafft hatte. Sie hätte gern die vertraute Umgebung in sich aufgesogen, aber da sie sich der Überwachungskameras bewußt war, hielt sie ihren Blick gesenkt.

Sie erkannte die beiden Nachtportiers wieder. Sie hatten in der Nacht Dienst gehabt, in der die Börse in Hong Kong abgestürzt war. Als sie die Reinigungskräfte abzählten, erwartete sie fast, daß sie ausriefen: «Das ist doch Joanna Templeton! Schaffen Sie sie raus!» Aber sie überprüften nur kurz den Ausweis von Big Pam, auf der die Anzahl der Frauen vermerkt war. Sie überstand einen angstvollen Augenblick, als einer der Portiers sie eingehender betrachtete, aber er schien sie nicht zu erkennen. Sie war einfach nur ein neues Gesicht, attraktiver als die meisten, und er langweilte sich.

Zu Joannas Enttäuschung schickte Pam sie in den sechsten Stock, in die Abteilung Unternehmensfinanzen, während ein spanisches Mädchen namens Fernanda dem Börsensaal zugeteilt wurde. Als sie im Lift hochfuhren, überlegte Joanna, ob sie Fernanda bitten sollte zu tauschen, aber sie hatte erneut Angst, daß jemand Verdacht schöpfte.

Da Joanna die einzige Person im sechsten Stock war, reinigte sie alles nur oberflächlich und saugte zwischen den Tischen, aber nicht darunter. Als sie mit dem Staubtuch über den Schreibtisch von Sebastian Deveraux wischte, fragte sie sich, was er wohl sagen würde, wenn er das wüßte.

Da sie noch eine halbe Stunde übrig hatte, nahm sie den Aufzug hinunter zum Börsensaal. Fernanda wischte noch immer die Tische ab. Joanna klopfte gegen die verschlossene Tür und winkte.

«Ich bin fertig», sagte sie, als Fernanda ihr die Tür öffnete. «Soll ich dir helfen?»

Fernanda starrte Joanna erstaunt an. «Ja ... danke. Kannst du mit den Tischen weitermachen, während ich sauge?»

«Nein, ich sauge.»

Mit einem leeren Müllsack über dem Arm griff Joanna nach dem Staubsauger und raste den Gang hinunter zu ihrem ehemaligen Schreibtisch. Dabei hielt sie den Kopf gesenkt, um den Überwachungskameras auszuweichen. Sie wußte nicht, ob sie nachts angestellt waren, aber sie konnte es nicht riskieren, daß ihr Gesicht gefilmt wurde. Beim Podium machte sie abrupt kehrt, um eine ausreichende Entfernung zu den Händlern beizubehalten, die nachts auf den fernöstlichen Märkten handelten.

Als sie ihren Schreibtisch erreichte, stieg ihr ein Kloß in den Hals. Er kam ihr schmerzhaft vertraut vor – und doch so anders. Die Stifte eines anderen Händlers lagen aufgereiht neben dem Telefon. Eine unbekannte Schrift war auf einem Notizblock zu sehen. Joanna tat so, als verstelle sie den Staubsauger, beugte sich hinunter und las den Namen «*Jane Dixon*». Weder Simon noch Rebecca hatten einen neuen Händler erwähnt – aus Rücksicht, wie ihr klar wurde.

Da sie keine Zeit zu vergeuden hatte, saugte Joanna den

Gang entlang, an Simons Tisch vorbei, um die Ecke und hinter Rebeccas Tisch. Sie hätte ihnen gern eine Nachricht hinterlassen, aber das ging nicht – sowohl zum Schutz der beiden als auch zu ihrem eigenen. Sie stellte sich so hin, daß sie Fernanda den Rücken kehrte, öffnete den leeren Plastiksack und stülpte ihn über Jeremys Eingangskorb und schüttete den Inhalt hinein. Wie durch ein Versehen verstreute sie das Ganze auf dem Boden. Sie kniete sich rasch nieder und suchte die Unterlagen durch – aber ihr Fax war nicht dabei.

Joanna sträubte sich dagegen, enttäuscht aufzugeben, und ordnete die Unterlagen wieder in den Eingangskorb. Dann legte sie ihren Plastiksack über Jeremys Tisch. Im Hinblick auf die Überwachungskameras benutzte sie den Sack als Sichtschutz und versteckte ihr Gesicht dahinter, als sie sich Jeremys Computer näherte.

«Willst du eine rauchen?» rief Fernanda ihr zu.

Joanna fuhr erschrocken zusammen und zog ihre Hand zurück. «Ich … äh … hab aufgehört.»

«Ich muß einfach rauchen. Ich weiß, daß wir das nicht dürfen. Mrs. Hollingsworth meint, wir lösen den Feueralarm aus. Aber ich rauche immer heimlich eine. Ich brauche das für meine Nerven.» Da sie auf einen Tratsch aus war, schlenderte Fernanda den Gang zu Joanna hinunter und fügte hinzu: «Mein Mann ist … schwierig. Du kennst ja die Männer, nichts kann man ihnen recht machen. Er macht mehr Probleme als alle meine Kinder zusammen.»

Um Fernanda zu entmutigen, beugte sich Joanna hinunter, um unter Jeremys Tisch sauberzumachen, und stellte sich genußvoll seinen Schock vor, wenn er sie dort sehen könnte. Einige Meter entfernt saugte Fernanda. Als Joanna keine Notiz von ihr nahm, entfernte sie sich wieder.

Joanna langte schnell unter den Sack und schaltete Jeremys Computer an. Sie hielt den Atem an, als er brummend gestartet wurde. Der schwarze Bildschirm wurde hellblau.

Paßwort?

Mit einer Hand am Staubsauger und der anderen auf der Tastatur gab Joanna «Einstein» ein.

Das Datum und die Zeit erschienen, dann *Paßwort?*

Sie wiederholte «Einstein» und «Enter».

Und wieder *Paßwort?*

Mit Entsetzen erinnerte sie sich daran, daß Jeremys PC Zugang zum zentralen Computer hatte und einen eigenen Code benötigte. Trotz ihrer sorgfältigen Planung hatte sie dieses wesentliche Detail irgendwie übersehen.

Joanna weinte fast vor Enttäuschung und starrte auf den Bildschirm. Sie wollte einfach nicht glauben, daß das Schicksal sie so weit hatte kommen lassen – für nichts und wieder nichts. Sie versuchte, logisch zu denken, sich auf Jeremy zu konzentrieren, auf die Art von Mensch, die er war – habgierig, unehrlich, arrogant und doch nicht so selbstsicher, als daß er es akzeptieren konnte, der kleinere Bruder zu sein. Was hatte Vikram noch an ihrem ersten Vormittag bei der First Clarence Bank gesagt? Irgend etwas über eitle Männer, die nie ihren Geburtstag benutzen.

Der Gedanke an Daten brachte ihr Gedächtnis auf Trab. Rasch holte sie Jeremys Kalender unter seinem Tisch hervor und blätterte bis zu dem Montag zurück, der der Änderung ihres Paßwortes vorausgegangen war.

«Jo!» rief Fernanda.

Joanna zerriß vor Schreck die Seite. «Ja?»

«Ich geh auf die Toilette.» Fernanda wedelte mit einer Zigarettenschachtel. «Erzähl aber Mrs. Hollingsworth nichts.»

«Natürlich nicht.» Joanna zeigte Fernanda den gehobenen Daumen und kam zu dem Schluß, daß das Schicksal es doch gut mit ihr meinte – zumindest heute nacht und nur solange Fernanda den Feueralarm nicht auslöste.

Ihre Finger waren so zittrig, daß Joanna das Gefühl hatte, die Tastatur stünde unter Strom, als sie das entsprechende

Datum eingab. Sie hielt den Atem an und hatte schreckliche Angst, daß ein falscher Code ein verstecktes Warnsignal in Gang setzte. Nichts passierte. Mit steigender Verzweiflung beobachtete sie den Bildschirm. Zwei Sekunden vergingen. Drei. Dann erschienen plötzlich Daten.

Ein Gefühl des Triumphes überkam sie. Rasch rief sie Kathpeach auf. Eine Liste ihrer Transaktionen erschien: Kaufdatum, Anzahl der Aktien, Preis, Verkaufsdatum, Verkaufspreis. Sie rief Redrey Trust, New Aldren Fund und Società Hadini auf. Alle Informationen waren vorhanden. Überglücklich langte sie zum Druckerschalter. Dann hielt sie inne. Sie konnte nicht riskieren, daß das Geräusch des Druckers Aufmerksamkeit erregte. In Panik begann sie, alle Transaktionen aufzuschreiben.

Ein Klicken war zu hören, als die Tür des Börsensaales aufging und Fernanda rief: «Jo, bist du noch nicht fertig? Es ist fünf vor fünf.»

«Gleich.»

Joanna hatte sich erst zur Hälfte durch Kathpeach gearbeitet. Sie hörte auf zu schreiben. Sie mußte die Dateien kopieren. Sie tat so, als nähme sie ihr Staubtuch und öffnete Jeremys Schubläden. Keine Disketten. Sie versuchte es bei Rebecca und dann bei Simon, aber da waren auch keine. Da sie keine Zeit hatte, das Programm neu zu starten, verdeckte sie mit ihrem Staubtuch die Daten auf Jeremys Bildschirm und eilte fort in den hinteren Bereich des Büros zu dem Schrank mit dem Büromaterial. Sie lehnte sich dagegen, als wollte sie die Schnürsenkel ihrer Turnschuhe neu schnüren, und faßte an den Griff. Abgeschlossen. Sie fluchte und versuchte es beim nächsten Schreibtisch, indem sie sich auf eine Ecke setzte und immer noch so tat, als schnürte sie sich die Schuhe zu. In der zweiten Schublade fand sie eine Schachtel mit gebrauchten Disketten. Sie nahm eine heraus und wünschte sich, sie könnte eine Notiz für die bedauernswerte

Sekretärin hinterlassen, die für den Verlust verantwortlich gemacht werden würde.

Joanna raste zurück zu Jeremys Tisch, schob die Diskette in den Rechner ein und gab den Befehl «kopieren». Das grüne Licht leuchtete auf, während alles auf die Diskette kopiert wurde. Aber Joanna konnte sich nicht neben den Computer stellen, ohne Mißtrauen zu wecken, also wischte sie auf den Tischen in nächster Nähe den Staub ab, während Fernanda ungeduldig am Eingang zum Börsensaal wartete.

«Nur noch der Abfall, und ich bin fertig.» Joanna gab vor, Jeremys Mülleimer zu leeren. Gleichzeitig nahm sie die Diskette aus dem Rechner, verließ das Programm und machte den Computer aus. Sie steckte die Diskette in den Hosenbund ihrer Jeans, nahm den Müllsack in eine Hand und den Staubsauger in die andere und ging zu Fernanda.

«Du putzt zu gründlich», sagte Fernanda anschuldigend. «Du bringst den Rest von uns in Verruf.»

«Tut mir leid.» Joanna senkte den Kopf – aber nicht als Entschuldigung, sondern um der Kamera in der Tür des Börsensaales auszuweichen.

Sie war gezwungen, ihre Ungeduld im Zaum zu halten, während sie am Aufzug auf Big Pam warteten und auch als sie dann zum Minibus marschierten. Sie wollte unbedingt weg, aber sie konnte nicht einfach verschwinden, ohne einen Kommentar heraufzubeschwören. Also fuhr sie mit den anderen zu BetterClean zurück, um ihren Lohn entgegenzunehmen. Das nicht zu tun, hätte sicherlich einen Verdacht aufkommen lassen.

«Montagnacht sehe ich euch alle wieder.» Mrs. Hollingsworth lächelte Joanna an – erfreut, eine so hart arbeitende Angestellte gefunden zu haben. «Sie sind dann wie üblich in Sheilas Team.»

«Ja, Mrs. Hollingsworth.»

Joanna folgte den anderen Mädchen die Straße hinunter,

verabschiedete sich und ging weiter, bis sie außer Sichtweite war. Dann rannte sie, hüpfte und tanzte mitten auf der Straße, angeregt durch ihren Erfolg und die nächtliche Luft. Auf dem Holborn Viaduct hielt sie ein Taxi an.

«Im Lotto gewonnen, Kleines?» fragte der Fahrer grinsend, als er ihr munteres Gesicht sah.

«*Viel* besser!» Sie gab ihm Adams Adresse.

Kapitel 22

In Adams Straße war es ruhig. Alles schlief. Die Vorhänge waren überall zugezogen.

Nachdem sie das Taxi aus ihrer Lohntüte bezahlt hatte, eilte Joanna den Pfad entlang, an seinem Motorrad vorbei, das angekettet auf dem Parkplatz stand, zu seiner Tür und drückte auf die Klingel. Sie hörte, wie es oben schellte, und wartete darauf, daß er wach wurde und durch die Sprechanlage antwortete. Eine Minute verging. Nichts passierte. Sie klingelte noch einmal und zählte bis sechzig. Stille. War er nicht da? Unterwegs? Arbeitete er noch? Sie suchte die Straße ab. Sein Auto war am anderen Ende geparkt. Sie drückte ein drittes Mal auf den Klingelknopf. Als das Geräusch oben widerhallte, kam ihr in den Sinn, daß er mit einer Frau im Bett sein könnte. Das hatte sie nicht bedacht – und sie war sich plötzlich bewußt, wie sehr sie sich wünschte, daß er allein war.

Von der Treppe her war ein Geräusch zu vernehmen. Sie hörte gedämpfte Schritte. Der Riegel wurde zurückgeschoben und der Schlüssel ins Schloß gesteckt. Unbewußt krallte Joanna ihre Hände fest ineinander.

Die Tür ging auf. Adam stand vor ihr, mit zerzausten Haaren, verschlafen, bloßem Oberkörper, nur mit einer Jeans bekleidet. Er starrte Joanna erstaunt an – ihr blondes Haar, ihr Overall von BetterClean.

«Ich habe ein Geschenk für Sie», sagte sie. Mit einer schwungvollen Geste holte sie die Diskette aus ihrem Hosenbund und hielt sie ihm entgegen.

Er nahm sie und drehte sie herum. «Was ist das?»

«Unser Beweismaterial», antwortete sie stolz.
«Joanna, wo sind Sie gewesen? Was haben Sie getan?»
«Jeremys Daten kopiert.»
Er war verblüfft. «Sie scherzen.»
«Laden Sie die Daten auf Ihren Computer.»
«Aber … wie sind Sie bei First Clarence hineingekommen?»
Sie deutete auf das Firmenschild von BetterClean. «Auf legale Weise.»
Einen Moment lang war Adam sprachlos. Dann umarmte er sie, hob sie hoch und drehte sie im Kreis. «Sie sind brillant!»
Sie lachte vor Glück, Erleichterung – und Nervosität. «Ich konnte es Ihnen nicht vorher sagen. Sie hätten vielleicht versucht, mich davon abzubringen.»
«Natürlich hätte ich das. Joanna! Die Überwachungskameras.» Er setzte sie wieder ab. «Sind Sie sicher, daß die Sie nicht gefilmt haben?»
«Ich war vorsichtig. Ich habe immer nach unten geschaut.» Sie berührte ihre blonden Zöpfe. «Und ich habe mich verkleidet.»
«Was für ein Risiko Sie eingegangen sind!» Er überprüfte die Straße aus Angst, jemand wäre ihr gefolgt. Dann zog er sie eilig hinein, verriegelte die Tür und war selbst über seine Sorge um ihre Sicherheit erstaunt.
Sie rannten hinauf in das Büro, schalteten den Computer an und schoben die Diskette ein. Der Bildschirm flackerte auf.
«Angenommen, ich habe eine defekte Diskette benutzt», sagte Joanna, die bei dem Gedanken blankes Entsetzen überkam. «Ich hab das so schnell kopiert, daß ich keine Zeit hatte, es zu überprüfen.»
«Geduld, Geduld.» Adam nahm ihre Hand und beide drückten die Daumen.

Joanna konnte nicht hinschauen. Sie hob den Blick zur Decke. «Ich bin aufs Schlimmste gefaßt», sagte sie.

Er lachte. «Es ist aber das Beste. Schauen Sie!»

Als sie vorsichtig ihren Blick senkte, erschienen gerade die Daten von Kathpeach auf dem Bildschirm. Adam jubelte. Sofort rief er Società Hadini, New Aldren Fund und einige andere Gesellschaften auf. Keiner von ihnen hatte öfter als dreimal Geschäfte gemacht, verteilt über mehrere Jahre, aber jeder Deal hatte zu einem Gewinn geführt. Einzeln betrachtet hatten die Transaktionen keine aufsehenerregenden Summen eingebracht, aber insgesamt belief es sich auf fast sechs Millionen Pfund.

Adam faßte Joanna bei den Schultern. «Ich entschuldige mich, daß ich Ihnen Feigheit vorgeworfen habe», sagte er und küßte sie zunächst auf die eine und dann auf die andere Wange.

«Sie haben mich provoziert. Ich dachte mir, dem zeige ich's, verdammt noch mal!»

Er kicherte. «Sie sind die beste Partnerin, die ich je hatte.»

Sie hob die Augenbraue. «Hatten Sie schon viele?»

Ihre Worte schienen eine andere Bedeutung anzunehmen, sich nicht mehr auf die Arbeit zu beziehen, sondern auf Tobys Mutter und auf jede andere Frau, die er vielleicht in seinem Leben gehabt hat, einschließlich der Besitzerin der Ohrringe.

Sie blickten sich in die Augen. Sie dachte, wie sinnlich doch seine bloße Brust war, mit dem Dreieck aus dunklem, krausem Haar, wie weich seine Haut, wie liebenswert seine verschlafenen Augen und sein zerzaustes Haar. Sie wollte sein kantiges Gesicht streicheln und den sanften Blick in seinen blauen Augen sehen. Sie fragte sich, wie sie sich zu Oliver, der so vollkommen war, hingezogen gefühlt haben konnte, wo es doch die groben Unvollkommenheiten Adams waren, die sie als so sinnlich empfand, die ihn begehrenswert machten – und die sie wünschen ließen, daß er sie begehrte.

«Ich bewundere Sie dafür, daß Sie sich weigern, sich geschlagen zu geben», sagte er sanft.

Joannas Lächeln verschwand. Oliver hatte bei ihrem letzten Treffen etwas Ähnliches gesagt.

Adam las den Zweifel in ihren Augen und zog sich zurück.

«Wir müssen diese Diskette kopieren und alle Informationen ausdrucken», fuhr er freundlich, aber distanziert fort. «Es wäre eine Tragödie, wenn wir die Daten verlieren würden.»

Sie nickte und wünschte, sie fände die richtigen Worte, um ihm zu erklären, daß sie nicht vor ihm zurückschreckte, sondern vor der Vergangenheit.

Adam machte fünf Kopien – eine für Joanna, eine, um sie in der Bank zu hinterlegen, eine für sich selbst und zwei als Ersatz.

«Was ist mit dem Fax von der Società Hadini?» fragte er und behielt dabei seine Distanz bei.

«Ich hab gesucht, aber ich konnte es nicht finden.»

«Das ist Pech.»

«Ja, aber ich glaube, ich weiß, was passiert ist. Es ist mir auf dem Weg hierher eingefallen. Gott weiß, warum ich nicht vorher darauf gekommen bin. Jeremy kann von jedem beliebigen Händler Anrufe und Faxe zu sich umleiten, wenn er sieht, daß dieser Händler mit einem anderen Kunden beschäftigt ist.»

«Was ist mit der Nummer?»

«Die bleibt dieselbe.»

«Der Erhalt des Fax ist nicht wesentlich», sagte er.

«Doch, für mich schon», erwiderte sie kurz.

«Nein, ist es nicht. Sie können nicht beweisen, daß Sie es nie erhalten haben. Aber wenn wir nachweisen, daß Jeremy ein Betrüger ist, dann haben wir das Motiv, warum er Sie loswerden wollte.» Er lächelte sie an. «Sie müssen hungrig sein, wenn Sie die ganze Nacht geputzt haben.» Er ging hinüber zur Küche, stellte die Kaffeemaschine an und legte vier Croissants in den Ofen.

Joanna folgte ihm. «Bin ich auch – jetzt, wo Sie es sagen.»

«Ich koche, Sie decken den Tisch.» Er räumte einen Teil des Tisches für das Frühstück frei, langte in den Schrank und gab ihr zwei Teller, zwei Messer, Butter und Marmelade – und bemühte sich, dabei ihre Hand nicht zu berühren.

Joanna wünschte, sie könnten ihre vorherige Vertrautheit wiederherstellen. Gleichzeitig warf sie sich vor, unlogisch zu sein. Hätte Adam sich nicht zurückgezogen, wäre sie es gewesen, die ausgewichen wäre.

Sie trat auf die Dachterrasse hinaus und genoß den Sonnenschein des frühen Morgens, während sie sich mit den Ellbogen auf das Geländer stützte und die Straße entlang zu den Bäumen vom Hyde Park schaute. Er kam heraus und stellte sich hinter sie, berührte sie fast, bis sie sich seiner, seines Körpers, seines Atems in ihrem Nacken so bewußt war, daß sie sich körperlich geschwächt fühlte, als er wieder zurück ins Haus ging.

Während des Frühstücks erkundigte er sich danach, wie genau sie Zugang zu First Clarence bekommen hatte, und sie unterhielt ihn mit einer amüsanten Beschreibung von Better-Clean, Mrs. Hollingsworth und den anderen Putzfrauen.

«Ich habe gestern den ganzen Tag gebetet, daß Michelles neuer Freund weiterhin so verliebt bleibt», erzählte sie ihm.

Adam lachte. «Welch eine Vorstellung, daß Ihr Erfolg von seiner Libido abhing.» Er rührte seinen Kaffee um. «Wenn ich gewußt hätte, welches Risiko Sie eingehen, hätte ich darauf bestanden, mitzukommen.»

Sie betrachtete die Unordnung um sie herum. «Adam, ich glaube nicht, daß Sie eine gute Reinigungskraft abgeben würden.»

Er grinste. «Und Sie wollten natürlich, daß ich meine Behauptung zurücknehme.»

«Worauf Sie sich verlassen können!»

Die Intimität war wiederhergestellt, und sie fühlte sich auf alberne Weise glücklich.

Sie gingen zum Computer zurück, nahmen nebeneinander Platz und tranken starken Kaffee, während sie sich durch die Offshore-Fonds arbeiteten und eine Verbindung zwischen ihnen suchten.

«Wenn wir nur einen der Unterzeichner ausfindig machen könnten», sagte Joanna.

«Ja, nur einen einzigen. Es wäre egal, welcher. George … Frederick … Lawrence … ich hab's!» rief er aufgeregt.

«Was? Wo?»

«G. F. L. Bilsham. Joanna, sehen Sie's denn nicht? George Frederick Lawrence.»

Joanna sah ihn zweifelnd an. «Sowohl New Aldren Fund als auch Società Hadini haben am selben Nachmittag Aktien von Fact-Select gekauft. Wie könnte jemand innerhalb von drei Stunden von Grand Cayman nach Monte Carlo kommen?»

«Es ist doch klar. Er hat Kontaktpersonen, die für ihn die Order plazieren.»

«Oder er verwandelt sich in Superman und fliegt?»

«Joanna, ich meine es ernst.»

Sie hielt kapitulierend die Hände in die Höhe und ahmte dabei unbewußt Adams Geste nach. «Entschuldigung, ich wollte mich nicht lustig machen.»

«Ich hab in Bezug auf Bilsham so eine Ahnung», fuhr Adam fort. «Er ist sagenhaft reich. Er hat ein Privatflugzeug und fliegt etwa einmal im Monat an jeden der Orte, wo er einen getreuen Komplizen hat, der sich um den Investment-Fonds kümmert. Sobald Bilsham Insider-Informationen über eine öffentliche Gesellschaft erhält, entscheidet er, welchen seiner Fonds er benutzt, um Aktien besagter Gesellschaft zu kaufen oder zu verkaufen. Diese Komplizen plazieren die Order bei First Clarence – und anderen Banken.»

Er gab George ein, dann Frederick, dann Lawrence und schließlich Bilsham. Eine Liste mit weiteren zehn Gesellschaften erschien. Er bewegte den Cursor über die unbekannten Namen und gab dann den Befehl «öffnen». Jede Gesellschaft hatte in fünf Jahren dreimal gehandelt und jedesmal einen Gewinn gemacht.

«Niemand landet so viele Treffer», sagte Joanna, als sie die Transaktionen durchsahen. «Er kauft in allen Branchen – Kommunikation, Immobilien, Computer. Woher zum Teufel bekommt er so gestreute Informationen?»

Adam zuckte mit den Schultern. «Das würde ich nur zu gerne wissen, aber mit diesen Daten ist es nicht notwendig, seine Quelle zu entlarven. Diese Fakten sprechen für sich. Dies kann kein bloßer Zufall sein. Er muß Insider-Informationen benutzen. Aber es verwirrt mich. Wenn Bilsham schon das Risiko eingeht, im Gefängnis zu landen, warum handelt er dann nicht mit größeren Summen?»

«Weil er die Aufmerksamkeit nicht auf sich lenken will. Wenn er bei jedem Geschäft eine Million gemacht hätte, würden die Händler sich das Maul zerreißen.»

«Ihnen ist doch klar, daß Safarov hinter Bilsham stecken könnte», sagte er und versuchte, ihre Reaktion einzuschätzen.

«Es ist möglich», stimmte sie zu, «aber First Clarence überprüft seine neuen Kunden sehr sorgfältig. Sie könnten es merken.»

«Nicht, wenn Jeremy zu dem Ring gehört und er die Kundenkonten autorisiert.»

«Die Kreditabteilung gibt die neuen Kunden frei.»

«Sie glauben, ich habe unrecht, stimmt's?» meinte er.

«Ich spiele nur des Teufels Advokaten.» Sie nahm sich die

Telefonliste der Bilshams vor und schaute sich nur die Initialen an.

«Irgendeiner mit der Buchstaben-Kombination in London?» fragte er.

«Nein.» Sie nahm die Seiten der Grafschaften und überflog die Bilshams. «Warten Sie mal! Da!»

Er las über ihre Schulter hinweg. «G. F. L. Bilsham. Summer House, Summerford in Oxon. Nehmen Sie alles zurück, Miss Templeton.»

Sie spürte seinen Atem auf ihrer Wange. «Ja, Mr. Hunter, aber dies ist der Bilsham, der noch nie außerhalb Englands war.»

«Vielleicht war das Tarnung?»

Sie reichte Adam das Telefon. «Versuchen Sie es noch einmal. Mal sehen, ob Sie die gleiche Antwort erhalten.»

«Noch nicht.» Adam gab ihr das Telefon wieder. Dabei berührten sie sich. Dieses Mal zogen sie ihre Hände nur langsam zurück.

«Warum nicht?» fragte sie und durchlebte noch einmal das Gefühl, das sie empfunden hatte, als seine Haut die ihre streichelte.

«Wenn er unser Bilsham ist und er sich in England aufhält, dann wollen wir nicht, daß er das Land fluchtartig verläßt. Wenn er im Ausland ist und gleichzeitig vorgibt, nie zu reisen, dann wollen wir nicht, daß er Angst hat zurückzukommen. Unser Bilsham muß ein Multi-Millionär sein, ein Haus mit einer riesigen Alarmanlage haben, wahrscheinlich auch einen Hubschrauber und möglicherweise Bodyguards. Schon das geringste Anzeichen, daß wir ihm auf der Spur sind, genügt, und er verschwindet. Er hat zweifellos einen Weg, um unbemerkt das Land zu verlassen und wieder hereinzukommen. Wir müssen Geduld haben.»

Sie verzog das Gesicht. «Wie ich dieses Wort hasse!»

«Wir brauchen Fakten, konkrete Beweise dafür, daß er

unser Mann ist – der Drahtzieher, der hinter allem steckt. Selbst dann könnte es besser sein, ihm nicht gegenüberzutreten.»

«Adam, ich will, daß alle Karten auf den Tisch gelegt werden. Ich will gewinnen – und dabei gesehen werden.»

Er nahm ihre Hand. «Joanna, Sie verdienen Ihren Sieg. Aber wir können nicht riskieren, daß Bilsham die Story mit einer einstweiligen Verfügung kippt. Wenn das passiert, werden wir sie vielleicht nie abdrucken.»

«Ich nehme an, Sie haben recht.» Ihr Seufzer wurde zu einem Gähnen.

«Sie schlafen ja schon halb.» Er stand auf. «Kommen Sie, ich fahre Sie nach Hause.»

«Fahren Sie zum *Sunday Chronicle*?» fragte sie und unterdrückte noch ein Gähnen.

«Leider ja. Ich bin heute der Spätdienstredakteur. Wenn in letzter Minute aktuelle Nachrichten reinkommen, ist es meine Aufgabe, die Titelseite darauf abzustimmen und sicherzustellen, daß die endgültige Ausgabe bis um neun Uhr fertig ist.» Er legte eine der Disketten und den Ausdruck in seine Aktentasche und fügte hinzu: «Danach werde ich in das Archiv des *Sunday Chronicle* gehen. Wenn ich die Transaktionen auf der Diskette von Jeremy mit den Finanzinformationen, die vom Archiv aufbewahrt werden, vergleiche, kann ich sehen, ob die Offshore-Fonds die Aktien kurz vor öffentlichen Bekanntmachungen von Angeboten und Übernahmen gekauft haben.»

«Ich würde gern helfen», sagte Joanna, als sie nach unten gingen.

«Unmöglich!»

«Warum? Die Angelegenheit betrifft uns beide.»

«Joanna, es tut mir leid, aber ich kann Sie nicht mit zum *Chronicle* nehmen – und schon gar nicht an unserem hektischsten Tag.»

Sie fühlte sich ausgeschlossen. Sie hatte so viel riskiert, um die Diskette zu bekommen, und sie wollte bei jedem Schritt dabeisein.

Als sie durch den Hyde Park fuhren, fragte Adam: «Wird BetterClean keinen Verdacht schöpfen, wenn Sie am Montag nicht zur Arbeit erscheinen?»

«Ich werde denen eine Nachricht auf Band hinterlassen, daß ich einen anderen Job gefunden habe, und ich werde die Dienstkleidung zurückschicken.»

Er schaute kurz auf ihr Gesicht, ihren verbissenen Ausdruck und die dunklen Ringe unter ihren Augen. «Joanna, ich mache mir Sorgen. Sie könnten in Gefahr sein. Sind Sie sicher, daß man Sie nicht aufspüren kann?»

Durch seine Besorgtheit schämte sie sich, daß sie so empfindlich reagiert hatte. «BetterClean kennt mich nur als Jo Temple. Mrs. Hollingsworth hat die Telefonnummern von Max und Felicity in ihren Büros, aber Felicity ist fort und verbringt zwei Wochen bei den Eltern ihres Verlobten, und Max ist Anwalt. Er wird mein Zeugnis ‹ohne Haftung› ausgestellt haben. BetterClean hat ohnehin einen ständigen Wechsel von Arbeitskräften. Am Dienstag werden die sich schon gar nicht mehr an meine Existenz erinnern.» Sie machte eine Pause und fügte dann hinzu: «Danke, daß Sie sich sorgen.»

Er lächelte. «Ich will doch nicht meine beste Partnerin verlieren.»

Sie fuhren vor Joannas Wohnung vor. Mrs. Applegate führte gerade ihren Hund aus. Sie winkte Joanna zu.

«Ich bringe Sie hinein», sagte Adam.

«Ach, bemühen Sie sich nicht! Das geht schon, danke.» Joanna öffnete die Autotür. «Der Sturm hat sich anscheinend gelegt, und ich habe hervorragende Nachbarn.»

Adam schlug die Hände wie zu einem Gebet zusammen. «Gott, beschütze mich vor streitlustigen Frauen.»

Sie lachte. «Starke Frauen sind gut für Sie.»

Er bestand darauf, sie ins Haus zu begleiten, die Wohnungstür aufzuschließen und das Wohnzimmer und die Küche zu untersuchen, um sicherzugehen, daß sich niemand an den Fenstern zu schaffen gemacht hatte.

«Sie machen mich nervös», sagte sie, als sie ihn beobachtete.

«Ich möchte, daß Sie vorsichtig sind.» Er berührte ihre Wange. «Sie waren brillant, als sie die Diskette beschafft haben. Vielleicht sollten Sie den Beruf wechseln und Schnüffler werden.»

«Und meinen Namen in Templeton-Holmes ändern?»

«Nein, Sie müssen Watson sein. Ich bin Holmes.»

«Warum?»

«Weil Holmes das Sagen hatte.»

Sie hob ihre Hand und tat, als ob sie ihn schlagen wolle, und er hielt ihren Arm fest. Sie lachten. Er streichelte ihren Hals, und sie lehnte sich an ihn.

Felicitys Schlafzimmertür ging auf, sie stolperte heraus, gähnte und schnürte das Band ihres Morgenmantels zu. Sie blieb abrupt stehen, als sie Joanna und Adam sah, die schuldbewußt auseinandersprangen.

«Tut mir leid, daß ich euch unterbreche», sagte sie.

Joanna wurde rot. «Ich dachte, du wärst bei Toms Eltern.»

«Ich habe meinen Flug geändert und fliege über Paris, weil Tom da geschäftlich zu tun hat. Ich fliege morgen früh. Ich dachte, ich hätte dir das erzählt.»

«Das muß ich vergessen haben.»

«Du hattest viel um die Ohren.» Felicity zwinkerte mit den Augen, als sie von Adam zu Joanna schaute. «Ich geh unter die Dusche und lasse euch zwei … ähm …» Munter winkend verschwand sie im Badezimmer und rief noch über ihre Schulter: «Ich werde in einer halben Stunde einkaufen gehen. Ich bin den ganzen Tag weg.»

«Leider muß ich zur Arbeit.» Adam gab Joanna rasch einen Kuß auf die Wange. «Ich ruf dich später an.» Er trat hinaus in den Flur. «Öffne keinem Fremden die Tür.»

Joanna salutierte spaßhaft vor ihm. «Ja, Sir.»

Er kam zurück, umfaßte ihr Gesicht mit beiden Händen und sah ihr tief in die Augen. «Bitte sei vorsichtig, Templeton-Holmes.»

«Das bin ich.» Sie spürte, wie ihr das Blut durch die Adern schoß.

Adam hielt sie noch einen Moment fest – dann ließ er sie los.

Nachdem er gegangen war, schlenderte Joanna hinaus in den Garten. Die Sonne war hinter einem feinen Nebel verschwunden. Die weißen Geranien in ihren Terracotta-Töpfen hingen aus Mangel an Zuwendung und Wasser herab. Sie füllte eine Gießkanne und sah zu, wie die ausgetrocknete Erde blubberte, während sie jede Pflanze mit Wasser versorgte.

«Tut mir leid, daß ich da so hereingeplatzt bin», rief Felicity durch das Badezimmerfenster.

«Macht nichts.»

«Ich dachte, du magst Adam?» Felicity klang enttäuscht.

«Ja, das tue ich auch. Sehr sogar.» Joanna wandte ihre Aufmerksamkeit dem Jasmin zu, der von seinem Gitter abgefallen war. «Aber ich will mich nicht schon wieder auf irgendeinen Schlamassel einlassen. Ich muß mich rehabilitieren und eine neue Arbeit finden. Ich kann dieses Herumhängen, diese Unsicherheit nicht ertragen. Wenn Adam und ich ein Liebespaar werden, zerstört das mit Sicherheit unsere Partnerschaft.»

«Vielleicht wird daraus etwas Besseres?»

«Sex ändert alles. Das ist immer so. Ich kann es mir nicht leisten, seine Hilfe zu verlieren.»

«Du magst ihn. Er mag dich. Es ist eindeutig, daß ihr

beide euch begehrt. Ihr könnt es nicht abwarten, miteinander ins Bett zu gehen – das steht euch deutlich ins Gesicht geschrieben. Laß es darauf ankommen, Jo!»

«Ich habe es schon zu oft darauf ankommen lassen. Du siehst ja, was aus der Geschichte mit Oliver geworden ist.»

«Adam ist nicht Oliver.»

«Er wird im Januar für zwei Jahre nach New York versetzt.»

«Tom lebt in Washington, und das haben wir auch überlebt.»

«Ich weiß, aber ...»

Felicity kam aus dem Badezimmer; um ihren Kopf hatte sie ein Handtuch gewickelt. «Erinnerst du dich noch daran, was ich für ein Schutzschild um mich aufgebaut hatte, als ich Tom kennenlernte? Ich hatte fünf katastrophale Beziehungen hinter mir, eine nach der anderen, alle mit Männern, denen ich nichts bedeutete. Sie wollten nur den Sex und gelegentlich mal 'ne Freundin, die sie zu Büropartys mitnehmen konnten. Dann traf ich Tom, und er war derjenige, der sich um mich bemühte. Also dachte ich, mit ihm stimmt irgendwas nicht. Aber so war es nicht. Er ist einfach nur ein Mann, der sich nicht scheut zu zeigen, wenn ihm eine Frau gefällt. Adam ist genauso.»

Kapitel 23

Joanna dachte an diesem Nachmittag, während sie schläfrig in der Wohnung umherschlich, oft über Felicitys Worte nach. Wäre sie vernünftig gewesen, hätte sie sich schlafen gelegt, aber sie war zu rastlos.

Sie wurde durch die Klingel in ihren Gedanken unterbrochen.

«Miss Templeton?» fragte eine unbekannte rauhe Männerstimme durch die Sprechanlage.

Sie erstarrte und dachte an Adams Warnung. «Was wollen Sie?»

«Blumen abgeben.»

«Können Sie sie nicht vor der Tür liegenlassen?»

«Ich brauche eine Unterschrift.»

Sie zögerte. «Sie müssen sie aber dort hinlegen. Ich kann im Moment die Tür nicht aufmachen.»

Eine Stille folgte, dann murmelte er: «Blödes Weibsstück.»

Joanna kroch gerade noch rechtzeitig zum Fenster und sah einen sehr dicken, über und über tätowierten Mann, der in einen Transporter ohne Firmenaufschrift stieg und davonfuhr.

Joanna wurde derart von Angst übermannt, daß sie kaum noch Luft bekam. Rasch wählte sie Adams Nummer.

«Apparat Hunter», meldete sich eine Frau.

«Könnte ich mit Adam sprechen?»

«Er ist in einer Besprechung.»

«Wissen Sie, wann er zu sprechen sein wird?»

«Keine Ahnung. Heute ist *Samstag*. Aber wenn Sie Ihren

Namen hinterlassen, versuche ich mein Bestes.» Der Tonfall war kühl. Er gab Joanna zu verstehen, daß sie ein hektisches Büro von der Arbeit abhielt.

«Nein, schon gut», antwortete sie und atmete tief durch, um ihre Nerven zu beruhigen. «Entschuldigen Sie die Störung.» Sie legte den Hörer auf.

Es war noch schwüler geworden. Sie sehnte sich danach, den Schmutz von der Arbeit unter der Dusche loszuwerden, aber die Vorstellung des Nacktseins gab ihr ein Gefühl der Verletzlichkeit. Angenommen, der Mann kam zurück. Angenommen, er verschaffte sich Zugang zum Haus – oder schlimmer noch, zu ihrer Wohnung. Sie verschloß Fenster und Türen und legte die Kette vor. Dann riß sie sich die Kleidung vom Leib, drehte die Dusche auf und stellte sich rasch unter den Wasserstrahl, um sich wild die Haare zu schamponieren und die blonde Farbe auszuwaschen, während sie versuchte, nicht an die Duschszene in *Psycho* zu denken.

Zehn Minuten später schlüpfte sie bereits in kühle Leinenshorts. Sie war erfrischt, aber immer noch ängstlich.

Sie hörte ein Geräusch an der Wohnungstür.

«Wer ist da?» rief sie.

«Ich, natürlich», erwiderte Felicity.

Joanna entfernte die Kette und öffnete die Tür.

«Wozu verbarrikadierst du dich so?» fragte Felicity, während sie mit Unmengen von Taschen beladen hereinstolperte.

«Da war ein merkwürdiger Mann. Er gab vor, Blumen für mich zu liefern, aber er war in einem Transporter ohne Firmenaufschrift. Ich … ich hatte Angst, also ließ ich ihn nicht herein, und er weigerte sich, die Blumen ohne Unterschrift dazulassen.» Joanna lachte über sich selbst. «Ich bin albern, oder?»

«Nein, nur übermüdet», sagte Felicity mitfühlend.

Nun, da Felicity zurück war, fühlte sich Joanna sicher.

«Ich mache uns einen Tee», sagte sie. «Wir können ihn draußen trinken und uns einen Schokoriegel teilen. Wen kümmert's, wenn wir dick werden!»

«Mich schon, sonst passe ich nicht mehr in mein neues Kleid.» Felicity verschwand in ihrem Zimmer und rief über die Schulter zurück: «Ich zeige es dir, aber behalte es bitte für dich, wenn es mir nicht steht. Es ist zu spät, um es zurückzubringen.»

Sie kam in einem sehr schlichten, eleganten schieferblauen Kleid zurück, das einen U-Boot-Ausschnitt hatte und mit Borten verziert war.

«Was meinst du?» Sie drehte sich. «Bin ich die Schwiegertochter ihrer Träume oder ein Flittchen, das ihnen ihren kleinen Jungen weggenommen hat?»

Joanna kicherte. «Ersteres. Ganz sicher. Du siehst perfekt aus. Ich würde dich gern umarmen, aber ich will dich nicht mit Schokolade vollschmieren.»

Während Felicity im Wohnzimmer auf und ab stolzierte, wurde Joanna klar, wie sehr sie ihr fehlen würde, wenn sie erst einmal in Amerika lebte.

Das Telefon klingelte. Sie starrten es an.

«Warum verhalten wir uns wie Angsthasen?» Felicity nahm den Hörer ab. «Hallo? Oh ... äh ... Hallo.» Sie hielt die Sprechmuschel zu. «Es ist Oliver.»

Joanna wurde blaß. «Wie bitte?»

Felicity ließ ihre Hand auf der Muschel. «Soll ich ihm sagen, daß du nicht da bist ... zu tun hast ... krank bist?»

«Und ihm die Genugtuung geben, daß ich am Boden zerstört bin? O nein!» Joanna nahm den Hörer. «Hallo, Oliver.» Sie sprach mit einem kühlen Tonfall, der einen Kontrast zu ihren zittrigen Händen bildete.

«Warum hast du meine Blumen nicht angenommen?» fragte er. «Ich bin überaus verletzt.»

«Ich hielt den Lieferanten für eine Attrappe.» Sie versuchte, sich durch seine Stimme nicht aus der Ruhe bringen zu lassen, aber sie konnte nicht anders. Dies war ein Mann, der sie hintergangen hatte.

«Warum sollte jemand, der Blumen liefert, ein Betrüger sein?»

«Er fuhr einen Transporter ohne Firmenaufschrift. Ich muß sehr vorsichtig sein. Vor meiner Haustür haben sich in letzter Zeit eine Menge fremder Leute herumgetrieben – was ich dir zu verdanken habe, Oliver. Wie konntest du es wagen, mich derart zum Gespött zu machen? Wie konntest du es wagen, mich so zu erniedrigen, nur um dein eigenes Ego aufzublähen?» Sie war wütend, hatte sich jetzt aber unter Kontrolle.

«Ich weiß nicht, wovon du redest.» Er klang wirklich ahnungslos.

«Ich rede von dem Interview, das du gegeben hast.»

«Aber Joanna, ich habe nur versucht, unsere Beziehung herunterzuspielen, um dich zu schützen.»

«So ein Schwachsinn!»

«Das ist wahr. Ich schwöre es.»

«Ach, komm schon! So naiv bin ich nun auch wieder nicht. Was ist mit den gräßlichen Einzelheiten?»

«Die kamen *nicht* von mir», sagte er entschieden. «Die müssen von einem deiner Kollegen durchgesickert sein. Was ist mit der Frau, die versucht hat, dir einen Kunden abzuluchsen? Charlotte? Sie war es wahrscheinlich.»

Joanna dachte kurz nach. Sie war sicher, daß sie nie mit Oliver über einen ihrer Kollegen gesprochen hatte, und nun fragte sie sich nach dem wahren Grund für seinen Anruf.

Oliver interpretierte ihr Schweigen als Unsicherheit. «Also … was hast du so getrieben?» fragte er in einem freundlichen Plauderton.

«Ich habe einen kurzen Urlaub gemacht.» Sie hatte entschieden, so zu tun, als sei sie durch seine Unschuldsbeteuerungen größtenteils überzeugt.

«Du hast nicht mehr vor, First Clarence zu verklagen?»

«Mein Anwalt hat mir davon abgeraten.»

«Wie vernünftig.»

Joanna sagte nichts.

«Auch wenn du im Recht bist», fügte er hinzu.

Sie schwieg immer noch.

Oliver wurde langsam verärgert. Er hatte erwartet, daß Joanna wütend oder weinerlich sein würde, aber nicht so selbstbeherrscht. «Was gedenkst du jetzt zu tun?» fragte er.

«Mein Leben weiter leben.»

«Du tust so geheimnisvoll.» Trotz der Verärgerung war in seinem Tonfall eine Spur von Respekt zu erkennen.

Joanna wußte, daß sie um der Ermittlung willen keinen Verdacht wecken durfte. «Ich hab einfach nicht viel gemacht», erwiderte sie schwach, obwohl es sie rasend machte.

«Meine arme Joanna, du mußt mir gestatten, dich aufzumuntern. Ich bin nächstes Wochenende in London.»

«Wegen der *Tosca*?»

«Daß du dich daran erinnerst! Du mußt unbedingt mitkommen.» Er war so dermaßen gönnerhaft, daß sie ihm nur zu gern gesagt hätte, was sie wirklich dachte.

«Nein, danke», erwiderte sie höflich.

«Wie schade! Es würde dir guttun, einen Abend herauszukommen.» Es kam ihm nicht in den Sinn, daß sie vielleicht gar nicht mit ihm ausgehen wollte.

Da Joanna den Anschein nicht mehr länger wahren konnte, tat sie erschrocken. «Du meine Güte! Ich habe gerade gesehen, wie spät es ist! Ich muß Schluß machen. Danke für die Blumen. Bis bald.»

Sie legte den Hörer auf und drehte sich zu Felicity um. «Dieser Mistkerl! Am liebsten hätte ich ihm gesagt, daß ich den Orgasmus nur vorgetäuscht habe.»

«Warum hast du es nicht?»

«Weil ich damit unsere Enthüllungsstory gefährden könnte, und weil das bedeuten würde, daß ich mich auf sein Niveau herabbegebe.»

Kurz darauf kam der Florist mit einem Strauß weißer Lilien zurück, der genauso aussah wie der, den Oliver ganz zu Anfang an Joanna geschickt hatte. Ihr wurde übel, als sie daran dachte, wie geschmeichelt sie sich gefühlt hatte.

Ein unbeschrifteter weißer Umschlag steckte zwischen den Blumen. Joanna holte ihn heraus. Im Umschlag befand sich eine Karte mit einer auf der Schreibmaschine getippten Nachricht: «*Du fehlst mir. In Liebe.*»

«Liebe! Er wird sich bald wünschen, ich wäre tot», rief sie wütend aus. «Dieser Mann ist für die erniedrigendsten Tage meines Lebens verantwortlich. Ich möchte seine Blumen am liebsten zertrampeln, aber sie sind zu schön. Ich gebe sie Mrs. Applegate.»

«Hast du etwas bemerkt?» Felicity untersuchte eingehend das Zellophanpapier. «Auf der Karte steht kein Name, das Blumenpapier gibt keinen Aufschluß über den Floristen, und der Transporter trug auch keine Firmenaufschrift. Du hast keinen Beweis dafür, daß Oliver diese Blumen geschickt hat.»

«Und auch keinen Beweis dafür, daß er angerufen hat.»

«Was wollte er denn überhaupt?»

«Ich weiß es nicht», antwortete Joanna, als sie den Strauß nahm, um ihn zu Mrs. Applegate zu bringen. «Aber ich kann es kaum abwarten, Adam davon zu erzählen.»

Joanna und Felicity richteten sich auf einen gemütlichen Abend zu Hause ein. Sie machten eine Flasche gekühlten Weißwein auf und tranken ihn im Garten. Dazu gönnten sie sich Oliven und warmes Pitabrot mit Tarama. Die Nacht war schwül. Sie lagen auf Sonnenstühlen und sahen in den indigoblauen Himmel, während sie plauderten.

Kurz nach zehn Uhr rief Adam an. «Du klingst nervös», sagte er. «Was ist los?»

«Oliver hat angerufen.»

«Im Ernst?»

«Er hatte mir Blumen geschickt, aber ich habe dem Lieferanten die Tür nicht aufgemacht. Ich dachte an deine Warnung. Ich hab versucht, dich zu erreichen, aber du hattest zu tun. Dann rief er an und fragte, warum ich seinen Strauß nicht angenommen habe. Wie du dir denken kannst, hab ich ziemlich Dampf abgelassen.»

«Kann ich mir vorstellen. Was hat er gesagt?»

«Daß ich alles mißverstanden und er nur versucht hätte, mich zu beschützen. Ich hab ihn auf die schmutzigen Details angesprochen, und er gab Charlotte die Schuld – du weißt schon, diesem gemeinen Weibsstück von First Clarence – aber ich bin sicher, daß ich mit Oliver nie über Charlotte oder irgendeinen anderen Kollegen gesprochen habe. Dazu war mir viel zu bewußt, daß er ein Kunde von uns war.»

«Er muß irgend etwas wollen», sagte Adam. «Warum sollte er dir sonst ausgerechnet jetzt Blumen schicken?»

«Das sehe ich auch so, obwohl es nicht sehr galant von dir ist, das auch zu sagen.»

«Ich sage nur die Wahrheit. Safarov macht nichts ohne einen triftigen Grund. Was hat er sonst noch gefragt?»

«Ob ich First Clarence immer noch verklagen will. Ich habe ihm gesagt, daß Max mir davon abgeraten hat. Felicity und ich nehmen an, daß die Blumen ein Vorwand waren, um die Lage zu peilen.» Sie erzählte ihm von dem fehlenden Absender.

«Du hast ihm doch nichts von uns erzählt?» fragte Adam.

«Natürlich nicht! Aber er war argwöhnisch – nicht, als ich wütend war, sondern später, als ich unverbindlich war. Er hat mir Heimlichtuerei vorgeworfen. Also tat ich so, als sei ich unglücklich und ließe alles über mich ergehen – und dann hat er mich für nächsten Samstag in die Oper eingeladen.»

«Er hat *was* getan?»

«Ist das nicht ungeheuerlich? Was für ein Ego dieser Mann doch besitzt!»

«Joanna, ich weiß, dir fällt es schwer zu glauben, daß Safarov es riskiert, in eine Betrügerei verwickelt zu sein, aber wenn ich zynisch wäre ...»

«Was du auch bist!»

«Dann würde ich behaupten, daß er entweder über uns Bescheid weiß und hofft, daß du versehentlich etwas verrätst, oder er will eine neue Arbeit für dich finden, so daß er illegal über dich Geschäfte machen kann, weil du ihm einen Gefallen schuldest.»

«Bei dir hört es sich an, als sei er ein Cousin ersten Grades der Mafia.»

«Das ist er auch.» Adam machte eine kurze Pause. «Was hattest du für ein Gefühl, als du seine Stimme hörtest?»

«Ich war aufgebracht.»

«Also nicht gleichgültig?»

«Nein», antwortete sie wahrheitsgemäß. «Ich bin zu wütend auf ihn, als daß ich nichts empfinden könnte.»

Adam schwieg einen Moment. Sein Tonfall war munter, als er dann sagte: «Ich bin im Archiv des *Sunday Chronicle*. Wenn du willst, komm vorbei.»

«Natürlich will ich.» Sie freute sich. «Ich bin gleich da, aber ich dachte, ich dürfte nicht hinein.»

«Ich regle das mit Malcolm. Unsere Nachforschungen sind wichtiger als kleinliche Regeln.»

Sie nahm Stift und Papier zur Hand. «Gib mir die Adresse.»

Er gab ihr eine Wegbeschreibung, sagte ihr, wo sie abbiegen und welcher kleinen Straße sie folgen sollte. Dann hielt er inne. «Vergiß das. Ich traue Safarov nicht. Du bist nicht sicher, wenn du so spät allein in London herumfährst. Ich schick dir einen Wagen. Der Fahrer heißt Reg Cooper. Geh nicht nach draußen, bevor er bei dir geklingelt und sich über die Sprechanlage gemeldet hat.»

«In Ordnung … danke.» Sie war froh, nicht allein in die Nacht hinaus zu müssen.

Sie zog ihre eleganteste weiße Leinenshorts an, die den blassen Glanz ihrer Beine betonte, und legte sich einen weißen Baumwollpullover über die Schultern. Dann tupfte sie ihr Lieblingsparfum auf die Handgelenke und den Hals und spritzte sich noch etwas in die Kniekehlen. Als es klingelte, wünschte sie Felicity zum zweiten Mal viel Glück und eilte hinaus.

Reg Cooper war ein kleiner vergnügter Mann mit einem faltigen Gesicht und leuchtenden Augen. Er plauderte pausenlos, während sie den Embankment entlang und durch die ruhige, schlafende City fuhren.

«Es ist sehr nett von Ihnen, mich abzuholen», sagte Joanna, um ihren Dank anzubringen, als Reg gerade einmal Luft holte.

«Ich würde für Adam bis zur Antarktis fahren. Er ist manchmal etwas ungehobelt, ich weiß, und ungeheuer launisch, aber er hat ein gutes Herz. Als meine Frau im Krankenhaus war und … Sie wissen schon, äh … Frauenprobleme hatte, da hat Adam ihr Blumen geschickt. Und Adam hat auch daran gedacht, sich zu erkundigen, wie es ihr geht. Das werde ich nicht vergessen.»

«Kannten Sie Richard Holdfast?»

«Ob ich ihn kannte? Ich war sein Fahrer. Der arme Mr. Holdfast, so eine Schande. Der *Sunday Chronicle* ist seitdem nicht mehr wie früher.» Reg plauderte weiter über den verstorbenen Herausgeber.

Als sie vor dem modernen, gläsernen Gebäude des *Sunday Chronicle* vorfuhren, ging Adam in der Empfangshalle auf und ab. Er eilte herbei, um Joanna die Tür zu öffnen, dankte Reg, als er sie rasch hineingeleitete und sie mit seinem Körper vor neugierigen Blicken schützte.

Sie gingen zum Empfangstisch hinüber.

«Ich werde die Dame nicht eintragen», informierte Adam den Nachtportier. «Ich möchte nicht, daß ihr Name auf der Liste erscheint.»

Der Portier schaute ihn besorgt an. «Mr. Hunter, jeder muß sich eintragen. Mr. Burke wird mich dafür verantwortlich machen, wenn er das erfährt. Sie wissen doch, wie er es mit den Regeln hält.»

«Ich nehme die Schuld auf mich, wenn es Ärger gibt.» Adam nahm einen Notizblock und schrieb: «*Malcolm, ich wurde gebeten, meinen Gast einzutragen, habe dies aber verweigert. Ich allein bin dafür verantwortlich, daß diese Regel gebrochen wurde.*» Er datierte und unterschrieb es.

Der Portier entspannte sich sichtlich. «So etwas hätte Mr. Holdfast auch getan, aber heutzutage schiebt jeder die Verantwortung auf den anderen.»

Adam und Joanna nahmen den Aufzug zu einem riesigen Großraumbüro, das vollgestellt war mit Computern, Telefonen, Faxgeräten und Tischen, auf denen Ausgaben der morgigen Zeitung lagen. Er führte sie nach hinten zum Archiv.

Er schloß einen Arbeitsraum auf und suchte die Disketten heraus, auf denen Finanzinformationen der letzten drei Jahre gespeichert waren. «Hier haben wir die Aktienkurse von jedem einzelnen Tag, ebenso wie Neuigkeiten in Bezug auf Angebote, Übernahmen, Fusionen und Ankäufe.» Er lächelte Joanna an. «Jetzt können wir sehen, wann die Investment-Fonds auf Gold gestoßen sind.»

Sie setzten sich an zwei nebeneinanderstehende Rechner. In Joannas schoben sie die Diskette mit Jeremys Daten. Auf Adams Rechner luden sie die Informationsdiskette vom *Sunday Chronicle*. Adam gab Carthew Instruments ein.

Sein Bildschirm zeigte, daß am 21. Oktober – dem Tag also, an dem Richard beim Essen Oliver traf – der Aktienkurs von Carthew bei 180 stand. Am folgenden Montag – der Tag, nachdem Richards Artikel erschienen war – stand der Kurs zu Börsenbeginn bei 130. Zum Börsenschluß standen sie bei 80 Pence. Am Ende der Woche waren sie bis auf 20 Pence gefallen.

«Schau mal nach, ob irgendeine der Offshore-Gesellschaften Carthew-Aktien hatte», sagte Adam.

Joanna überprüfte ihre Datei. «Keine. First Clarence handelte damals noch nicht für Kathpeach. Für New Aldren Fund auch nicht. Für Società Hadini haben sie gehandelt, aber keine Carthew-Aktien gekauft.»

«Da muß eine Verbindung bestehen.» Adam las über ihre Schulter hinweg. «Vielleicht steckt Safarov oder Jeremy hinter Bilsham.»

Joanna war sich bewußt, wie nah sein Gesicht dem ihren war. «Oliver leitet eine neue Investmentgesellschaft», sagte sie. «Er verbringt die meiste Zeit in Osteuropa. Er könnte von dort aus nicht ständig nach Grand Cayman, Monte Carlo oder auf die Bermudainseln fliegen, ohne daß man es merkt.»

«Du verteidigst ihn schon wieder.»

«*Das ist nicht wahr!*»

«In Ordnung, es ist nicht wahr. Angenommen, Bilsham ist Olivers Partner.»

«Oliver ist zu gerissen, um einen Partner zu haben. Er arbeitet nur mit bloßen Schachfiguren.» Sie zog eine Grimasse. «Mit mir, zum Beispiel.»

Adam nahm sie bei den Schultern und schüttelte sie sanft. «Hör auf damit, oder ich muß dich wütend machen.»

Sie lächelte. Dann riß sie die Augen weit auf. «Mir fällt gerade etwas ein! Rebecca hatte auch einen Kunden, der vor einem Angebot kaufte.»

«Haben die sich über sie beschwert?» fragte Adam, der ein Strickmuster zu erkennen glaubte.

«Nein, die mußten den Laden zumachen. Ach, Mensch, wie hießen die denn noch?» Sie schnippte mit den Fingern, so als könne das Geräusch die Erinnerung auslösen. «Der Name klang irgendwie exotisch – vielleicht italienisch oder spanisch – und fing mit Don an.»

«Don Giovanni?»

Sie lachte und schüttelte den Kopf. «Nicht ganz so exotisch!»

«Donna?»

«Das könnte es sein, glaube ich. Und wenn nicht, dann so ähnlich.» Sie war so aufgeregt, daß sich ihre Stimme überschlug, was Adam zum Lachen brachte.

Sie gaben Don ein. Donia & Co erschien und füllte den Bildschirm mit Daten. Der Unterzeichner war ein Mr. Summer. Sie sahen sich an.

«Summer House!»

Zwei Transaktionen in den frühen neunziger Jahren waren aufgelistet, beide von unterschiedlichen Händlern ausgeführt, und ein Eintrag darunter: «22. Oktober 1991–700 Nov. 70 CI p zu 10.»

«Das erste Datum ist der Tag, nachdem Richard beim Essen Safarov traf, als der Aktienkurs bei 180 stand», sagte Adam. «Das zweite könnte ein Tippfehler sein. CI muß für Carthew Instruments stehen.»

«22. Oktober 1991–7. November 70? Diese Zeitspanne ergibt keinen Sinn.»

«Ich weiß, aber das Ganze kann kein Zufall sein. Wer immer auch hinter Donia stand, der wußte, daß Richard den gefälschten Anwaltsbrief bekommen und den Köder geschluckt hatte.»

Joanna legte die Hand auf Adams Arm. «Warum sollte Donia Carthew-Aktien kaufen, wenn sie Insider-Informationen hatten, denen zufolge das Unternehmen den Bach runtergehen würde?»

Er starrte auf ihren Bildschirm. «Weiß der Himmel!»

«Weil sie gar nicht gekauft haben!» In ihrer Begeisterung grub Joanna ihre Finger in seinen Arm. «Donia hat Verkaufsoptionen erworben. Sie spekulierten darauf, daß der Preis fällt. Sie gaben 70 000 Pfund für 700 Kontrakte von je 1000 Aktien aus, in der Annahme, daß der Preis bis Ende November unter 70 Pence fallen würde.»

«Weil sie wußten, daß er fallen wird.» Adam schaute sich den Preis der Terminkontrakte für Carthew am 22. Oktober an. Der Basispreis für Verkaufsoptionen im November stand bei zehn Pence.

Joanna rechnete den Gewinn zusammen. «Donia hat 700 000 Pfund abgeräumt. Die haben sich wahrscheinlich selbst geohrfeigt. Wenn sie vorausgesehen hätten, daß Carthew zusammenbricht, hätten sie es verdoppeln können.»

Adam legte seine Hand auf Joannas. «Jedesmal, wenn ich deine Fingerabdrücke auf meinem Arm sehe, werde ich an diesen Durchbruch denken.»

Sie lachte. «Entschuldige. Ich war so aufgeregt.»

Er lächelte. «Ich genauso.»

Sie tauschten ihre Plätze an den Computern, um ihre Suche mit frischem Blick fortzuführen und die Daten, zu denen die Offshore-Gesellschaften Aktien gekauft hatten, zu überprüfen. Gewissenhaft folgten sie jedem Hinweis und untersuchten jede einzelne Transaktion. Seit Joanna nicht mehr bei First Clarence arbeitete, hatte Redrey Trust einmal gekauft – über ihre Nachfolgerin Jane Dixon. Sie starrte auf den Eintrag. Wenn es sich bei Oliver und Bilsham um ein und dieselbe Person handelte, dann hatte er seine Geschäfte doch nicht an eine andere Bank gegeben. Aber war er Bilsham? Sie konnte immer noch nicht glauben, daß er eine Gefängnisstrafe und die Schmach riskieren würde.

Während sie die Schlagzeilen der Zeitungen von 1989 durchging und mit dem Cursor über die Seiten flitzte, fiel ihr Blick auf einen Namen. Sie hielt inne und las vor: «*Lettland. Prozeß gegen den wegen Kriegsverbrechen vor Gericht stehenden älteren Lagerwärter wurde durch Selbstmord des Angeklagten beendet.*»

Einem kurzen Absatz folgte eine Aussage des Vertreters eines Institutes in Londons Stadtmitte, demzufolge sich einige Letten auf die Seite Deutschlands – Rußlands ehemaligem Feind – geschlagen hätten, um ihr Land von der Vorherrschaft Rußlands zu befreien.

«Das ist das Lager, in dem Olivers Vater gestorben ist», erklärte sie Adam. «Seine Mutter hat mir ein Foto von ihm gezeigt.»

«Wie war sein Vater?»

«Gutaussehend und mit dunklem Teint.»

«Und seine Mutter?»

«Ach, sie ist ganz anders, als ich sie mir vorgestellt hatte: nett, zurückhaltend und sehr schlicht in ihrem Geschmack. Oliver hat eine traumhafte Villa mit Personal, aber sie kocht immer selbst. Sie liebt ihn abgöttisch.»

«Liebt er sie?»

«Sehr. Sie ist wahrscheinlich die einzige Person, gegenüber der er sich vollkommen selbstlos verhält. Wenn er mit ihr zusammen ist, wird er zu einem anderen Menschen. In London war er distanziert und kultiviert.» Joanna dachte einen Augenblick nach. «Mir ist gerade aufgefallen, wie merkwürdig es ist, daß sein Londoner Haus so unwahrscheinlich russisch ist, wenn man bedenkt, daß er unbedingt zum Establishment gehören will – zumindest behauptet er das.»

«Inwiefern war er in Frankreich anders?» beharrte Adam.

«Er war reizbar und abwehrend wie ein Junge, der eine früh verwitwete Mutter beschützen will – und so war es nach dem Krieg wohl auch. Aber es ist merkwürdig: Die Villa, in der seine Mutter lebt, hat nichts Russisches an sich – außer ihrem Zimmer.»

«Ich frage mich, warum er dich dorthin mitgenommen hat, wenn er sie so sehr liebt und du nur eine unbedeutende Affäre warst?»

«Die Frage habe ich mir auch schon gestellt, ohne Ergebnis.» Joanna wandte sich wieder ihrem Bildschirm zu.

Adam betrachtete ihr Gesicht einen Moment lang und versuchte, ihre Gefühle zu erahnen. Einige Zeit später wies er auf einen Namen auf seinem Bildschirm. «Wer war Rosalind?»

«Eine Händlerin. Sie wurde gefeuert, bevor ich anfing. Jeremy sagte, sie handelte nicht gut genug, aber Simon erzählte mir, daß sie streitlustig war und jedes Geschäft hinterfragte.»

«Vielleicht hatte sie einen Verdacht.»

«Das habe ich mich auch gefragt.» Joanna lehnte sich zurück. «Simon erzählte, er habe Rosalind zufällig getroffen. Sie machte die Nachtschicht an der Kasse einer Tankstelle. Der Mistkerl Jeremy hatte sich geweigert, ihr ein Zeugnis auszustellen, so daß sie in der City keine neue Arbeit finden konnte.»

«Dann wird sie wütend genug sein, um mit uns zu reden. Wo ist diese Tankstelle?»

«In der Nähe von Simons Haus. Ich kann ihn nicht nach dem Namen fragen, weil ich ihn nicht mit hineinziehen will, aber ich weiß, wo er wohnt. So viele Tankstellen, die nachts geöffnet haben, wird es in der näheren Umgebung nicht geben.»

«Wir finden sie schon, aber zuerst brauchen wir einen Kaffee. Das könnte eine lange Nacht werden.» Er lächelte Joanna an. «Noch eine Nacht ohne Schlaf für dich. Hältst du das aus?»

«Ja, wenn die Alternative ist, zu Hause zu bleiben.»

Er berührte zärtlich ihre Wange. «Du mußt mitkommen. Du bist doch meine Partnerin.»

Er ging zur Kaffeemaschine am anderen Ende der Abteilung. Joanna drehte sich auf ihrem Stuhl herum, um ihn zu beobachten. Sie ließ ihre nackten Beine baumeln. Wie hatte sie nur je Oliver attraktiver finden können als Adam?

Als er mit zwei Tassen Kaffee zurückkehrte, wirkte er ernst.

«Stimmt irgend etwas nicht?» fragte sie.

«Nein.» Er stellte die Tassen ab. «Ich habe mich gefragt, wie Safarov sich zu Anfang an dich herangemacht hat.»

«Er rief mich an, lud mich zum Essen in seinen Club ein – und schickte mir anschließend Lilien.»

«Wie protzig!»

«Der Strauß war schön.» Sie lächelte ihn neckend an. «Stellst du den Frauen nicht mit Blumen nach?»

«Nein, mit Croissants zum Frühstück.»

Sie zog die Augenbrauen hoch. «Wie direkt.»

«So bin ich nun mal. Wenn ich eine Frau kennenlerne, die mir gefällt, will ich sie in meinem Bett haben. Ich will sie lieben. Ich schicke keine Blumen und rede stundenlang am Telefon. Ich spiele keine Spielchen, und ich lehne es ab, so zu tun, als wolle ich nicht mit jemandem zusammensein, indem ich sage, daß ich mich melde und das dann tagelang nicht tue, nur um nicht allzu versessen zu erscheinen. Das ist alles Quatsch. Wenn ich eine Frau begehre, dann will ich sie zu Hause kennenlernen, allein, nackt, indem wir uns lieben, unterhalten, alles teilen und erforschen.» Er blickte Joanna eisern an. «Findest du nicht?»

Sie errötete und tat seine Frage als Spaß ab, obwohl das nicht gerade das war, was sie sich wirklich wünschte.

«Ach, ich erwarte mindestens fünf Dutzend rote Rosen», erwiderte sie frech.

«Von mir bekämst du Croissants.»

Sie sah ihn an. Er hielt ihrem Blick stand. Scherzte er – oder meinte er es ernst?

«Aber jetzt trink deinen Kaffee, und dann machen wir uns auf die Suche nach Rosalind», sagte er. «Es ist schon fast sechs Uhr, und ich muß Toby um zwölf Uhr mittags abholen.»

«Ja, Sir!» Sie führte die Tasse zum Mund. Sie kannte die Antwort immer noch nicht.

Sie fuhren nach Clapham und suchten die Straßen in der Umgebung von Simons Haus ab. Die erste Tankstelle war geschlossen. Die zweite wurde von einem Mann geführt.

«Vielleicht arbeitet Rosalind schon nicht mehr hier», sagte Joanna. «Ich gehe hinein und frage. Er wird ihre Adresse eher einer Frau geben als einem Mann.»

Sie überquerte den Vorplatz, wobei die kalte Luft an ihren nackten Beinen sie frösteln ließ. Am Kiosk wandte sie sich durch das Gitter an den jungen asiatischen Mann an der Kasse, der in einem Geometrie-Lehrbuch las.

«Entschuldigen Sie die Störung, aber ich suche Rosalind. Man hat mir erzählt, daß sie hier die Nachtschicht macht.»

Der Kassierer schüttelte den Kopf. «Hier ist keine Frau – leider!» fügte er mit einem jungenhaften Grinsen hinzu.

«Ist hier eine andere Tankstelle in der Nähe?»

«Eine halbe Meile die Straße runter. An der Ampel dann rechts.» Er wandte sich wieder dem Lehrbuch zu.

Joanna ging zu Adam zurück und beschrieb ihm den Weg.

Die nächste Tankstelle wurde von einem älteren Herrn geführt.

«Ich suche Rosalind.» Wieder mußte Joanna durch ein Gitter sprechen.

«Ich bin jetzt der Kassierer.» Er war abweisend, so als wollte Joanna ihm seine Arbeit abspenstig machen.

«Hat Rosalind hier gearbeitet?»

«Warum wollen Sie das wissen?»

«Sie ist eine alte Freundin, und wir haben uns aus den Augen verloren.»

Er zuckte mit den Schultern. «Hier war ein Mädchen namens Rosalind, aber sie ist gegangen.»

«Könnten Sie mir sagen, wo sie wohnt?»

«Könnte ich, ist aber gegen die Vorschriften.»

«Bitte! Es ist schrecklich wichtig.» Joanna bemühte sich, ihn möglichst bittend anzusehen.

Der Mann starrte sie durch das Gitter an, unbeteiligt und abwartend.

Adam kam hinzu. «Gibt's ein Problem?» fragte er.

«Dieser … Herr kennt Rosalinds Adresse, aber er darf sie mir nicht geben.»

«Vielleicht hilft dies ja.» Adam schob einen 50-Pfund-Schein durch das Gitter.

Der Mann beäugte das Geld und leckte sich die Lippen. «Wenn ich Ihnen die Adresse gebe, erzählen Sie niemandem, von wem Sie sie haben?»

«Natürlich nicht», versicherte Adam ihm.

Blitzartig steckte der Kassierer das Geld ein. Er öffnete eine Schublade, holte ein Notizbuch hervor und zeigte auf eine Adresse in Pimlico.

Jubelnd gingen Adam und Joanna zum Auto zurück.

«Es ist sieben Uhr», sagte Adam. «Wir müssen eine Stunde totschlagen. Wir können sie an einem Sonntagmorgen nicht so früh wecken, sonst weigert sie sich erst recht zu reden.» Er ließ den Motor an. «Wir sollten frühstücken. Ich zeige dir mein Lieblingscafé.»

«Jetzt schon Croissants?» Sie warf ihm ein schelmisches Lächeln zu.

Er grinste. «Erst, wenn du sie dir verdient hast.»

Sie fuhren durch die nassen, verlassenen Straßen im Südosten Londons zu einem hell gestrichenen Café, das sich unter dem geschwärzten Bogen einer unbenutzten Bahnbrücke eingenistet hatte. In der Nähe waren ein Dutzend Laster abgestellt, viele davon mit Kennzeichen vom Kontinent. Im Café herrschte muntere und gemütliche Stimmung, während die vielen Fernfahrer riesige Mengen verdrückten. Das Brutzeln der Bratwürste vermischte sich mit dem Stimmengewirr und Lachen.

Eine lächelnde, rothaarige Frau kam auf sie zu und wischte sich dabei die Hände an ihrer Schürze ab. «Hallo, Kleiner», sagte sie, als sie Adam erkannte. «Mal wieder lang gearbeitet?» Sie zwinkerte Joanna zu. «Zeitungen! Wer liest die denn schon? Ich nicht. Ich hab keine Zeit.» Sie machte sich daran, einen Tisch für sie abzuräumen.

«Niemand liest sie, Cherry, aber das darfst du meinem Herausgeber nicht erzählen, sonst bin ich arbeitslos», erwiderte Adam.

Cherry kicherte. «Es freut mich, daß du deinen Sinn für Humor noch nicht verloren hast. Nun, was kann ich euch bringen?»

«Eine Kanne Kaffee und zweimal dein Spezialfrühstück, bitte.»

Sie setzten sich an einen einfachen Tisch mit einer rotweiß-karierten Plastiktischdecke.

«Hier gibt es das beste Frühstück der Stadt – und das hast du dir verdient», sagte Adam.

«Das haben wir beide.»

Cherry brachte zwei Teller mit Eiern, Würstchen, Speck, Champignons und Tomaten. Adam und Joanna redeten nicht sehr viel, während sie aßen; sie hatten zu großen Hunger, aber ihr Schweigen verursachte bei Joanna kein unangenehmes Gefühl, wie sie es mit Oliver empfunden hatte.

Sie verließen das Café und waren dreißig Minuten später bei Rosalind, die im ersten Stock eines einfachen Zweckbaus wohnte. Die Vorhänge waren aufgezogen, und im Innern konnten sie eine Gestalt erkennen.

«Drücken wir die Daumen», sagte Adam.

Joanna lächelte. «Und hoffen das Beste.»

Sie eilten den Weg zur Haustür entlang und klingelten.

«Ja?» ertönte es aus der Sprechanlage.

Joanna antwortete. «Rosalind, mein Name ist Joanna Templeton. Ich habe für First Clarence gearbeitet, und ich muß mit Ihnen reden.»

«Warum? Worüber?» Die Stimme klang ängstlich.

«Könnten Sie uns hereinlassen? Ich möchte das nicht in die Sprechanlage schreien.»

Rosalind zögerte. «Ich komme runter.»

«Sie ist noch abweisender, als ich erwartet habe», flüsterte Adam, als sich Schritte näherten.

Die Haustür wurde einige Zentimeter weit geöffnet, und eine junge Frau spähte hinaus. Sie hatte kurzes, braunes Haar und ein dünnes, verdrossenes Gesicht. «Ja?»

«Dürfen wir hereinkommen?» fragte Joanna.

«Nein. Sagen Sie, was Sie wollen, und dann gehen Sie bitte.»

«Rosalind, ich habe für First Clarence gearbeitet, nachdem Sie dort waren. Wie Sie wurde auch ich zu Unrecht gefeuert. Deshalb möchte ich mit Ihnen reden.»

«Ich kann nichts sagen.»

«Bitte! Wir müssen uns wehren. Das ist der einzige Weg, wenn wir jemals wieder eine Arbeit finden wollen.»

«Ich habe eine Arbeit.» Rosalind schaute Joanna nicht in die Augen. «Eine gute Stelle – endlich.»

«Ich dachte … Simon sagte …»

«Jeremy hat nachgegeben. Er hat mir doch noch ein Zeugnis ausgestellt.» Rosalind warf einen kurzen Blick auf Joannas müdes und abgespanntes Gesicht. «Hören Sie … es tut mir leid. Ich wünschte, ich könnte Ihnen helfen, aber ich kann es mir nicht leisten, meine Karriere ein zweites Mal aufs Spiel zu setzen. Ich lehne mich nie wieder zu weit aus dem Fenster. Wenn ich noch einen Monat länger arbeitslos gewesen wäre, hätte ich meine Wohnung aufgeben müssen. Ich habe meine Lektion gelernt. Wegsehen und den Mund halten.» Rosalind machte ihnen die Tür vor der Nase zu.

Joanna bückte sich und rief durch den Briefschlitz. «Rosalind! Wann haben Sie das Zeugnis erhalten?»

Rosalind ging die Treppe hinauf. «Bitte gehen Sie!»

«Nicken Sie einfach, wenn es im letzten Monat war.»

Rosalind zögerte.

«Ich wurde vergangenen Monat auf die Straße gesetzt», fuhr Joanna fort. «Wenn Jeremy nachgegeben hat, dann nur, um Sie davon abzuhalten, mit mir zu reden. Hat er Ihnen das Zeugnis unter der Bedingung gegeben, daß Sie schweigen?»

Rosalind ging weiter die Treppe hinauf. Joanna hatte das Gefühl, sie rede mit einer Statue. Dann, als Rosalind gerade in ihrer Wohnung verschwinden wollte, nickte sie kurz.

Joanna richtete sich auf. «Jeremy hat ihr Schweigen erkauft.»

«Und sie zu Tode verängstigt», meinte Adam.

Sie waren zu erschöpft, um noch weiter über Rosalind zu reden. Adam fuhr Joanna nach Hause, während sie gegen den Schlaf ankämpfte. Als sie ankamen, brannte in der Wohnung Licht, und Felicity wartete auf ein Taxi, das sie zum Flughafen bringen sollte.

«Unser nächster Schritt besteht darin, zu beweisen, daß G. F. L. Bilsham nicht der häusliche Typ ist, für den er sich ausgibt», sagte Adam. «Am Montag fahren wir nach Summerford.»

Sie nickte. Montag schien in weiter Ferne zu liegen.

«Ich weiß ja nicht, was du heute vorhast – abgesehen vom Ausruhen», fuhr er fort, «aber Toby und ich werden im Museum für Naturgeschichte sein, beim großen Dinosaurier, so gegen drei Uhr. Warum kommst du nicht mit?»

«Hätte Toby dich nicht lieber für sich allein?»

«Er mag Menschen. Ich bin der Einzelgänger.»

Sie lächelte. «Wenn du dir sicher bist, dann komme ich gern.»

Sie war so müde, daß sie eine Woche lang hätte schlafen können, aber es war ihr unvorstellbar, Adam bis Montag nicht zu sehen.

Kapitel 24

Es regnete leicht, als Joanna die geschäftige Cromwell Road entlangging, aber sie merkte es kaum. Sie konnte das Zusammensein mit Adam kaum abwarten. Das Museum war an verregneten Sonntagnachmittagen anscheinend ein beliebtes Ausflugsziel für Familien, und sie mußte sich anstellen, um eine Eintrittskarte zu bekommen. Die Verzögerung kam ihr wie eine Ewigkeit vor.

Sie kämpfte sich bis zum Hauptsaal vor. Adam und Toby standen nebeneinander und schauten an dem gewaltigen Skelett des Dinosauriers hoch. Keiner von ihnen bemerkte sie, so vertieft waren sie in den Anblick des riesigen Tieres.

Ein Lächeln erschien auf Joannas Gesicht, als sie Adam sah. Sie wollte die Arme um ihn legen und seine Lippen auf den ihren spüren. Gleichzeitig fühlte sie sich auf lächerliche Weise schüchtern – wie ein Teenager bei der ersten Verabredung.

Adam schaute sich um. «Da bist du ja!» Sein Blick hellte sich auf.

Sie errötete. Sie war so glücklich, wieder in seiner Nähe zu sein.

«Toby, das ist Joanna», sagte Adam. «Wir arbeiten zusammen an einer Story.»

«Hallo, Toby», sagte sie und versuchte, freundlich, aber nicht aufdringlich zu klingen.

Toby schaute sie weiterhin ungerührt an.

«Als ich nur ein wenig älter war als du, kam ich mit meinem Bruder und meiner Schwester hierher, um den Dinosaurier zu sehen», erzählte sie ihm in der Hoffnung, damit das Eis zu brechen. «Mein Bruder und ich waren sehr unartig. Wir erzählten meiner Schwester Lindsay, daß die Hamburger, die wir zu Mittag aßen, aus diesem großen Dinosaurier gemacht worden waren und daß die Trauben in dem Obstsalat die Augen eines Baby-Dinosauriers waren. Sie schrie, ihr wurde übel – und sie aß nie wieder Fleisch.»

«Wirklich nie wieder?» fragte er gefesselt.

Joanna schüttelte den Kopf. «Nie wieder.»

Toby bestand darauf, daß Joanna die Geschichte noch einmal erzählte. Dieses Mal bombardierte er sie mit Fragen.

«Er liebt die blutrünstigen Einzelheiten», vertraute Adam ihr an. «Je mehr, um so besser!»

«Und du?» fragte sie ihn lachend. «Bist du auch so blutrünstig?»

«Ich esse nur weibliche Dinosaurier.» Er kniff sie in die Wange, als wolle er ihre Schmackhaftigkeit testen.

Auf Tobys Wunsch hin schauten sie sich alle prähistorischen Skelette an.

«Wie wirst du es anstellen, ihn zu sehen, wenn du nach New York gehst?» fragte sie, als Toby außer Hörweite war.

«Das wird schwierig. Das ist der Hauptgrund, weshalb ich nicht gehen will. Ich verliere den wöchentlichen Kontakt, der so wichtig ist. Ich werde einen großen Teil seiner Kindheit verpassen, den ich nie wieder aufholen kann.»

Sie nickte. Ihr würde Adam auch fehlen – sehr sogar.

Sie fuhren zum Tee zu ihm nach Hause. Während Toby vor dem Fernseher saß, redeten sie über Rosalind.

«Ich frage mich, ob Jeremy ihr ausdrücklich gesagt hat, nicht mit mir zu reden oder einfach mit niemandem zu reden», überlegte Joanna.

«Letzteres.» Adam zerbrach einen Vollkornkeks. «Deinen Namen zu nennen, würde ihn belasten.»

«Hoffentlich erzählt sie Jeremy nicht, daß wir sie kontaktiert haben.»

«Das glaube ich nicht», sagte Adam. «Sie will mit First Clarence nichts mehr zu tun haben. Aber falls sie es ihm doch erzählen und Jeremy eventuell Bilsham warnen sollte, fahren wir morgen nach Summerford, gleich nachdem wir Toby zur Schule gebracht haben.»

Sie unterhielten sich aufgeregt und mit leiser Stimme, um Toby nicht zu beunruhigen. Die Zeit verging. Joanna dachte an ihre Wohnung, die ohne Felicity nun leer war. Sie hatte kein Verlangen, nach Hause zu gehen.

Toby wandte seinen Blick vom Fernseher ab. «Bringt Mummy mir heute meine Schuluniform?» fragte er.

Adam schaute Joanna nicht an. «Ja, sie kommt in einer Stunde. Sie hat vergessen, sie einzupacken.»

«Aber ich bleibe doch heute nacht bei dir?» fragte er besorgt.

Adam lächelte versichernd. «Natürlich. Du bleibst sonntags doch immer bei mir.»

Beruhigt und glücklich wandte sich Toby wieder dem Fernseher zu.

Joanna war angespannt. Warum hatte Adam sie nicht darauf vorbereitet, daß seine Exfrau kommen würde? Sie wartete darauf, daß er ihr eine Erklärung gab, aber er äußerte sich nicht dazu. Da Toby im Zimmer war, konnte er allerdings auch nicht viel sagen.

Nach ein paar sehr langen Minuten erhob sich Joanna. «Ich muß los. Ich muß noch einiges erledigen. Könntest du mir ein Taxi rufen?» Sie versuchte, so zu klingen, als habe sie schon immer vorgehabt, nun zu gehen.

«Ja, sicher.» Adam versuchte nicht, sie zum Bleiben zu überreden.

Er rief ein Taxi, während sie sich von Toby verabschiedete. Dann begleitete er sie nach unten zur Haustür. Sie ging vor ihm, schnell, sie wollte weg sein, bevor die Frau ankam, die dieses Haus einst ihr Heim genannt hatte.

«Joanna, warte!» sagte Adam im dunklen Flur, wo Toby sie nicht hören konnte.

Joanna hob den Kopf. «Was ist?»

«Ich möchte dir etwas sagen.» Er legte die Hand auf ihre Schulter und schob sie zurück gegen die Wand, so daß sie gezwungen war, ihn anzusehen. «Zwischen Val und mir ist es seit Jahren aus, aber das Kind verbindet uns, und wir mögen uns noch immer.»

«Wie lange wart ihr verheiratet?» fragte sie.

«Wir waren nicht verheiratet.»

«Warum hast du mir nicht gesagt, daß sie heute kommt?»

«Ich hatte nicht geplant, daß du noch mitkommst.»

Joanna wurde rot. «Warum hast du mich dann eingeladen?»

Sie wurden von der Türklingel unterbrochen. Zögernd ließ Adam sie los und öffnete die Tür.

«Taxi?» fragte der Fahrer und schaute von einem zum anderen.

«Ich komme.» Joanna wandte sich Adam zu. «Ich erwarte dich morgen früh.»

«Wenn ich dich eingeladen habe, dann, weil ich es wollte», sagte er.

Sie eilte hinaus, ohne etwas zu erwidern. Sie hatte Adam so sehr glauben wollen, aber jetzt war sie unsicher. Sie wußte nur, daß sie – nach der Geschichte mit Oliver – lieber den Rest ihres Lebens allein bleiben würde, als mit einem Mann zusammenzusein, dem sie nicht vertrauen konnte.

Ihre Wohnung erschien ihr unnatürlich ruhig. Der einzige Hinweis auf Leben war das Chaos, das Felicity beim Packen zurückgelassen hatte – herrenlose Schuhe und aussortierte Taschen. Joanna war niedergeschlagen. Sie versuchte, die Sache mit Adam und Val zu vergessen, aber ihre Gedanken wanderten immer wieder zurück zu dem Haus in Bayswater.

Um sich abzulenken, ging sie zum Kiosk und kaufte eine Zeitung. Auf dem Weg nach Hause las sie die Schlagzeilen. Als sie den Platz überquerte, auf dem Adam sie überredet hatte, Schutz in seinem Auto zu suchen, bemerkte sie zwei Männer, die stocksteif unter den Bäumen am anderen Ende der Gartenanlage standen. Ihre Gesichter waren im Schatten nicht zu erkennen. Ihr erster Gedanke war, daß sie Reporter waren, aber das erschien ihr unwahrscheinlich, da sie zu zurückhaltend waren. Außerdem war ihre Geschichte mittlerweile nicht mehr aktuell.

Sie ging weiter. Aus irgendeinem Grund schaute sie zurück. Die Männer folgten ihr. Sie konnte sie durch die Bäume erkennen. Sie hielt an. Die beiden blieben stehen, während sich einer eine Zigarette anzündete. Die Flamme seines Feuerzeuges flackerte im Dunkel auf. Sie eilte weiter. Die Männer beschleunigten ihren Gang.

Joannas Haut prickelte. War Jeremy am Samstag bei der Arbeit gewesen? Wußte er schon, daß sie sich Zugang zu seinem Computer verschafft hatte? Hatte er das Überwachungsvideo gesehen? Oder war es reiner Zufall, daß diese Männer in dieselbe Richtung gingen wie sie?

Sie überquerte eilig die Fahrbahn und ging, fast im Laufschritt, die Straße entlang.

«Hallo, Joanna», ertönte es hinter einer Hecke.

Joanna zuckte ängstlich zusammen. «Oh, Mrs. Applegate, ich habe Sie gar nicht gesehen.» Sie schaute sich um.

Die Männer waren vor der Kreuzung stehengeblieben. Sie standen mit dem Rücken zu ihr.

«Fühlen Sie sich nicht gut, Kleines?» fragte Mrs. Applegate, die gerade eine Rose zurückschnitt. «Sie sind weiß wie die Wand.»

«Mir geht's gut, danke.» Joanna zwang sich zu einem Lächeln. «Was für schöne Rosen Sie haben.»

Mrs. Applegate strahlte vor Stolz. «Nur, weil ich sie regelmäßig dünge. Das brauchen sie, die armen Dinger, besonders bei all der Luftverschmutzung.»

«Da haben Sie sicher recht.» Joanna schaute noch einmal zurück, aber die Männer waren verschwunden. Dennoch wünschte sie Mrs. Applegate schnell einen guten Abend und eilte die Treppe hoch in ihre sichere Wohnung.

Sie war verängstigt und konnte nichts dagegen tun. Die Männer waren vielleicht vollkommen harmlos, aber sie hatte sich bedroht gefühlt. Warum waren sie ihr gefolgt? Warum waren sie stehengeblieben?

Sie nahm den Hörer ab und wählte Adams Nummer. Mittendrin hielt sie inne. Adam wollte nicht, daß sie in seine Wohnung zurückkam. Das hatte er gesagt. Er hatte auf Val gewartet. Sie stellte sich vor, wie sie am Tisch saßen und im Familienkreis mit dem Sohn zu Abend aßen. Sie stellte sich Val vor, eine wilde Schönheit, ein modisches Skelett voller Selbstbewußtsein, wie sie fragte: «Wer zum Teufel ist dieses hysterische Weib am Telefon?»

Nachdem sie die Schlösser an Fenstern und Türen überprüft hatte, setzte sich Joanna hin und versuchte, die Zeitung zu lesen. Aber sie konnte sich nicht konzentrieren. Die Buchstaben verschwammen vor ihren Augen, mangelnder Schlaf ließ ihren Kopf dröhnen, und bei jedem Geräusch schreckte sie auf. Sie ging schließlich zu Bett, aber es dauerte Stunden, bis sie einschlief.

Sie wachte erst auf, als Adam an der Tür klingelte.

«Tut mir leid», murmelte sie verschlafen, als sie ihn hereinließ. «Ich weiß nicht, wie das passieren konnte.»

Er wedelte mit erhobenem Zeigefinger vor ihrer Nase herum. «Du hast einen draufgemacht, du unartiges Mädchen.»

«Nein, habe ich nicht.»

«Joanna, ich habe immer wieder angerufen, aber du bist nicht ans Telefon gegangen.»

«Ich war hier … ehrlich.» Ihr lief ein Schauer über den Rücken, als ihr die Männer einfielen.

Adam nahm den Hörer ab und lauschte. «Die Leitung ist tot.»

Die Männer. Das Telefon. Joanna versuchte, nicht in Panik zu geraten.

«Ich werde das über mein Handy melden, während du dich anziehst», sagte Adam. «Zieh etwas Unauffälliges an, und nimm einen Pullover mit. Wir müssen dort vielleicht einige Zeit warten. Beeil dich!» Er schob sie sanft in Richtung Badezimmer. «Wir wollen doch nicht, daß Bilsham entkommt.»

Seine gute Laune reizte sie, und sie fragte sich unweigerlich, ob seine Stimmung Val zu verdanken war.

Sie duschte rasch, ging in ihr Zimmer zurück und zog eine Jeans und einen dunkelroten Pullover an.

«Der Kaffee ist fertig», sagte Adam.

«Ich komme sofort.» Sie trug etwas Maskara auf die Wimpern auf und besprühte Hals und Handgelenke mit Parfüm. Dann kam sie noch auf die Idee, die Diskette aus ihrem Versteck zwischen den Büchern zu holen und sie in ihre Tasche zu stecken: Sie konnte sich von ihrem schwer erkämpften Beweismaterial nicht trennen.

«Du siehst zum Anbeißen aus und duftest auch so», sagte Adam, als sie aus ihrem Zimmer trat.

Er reichte ihr einen Becher Kaffee und schien sich in ihrer Küche vollkommen zu Hause zu fühlen.

«Danke.»

Joanna entschied, Adam nicht von den Männern zu erzählen. Sie hatte wahrscheinlich übertrieben reagiert und war nach sechs schlaflosen Nächten einfach erschöpft. Sie waren vielleicht nur in ihre Richtung gegangen. Im hellen Licht eines neuen Morgens schien dies die wahrscheinlichste Erklärung zu sein.

Sie fuhren auf der M4 hinaus und nahmen die Abfahrt Theale, um dem Themse-Tal durch Pangbourne und den anderen kleinen Städten am Fluß zu folgen. Die Wiesen glänzten grün, das Wasser funkelte im Sonnenschein. Strahlend weiße Motorboote schossen stromaufwärts und brachten die Schwäne und die Moor-Schneehühner in ihrem Kielwasser zum Schaukeln.

Ein paar Meilen vor Oxford lag Summerford. Es war ein kleines, gepflegtes Dorf mit Häusern im georgianischen Stil, die um eine Kreuzung herum gebaut waren, von wo aus eine enge, verschlungene Hauptstraße hinunter zur alten Steinbrücke führte, unter der der Strom ursprünglich entlangfloß.

«Sieh mal! Dort ist eine Auffahrt.» Joanna zeigte auf ein imposantes schmiedeeisernes Tor.

Adam fuhr langsamer. Aber auf dem Schild neben dem Eingang stand Summerford Manor.

Sie fuhren weiter bis ans Ende des Dorfes, wo sich weite Getreidefelder an die Häuser anschlossen. Ratlos hielten sie an und schauten auf dem Vorplatz einer Tankstelle auf die Karte.

«Ich frage nach dem Weg», sagte Joanna und wandte sich an den Angestellten.

«Summer House?» wiederholte er. «Sie sind in der falschen Straße. Fahren Sie am Pub vorbei, über die Brücke und dann die erste links.»

Die Straße, die der Mann ihnen angegeben hatte, verlief parallel zur Themse. Am Ufer lagen mehrere spektakuläre Anwesen mit weiten Rasenflächen, die bis zu den privaten Anlegestellen reichten.

«Wie es sich für einen Millionär gehört», sagte Adam, als er durch ein schwer gesichertes Tor auf ein Anwesen schaute.

«Oder für jemanden, der mit Hilfe von Insider-Informationen handelt.»

Sie fuhren langsam und hielten an jeder imposanten Auffahrt an, aber keine war mit Summer House beschildert. Wieder schloß sich die ländliche Gegend an die Häuser an. Sie hielten an einer Kreuzung.

«Wir müssen daran vorbeigefahren sein.» Adam drehte um.

Sie fuhren noch langsamer zurück. Am Ufer des Flusses stand eine schöne umgebaute Elisabethanische Scheune. Auf der anderen Seite der Straße war eine hohe Zypressenhecke.

«Summer House!» rief Joanna und griff in ihrer Aufregung nach Adams Arm.

Adam bremste. «Wo?» Er musterte die Scheune.

«Da.» Sie wies auf eine bescheidene Einfahrt in der Zypressenhecke.

Adam setzte zurück und stellte das Auto so, daß sie das Haus erkennen konnten, aber sie sahen dennoch nichts. Jenseits des Tores schlängelte sich ein Kiesweg entlang – wohin er führte, war wegen der Hecke nicht zu sehen.

«Das Haus muß weit zurückgesetzt liegen», meinte Adam.

«Oder das hier ist der Hintereingang.»

Sie fuhren zurück zur Kreuzung und bogen rechts in einen Weg ab, der augenscheinlich parallel zu dem Grundstück verlief. Auch hier versperrte ihnen die Zypressenhecke weiterhin die Sicht. Zu ihrer Überraschung machte der Weg nach knapp hundert Metern plötzlich eine Kurve. Nun trennte sie ein tiefer Graben ebenso wie die Hecke vom Summer House.

«Wir befinden uns wahrscheinlich dahinter», sagte Adam. «Aber da ist nicht viel Platz für ein großes Anwesen.»

«Vielleicht ist es wirklich nur ein Landhaus, zu dem Bilsham zum Arbeiten kommt.»

«Eine Adresse, die er nutzt, während er woanders lebt.»

«Ein Hangar für seinen Hubschrauber.»

«Es gibt nur eine Möglichkeit, das herauszufinden.» Adam bog in eine Einfahrt ein.

Sie stiegen aus dem Auto und überquerten rasch den Weg. Der Graben war voller Wasser, und das Ufer war steil. Adam sprang zuerst hinüber, drehte sich dann um und streckte seine Hand aus, um Joanna behilflich zu sein. Sie folgte ihm und klammerte sich an seinem Arm fest, um nicht rücklings ins Wasser zu fallen.

«Auf geht's», sagte er und drückte vorsichtig einen Ast herunter, um durch das Loch in der Hecke zu schauen.

Jenseits der Hecke sahen sie hohe eiserne Gitter, dann eine weite Rasenfläche, die ein hübsches Haus aus der Jahrhundertwende umgab. Es war ein ansehnliches Familienhaus auf einem Grundstück mit einem gut gepflegten Garten, aber nicht der Wohnsitz eines Mannes, der mit illegalem Handel Millionen verdient hatte. Joanna und Adam starrten auf das Haus und schauten sich dann an.

«Wenn dies das Haus von Bilsham ist, dann kann er unmöglich der Drahtzieher sein.» Adam war nicht in der Lage, seine Enttäuschung zu verbergen.

«Er ist mit Sicherheit nicht Oliver», sagte Joanna, als sie an das überladene Haus in London und die strahlend weiße Villa in Frankreich dachte. Sie war erleichtert, nun da sie wußte, daß er kein Betrüger war – nicht um seinetwillen, sondern um ihretwillen.

«Bilsham könnte einfach nur ein besserer Mittelsmann sein», mutmaßte Adam.

«Vielleicht geht es ihm gar nicht ums Geld?» Sie lachte. «Wie albern! Natürlich geht es ihm darum! Warum sonst sollte er Verbrechen begehen?»

Während sie das Haus beobachteten, fuhr ein Lieferwagen die Auffahrt hinauf. Ein Mann stieg aus und klingelte an der Tür. Diese wurde von einer Frau mittleren Alters mit einer weißen Schürze geöffnet. Sie wechselten ein paar Worte, und der Mann gab ihr einen Karton. Sie trug ihn ins Haus und schloß die Tür. Der Mann fuhr davon. Hinten auf dem Lieferwagen stand: «Lieferservice für Video- und Computerspiele». Die Adresse deutete auf ein Industriegebiet am Rande von Oxford.

«Ehefrau, Köchin oder Haushälterin?» fragte Adam.

«Ich weiß es nicht, aber ich habe einen Riesenhunger.»

Er lächelte. «Ich auch.»

Im oberen Stock wurde ein Fenster geöffnet, und sie konnten sehen, wie sich jemand dahinter bewegte.

«Wir dürfen uns hier nicht erwischen lassen», sagte Adam. «Komm! Wir besprechen unsere nächsten Schritte beim Mittagessen.» Er sprang zurück auf die Straße und half dann Joanna über den Graben.

Sie fuhren zu dem alten, mit schwarzen Balken versehenen Pub an der Brücke zurück. Dort bestellten sie sich einen Imbiß mit Brot, Käse und Pastete und setzten sich an einen Tisch am Fenster, weit weg von den anderen Gästen an der Theke.

«Da wir schon mal hier sind, sollten wir versuchen, mit Bilsham zu reden», sagte Adam, nachdem die Kellnerin ihnen das Essen gebracht hatte. «Dann können wir ihn zumindest von unserer Liste streichen.»

«Was schlägst du vor, wie wir an ihn herankommen?» fragte Joanna, während sie die Entenpastete auf ihr Baguette strich.

«Wir warten, bis seine Frau – oder wer immer sie auch sein mag – fortgeht.»

«Vielleicht holt sie die Kinder von der Schule ab.»

«Ihre Kinder wären alt genug, um allein zu fahren.»

«Es sind Teenager. Die Lieferung der Spiele war für sie.»

«Das glaube ich nicht.» Adam schnitt sich eine Scheibe Cheddarkäse ab. «Es sieht nicht aus wie ein Haus mit Kindern. Es ist zu ruhig. Ich glaube, die Spiele sind für Bilsham.

Ich wünschte, er selbst wäre an die Tür gegangen, um sie in Empfang zu nehmen.»

«Ich hab eine Idee.» Joanna legte ihr Messer hin. «Wir gehen zu dem Videogeschäft, erzählen denen, daß wir Bilsham besuchen und ihm ein Geschenk mitnehmen wollen. Dann liefern wir das Spiel bei ihm ab.»

«Da tauchen also zwei Fremde mit einem Geschenk auf? Joanna, er wird sofort Verdacht schöpfen.»

«Dann finden wir eben heraus, welche Art von Spielen er mag, erzählen ihm, daß wir Marktforschung betreiben, und mit ein bißchen Glück läßt er uns vielleicht ins Haus.»

Adams Gesicht hellte auf. «Du bist brillant!»

«Das sind wir beide.» Ihre Augen funkelten.

Sie verschlangen ihr Mittagessen und eilten aus dem Pub. Der Lieferservice für Video- und Computerspiele war in einem modernen Großhandelsgeschäft in einem kleinen Industriegebiet untergebracht. Vor dem Gebäude standen einige Lieferwagen, die dem ähnelten, den sie am Summer House gesehen hatten. Im Geschäft waren alle Wände mit Spielen vollgestellt. Am Eingang befand sich ein großer Anschlag, auf dem festgehalten war, daß die wöchentliche Zustellung nur für die Inhaber eines Kreditkontos möglich war, die mindestens drei Spiele erwarben.

«Kann ich Ihnen helfen?» fragte ein eifriger junger Mann mit Pferdeschwanz.

Dieses Mal, so hatten sie verabredet, übernahm Adam das Reden. «Wir wollen einen Freund besuchen, einen Kunden von Ihnen, einen gewissen Mr. Bilsham in Summerford, und wir würden ihm gern ein Geschenk mitbringen.»

Die Augen des jungen Mannes leuchteten auf. «Mr. Bilsham ist unser bester Kunde – aber Sie haben ein Problem.»

«Wie meinen Sie das?» fragte Joanna.

«Er erhält jedes neue Spiel.»

«Für seine Kinder?» erkundigte sich Adam.

Der Verkäufer sah sie verwirrt an. «Ich dachte, Sie kennen ihn?»

«Er ist ein Freund meiner Eltern», erklärte Joanna rasch. «Sie haben uns gebeten, ihn zu besuchen, und wir haben uns daran erinnert, daß er schon immer etwas für solche Spiele übrig hatte.»

«Das kann man wohl sagen! Er ist fanatisch.»

Der Mann schien sich mit der Erklärung zufriedenzugeben. Er führte sie in den Lagerraum, suchte ein Regal mit neu hereingekommenen Spielen durch und erklärte, worin sie sich unterschieden, während Adam und Joanna nichts davon verstanden und ihre Ungeduld zügeln mußten.

«Hier ist eines, das Mr. Bilsham noch nicht gesehen hat.» Triumphierend zog der Verkäufer es aus dem Regal. «Er steht auf unser Lieferliste, und er wird wütend, wenn wir ihm nicht mindestens fünf neue Spiele bringen, also behalten wir manchmal ein Spiel in Reserve.» Er schaute sie besorgt an. «Bitte erzählen Sie ihm das nicht.»

«Natürlich nicht», versicherte ihm Adam.

Der Verkäufer ging voran zur Kasse. «Mr. Bilsham wird dieses Computerspiel gefallen», sagte er. «Er ist ein hervorragender Schachspieler. Er kann sich zwanzig verschiedene Eröffnungsvarianten merken, wie die großen Meister.»

«Ich kann mir nicht mehr als ein halbes Dutzend merken», sagte Joanna beeindruckt. «Aber Mr. Bilsham ist natürlich auch sehr intelligent», fügte sie schnell hinzu, da sie ihn ja angeblich kannte.

«Das ist er wohl – irgendwie.» Der junge Mann schaute sie merkwürdig an.

Auf ihrer Fahrt zurück besprachen sie, was sie Mr. Bilsham sagen würden. Als sie das Summer House erreichten, parkten sie das Auto an der Straße, um eine schnelle Flucht zu ermöglichen, und versuchten, das Tor zu öffnen. Zu ihrer Überraschung war es nicht verschlossen.

Die Auffahrt war kürzer, als sie es sich vorgestellt hatten. Sie führte an der Zypressenhecke entlang, durch ein kleines Dickicht hindurch und mündete in einem kleinen kreisförmigen Platz vor der Haustür. Sie marschierten rasch zum Hauseingang, wobei sie sich des knirschenden Geräusches ihrer Schuhe auf dem Kies und der Tatsache, daß man sie wahrscheinlich beobachtete, bewußt waren.

An der Haustür drückte Joanna die Daumen, während Adam klingelte.

Schwere Schritte eilten herbei. Ein Riegel wurde zurückgeschoben und die Tür aufgerissen.

Der Mann auf der Schwelle erinnerte Joanna an einen Wissenschaftler. Er hatte struppige graue Haare und trug eine Hornbrille, die seinem ebenmäßigen, rundlichen Gesicht das Aussehen eines zu groß gewordenen Schuljungen verliehen. Er starrte Adam und Joanna ausdruckslos und schweigend an.

«Mr. Bilsham?» fragte Adam.

«Mr. Bilsham», wiederholte er.

«Wir betreiben Marktforschung und würden gern Ihre Meinung zu diesem Spiel hören.» Adam hielt ihm das Computerspiel entgegen.

Mr. Bilshams Augen leuchteten vor ungeduldiger Vorfreude auf. Ohne ein Wort des Dankes schnappte er sich das Spiel und eilte ins Haus, wobei er die Haustür weit offen und Adam und Joanna im Eingang stehen ließ. Sie zögerten, aber nur einen Moment lang, und folgten ihm dann durch einen holzgetäfelten Flur in ein geräumiges Büro, in dem fünf sehr kostspielige Computer standen, die allesamt eingeschaltet waren und auf denen unterschiedlich weit vorangeschrittene Schachspiele liefen. Vor jedem Computer stand ein Stuhl.

Als sie den Raum betraten, nahm Mr. Bilsham gerade ein Spiel heraus, warf es beiseite und schob ihr Spiel ein. Innerhalb von Sekunden hatte er es auf den Bildschirm geladen. Aber er blieb nicht davor sitzen. Statt dessen sprang er von einem Stuhl zum nächsten und spielte alle fünf Schachpartien gleichzeitig, wobei er genau wußte, wo er in jeder stand. Er war so vollkommen vertieft, daß er seine Besucher nicht mehr wahrnahm.

Adam und Joanna tauschten Blicke und schüttelten den Kopf.

«Er kann nicht unser Bilsham sein», flüsterte sie.

Adam nickte.

«Auf Wiedersehen, Mr. Bilsham», sagte Joanna freundlich. «Wir danken Ihnen, daß Sie sich die Zeit genommen haben.»

Er antwortete nicht. Sie wandten sich ab, aber er beachtete sie nicht.

Jemand kam die Treppe hinunter, und ihnen blieb keine Zeit, ungesehen zu entkommen. Es war die Frau. Sie trug keine Schürze, sondern eine Schwesterntracht.

«Was machen Sie hier?» fragte sie.

«Wir haben Mr. Bilsham noch ein Spiel gebracht», antwortete Adam rasch.

«Aber Sie haben die Lieferung für diese Woche doch schon gebracht.»

«Dies ist ein zusätzliches Spiel.»

Die Schwester seufzte. «Mr. Bilsham, ich habe Sie doch schon mehrmals gebeten, keine Leute ins Haus zu lassen. Sie sollten mich rufen. Dafür bin ich doch da.» Sie tadelte ihn sanft, so als wäre er ein kleines Kind.

Mr. Bilsham nahm es nicht wahr.

Adam und Joanna wichen zurück; es war ihnen unangenehm, einen ohnehin schon mit Problemen belasteten Haushalt aufgewühlt zu haben.

«Es tut uns leid, daß wir Sie belästigt haben.» Adam folgte der Schwester hinaus in den Flur.

«Wir wußten es nicht.» Joanna lächelte Mr. Bilsham freundlich an.

Sie wollte den anderen gerade folgen, aber als sie die Tür des Büros erreichte, fiel ihr Blick auf ein Schwarzweißfoto von einem Jugendlichen, das auf dem Tisch neben dem Telefon stand. Sie blieb stehen und bückte sich, um das Bild näher zu betrachten.

«Oliver!» gab sie von sich, als sie die unverwechselbaren dunklen, schmalen Augen sah.

Der Name aktivierte Mr. Bilsham wie auf Knopfdruck. Er ließ seine Computerspiele links liegen und griff nach dem Telefonhörer.

«Ollie!» rief er derart aufgeregt, wie er es nicht einmal gewesen war, als sie ihm das Spiel gegeben hatten. «Laurie ist bereit, Ollie. Laurie ist bereit.»

Adam eilte zurück ins Zimmer. Er schaute von Joannas blassem, schockiertem Gesicht zu Mr. Bilsham und dann zu dem Foto.

«Safarov?» fragte er flüsternd.

Sie nickte. Ihr war übel vor Zorn, während ihr bewußt wurde, daß sie wieder einmal getäuscht worden war. Oliver war ein Betrüger. Dieser Tatsache mußte sie ins Auge sehen.

Die Schwester kehrte zurück. Sie sah Joanna anschuldigend an. «Was zum Teufel ist hier los?»

Adam meldete sich rasch zu Wort. «Mr. Bilsham wurde durch irgend etwas beunruhigt.» Er legte den Arm schützend um Joanna. «Wir werden gehen.»

«Ja, das ist wohl besser.»

Aber Mr. Bilsham wollte nicht, daß sie jetzt gingen. Er drängte sich zwischen Joanna und die Tür. «Ruft Ollie heute an?» fragte er sie aufgeregt. «Kommt Ollie?»

«Ich glaube nicht, Mr. Bilsham, aber ich bin sicher, er wird anrufen», antwortete die Schwester beruhigend. Sie führte ihn am Arm zu den Computern. «Warum spielen Sie nicht mit dem Spiel, das Ihnen diese netten Leute mitgebracht haben?»

Er setzte sich – und vergaß sofort die Anwesenheit seiner Besucher.

Adam schob Joanna eilig aus dem Büro hinaus.

Die Schwester folgte ihnen. «Ich weiß nicht, was ihn dazu gebracht hat, über seinen Bruder zu reden, aber er wird jetzt den ganzen Tag hyperaktiv sein – und die ganze Nacht wachbleiben. Er geht ohnehin schon kaum vor Einbruch der Dunkelheit ins Bett», beschwerte sie sich. Dann richtete sie ihre Tracht und fügte in einem freundlicheren Ton hinzu: «Obwohl er ja kaum Schwierigkeiten macht, wenn er immer mit seinen Spielen beschäftigt ist.»

«Was genau hat er denn?» fragte Adam.

«Er hatte bei der Geburt eine verminderte Sauerstoffzufuhr, der Arme. Einer von diesen unglückseligen Unfällen.»

«Aber er schafft es, diese Computerspiele zu besiegen, und das ist schwer.»

«Er merkt sich die Reihenfolge der Züge. Er kann Anweisungen bis ins kleinste Detail ausführen, aber er kann nichts selbst erarbeiten. Man dachte früher, er sei Autist, weil er in der Lage ist, sich wiederholende Aufgaben allein auszuführen und er sich Zahlen hervorragend merken kann, aber er ist zu freundlich … zu offen.»

«Wie tröstlich, daß er einen Bruder hat, der sich um ihn kümmert», bemerkte Adam auf eine Art, die ihr weitere Vertraulichkeiten entlocken sollte.

«In der Tat! Mr. Bilshams Bruder ist eine bedeutende Persönlichkeit. Nicht einmal ein Bruder, sondern ein Stiefbruder. Ich kann Ihnen natürlich nicht sagen, wer es ist, aber wenn er nicht wäre, müßte Mr. Bilsham in einem Heim leben. Er könnte nicht allein wohnen. Er ist so vertrauensselig, daß er jedem die Tür öffnen würde. Er hätte Sie wirklich nicht hereinlassen dürfen. Sein Bruder wäre entsetzt.»

Adam lächelte die Schwester verständnisvoll an und verabschiedete sich. Schockiert wie sie war, bemerkte Joanna dennoch, daß er nicht versprach, ihren Besuch geheimzuhalten.

Sie ging die Auffahrt voraus. Sie hätte es nicht ertragen können, falls Adam sagen sollte, er hätte es gewußt – selbst wenn er recht hatte.

Er folgte ihr. Er versuchte nicht, sie einzuholen.

«Wie konnte ich nur so naiv sein?» tobte sie und trat in den Kies. «Wie konnte ich im Zweifelsfalle zu seinen Gunsten entscheiden, selbst noch, nachdem er mich so niederträchtig behandelt hat? Wenn ich jetzt darüber nachdenke, wie mir dieser Mistkerl Informationen abgeschmeichelt hat. Ich habe immer gezögert, vertrauliche Kundenangelegenheiten preiszugeben, aber er hat mir immer wieder versichert, daß es unsere Pflicht sei, gegen Verbrechen anzukämpfen. Nur weil er der große Oliver Safarov ist, habe ich ihm blind vertraut.»

Sie stieß das Tor auf und marschierte auf die Straße. «Am Morgen, als ich gefeuert wurde, erhielt Jeremy einen Anruf auf dem Apparat, der nicht abgehört wird. Ich wette, das war Oliver, der ihm sagte, er solle mich loswerden, weil ich zu argwöhnisch wurde.» Sie drehte sich zu Adam um. «Als ich Oliver anrief, um ihm zu sagen, daß ich meine Arbeit verloren hatte, muß er es schon gewußt haben. Als er in meine Wohnung kam und versprach, er würde seine Geschäfte mit einer anderen Bank machen, war das ein Tarnmanöver, um mich zu beschwichtigen. Kein Wunder, daß dieser verdammte Betrüger nicht wollte, daß ich mich an Max wende.»

Ihre Fäuste waren vor Wut geballt, während sie neben dem Auto auf und ab ging. «Das erste Mal, als mich Oliver zu Hause anrief, fühlte ich mich so geschmeichelt. Ich hab den Anruf in der Badewanne entgegengenommen. Er bot mir an, mich später zurückzurufen, aber ich habe abgelehnt.

Das war während der Übernahme von Fact-Select. Sowohl Società Hadini als auch New Aldren Fund hatten vor der öffentlichen Bekanntgabe Aktien gekauft. Ich dachte, Oliver ... begehrt mich. Ich habe ihn sogar noch ermutigt. Aber er wollte einfach nur herausfinden, ob ich einen Verdacht hege.»

Sie dachte zurück, ganz an den Anfang. «Auf der Merantum-Party, als mich Jeremy herbeiwinkte, wissen Sie, was er da sagte? ‹Darf ich Ihnen Joanna Templeton vorstellen, unseren neuesten Star.› Ich habe mich so gefreut, war so aufgeregt. Mich hatte man ausgewählt, um einen so wichtigen Kunden kennenzulernen. Aber weißt du, was er wirklich meinte? ‹Dies ist die arglose Leichtgläubige, die wir als unsere Schachfigur benutzen werden.› Mann, wie verdammt idiotisch hab ich mich nur verhalten!»

Adam legte den Arm um sie und hielt sie ganz fest. «Wir verhalten uns alle im Leben manchmal verdammt idiotisch.»

Kapitel 25

Den ganzen Weg zurück nach London diskutierten Adam und Joanna über Olivers Verwicklung und spekulierten darüber, wie sein System funktionierte und woher er die Informationen bekam. Obwohl ein Mann in seiner Position endlos viel Klatsch zu hören bekam, waren sie sich darin einig, daß er zu regelmäßig handelte, als daß er sich auf bloßes Gerede verlassen konnte.

Als sie das Ende der Autobahn erreichten, bog Adam in Richtung Kew ab.

«Wohin fahren wir?» fragte sie.

«Ich möchte, daß du jemanden kennenlernst, der mir eine Menge bedeutet.»

«Adam, ich möchte Val nicht sehen, nicht ausgerechnet heute.»

«Glaubst du wirklich, daß ich so unsensibel bin?»

«Nein, glaube ich nicht.» Sie hatte nicht die Absicht gehabt, ihn zu verletzen. «Aber ich kann keinem Fremden gegenübertreten, nicht im Moment. Ich fühle mich so ... lächerlich.»

Er warf einen kurzen Blick auf ihr angespanntes Gesicht. «Hör auf, dir Vorwürfe zu machen.»

«Ich kann nicht anders.»

«Du bist nicht dumm.»

«Bin ich doch.»

«In Ordnung. Du bist es.»

Ihr Augen blitzten auf. «*Bin ich nicht!*»

Er lächelte. «Ich habe dich gewarnt, daß ich dich immer provozieren würde.»

Kurz vor dem Fluß bogen sie in eine hübsche, verschlungene Straße ab, die parallel zum Treidelpfad verlief. Adam hielt vor einem Landhaus an, das von einer Glyzine bedeckt war.

Er berührte Joannas geballte Fäuste. «Wir sind da. Ich weiß, daß du nicht herkommen wolltest, aber ich hoffe, du änderst deine Meinung.»

Eine Frau öffnete die Haustür. Sie war zierlich und hatte ein rundes, lächelndes Gesicht. Die roten Haare mit den grauen Strähnen waren zu einem kleinen Knoten zusammengebunden. Ihr farbenprächtiger Patchwork-Rock und die bestickte Bluse erinnerten Joanna an die folkloristische Kleidung, die ihre Mutter vor zwanzig Jahren getragen hatte – an den Stil, der Lindsay noch heute gefiel.

«Ich bin Mary Holdfast.» Sie umfaßte Joannas Hände. «Ich wollte Sie unbedingt kennenlernen. Es tut mir wirklich leid, daß Sie in solchen Schwierigkeiten stecken, und ich bin Ihnen so dankbar für alles, was Sie tun, um den Ruf des armen Richard wiederherzustellen.»

Die Freundlichkeit in Marys Stimme ließ Tränen in Joannas Augen schießen. Sie versuchte, sie wegzuzwinkern, aber sie glänzten auf ihren Wimpern.

«Sie müssen nichts sagen», fuhr Mary sanft fort. «Worte bleiben manchmal stecken, nicht wahr? Das passierte mir oft, nachdem Richard … starb. Heute auch noch. Das wird wahrscheinlich immer so bleiben.» Sie ging voran in ein ruhiges, sonnendurchflutetes Wohnzimmer mit einem wunderschönen Blick auf die Themse.

«Wie friedlich, so nah am Wasser zu wohnen», sagte Joanna und beobachtete eine Schwanenfamilie, die gemächlich stromaufwärts schwamm.

«Ja, Richard und ich haben dieses Haus gekauft, nachdem wir geheiratet hatten. Wir haben uns in den Fluß verliebt. Er angelte sehr gern. Unsere Urlaube haben wir immer in

Schottland verbracht.» Marys Blick fiel auf ein Foto von ihr selbst mit einem sehr großen, dünnen Mann mit weichendem Haaransatz, der stolz einen Lachs präsentierte. Dann richtete sie sich auf. «Ich mache Tee. Ich will unbedingt hören, wie weit Ihre Nachforschungen gediehen sind – wenn Sie es mir erzählen können. Ich verspreche, daß ich Sie nicht ausfragen werde. Das habe ich von Richard gelernt.»

«Ich denke, wir können Mary einweihen?» Adam wandte sich Joanna zu, um ihre Zustimmung zu erhalten.

Sie nickte. Obwohl sie nicht hatte kommen wollen, war Mary ihr sofort sympathisch gewesen.

Sie setzten sich vor das Erkerfenster, die Schwäne futterten in der Nähe und der Fluß glitt dahin. Adam berichtete von ihrem Besuch bei Mr. Bilsham. Als er zu dem Punkt kam, daß Joanna auf dem Foto Oliver erkannt hatte, erwähnte er ihre vorherige Haltung nicht, sondern sagte lediglich, daß dies der Beweis für Safarovs Verwicklung wäre, der ihnen bisher gefehlt hatte. Mary hielt Wort und stellte keine Fragen.

Sie redeten über den Carthew-Brief.

Mary wiederholte, daß sie ihn in Richards Schreibtisch gefunden hatte, zusammen mit der Notiz, ihn an Adam weiterzugeben. «Ich nahm an, daß er ihn von einem der Anwälte von Carthew bekommen hatte, aber das erscheint mir nun zu offensichtlich.»

«Ich bin überzeugt, daß es Safarov war – Gott weiß, wie wir das beweisen können», sagte Adam.

«Richard traf ihn bei dem Essen.»

«Ja, aber Joanna glaubt, daß er sich nicht mit so kleinen Fischen wie Carthew abgeben würde.»

«Ich könnte mich irren.» Joanna sah von einem zum anderen und seufzte selbstkritisch. «Ich hab mich ja auch bei allem anderen geirrt.»

Adam langte hinüber und drückte ihre Hand. «Hör auf damit!»

Joanna wandte sich an Mary. «Ich fühle mich so erniedrigt – und bin sehr, sehr wütend.»

«Ich war auch zornig, als Richard starb», sagte Mary. «Ich war wütend auf ihn, weil er mich verlassen hatte, auf mich, weil ich nicht gemerkt hatte, welche Seelenqualen er litt, und auf die Leute, die ihn in die Verzweiflung getrieben hatten. Wut ist ein Teil der Trauer. Das weiß ich jetzt. Zuerst war ich zornig, aber ich konnte nicht weinen.» Sie blickte Adam liebevoll an. «Nun weine ich oft, und es geht mir besser dabei – abgesehen davon, daß ich immer den armen Adam anrufe, um über die Vergangenheit zu reden.»

«Du weißt, daß mir das nichts ausmacht», versicherte Adam ihr. «Ich verdanke Richard all meinen Erfolg.» Er lächelte Joanna an. «Komm! Es wird Zeit, daß ich dich nach Hause bringe. Du siehst erschöpft aus.»

«Bin ich auch.» Sie spürte, daß sie vollkommen ausgezehrt war.

Mary begleitete sie zur Tür. «Ich will ja keine Nervosität verbreiten, Adam», sagte sie, «aber machst du dir keine Sorgen, daß Safarov erfahren wird, daß ihr seinen Stiefbruder besucht habt?»

«Ich glaube nicht, daß er es erfährt. Die Schwester hat eindeutig Angst vor Safarovs Zorn, und ich bezweifle, daß sich Bilsham an uns erinnern wird.»

«Zumindest hoffen wir das», sagte Joanna. Sie dachte an den übergroßen Schuljungen mit den glänzenden Augen, der Adam das Computerspiel aus der Hand gerissen hatte, und sie fragte sich, ob Oliver von Anfang an kaltblütig geplant hatte, Laurie auszubeuten – so wie er es mit ihr gemacht hatte.

Die Dämmerung brach herein. Das schwächer werdende Licht warf ominöse Schatten auf die Straße.

«Sei vorsichtig», sagte Mary und stellte sich auf Zehenspitzen, um Adam einen Kuß auf die Wange zu geben. «Ich könnte es nicht ertragen, wenn dir etwas zustößt.» Sie drehte sich um und schloß Joanna ein: «Keinem von euch.»

Joanna dachte an die Männer, die in der Straße herumlungerten, an ihr kaputtes Telefon und an Olivers überraschenden Telefonanruf nach Wochen des Schweigens – sie biß die Zähne zusammen und erschauerte.

Der Schlaf war wie immer Joannas Allheilmittel. In dem warmen Auto von Adam fielen ihr sofort die Augen zu, und sie wachte erst auf, als sie in London an einer Ampel halten mußten.

«Tut mir leid, daß ich eingeschlafen bin», murmelte sie.

Adam legte die Hand auf ihre. «Kein Grund, sich zu entschuldigen.»

Sie spreizte die Finger, um seine dazwischengleiten zu lassen. «Ich bin froh, daß du mich zu Mary mitgenommen hast. Ich mag sie.»

Er streichelte ihren Handrücken. «Sie mag dich auch.»

Joanna war sich bewußt, daß seine Haut die ihre berührte, sie spürte die Stärke seines Griffs – und ihre eigene Reaktion auf seine Berührung. Begehren strömte durch ihre Adern. Sie streckte ihre Beine unter der langen Motorhaube des Sportwagens aus und schaute Adam von der Seite an. Empfand er das gleiche? Sie glaubte es, aber sie war nicht sicher. Nachdem sie auf Oliver hereingefallen war, hatte sie Angst, ihren Gefühlen zu vertrauen.

Sie fuhren zu ihrer Wohnung.

«Ich bringe dich noch hinein», sagte er.

«Danke.» Hoffte er, die Nacht über zu bleiben? Egal wie müde sie war, sie wußte, daß sie nicht in der Lage wäre, ihm zu widerstehen.

Er begleitete sie ins Haus und durch den Flur bis zu ihrer Wohnung. Sie rechnete jeden Moment damit, daß er sich verabschiedete und ging, aber das tat er nicht. Sie lächelte ihn an und steckte den Schlüssel ins Schloß. Dabei ging die Tür von allein auf und trennte sich von dem zersplitterten Rahmen.

Ihr stockte der Atem, entsetzt schaute sie Adam an. «Bei mir wurde eingebrochen.»

«Sie sind vielleicht noch in der Wohnung.» Rasch schob er sie vom Eingang weg und stellte sich schützend vor sie. Dann stieß er die Tür weiter auf und lauschte. Nichts war zu hören.

«Bleib hier!» sagte Adam. «Ich schaue nach.»

«Nein, ich komme mit.» Sie hatte Angst, allein zurückzubleiben.

Sie folgte ihm. Ihr wurde übel, als sie das Ausmaß der Zerstörung sah. Alle Bilder und Spiegel waren von den Wänden gerissen. Jede Schublade und jeder Schrank waren gewaltsam geöffnet und der Inhalt auf dem Boden zerstreut worden. Sogar ihr Foto von Christopher hatten sie aus dem silbernen Rahmen gerissen. Sie bückte sich, um es aufzuheben.

«Mein Bruder.» Sie versuchte, das Foto glattzustreichen. «Diese Mistkerle! Warum mußten die sein Foto zerreißen? Es hat doch außer für mich für niemanden einen Wert.»

Adam rührte die Traurigkeit in ihrem Gesicht. «Das ist so verdammt ungerecht, nach allem, was du durchgemacht hast.»

«Warum nehmen Einbrecher nicht einfach nur irgendwelche Sachen mit? Warum müssen die meine Wohnung zertrümmern?»

«Die haben nach Geld und Schmuck gesucht.»

«Felicitys Schmuck!» Sie eilte zu Felicitys Schlafzimmer.

«Faß die Türklinke nicht an! Die Polizei braucht Fingerabdrücke.»

«Ich muß nach ihren Wertsachen sehen.»

Felicitys Bettdecke und die Matratze lagen auf dem Boden und ihr Schrank stand offen, aber alles andere – die Kommode, die Bücher, die Schmuckgegenstände – schien unberührt. Joanna stellte sich auf einen Stuhl und suchte mit der Hand den Schrank ab. Sie schrie vor Erleichterung auf, als sie eine kleine Metallschachtel fand. «Sie haben ihren Schmuck nicht gefunden. Gott sei Dank!»

«Was ist mit deinem?» fragte er, denn er war überrascht, daß sie nicht zuerst nach ihren Sachen geschaut hatte.

«Ich habe nicht viel – und meine Mutter lebt noch. Felicitys Mutter starb, als sie noch ein Kind war. Der Schmuck ist alles, was sie noch an sie erinnert.» Joanna öffnete ihre eigene Schlafzimmertür und wurde bleich. «O Gott! Schau dir das an. Alles liegt auf dem Boden.»

«Ich frage mich, warum sie Felicitys Zimmer kaum angerührt haben», meinte Adam mit nachdenklicher Miene.

«Vielleicht hatten sie keine Zeit.»

Er schnippte mit den Fingern. «Wir übersehen das Naheliegende. Dies waren keine gewöhnlichen Einbrecher.»

«Du meinst ... Oliver?»

«Wer sonst?»

«Jeremy. Aus einer Panik heraus.»

«Du verteidigst Safarov schon wieder.»

«Das tue ich nicht!» fuhr sie ihn an und richtete ihre Wut und ihren Zorn ungerechtfertigt gegen Adam.

«Du entscheidest im Zweifel für den Angeklagten. Er ist ein Betrüger, Joanna.»

«Oliver würde nicht in meine Wohnung einbrechen. Er würde sich nicht mit so etwas ... Niederem abgeben. Adam, schau mich nicht so ungläubig an! Ich weiß, ich habe ihn zuvor schon verteidigt, und ich habe mich geirrt, aber er würde sich die Hände nicht auf eine solche Art schmutzig machen.»

«Ich meinte ja auch, daß er jemanden dafür bezahlen würde.»

«Aber warum? Was sollte er denn suchen? Die Diskette jedenfalls nicht. Wir könnten in der Zwischenzeit unzählige Kopien gemacht haben.»

Adam zeigte auf die Wand, wo das Telefon aus seiner Verankerung gerissen worden war. «Vielleicht will er dir Angst einjagen, damit du den Mund hältst. Vielleicht war es kein Zufall, daß dein Telefon gestern abend nicht funktionierte.»

«Oder das mit den Männern», sagte sie und war plötzlich vollkommen verängstigt.

«Welche Männer?»

«Gestern abend, nachdem ich nach Hause kam, ging ich noch mal hinaus, um eine Zeitung zu holen. Als ich über den Platz zurückging, bemerkte ich zwei Männer, die unter den Bäumen standen. Sie folgten mir. Zumindest hatte ich das Gefühl.»

Adam durchquerte das Zimmer und hielt sie an der Schulter fest.

«Warum zum Teufel hast du mir das nicht erzählt?» fragte er und schüttelte sie sanft.

«Heute morgen habe ich mir gedacht, ich hätte überreagiert. Es konnte ja sein, daß sie einfach nur in dieselbe Richtung gingen.»

«Ich meine, warum hast du mich gestern abend nicht angerufen?»

Sie sah ihn nicht an. «Val war bei dir.»

«Na und?»

«Ich wollte euch nicht stören. Es hätte Zufall sein können.»

«Die Männer. Das Telefon. Der Einbruch.» Er legte die Arme um sie, hielt sie fest und umgab sie wie mit einer schützenden Mauer. «Joanna, du bist in Gefahr. Wenn Safarov erst einmal merkt, daß wir ihm auf der Spur sind – und sein Anruf zeigt, daß er Verdacht schöpft –, dann wird er vor nichts zurückschrecken, um dich zum Schweigen zu bringen.» Er ließ sie nur so weit los, wie es nötig war, um sein Handy aus der Jackentasche zu holen. «Ich rufe einen alten Freund an, der bei der Polizei arbeitet.»

«Wird unsere Story dann nicht auffliegen?» Sie konnte den Gedanken nicht ertragen, daß all ihre harte Arbeit vergebens gewesen sein sollte.

«Du brauchst Schutz.» Er wählte eine Nummer. «Walter? Hier ist Adam Hunter. Tut mir leid, daß ich dich zu Hause störe, aber ich brauche deinen Rat. Ich habe eine Informantin, um die man sich kümmern muß. Ihre Wohnung wurde auf den Kopf gestellt. Ja, wir sind jetzt hier. Wir haben es gerade entdeckt. Nein, ich telefoniere mit meinem Handy. Die Telefonleitung wurde gekappt. Du kommst jetzt her? Walter, ich kann dir nicht genug danken.» Adam gab ihm die Nummer von Joannas Haus und den Zustellbezirk – nicht die volle Adresse, falls der Anruf abgehört wurde.

Dann legte er die Hände auf Joannas Schultern. «Verzeih mir.»

«Weswegen?» fragte sie verwirrt.

«Ich habe das Naheliegende übersehen. Als Jeremy heute morgen seinen Computer anstellte, wird er gesehen haben, daß der letzte Zugriff Samstagnacht stattgefunden hat.»

«Das ist nicht dein Fehler, Adam, sondern meiner. Ich habe bei First Clarence gearbeitet. Ich hätte daran denken müssen», sagte sie und dachte, welch unterschiedliche Gesichter er doch hatte: ehrlich bis zur Unhöflichkeit und doch großmütig genug, um die Schuld für ihr Versehen auf sich zu nehmen.

«Nein», beharrte er. «Du hast das Risiko auf dich genommen. Ich hätte mich auf die Einzelheiten konzentrieren sollen. Jeremy wird sich das Überwachungsvideo angesehen und gemerkt haben, daß der Hacker ein Mädchen von BetterClean gewesen ist. Ein Anruf und schon wußte er, daß du es warst – Jo Temple oder Joanna Templeton.»

«Ich bin in vollem Bewußtsein dort hineingegangen. Niemand hat mich gezwungen. Und ich glaube nicht, daß Jeremy darum bitten würde, sich das Video anzusehen. Er würde kein Aufsehen erregen wollen.»

Bevor sie weiter spekulieren konnten, wurden sie von der Klingel unterbrochen.

Adam fragte durch die Sprechanlage: «Walter?»

«Wen sonst erwartest du?» erwiderte eine Stimme schroff.

Ein Mann kam herein. Er war untersetzt und hatte einen dunklen Teint, trug eine Jeans, Turnschuhe und eine abgetragene Lederjacke. Joanna kam er eher vor wie ein Fußballfan mittleren Alters als wie ein Polizist.

«In welches Hornissennest hast du nun schon wieder gestochen, Hunter?» fragte er und klopfte Adam so heftig auf den Rücken, daß dieser fast vornüber fiel.

«Walter, ich bin dir sehr dankbar, daß du gekommen bist, aber ich kann dir keine Einzelheiten erzählen, also bitte frag mich nicht.»

«Was? Ich darf den Aufpasser spielen und bekomme nichts dafür?»

«Du bist Beamter. Du solltest nicht nach Beifall streben.»

«Ich hätte es wissen müssen. Verdammter Journalist! Immer auf der Suche nach einem Knüller.» Walter schaute Joanna argwöhnisch an. «Du willst also, daß ich diesen Einbruch geheimhalte, die Fingerabdrücke mit denen in unserem Computer vergleiche und dir sage, ob es sich um einen gewöhnlichen Einbruch oder etwas Unheilvolleres handelt?»

Adam lächelte. «Woher weißt du das?»

«Ich bin Kriminalbeamter. Ich weiß, wie dein intriganter Kopf arbeitet – und da ich dich kenne, weiß ich auch, daß du noch etwas anderes von mir willst.»

«Du hast recht. Walter, ich mache mir Sorgen um Joanna. Sie braucht einen Bodyguard, und die Wohnung muß überwacht werden.»

«Und der Steuerzahler bezahlt? Du spinnst! Wir haben

nicht die Mittel, jedenfalls nicht ohne Hinweise, daß sie in Gefahr ist, und den Beweis habe ich nicht, weil du mir nicht erzählst, worum es hier überhaupt geht.»

Adam hob kapitulierend die Hände. «Aber du könntest uns die beste Sicherheitsfirma in der Branche empfehlen?»

Walter grinste. «Ach, ich denke, mir fielen da schon einige Namen ein – wenn du mir versprichst, mir alle Informationen über den Fall zu geben, *bevor* deine Story abgedruckt wird.»

«Das kann ich nicht», protestierte Adam. «Wenn diese Gauner von unseren Nachforschungen erfahren, dann kommen die der Zeitung mit einer einstweiligen Verfügung.»

«Wenn die diese Wohnung auf den Kopf gestellt haben, dann wissen sie es ohnehin schon», bemerkte Walter.

«Oder sie haben einen Verdacht und versuchen, Joanna Angst einzujagen.»

Walter zuckte mit den Schultern. «In Ordnung. Wir schließen einen Kompromiß. Ich helfe dir, wenn du mir dabei hilfst, diese Verbrecher zu schnappen. Du schuldest mir die Informationen, sobald deine Story veröffentlicht wurde. Einverstanden? Sag ja, Hunter, oder ich geh sofort nach Hause zu meiner Frau.»

«Dann bekommst du den dicken Fisch, aber nicht die Schachfiguren. Ich muß meine Informanten schützen.» Adam sah Joanna nicht an, aber alle wußten, daß er sie meinte.

Walter stöhnte übertrieben auf. «Gott beschütze mich vor Journalisten! Okay, Hunter, ich vertraue dir. Keine Ahnung warum, aber bisher hast du mich noch nie hintergangen.»

Sie warteten, während er einen Kollegen anrief und ihn bat, einen Tischler zu organisieren und selbst auch vorbeizukommen.

Dann wandte sich Walter an Joanna. «Nehmen Sie mich nicht so ernst. Ich belle lauter als ich beiße. Der junge Hunter und ich kennen uns schon zehn Jahre lang – und Richard Holdfast, Gott hab ihn selig, kannte ich noch länger.» Er machte eine Pause und fuhr in überraschend sanftmütigem Tonfall fort: «Alles in Ordnung, Kleines?»

Sie nickte. «Ja, danke.»

«Ist das Ihre Wohnung?»

Sie nickte erneut.

«Wohnen Sie hier allein?»

«Ich habe eine Mitbewohnerin, Felicity, aber sie ist gerade in den Staaten.»

«Fehlt etwas?»

«Ich weiß es nicht. Ich hatte noch keine Gelegenheit nachzuschauen. Aber ich habe Felicitys Schmuck überprüft. Davon fehlt nichts.»

«Das Zimmer der Mitbewohnerin wurde kaum angerührt», sagte Adam.

«Das ist interessant.» Walter langte nach seinem Notizblock. «Ich brauche einige Einzelheiten. «Ihr Name und die Adresse?»

Joanna antwortete ihm.

«Arbeiten Sie?»

Sie zögerte.

«Könnten wir das bitte auslassen?» fragte Adam.

Walter warf einen Blick auf Joannas Namen. «Der kam mir doch irgendwie bekannt vor.»

«Dann frag bitte nicht weiter.»

«In Ordnung, fürs erste.» Walter schaute Joanna an. «Wenn dies ein einfacher Einbruch ist, dann besteht die Möglichkeit, daß noch andere in diesem Gebäude gemeldet werden. Bisher ist das nicht der Fall. Das deutet darauf hin, daß, wer immer hier auch einbrach, hinter Ihnen oder hinter etwas her war, das sich in Ihrem Besitz befindet. Es ist unwahrscheinlich, daß sie wiederkommen, es sei denn, Sie bleiben hier – und das sollten Sie nicht.»

«Joanna kommt mit zu mir», sagte Adam.

«Nein … wirklich … ich würde lieber bleiben.» Sie fürchtete sich davor, ihr Zuhause in einem so wehrlosen Zustand zurückzulassen.

«Joanna, du kannst nicht allein in dieser Wohnung bleiben. Es ist zu riskant, selbst wenn es ordentlich überwacht wird.»

«Aber ich muß nachschauen, was fehlt. Ich muß das meiner Versicherung melden. Und ich sollte Felicity vorwarnen. Ich kann sie nicht in dieses Durcheinander zurückkehren lassen.»

«Felicity kommt erst in zwei Wochen zurück. Bis dahin helfe ich dir beim Aufräumen.»

«Aber …»

«Wohin könnten Sie sonst gehen?» mischte sich Walter ein.

Joanna dachte an Simon oder Rebecca, aber die konnte sie da nicht mit hineinziehen. Das wäre nicht fair. Sie dachte an Max und Emma, aber sie hatten schon so viel für sie getan.

«Du bekommst eine Auszeichnung in Sachen Starrsinn», sagte Adam und griff vehement nach ihrem Arm. «Du kommst mit zu mir nach Hause – und dabei bleibt es. Ich will dich in Sicherheit wissen.»

Joanna warf noch einen Blick auf den Trümmerhaufen – und gab nach.

Adam mußte Joanna dabei helfen, eine Tasche zu packen, denn als sie in ihr Zimmer ging und die Verwüstung näher betrachtete – jedes Bild war zerbrochen und beide Vorhänge zerfetzt –, wurde ihr schwindelig.

Nach einiger Diskussion entschieden sie, Felicitys Schmuck in Adams Bank zu hinterlegen, und bevor sie gingen, rief er noch einen der privaten Sicherheitsdienste an, die Walter empfohlen hatte. Auf dem Weg nach draußen trafen sie auf Walters Assistenten, gefolgt von einem Tischler, der die Tür reparieren sollte. Trotz dieser Vorkehrungen verließ Joanna ihre Wohnung nur sehr ungern.

Sie nahm von der Fahrt nach Bayswater kaum etwas wahr, außer daß Adam ihr an jeder Ampel, an der sie halten mußten, beruhigend seine Hand auf ihre legte. Als sie sein Haus erreichten, fühlte sie sich derart erschöpft, daß sie kaum die Treppen hochkam. Ihre Beine waren wie Blei und ihr war eiskalt – so kalt, daß sie mit den Zähnen klapperte.

«Schaffst du es?» fragte er und legte einen Arm um sie.

«Ja, danke.» Sie genoß es, seinen Körper zu spüren. «Ich bin einfach nur müde.»

«Du brauchst ein heißes Bad und einen großen Brandy», sagte Adam, als er sie ins Bad führte und den Wasserhahn aufdrehte. «Hier!» Er reichte ihr einen weißen Bademantel. «Ich habe vergessen, deinen einzupacken. Jetzt leg dich in die Badewanne, und ich bringe dir den Brandy.»

Joanna zog sich aus, wickelte sich ein Handtuch um die Haare und stieg in die Wanne.

Ein lautes Klopfen ertönte. Sie warf einen Blick auf die nicht zu verschließende Tür und tauchte schnell ihren Körper unter.

«Dein Brandy steht hier draußen», rief er und ging nach oben zurück.

Joanna fühlte sich albern, eingebildet und beschämt, weil sie Adam keine Manieren zugestanden hatte. Sie öffnete die Tür; auf der Schwelle stand ein großes Glas Brandy. Sie sank ins Badewasser zurück und nippte daran, während das warme Wasser gegen ihren Busen plätscherte. Auf einem Stuhl neben der Wanne lag ein aufgeschlagener Stadtführer von New York. Sie bedeckte ihn mit ihrem Handtuch.

Noch ein Klopfen an der Tür. «Ich habe eine Pizza bestellt. Sie kommt in zehn Minuten. Schlaf nicht ein. Du mußt etwas essen.»

Eingewickelt in den weißen Bademantel ging Joanna zu Adam nach oben. Sie setzten sich an den Tisch, wie zuvor, aber dieses Mal sprachen sie nur wenig. Joanna konnte kaum die Augen offenhalten.

«Du hattest einen schweren Tag», meinte Adam mitfühlend. «Das Foto von Safarov zu sehen, war schon schlimm genug, ohne daß deine Wohnung auf den Kopf gestellt wurde. Es ist bewundernswert, daß du nicht zusammengebrochen bist.»

Joanna stützte ihr Kinn mit der Hand ab. «Ich bin zu dickköpfig. Ich will Gerechtigkeit.»

Adam lächelte. «Die hast du auch verdient. Du bist mutig.»

«Danke, aber ich fühle mich heute abend nicht sehr mutig.»

Er lehnte sich über den Tisch und strich ihr eine wirre Haarsträhne hinter das Ohr. «Bettzeit.»

Er ging voran nach unten. Joanna folgte ihm und fragte sich, ob er versuchen würde, sie zu küssen. Vor Tobys Zimmer drehte er sich zu ihr um. Sie blieb stehen. Er kam näher.

«Gute Nacht», sagte er und öffnete Tobys Zimmertür.

«Gute Nacht.» Sie ging ins Zimmer und schloß die Tür fest hinter sich. Sie hatte nicht vor, einen Narren aus sich zu machen.

Joanna wachte am nächsten Morgen auf, als Adam sie am Arm rüttelte. Er war schon fertig angezogen, um zur Arbeit aufzubrechen.

«Eine ehemalige Polizistin namens Claire wird dir Gesellschaft leisten», sagte er. «Sie muß jeden Moment kommen.»

«Danke.» Joanna setzte sich langsam auf und rieb sich den Schlaf aus den Augen. «Wie spät ist es?»

«Zehn vor sieben.»

«In Spielfilmen arbeiten die Journalisten immer bis spät in

die Nacht, mit einem Glas Scotch, einem Haufen Entwürfe und einer Zigarette, die ihnen im Mundwinkel hängt.»

Er lachte über ihre Darstellung. «Ich fahre früher, weil ich vor der Redaktionssitzung noch mit Malcolm sprechen muß. Ich will sichergehen, daß er für diesen Sonntag noch Platz auf der Titelseite freiläßt.»

«Auf der Titelseite?» Joanna spürte die Aufregung in sich aufsteigen, als sie sich vorstellte, wie ihre ehemaligen Kollegen von den wahren Gründen für ihre Entlassung erfahren würden. «Ach, ich wünschte, ich könnte Simon und Rebecca warnen.»

Adam sah sie entsetzt an. «Das darfst du nicht.»

«Keine Sorge. Das werde ich nicht – um ihretwillen ebenso wie um unseretwillen.»

Er ging zum Fenster und schob die Vorhänge beiseite. «Ich habe vor, Paola um Hilfe zu bitten. Sie hat die großartige Gabe, Ungereimtheiten aufzudecken. In der Zwischenzeit gehst du unser Beweismaterial durch. Schau, ob du irgendwelche offensichtlichen Fehler findest. Du wirst sehen, daß ich schon den Anfang der Story entworfen habe. Druck es aus, und überprüfe die Fakten. Wenn ich heute abend zurückkomme, will ich daran weiterarbeiten.»

«Wer ... ist Paola?» Joanna versuchte, gleichgültig zu klingen, aber sie war gegen ihren Willen eifersüchtig auf diese unbekannte Frau mit dem exotischen Namen, und ihr mißfiel die Vorstellung, daß eine Fremde in ihr Projekt hineingezogen wurde.

«Paola schreibt bei uns die Features. Ich bin sicher, ich habe sie schon einmal erwähnt. Wir arbeiten oft zusammen.» Er schaute auf die Straße hinunter. «Ein dunkelblauer Wagen ist gerade vorgefahren. Eine Frau ist ausgestiegen. Ich wette, daß ist unser Bodyguard.» Adam griff nach dem Telefon und wählte. «Guten Morgen, Walter, hier ist Adam. Vielen Dank noch mal für gestern abend. Ja, Joanna fühlt sich heute morgen schon viel besser. Diese Firma schickt eine gewisse Claire. Kennst du sie? Sie hat früher in deiner Abteilung gearbeitet? Und sie ist erstklassig? Nun, eine bessere Empfehlung kann ich mir nicht wünschen.»

Es klingelte an der Tür.

«Ich lasse sie herein», sagte Adam.

«Ich komme in einer Minute.» Joanna stieg aus dem Bett, zog Adams Morgenmantel über, fuhr sich mit den Fingern durch die Haare und folgte ihm in den Flur.

Claire stand in der Diele und befragte Adam zu möglichen Zugängen zur Wohnung. Sie war groß und geschmeidig, hatte sehr kurze blonde Haare und einen munteren Gesichtsausdruck. In ihrem marineblauen Hosenanzug hätte sie eine wohlhabende schwedische Touristin sein können.

Sie wirbelte herum, als sie Joanna hörte. «Guten Morgen, Miss Templeton.»

«Bitte nennen Sie mich Joanna. Entschuldigen Sie bitte, daß ich noch nicht angezogen bin.»

Claire grinste. «Ich bleibe an meinem freien Tag immer bis mittags im Bett.»

Adam zeigte Claire die Wohnung; unterdessen ging Joanna in Tobys Zimmer zurück, um sich anzuziehen. Sie steckte gerade ihr T-Shirt in die Shorts, als es an der Tür klopfte.

«Herein», rief sie.

Adam kam herein und schloß die Tür hinter sich. «Du bist hier mit Claire in Sicherheit», versicherte er ihr. «Sie ist zäh, kompetent und ein cleveres Mädchen – und außerdem Expertin in Judo.»

Joanna mußte schlucken. «Hoffentlich brauchen wir das nicht.»

«Nur zur Sicherheit.» Er versuchte, sie nicht zu beunruhigen und gleichzeitig die Gefahr nicht zu schmälern. «Laß immer Claire an die Tür gehen. Geh erst ans Telefon, wenn du weißt, wer anruft. Laß den Anrufbeantworter laufen. Was immer auch geschieht, geh nicht nach draußen.»

«Glaubst du wirklich, daß ... die hinter mir her sind?» Joanna konnte das Zittern in der Stimme nicht verbergen.

«Nein.» Er lächelte ihr aufmunternd zu. «Alles nur Vorsichtsmaßnahmen.»

Joanna hob das Kinn. «Verdammter Oliver!»

«Wir schnappen ihn uns.»

«Er wird den Tag verfluchen, an dem er mich kennengelernt hat.»

«Worauf du dich verlassen kannst!» Adam zog sie sanft zu sich heran. «Ich komme so schnell wie möglich zurück. Ruf mich an, wenn dich irgendwas beunruhigt. Wenn bei mir besetzt ist, ruf Walter an.» Er küßte sie sanft auf den Mund, und seine Stimme war rauh, als er flüsterte: «Sei vorsichtig!»

«Bin ich.» Sie lächelte ihm tapfer zu und versuchte ihm zuliebe, zuversichtlich zu wirken – aber sie wünschte sich verzweifelt, er bräuchte nicht zu gehen.

Kapitel 26

Nachdem Adam gegangen war, ging Joanna nach oben unters Dach und machte Frühstück. Claire folgte ihr.

«Wir können uns nach draußen in die Sonne setzen.» Joanna machte die Terrassentür auf und ging hinaus.

«Lehnen Sie sich nicht über die Brüstung», sagte Claire schnell. Als sie Joannas erschrockenen Gesichtsausdruck sah, milderte sie ihren Tonfall. «Wenn diejenigen, vor denen Sie sich verstecken, vermuten, daß Sie bei Mr. Hunter wohnen, beobachten sie vielleicht das Haus.»

«Natürlich ... tut mir leid.»

Claire lächelte. «Machen Sie sich keine Sorgen. Meistens passiert gar nichts.»

«Kommt es oft vor, daß Sie ... Leute beschützen?» fragte Joanna, während sie sich um den Kaffee kümmerte, damit ihre Hände nicht zitterten.

«Jetzt schon. Aber als ich bei der Polizei war, habe ich hauptsächlich Leute beschattet.» Claire stellte sich dort hin, wo sie sowohl die Terrasse als auch die Treppe im Blickfeld hatte. «Sie werden sich daran gewöhnen, daß ich hier bin. Tun Sie einfach so, als seien Sie allein.»

Joanna fragte sich, ob je einer von Claires früheren Einsätzen gescheitert war, aber sie wollte nicht fragen. Sie vermutete ohnehin, daß Claire ihr das nicht verraten würde.

Nach dem Frühstück blieb Claire am Tisch sitzen und schaute einen Stapel von Adams Zeitschriften durch, obwohl sie es sich nie gestattete, sich in die Artikel zu vertiefen. Sie blieb allen Geräuschen und Bewegungen gegenüber wachsam.

Joanna nahm ihren Kaffee mit zu Adams Schreibtisch, zog sich seinen Stuhl herbei und schaltete den Computer ein. Aber sie fing nicht unmittelbar an zu arbeiten. Statt dessen lehnte sie sich zurück und betrachtete ihre Umgebung.

In allem, was sie umgab, spürte sie Adam – seine Vergangenheit und seine Gegenwart. Seine Kugelschreiber und Bleistifte steckten in einem blauen getöpferten Gefäß, das irgendwo aus dem Mittelmeerraum stammte. Seine Nachschlagewerke waren auf dem Regal neben dem Schreibtisch aufgereiht. Ein Foto von Toby hing an der Wand. Der Schreibtischkalender war aufgeschlagen. Joanna konnte nicht widerstehen und schaute auf die Seite, aber die Einträge sagten ihr nichts. Dort standen keine Namen, nur Initialen.

Sie war wütend auf sich, weil sie so neugierig war, und schob ihre Diskette ein, um Jeremys Daten zu laden. Noch einmal überprüfte sie die Transaktionen von Kathpeach, suchte nach Ungereimtheiten, aber sie hatte Mühe, sich zu konzentrieren – nicht weil Claire anwesend war, sondern weil ihre Gedanken immer wieder zu Adam wanderten.

Sie dachte an seine durchgreifende Art, mit der er in einer Krise die Kontrolle übernahm, wie er immer wußte, an wen man sich zu wenden hatte, wie er ihr beim Packen der Tasche geholfen und sie hierhergebracht hatte. Sie war von seiner Umsicht überrascht gewesen, als er ihr das Bad einlaufen ließ, einen Bademantel lieh und Brandy für sie holte. Sie erinnerte sich an das Mitgefühl in seiner Stimme, als er sagte: «Du hattest einen schweren Tag.» Aber vor allem durchlebte sie noch einmal den Moment, in dem er sie auf den Mund geküßt hatte – das war das erste Mal gewesen.

Sie erhob sich. «Ich hole mir einen Pullover.»

«Lassen Sie mich erst nachsehen.» Claire eilte nach unten. Joanna konnte hören, wie sie verschiedene Türen öffnete. Einen Moment später rief sie: «Sie können kommen.»

«Danke.» Joanna kam sich etwas albern angesichts der ganzen Umstände vor. Gleichzeitig war es beruhigend – wie Adams Schutz.

Sie zog sich ein weißes Sweatshirt über. Als sie aus Tobys Zimmer kam, merkte sie, daß die Tür zu Adams Schlafzimmer etwas offenstand. Durch den Spalt konnte sie sein Bett mit einer blau-weiß gestreiften Bettdecke sehen, ein Telefon und eine Lampe auf dem Nachttisch. Vorsichtig öffnete sie die Tür etwas weiter. Am anderen Ende, unter dem Fenster, stand in einem Glaskasten ein maßstabsgetreuer Klipper aus Holz. Auf dem Glaskasten lag ein Teil des Mastes, eingeklemmt zwischen zwei Büchern, und daneben eine Tube Sekundenkleber. Joanna hätte Adam die Geduld, etwas so Zierliches zu reparieren, nicht zugetraut.

Sie ging zurück nach oben – entschieden, sich auf die Arbeit zu konzentrieren – und verbrachte den restlichen Vormittag damit, eine Verbindung zwischen den gekauften Aktien zu suchen. Es schien keine zu bestehen. Nicht nur waren die Gesellschaften auf alle Branchen verteilt, sie hatten auch – soweit sie aus den Firmenberichten ersehen konnte – keine gemeinsamen Direktoren oder Niederlassungen.

Zum Mittag machte sie Sandwiches für sich und Claire. Während sie Nachrichten schauten, klingelte das Telefon. Joanna wartete neben dem Anrufbeantworter.

«Adam, hier ist David. Wir sind aus dem Urlaub zurück. Ruf uns mal an. Ach übrigens, wer war diese geheimnisvolle Frau?»

Das Telefon klingelte erneut.

«Joanna, ich bin's.»

Sie nahm eilig den Hörer ab.

«Alles in Ordnung bei dir?» fragte er besorgt.

«Ja ... mir geht's gut ... danke. Wir essen gerade.» Der Klang seiner Stimme erinnerte sie an sein geflüstertes «Sei vorsichtig».

«Die Leitung war besetzt, als ich es gerade schon mal versucht habe. Ich habe befürchtet, du versuchst, mich zu erreichen und meine Leitung war besetzt.»

«Dein Freund David rief an.»

«Du hast doch nicht mit ihm gesprochen?»

«Natürlich nicht.»

In seinem Büro hörte sie jemanden aus dem Hintergrund rufen: «Adam!»

Er fluchte. «Ich muß Schluß machen. Wir sehen uns später.» Er fügte leise hinzu: «Ich freue mich darauf.»

Sie lächelte. «Ich mich auch.» Sie konnte es nicht abwarten.

Sie ging zu Claire zurück. Sie plauderten über die aktuellen Nachrichten, aber Joanna war mit den Gedanken bei Adam. Sie malte sich aus, wie sie in seinen Armen lag, ihn küßte, sie sich liebten. Sie stellte sich seinen Körper auf ihr, in ihr vor – und sie spürte, daß pures Verlangen in ihr aufstieg.

Im Fernsehen wurden lange Menschenschlangen gezeigt, die darauf warteten, den Buckingham-Palast zu besichtigen.

«In der Nacht vor der Königlichen Hochzeit hatte ich Dienst», sagte Claire. «Das war mein erster Einsatz, bei dem ich jemanden beschatten sollte. Erinnern Sie sich an das Feuerwerk im Hydepark?»

«Oh ... ähm ... ja.» Joanna errötete. In ihren Tagträumen lag sie gerade nackt neben Adam.

Am Nachmittag nahm sie ein langes, faules Bad, wusch sich die Haare, rasierte die Beine, schnitt ihre Fußnägel und zog sich wieder an – sorgfältig, aber ohne herausgeputzt zu wirken. Sie war in der Wahl ihrer Kleidung ohnehin eingeschränkt. Adam hatte nur ihre Jeans, eine Shorts, eine schicke schwarze Hose, einige T-Shirts und einen schwarzen Minirock aus Lycra eingepackt, den sie selten trug, weil er zu kurz war. Nun zog sie ihn an.

Als Adam am späten Nachmittag zurückkehrte, saß Joanna an seinem Computer. Sobald sie den Schlüssel in der Haustür hörte, vergaß sie die Gefahr und die Sicherheitsvorkehrungen, und bevor Claire sie davon abhalten konnte, raste sie schon die Wendeltreppe hinunter. Unvermittelt blieb sie stehen und errötete, als sie merkte, daß er nicht allein war.

«Paola wird uns helfen.» Adam stellte seine Kollegin vor, eine schwarzhaarige Frau von südländischer Erscheinung mit einem elfenhaften Gesicht, die mit einem sehr teuren, marineblauen Hosenanzug bekleidet war.

«Hallo, Joanna.» Paola lächelte auf eine Art, die eine tiefergehende Belustigung vermuten ließ. «Himmel, was für ein kurzer Rock! So was würde Holly tragen, aber nur im Haus. Kein Wunder, daß Adam Sie einsperrt.»

«Ich bin aus Gründen der Sicherheit hier», schnaubte Joanna. Sie wehrte sich dagegen, als irgendein Flittchen abgetan zu werden. Sie hätte den Rock nicht angezogen, wenn sie gewußt hätte, daß Adam in Begleitung kommen würde.

Paola kicherte. «Ach, nehmen Sie mich nicht so ernst! Ich bin neidisch. Ich würde gern meine Beine zeigen, aber die sehen aus wie Baumstämme!» Sie ging die Treppe hinauf und zeigte deutlich, daß sie sich in Adams Wohnung gut auskannte.

Joanna bedankte sich bei Claire und verabschiedete sich von ihr. Dann folgte sie Paola und Adam hinauf auf den Dachboden – entschlossen, ihre Enttäuschung zu verbergen. Sie wollte ihren Abend nicht mit dieser Frau teilen. Sie hatte den ganzen Tag darauf gewartet, mit Adam allein zu sein, und sie hatte gedacht, daß Adam genauso empfand. Wenn nicht, warum hatte er sie dann geküßt?

«Malcolm verdient unsere Enthüllungsstory nicht», beschwerte sich Adam bei Paola. Er hörte auf zu reden und lächelte, als Joanna in der Tür erschien. «Ist alles in Ordnung? Bist du zufrieden mit Claire?»

«Ja, danke. Sie ist sehr nett.»

«Trink etwas Wein.» Er reichte ihr ein Glas. «Ich werde dir erzählen, warum ich so wütend bin. Malcolm besteht darauf, daß ich einen Banker interviewen soll, und zwar zu dem Thema: ‹Was bedeutet die Verzögerung von zwanzig Monaten bei der Ratifizierung des Maastricht-Abkommens für die britische Wirtschaft?› Ich verschwende einen ganzen verfluchten Tag unserer kostbaren Woche.»

Paola widersprach ihm. «Adam, du bist eindeutig Malcolms erste Wahl. Du hast den letzten Maastricht-Artikel gemacht – und du bist unser bester Schreiber.»

«Quatsch!»

Paola lächelte Adam liebevoll, fast mütterlich an. «Es ist wahr, Joanna. Das sagen alle.»

Joanna kam zu dem Schluß, daß sie in Bezug auf Paola etwas zu empfindlich reagiert hatte, und setzte sich zu ihr an den Tisch.

Adam weigerte sich, friedlich gestimmt zu werden. Er ging auf dem Dachboden auf und ab. «Wozu zum Teufel soll all unsere harte Arbeit gut sein, und warum soll sich Joanna der Gefahr ausliefern, wenn diese Verbrecher Zeit genug haben, eine einstweilige Verfügung gegen die Story zu erwirken und unsere Nachforschungen nie ans Tageslicht kommen? Man könnte denken, daß Malcolm gar nicht will, daß unsere Geschichte erscheint.»

«Er will es – und auch wieder nicht», erwiderte Paola.

Adam blieb stehen. «Was meinst du damit?»

«Malcolm lebt in Richards Schatten, und eure Story wird Richard als altmodischen Helden darstellen. Richard hat sich nach Art eines Gentlemans aus der Affäre gezogen; er nahm die Schuld auf sich und ging mit einem Revolver ins Nebenzimmer! So eine heroische Tat ist nur schwer zu überbieten.» Paola trank ihren Wein in einem Zug aus und hielt ihr Glas zum Nachfüllen hin. «Andererseits hat Malcolm einen

Knüller dringend nötig. Der *Sunday Chronicle* hat unter ihm als Herausgeber gelitten, und er braucht eine große Story.» Sie zeigte mit dem Finger auf Adam. «Ansonsten kann es passieren, daß der Vorstand ihn loswerden will und dir seine Stelle anbietet.»

Adam sah sie verblüfft an. «Das ist nicht wahr.»

«Ach, komm schon, Adam! Alle beim *Sunday Chronicle* sind davon überzeugt, daß du eines Tages unser Herausgeber wirst – einschließlich Malcolm. Deswegen schickt er dich doch nach New York. Er fürchtet sich vor deiner Beliebtheit – und du unternimmst nichts, um ihm seine Angst zu nehmen. Du zeigst ihm ganz deutlich, daß du ihn für unfähig hältst. Leugne nicht, daß du gerne Herausgeber wärst.»

«Natürlich will ich das werden – aber noch nicht. Ich bin gerne Journalist. Mir gefällt es, zu recherchieren.» Adam füllte Paolas Glas auf. «Aber was noch wichtiger ist: Malcolm ist vielleicht ein unnützer Wicht, aber ich habe nicht die Absicht, ihn – oder sonst jemanden – in die Arbeitslosigkeit zu schicken.»

«Wissen Sie, Joanna», meinte Paola vertraulich, «Adams größter Fehler ist es, sich nie den Büroklatsch anzuhören.»

«Das brauche ich nicht, Paola. Ich hab doch dich, meinen wiedergeborenen Machiavelli.»

Joanna kicherte. Dies war offensichtlich ein alter Bürowitz.

Von dem italienischen Restaurant um die Ecke ließen sie sich ihr Essen liefern. Adam ging nach unten, um es entgegenzunehmen, und kam mit einem Stapel Kartons zurück, in denen sich *Gnocchi al Pesto*, Parmesankäse, Hühnchen mit Estragon und verschiedene Salate befanden.

«Es wird höchste Zeit, daß du kochen lernst, Adam», meinte Paola, während sie Joanna half, den Tisch zu decken.

«Und damit das Restaurant vor meiner Haustür in den

Bankrott zu schicken? Paola, wie kannst du deinen italienischen Landsleuten gegenüber so herzlos sein?»

«Ich bin nur zur Hälfte Italienerin. Meine Mutter war eine praktisch veranlagte Frau aus Lancaster.»

Paola nahm Adam das Hühnchen ab, legte es in den warmen Ofen und scheuchte ihn aus dem Weg.

Beim Essen legten Adam und Joanna ihr Beweismaterial dar.

Als sie zum Ende gekommen waren, lehnte sich Paola zurück. «Oliver Safarov!» Sie ließ sich den Namen auf der Zunge zergehen. «Du liebe Güte! Das wird die Londoner Finanzwelt wirklich erschüttern! Ihr zwei seid großartig.»

«Das war Teamarbeit.» Adam lächelte Joanna an. «Allein hätte ich es nicht geschafft.»

«Ich auch nicht», erwiderte Joanna das Kompliment.

«Aber ich werde des Teufels Advokaten spielen», sagte Paola.

«Deswegen haben wir dich hergebeten», versicherte ihr Adam.

«Ihr habt keine Beweise», meinte sie schonungslos. «Dieser ... Laurie ist vielleicht Safarovs Stiefbruder, aber ihr habt keinen Beweis dafür, daß Safarov Insider-Informationen erhält oder daß er Laurie anweist, bestimmte Aktien auf der Grundlage dieser Informationen zu erwerben. Und genau das wäre das Verbrechen, das ihr beweisen müßt. Seid ihr sicher, daß Laurie in der Lage ist, mit Aktien zu handeln?»

Adam erzählte, was die Schwester gesagt hatte.

«Hört sich so an, als ob er dazu fähig ist, der arme Kerl.» Paola nippte an ihrem Wein und dachte nach.

«Und nun zu Jeremy», fuhr Paola fort. «Ihr könnt nicht belegen, daß er darin verwickelt ist. Nur weil die Namen dubioser Offshore-Gesellschaften in seinem Computer gespeichert sind, heißt das noch nicht, daß er ein Betrüger ist. Selbst wenn Sie das Fax von der Società Hadini hätten, Joanna, könnten Sie nicht beweisen, daß Jeremy es von Ihrem Gerät auf seines umgeleitet hat. Sein Wort stünde gegen Ihres. Warum sollte er das tun? Sie müßten zumindest Jeremys unehrenhaftes Motiv darlegen können.»

«Das hat mir mein Anwalt auch gesagt.»

«Und er hat recht.» Paola schaute von Joanna zu Adam. «Es tut mir leid.»

«Du brauchst dich nicht zu entschuldigen. Wir brauchen dich, um die Knackpunkte aufzuspüren», erwiderte Adam. «Das Letzte, was wir brauchen können, ist, daß Malcolm die ganze Geschichte fallenläßt, nur weil ein einziges Teil im Puzzle fehlt.»

Joanna runzelte die Stirn. «Das macht er sicher nicht, oder?»

«Malcolm ist nicht gerade für seinen Mut bekannt. Er hat schon einmal dem Druck nachgegeben und Safarovs Namen herausgenommen.» Adam war immer noch wegen seines zensierten Artikels wütend.

«Aber wenn Oliver weiß, daß wir ihm auf der Spur sind, wie kommt es, daß er Malcolm nicht wieder die Daumenschrauben anlegt?»

«Das weiß ich nicht», gestand Adam ein. «Es entspricht sicherlich nicht der Art Safarovs, von seinem Einfluß keinen Gebrauch zu machen.»

«Es sei denn, er will erst herausfinden, wieviel ihr wißt», mutmaßte Paola.

«Oder uns eine Falle stellen.» Joanna hatte ihre zerstörten Besitztümer vor Augen.

«Hier bist du in Sicherheit.» Adam lächelte ihr aufmunternd zu, stellte das Hühnchen vor ihr auf den Tisch und gab ihr einen großen Löffel. «Du bist die Mama.»

Sie verdrängte ihre Ängste, wie er es von ihr wollte. «Ja, mein Junge! Hast du dir auch die Hände gewaschen?»

Er lachte und zeigte ihr seine Handflächen.

Sie legte Paolas leeres Glas hinein.

«Ah, ein Wink mit dem Zaunpfahl!» Er langte nach dem Wein.

Während Joanna das Hühnchen servierte, kamen sie auf die Diskette zu sprechen.

«Es ist wirklich verdammt schade, daß sie als Beweismittel nicht zulässig ist», sagte Paola. «Es bestätigt natürlich noch nicht nachweislich, daß Jeremy ein Gauner ist, aber es zeigt den Zusammenhang.»

Joanna sah von einem zum anderen. «Aber wenn die Informationen von öffentlichem Interesse sind und ich sie auf keine andere Weise beschaffen konnte, dann können sie doch sicherlich verwendet werden?»

«Ja, aber du müßtest eine Anklage in Kauf nehmen.»

Paola füllte sich Salat auf. «Ihr braucht einen Beweis dafür, daß Laurie Anweisungen von Safarov bekommt und daß er diese Anweisungen an seine Kontakte in Grand Cayman, Liechtenstein oder sonstwo weitergibt.»

Adam spießte eine Tomatenscheibe in der Schüssel mit der Gabel auf. «Die Frage ist, wer sind seine Kontakte, wenn sie nicht George, Frederick und Lawrence heißen?»

«Warum würde Oliver ihnen sein geheimes Leben anvertrauen?» fragte Joanna. «Das ergibt keinen Sinn. Er würde sich nie dem Risiko der Erpressung aussetzen.»

«Laurie würde ihn niemals erpressen», bemerkte Paola.

Adam runzelte die Stirn. «Warum zieht Safarov überhaupt Laurie da hinein? Warum ruft er seine Kontaktpersonen nicht selbst an?»

«Damit man die Anrufe nicht bis zu ihm zurückverfolgen kann», mutmaßte Paola.

«Laurie ist kein Schutz. Die Kontakte müssen merken, daß er nicht allein operieren kann. Ich kann mir nicht vorstellen, daß er ihnen nicht von seinem Bruder erzählt hat. Sogar uns hat er von ihm erzählt.»

«Wir übersehen das Naheliegende», sagte Joanna. «Oliver kann die Anrufe nicht erledigen. Er reist ständig nach Osteuropa. Um zu faxen oder zu telefonieren, muß er oft die Vermittlungsstellen der Hotels in Anspruch nehmen. Er würde es nicht riskieren, Aufmerksamkeit auf sich zu lenken, indem er Telefonate zu all diesen exklusiven Orten führt.»

«Aber mit seinem behinderten Bruder kann er so oft sprechen wie er will, und die Leute denken sich lediglich, wie fürsorglich er doch ist.» Paola schüttelte angewidert den Kopf. «Wie zynisch man doch werden kann!»

Sie grübelten über das Problem der fehlenden Information nach und tauschten Argumente aus.

Plötzlich setzte Adam sich auf. «Ich hab's! Ich kenne sein System. Es gibt keine Mittelspersonen, sondern nur Telefone und Faxgeräte. Safarov benutzt eine internationale private Telefonleitung. Er gibt Laurie die Anweisung, eine Order an die Nummer in – sagen wir – Liechtenstein zu faxen und so im Auftrag von Kathpeach X Aktien der Gesellschaft Y zum Preis Z zu kaufen. In Liechtenstein wird das Fax automatisch neu geschrieben und an First Clarence geschickt.»

«Aber die Order von Kathpeach waren immer mit der Nummer in Liechtenstein gekennzeichnet», merkte Joanna an.

«Genau. Das ist ja das Schöne daran.»

Sie lehnte sich aufgeregt vor. «Als ich also Kathpeach in Liechtenstein anrief, wurde mein Anruf von Laurie in Summerford entgegengenommen?»

«Stimmt.»

«Wie beweisen wir das?»

Adam hob den Blick gen Himmel. «Das ist das Problem. Wir müssen die Leitung zwischen Liechtenstein und London anzapfen, um zu beweisen, daß Lauries Fax neu geschrieben wurde.»

«Du bräuchtest davon eine Kopie als Beweisstück für Malcolm», erinnerte ihn Paola.

«Ich weiß. Die Schwierigkeit für uns liegt darin, daß solche Schaltungen Tausende Pfund kosten, und die Polizei in diesen Ländern hört Telefone nur ab, wenn sie glaubt, daß die Leitung für Straftaten, wie zum Beispiel Drogenhandel, benutzt wird. Sie werden nicht auf unsere wenig fundierten Verdächtigungen hin handeln – und schon gar nicht so schnell, daß ich meinen Artikel bis Freitag schreiben kann.»

Joanna versuchte, keinen enttäuschten Eindruck zu machen, konnte es aber nicht verhindern.

«Was ist mit deinem Freund bei der Polizei, Walter?» fragte Paola. «Könnte er helfen?»

Adam schüttelte den Kopf. «Ich kann ihn nicht bitten, sich mit dem illegalen Anzapfen von Telefonleitungen abzugeben. Er würde sich weigern – und wahrscheinlich nie wieder mit mir reden. Auf alle Fälle muß sich das zweite Standbein der Schaltung außerhalb Großbritanniens befinden. Aber ich habe den Kontaktmann in Vaduz, den pensionierten Telefontechniker.» Er stand auf. «Ich rufe ihn an. Er müßte mittlerweile aus dem Urlaub zurück sein.»

«Wie kannst du dir sicher sein, daß Safarov nicht den Fonds in Grand Cayman benutzt?» fragte Paola.

«Das Risiko müssen wir eingehen», erwiderte Adam und suchte die Nummer des Technikers heraus.

«Vielleicht handelt Oliver diese Woche gar nicht», sagte Joanna. «Es hängt davon ab, ob er einen Tip erhält.»

Adam erstarrte. «Verdammt! Daran habe ich nicht gedacht.»

«Ich weiß, es hört sich grausam an.» Paola zündete sich eine Zigarette an. «Aber eine Lösung wäre, wenn ihr die Order erstellt und Laurie selbst die Anweisung gebt.»

Adam wandte sich an Joanna. «Wir würden ihnen eine Falle stellen – so wie Jeremy dir eine Falle gestellt hat.»

«Der arme Laurie!»

Adam berührte ihre Hand. «Es gibt keinen anderen sicheren Weg, leider.»

Der Techniker war nicht da – er war im Kino, wurde aber in zwei Stunden zurückerwartet. Während sie ungeduldig warteten, probte Adam den Akzent von Oliver.

«Klinge ich wie Safarov?» fragte er Joanna.

Sie konnte ihm nicht in die Augen schauen. «Nein, aber du bist nah dran.»

Als weiteren Beweis für Malcolm nahm Adam ihre Anweisung für Laurie auf einem Recorder auf. Sie hielten die Nachricht kurz, da sie sich einig waren, daß Oliver das Risiko, belauscht zu werden, gering halten würde.

Das Telefon klingelte, und sie schreckten alle zusammen. Adam nahm den Hörer ab. Zu Joannas Überraschung unterhielt er sich auf Deutsch. Es war ihr nie in den Sinn gekommen, daß er eine andere Sprache beherrschen könnte, insbesondere so fließend. Er redete zehn Minuten lang und legte dann den Hörer auf.

«Kann er uns helfen?» fragte sie ungeduldig.

«Ich weiß nicht. Er spricht mit einem Freund, der in der Nachtschicht in einem der Fernmeldeämter arbeitet. Er wollte eine Woche Zeit haben, um das Ganze einzurichten, aber ich habe ihm gesagt, daß es heute nacht passieren muß. Er meint, sie könnten eine Schaltung zu First Clarence nicht zu mir umleiten. Sie könnten höchstens das Fax gleichzeitig auch zu mir schicken. Das bedeutet, daß First Clarence die Order erhält, und das würde bei Jeremy sofort die Alarmglocken auslösen.»

Joanna dachte an die Verzögerung zwischen ihrem unerlaubten Anruf bei Kathpeach und dem Zeitpunkt, als Jeremy ihren Kauf von Merantum guthieß. «Jeremy wird nichts unternehmen, solange er nicht Rücksprache mit Oliver gehalten hat.»

Sie saßen um den Tisch herum, so angespannt, daß sie kaum reden konnten. Eine Stunde verging. Noch eine. Um Mitternacht klingelte das Telefon erneut. Adam nahm ab, lauschte, runzelte die Stirn. Als er auf Deutsch antwortete, schien er zu verhandeln.

«Nun?» fragte Paola, als er den Hörer aufgelegt hatte.

«Der Freund kann das Fax gleichzeitig an meine Nummer schicken, aber nur wenn es zwischen zwei und halb drei heute nacht geschickt wird, unsere Zeit. Hoffen wir, daß Laurie heute nacht nicht ausnahmsweise früh zu Bett geht.»

Joanna langte über den Tisch und legte die Hand auf seinen Arm. «Warum schaust du so besorgt?»

«Ich mußte ihm zusichern, zwölftausend Dollar zu bezahlen, unabhängig davon, ob wir Laurie dazu bringen, daß er eine Order abschickt.»

«Wird Malcolm dir das nicht erstatten?»

«Ich hoffe.»

«Wenn nicht, bezahle ich die Hälfte.» Falls es nötig werden sollte, würde sie ihr Auto verkaufen.

«Kommt nicht in Frage.» Er lächelte sie an. «Aber du kannst noch einen Kaffee machen.»

Sie setzte Wasser auf. Dann erstarrte sie. «Adam, wir können Laurie nicht von hier aus anrufen. Vielleicht ist die Schwester bei ihm. Es steht so viel auf dem Spiel, da müssen wir sicher sein, daß er allein ist.»

Er erhob sich. «Du hast recht. Wir müssen ihn von seinem Garten aus anrufen, wo wir das Arbeitszimmer im Blick haben. Wir brauchen über eine Stunde, bis wir da sind. Komm! Du auch, Paola!» Er eilte zu seinem Schreibtisch. «Wo ist der Ausdruck mit den Telefonnummern? Ah, hier ist er ja. Paola, ruf Holly an und sag ihr, daß du später kommst.»

«Nein, danke, Adam. Ich hau ab, bevor ich mich in eure verrückten Pläne hineinziehen lasse.»

«Dann warte! Wir verlassen das Haus alle zusammen. Joanna, du ziehst lieber eine Jeans und einen dicken Pullover an. Das könnte eine lange, kalte Nacht werden. Nimm etwas Dunkles, damit du nicht so auffällst. Ach, du hast ja wahrscheinlich nichts Passendes. Ich leihe dir einen von meinen.»

Sie rasten die Wendeltreppe hinunter. Joanna ging in ihr Zimmer, um sich umzuziehen.

Als sie herauskam, gab Adam ihr denselben marineblauen Pullover, den er ihr zuvor schon geliehen hatte. «Der ist dunkel, damit sieht man dich nicht», sagte er lächelnd, voller Erwartung und aufgeregt.

Sie nickte, genauso aufgeregt.

Sie eilten die Straße entlang und bestanden darauf, Paola zu ihrem Auto zu bringen, auch wenn sie nicht viel Zeit hatten.

«Danke fürs Essen», sagte sie und setzte sich hinter das Steuer. «Adam, komm uns mal mit Joanna besuchen. Ich weiß, daß Holly sie gern kennenlernen würde. Und um Himmels willen, seid heute nacht vorsichtig.»

«Wir passen auf.» Adam legte eine Hand auf Joannas Schulter. «Ich würde das Ganze eher vergessen, als Joanna in noch größere Schwierigkeiten zu bringen.»

Joanna war erstaunt. Sie erinnerte sich an seine schroffen Kommentare auf den Stufen zum Companies House.

«Ist Holly ihre Tochter?» fragte sie, als sie über die Straße zu seinem Auto eilten.

«Nein, ihre Lebensgefährtin.» Adam sah die Überraschung in Joannas Blick. «Ich habe es zuerst auch nicht gemerkt. Ich lernte Paola an dem Tag kennen, als mein erster Artikel vom *Sunday Chronicle* angenommen wurde. Ich fand sie attraktiv und nahm an, sie sei Single, also lud ich sie zum Essen ein. Sie hat abgelehnt – und mir von Holly erzählt.» Er kicherte bei der Erinnerung daran. «Das war einer der seltenen Momente, bei denen es mir die Sprache verschlagen hatte.» Er schloß die Beifahrertür auf. «Auf geht's.»

Als sie gen Westen aus London herausfuhren und die nächtliche Landschaft an ihnen vorüberzog, dachte Joanna über Adams Eingeständnis nach. Früher hätte er sich nicht gescheut, sie in Gefahr zu bringen, um Richards Ruf wiederherzustellen, und sie hätte ihn geopfert, um sich zu entlasten. Nun hatte auch sie sich geändert. Sie wollte immer noch Gerechtigkeit, aber sie wollte auch Adam – sie wollte beides.

Kapitel 27

Sie fuhren den Weg hinter dem Summer House entlang. Es war sehr dunkel, und nur der seltsame Schimmer des Mondlichts war hinter den dicken Wolken zu erkennen.

«Wir stellen das Auto hier ab.» Adam fuhr in dieselbe kleine Auffahrt. «Hier erregen wir weniger Aufsehen als vorne.» Er sah auf die Uhr. «Halb zwei. Beeilen wir uns.»

Sie schlossen leise die Wagentüren, überquerten die Straße und sprangen über den Graben zur Zypressenhecke, wobei sie versuchten, nicht zu fluchen, als ihnen die Hände von Brombeersträuchern zerkratzt wurden.

Überall im Erdgeschoß des Hauses brannte Licht und strahlte in alle Richtungen.

«Wie sieht's mit Sicherheitsvorkehrungen aus?» fragte Joanna flüsternd, als sie durch die Äste spähten.

Adam suchte mit den Augen das Gebäude ab. «Ich kann keine Kameras entdecken. Selbst wenn es welche gibt, ich glaube nicht, daß die Schwester das Video überprüft, und zu dem Zeitpunkt, wenn Safarov oder sonst wer das macht, sind wir schon lange weg.»

«Und halten die Beweise in den Händen.»

«Unsere Story wurde dann schon veröffentlicht!»

«Jeremy wurde verhaftet.» Sie konnte den Tag nicht abwarten.

«Schande brach über Safarov herein.»

«Richards Ruf wurde wiederhergestellt.»

«Und Joanna entlastet.» Er berührte ihre Wange. «Aber zuerst müssen wir über dieses Geländer klettern. Schaffst du das?»

«Wenn du es schaffst, schaffe ich es auch.»

«Sehr gut, Gefreiter. Ich gehe voran.»

Sie warf ihm einen übertrieben finsteren Blick zu. «Ich bin General, kein niederer Gefreiter.»

«General, bitte halten Sie diesen Zweig herunter.»

«Sehr wohl.»

Joanna sicherte die Hecke, während Adam nach der obersten Querstange griff und sich nach oben zog. Er schwang das Bein über das Geländer und sprang auf den unebenen Boden am Rande des Rasens. Er wartete ungeduldig, während sie beobachteten, ob sich im Haus etwas rührte. Es geschah nichts.

«Komm!» Er winkte sie herüber.

Joanna hob ihren Fuß zur unteren Querstange, aber sie war zu hoch. Sie versuchte es erneut. Sie konnte sie immer noch nicht erreichen.

«Ich klettere zurück und helfe dir», flüsterte er.

«Nein! Ich schaffe es!» Sie war wütend auf sich selbst, weil sie nicht über das Geländer kam.

Zähneknirschend warf sie ihr Bein hoch und schaffte es, mit der Hacke an der Querstange hängenzubleiben. Dann griff sie nach der obersten Querstange des Zaunes und zog sich nach oben. Als sie hinübersprang, zerriß sie sich fast die Jeans.

Er fing sie auf und hielt sie fest. «Gut gemacht, Oberst.»

«Ich bin General – ich weigere mich, degradiert zu werden.»

Die Luft war feucht. Tau lag auf den Pflanzen, und es roch nach warmem, gemähtem Rasen. Aus allen Ecken des Gartens war das gelegentliche Rascheln kleiner Tiere zu vernehmen, die nach Futter suchten.

Joanna und Adam eilten an der Hecke entlang, bis sie die Seite des Hauses erreichten, auf der sich das Arbeitszimmer befand. Die Lichter brannten und die Vorhänge waren nicht zugezogen. Adam machte Joanna ein Zeichen mit dem gehobenen Daumen und trat einen Schritt vor.

Sie hielt ihn am Arm zurück und flüsterte ihm dringlich ins Ohr: «Wir dürfen keine Fußabdrücke im Tau hinterlassen.»

«Du hast recht, daran hab ich nicht gedacht.» Er trat zurück auf den unebenen Boden. «Danke, daß du mich daran erinnert hast.»

Von der sicheren Hecke aus suchten sie nach einem geschützten Unterschlupf, aber zwischen ihnen und dem Arbeitszimmer waren keine Bäume, nur niedrige Blumenbeete. Sie schlichen sich weiter voran, bis sie direkt hinter einem großen Rhododendron waren, der sich knapp fünfzehn Meter von dem Fenster des Arbeitszimmers entfernt befand. Adam stupste Joanna an. Sie nickte ihm kurz zu. Mit gesenktem Kopf, so daß sich das Licht nicht in seinem Gesicht spiegelte, rannte er über den Rasen in den Schutz der Äste. Joanna wartete einen Moment. Als niemand am Fenster erschien und kein Alarm ausgelöst wurde, folgte sie ihm.

Sobald sie den Busch erreicht hatte, griff er nach ihrer Hand und führte sie in das dunkle, trockene, verstaubte Gestrüpp. Ein Spinnengewebe streifte ihr Gesicht. Sie wischte es beiseite und wirbelte noch mehr Staub auf. Schnell unterdrückte sie ein Niesen.

«Wir können ihn von der anderen Seite aus beobachten», flüsterte Adam.

Sie nickte, sagte aber nichts, weil sie Angst hatte zu niesen.

Er ging voran, hielt die Äste und Zweige so, daß sie ihr nicht ins Gesicht schlugen. Jedesmal, wenn unter ihren Füßen ein toter Zweig knackte, erstarrten sie. Jedes Rascheln des Laubes klang wie sich nähernde Schritte.

Schließlich erreichten sie das Ende des Gebüsches. Adam bog einen Ast herunter, und sie schauten hinaus. Das Arbeitszimmer war nun keine zehn Meter entfernt. Die Lichter brannten und einer der Computer war angestellt, aber von Laurie war nichts zu sehen.

Adam schaute auf die Uhr. «Noch achtzehn Minuten. Wir machen es uns lieber bequem.» Er zog seine Jacke aus und legte sie auf das trockene Laub.

Sie setzten sich nebeneinander und beobachteten das Arbeitszimmer durch die Äste hindurch. Sie warteten, regungslos, und wagten nicht zu reden. Fünf Minuten vergingen. Ein leichter Wind kam auf und raschelte durchs Laub. Der Boden war feucht, und Joanna zitterte.

Adam legte den Arm um sie. Sie lehnte sich gegen ihn, genoß die Wärme seines Körpers und seinen maskulinen Geruch, der sich mit dem fast schon verflogenen Duft des Aftershaves vermischte.

Er hielt sie fester und rieb ihren Arm, um sie zu wärmen.

Sie wandte ihm das Gesicht zu und wollte ihren Dank flüstern. Als sie anfing zu sprechen, bedeckte er ihren Mund mit dem seinen und zog sie fest an sich, so fest, daß sich sein Arm wie Stahl anfühlte. Sie öffnete die Lippen unter seinen, legte den Arm um ihn – und zog ihn mit sich zurück auf das trockene Laub. Sie wollte, daß er sie in der Dunkelheit des Gartens liebte. Sie sehnte sich nach dem Gewicht seines Körpers auf dem ihren, nach dem Gefühl, ihn tief in sich zu spüren. Sie spürte ein schmerzhaftes Verlangen nach Sex, aber nicht nur nach Sex – sie wollte auch seine Liebe.

Plötzlich fiel ein Strahl gelben Lichts über den Rasen. Sie erstarrten, ließen aber nicht voneinander ab. Sie warteten. Niemand kam. Vorsichtig setzten sie sich auf und spähten durch die Äste.

Laurie saß an einem der Computer. Gebannt und aufgeregt starrte er auf den Bildschirm, während er mit dem Computer um die Wette spielte. Neben ihm stand eine Schreibtischlampe mit einer gelblichen Glühbirne. Die Tür hinter ihm war geschlossen. Soweit Joanna und Adam erkennen konnten, befand sich niemand außer ihm in dem Zimmer.

«Er ist so wehrlos», flüsterte Joanna. «Ich wünschte, wir müßten ihn nicht mit hineinziehen.»

«Das wünschte ich auch. Armer Kerl.» Adam schaute erneut auf die Uhr. «Drei Minuten vor zwei. Bete zu Gott, daß er sich jetzt nicht entschließt, ins Bett zu gehen.»

Die Sekunden vergingen. Laurie spielte weiter mit seinem Computer. Plötzlich stand er auf und ging zur Tür.

«O nein!» Joanna griff nach Adams Arm.

Starr vor Entsetzen schauten sie zu Laurie. Er langte nach dem Türgriff. Joanna hielt den Atem an. Er zog die Hand zurück und ging zu seinem Computer zurück. Sie lockerte ihren Griff um Adams Arm. Erleichtert lehnten sie sich gegeneinander.

«Zwei Uhr. Es geht los», sagte Adam. «Behalte Laurie im Auge.» Er gab Joanna den Kassettenrecorder und fügte hinzu: «Halte den bereit. Ich brauche ihn gleich.»

Er holte das Handy aus seiner Jackentasche und wählte die Nummer von Kathpeach in Liechtenstein. Es entstand eine kurze Verzögerung, wie sie für Übersee-Verbindungen normal war, und dann ertönte der Freiton. Sie beobachteten Laurie. Er spielte weiter und reagierte überhaupt nicht.

«Ich kann nicht hören, daß es da drinnen klingelt», sagte Joanna.

«Es muß aber.»

«Adam, das würden wir hören.»

«Nicht, wenn er die Lautstärke heruntergestellt hat.»

«Oder es ausgestellt hat.»

«Ich glaube nicht, daß er das tun würde. Safarov würde es nicht erlauben.»

Sie ließen das Telefon fünf Minuten lang klingeln, aber Laurie rührte sich nicht. Joanna spürte, wie neben ihr Adams Anspannung wuchs. So viel stand auf dem Spiel – nicht nur ihre Enthüllungsstory und sein Versprechen an Mary, sondern auch seine zwölftausend Dollar.

«Ich werde überprüfen, ob es klingelt», flüsterte sie. «Versuch es noch einmal, wenn ich in Hörweite bin.»

«Nein!» Er hielt sie zurück. «Das ist zu gefährlich. Ich gehe.»

«Adam, du mußt den Anruf machen. Wenn die Kassette nicht läuft, könnte ich Oliver nicht nachahmen. Selbst Laurie würde nicht glauben, ich sei sein Bruder.»

Adam zögerte. Die Sache gefiel ihm nicht, aber er wußte, daß sie recht hatte.

«Ich gehe nur so nah heran, daß ich höre, ob es klingelt.» Sie schob die Äste beiseite und trat aus dem sicheren Gebüsch heraus.

Ein kurzer Augenblick der Panik überkam sie, aber sie preßte ihre Finger in die Handflächen, um ihre Nerven zu beruhigen, und dachte an Adam. Er gab ihr Zuversicht. Er gab ihr das Gefühl der Unbesiegbarkeit.

Sie wollte am Lichtstrahl vorbei über den Rasen rennen.

«Der Tau!» flüsterte ihr Adam dringlich zu.

Sie sprang zurück. «Danke. Ich hatte es vergessen.»

Sie ging um den Rhododendron herum, bis sie in sicherer Entfernung vom Arbeitszimmer war, und sprintete dann in den Schutz des Hauses. Sie schlich sich an der Wand entlang, den Körper dicht an die Mauer gedrückt, bis sie nur noch wenige Meter vom Fenster des Arbeitszimmers trennten. Sie sah in Richtung Adam, aber sie konnte ihn nicht erkennen und fühlte sich sehr verletzlich. Eine gewisse Zeit verging. Dann hörte sie im Arbeitszimmer ein leises Klingeln. Sie duckte sich und kehrte zu ihrem sicheren Unterschlupf zurück.

«Es ist gerade noch hörbar», sagte sie, als sie dankbar in ihr Versteck kroch.

Er streichelte ihre Wange. «Du bist ganz schön mutig.»

Sie lächelte. «Danke – aber hat Laurie sich gerührt?»

«Nein, verdammt noch mal! Er ist zu vertieft.» Adam schaute auf die Uhr. «Wir haben keine fünfzehn Minuten mehr, bis unser Kontaktmann die Zelte abbricht. Wir versuchen es noch einmal.»

Adam hielt den Hörer so, daß sie beide lauschen konnten. Das Telefon klingelte fünfzehn Mal. Sie tauschten Blicke aus, die ihre wachsende Verzweiflung zeigten. Dann, beim zwanzigsten Klingeln, hob Laurie den Kopf. Er schaute sich verwirrt um, sprang von seinem Stuhl auf und eilte in den hinteren Teil des Zimmers – zu dem Tisch, auf dem Joanna das Bild von Oliver gesehen hatte.

Ein Klicken war in der Leitung zu hören.

«Ollie, hier ist Laurie. Laurie bereit.» Seine Stimme dröhnte in die Dunkelheit unter dem Rhododendron.

Rasch stellte Adam die Lautstärke herunter. «Laurie bereit?» fragte er und suchte nach den Worten, die zu Lauries Routine gehören könnten, während er gleichzeitig versuchte, Olivers Akzent nachzuahmen.

«Bereit.» Laurie schien keinen Unterschied zu bemerken.

Adam hielt den Recorder an das Handy und drückte die Play-Taste. «Benutze die Nummer für Kathpeach und kaufe 100 000 Aktien der Merantum Building Company zu maximal 180, unterzeichnet Bilsham.» Mit seinem übertriebenen Akzent hörte sich Adam an wie der Bösewicht in einem schlechten B-Film.

Laurie zeigte keine besondere Reaktion. Er wiederholte die Anweisung, wobei er jedes Wort betonte, und legte den Hörer beiseite. Adam und Joanna bemühten sich, ihre Ungeduld zu bändigen, und sahen zu, wie er die Order sorgfältig tippte. Nur noch fünf Minuten blieben ihnen, als er endlich eine Nummer wählte – und das Fax abschickte.

«Hoffen wir, daß bei unserem Kontaktmann alles glattlief», sagte Adam, als er den Kassettenrecorder abstellte.

«Es muß!» Joanna ertrug es nicht, das Gegenteil in Erwägung zu ziehen.

Laurie hatte den Hörer wieder in die Hand genommen. «Laurie fertig», sagte er strammstehend.

Adam hielt die Sprechmuschel zu und flüsterte: «Wie schließe ich das ab?»

«Verabschiede dich.»

«Tschüß, Laurie.»

«Tschüß, Ollie.» Er rührte sich nicht.

«Und was jetzt?» fragte Adam, während er Laurie verzweifelt beobachtete. «Wir können nicht die ganze Nacht hierbleiben. Gott, ich wünschte, wir bräuchten nicht jemanden zu manipulieren, der so hilflos ist.»

Joanna nickte. «Ich werde mich immer schuldig fühlen.»

«Safarov tut das nicht. Er hat keine Bedenken, seinen Bruder auszubeuten.»

Oder mich zu benutzen, dachte sie trübselig.

«Wir müssen gehen», sagte Adam. «Wir müssen überprüfen, ob dieses Fax in Kopie an mein Gerät geschickt wurde. Ich hoffe nur, daß ihn die Schwester bald findet.» Er stellte sein Handy ab.

Das Klicken in der Leitung ließ Laurie zusammenzucken, als hätte er einen elektrischen Schlag bekommen. Zu ihrer großen Erleichterung legte er den Hörer auf und ging zu seinem Computerspiel zurück. Das Letzte, was sie von ihm sahen, bevor sie den Weg durch den Garten zurückgingen, war sein aufgeregtes, jungenhaftes Gesicht, das erfüllt lächelte.

Kapitel 28

*Die Dämmerung brach herein, als sie nach London zurück*fuhren, und rote Streifen am Himmel verscheuchten die Nacht. Adam und Joanna gingen das Beweismaterial durch, das sie beschafft hatten, und besprachen, was noch fehlte.

«Wir wissen, daß die Investmentfonds Safarov gehören, und daß er Laurie benutzt, um die Order zu plazieren», sagte Adam, während er auf der fast menschenleeren Autobahn beschleunigte. «Wir können belegen, daß diese Deals vor öffentlichen Bekanntmachungen gemacht und von First Clarence plaziert werden – wo Jeremy die Investmentfonds neuen Händlern zuteilt, die sich noch in der Probezeit befinden und von denen er hofft, daß sie es nicht wagen, die Order zu hinterfragen.»

Sie schnitt eine Grimasse. «Solche Trottel wie ich.»

Er tat so, als wolle er ihr einen Kinnhaken verpassen, hielt aber vor ihrer Wange inne und streichelte sie. «Nein, du hast Fragen gestellt.»

«Aber ich habe mich der falschen Person anvertraut.»

«Safarov wird allgemein respektiert. Warum solltest du ihn für einen Betrüger halten?»

Sie lächelte. «Danke.»

Die Autobahn endete, und statt drei gab es nur noch zwei Fahrbahnen.

«Was wir noch nicht herausgefunden haben, ist, ob er noch andere Banken benutzt», sagte Adam, als sie auf die Überführung brausten.

«Er sagte einmal zu mir, daß er das nicht macht – aber wahrscheinlich hat er gelogen.»

«Immer noch unklar ist auch, ob er seine Informationen von einer Person oder einem ganzen Ring erhält. Wir *müssen* das nicht beweisen, aber ich wüßte es nur zu gern – und es gäbe eine bessere Story ab. Könnte es Jeremy sein?»

Joanna schüttelte den Kopf. «Es kann nur jemand sein, der über bevorstehende Angebote und Übernahmen Bescheid weiß – wie eine Art verdeckter Agent bei der Aufsichtsbehörde des Wertpapier- und Futurehandels oder an der Börse.»

«Ein Angestellter, der plötzlich einen verschwenderischen Lebenswandel führt, erregt zuviel Aufsehen.»

«Wer dann?»

Er lächelte sie an. «Wenn ich das nur wüßte.»

Als sie Adams Haus erreichten, ergriff er Joannas Hand. «Drücken wir die Daumen, daß Lauries Fax angekommen ist», sagte er.

Sie rasten die Treppe hinauf, in die Wohnung und auf den Dachboden. Ein Dutzend Faxe waren angekommen. Adam blätterte sie rasch durch.

«Hier ist es!» Triumphierend hielt er das Blatt in die Höhe. «Kauf von 100 000 Merantum Building Company zu maximal 180, unterzeichnet Bilsham, Kathpeach, Liechtenstein.»

Joanna betrachtete das Fax eingehender. «Es gibt keinen Hinweis darauf, daß es in England abgeschickt wurde.»

«Das beweist, wie ihr System funktioniert. Sie benutzen mit Sicherheit eine internationale private Telefonleitung.»

«Aber haben wir damit den Betrug bewiesen?» fragte sie besorgt, während sie ihren dicken Pullover auszog. «Haben wir genug, um Malcolm zu überzeugen?»

«Das hoffe ich doch.» Adam nahm Joannas Gesicht in die Hände. «Ohne dich wäre ich nie so weit gekommen.»

«Ich auch nicht ohne dich.»

Sie wartete darauf, daß er sie küßte, aber zu ihrer Überraschung und Enttäuschung riß er sich plötzlich von ihr los und rannte die Treppe hinunter.

Verdutzt stand Joanna allein mitten in seinem Arbeitszimmer. Dann ging sie zur Tür.

«Adam!» rief sie ihm nach. «Was ist los?»

Er hatte die unterste Stufe erreicht und zögerte. «Ich will nicht mit einer Frau schlafen, die nur in meinem Bett liegt, weil in ihre Wohnung eingebrochen wurde.»

Sie eilte die Wendeltreppe hinunter, hielt ihn an seinem Gürtel fest und zog ihn zu sich heran. Dann stellte sie sich auf Zehenspitzen, so daß ihr Mund den seinen streifte, und spürte dankbar, daß er sich gegen sie preßte. «Schlaf mit mir!» flüsterte sie.

Er zog sie in sein Schlafzimmer. Sie schleuderte ihre Schuhe in die Ecke. Er knöpfte ihre Bluse auf und streifte die Träger des Büstenhalters von ihren Schultern.

«Ich wollte dich, seit ich dich das erste Mal sah», sagte er.

Sie machte seinen Ledergürtel auf. «Als du Rawdale sagtest ...»

«Er solle sich verpissen.» Sein Mund glitt über ihr Gesicht und ihren Hals, seine Arme umschlangen sie.

Ihre bloßen Brüste berührten die kratzende Wolle seines Pullovers. Ihre Brustwarzen waren hart vor Begehren. Sie wollte ihn. Sie sehnte sich nach ihm. Sie drückte sich an ihn, preßte ihre Beine gegen die seinen. Er hielt sie fest, hob sie fast gegen sich. Ihre Münder lagen aufeinander, während ihre Hand nach unten glitt, seine Jeans aufknöpfte und ihn streichelte.

Er zog sie schnell aus – ihre Jeans und die weiße, seidene Unterwäsche. Als er sich seiner restlichen Kleidung entledigte, merkte sie, daß sein Körper fest, geschmeidig und viel muskulöser war, als sie ihn sich vorgestellt hatte. Sie fielen nackt aufs Bett. Die Decke gelangte zwischen sie, und sie stießen sie zur Seite. Er drückte sie in die Kissen und umrahmte ihr Gesicht mit seinen Armen. Sie vergrub die Zähne in seiner Schulter und küßte dann den hinterlassenen Abdruck. Er ließ den Mund über ihre Kehle zu ihren Brüsten gleiten, nahm ihre Brustwarzen in den Mund und rollte sie zwischen den Zähnen, bis sie in einer Mischung aus Schmerz und Lust aufstöhnte. Er küßte ihren Bauch und die samtigen Innenseiten ihrer Schenkel; er berührte, streichelte und erforschte sie.

Sie legte sich auf ihn und massierte seinen Körper mit ihrem festen Busen. Sie wollte ihm so viel Lust bereiten, wie er auch ihr schenkte. Sie küßte seinen Hals, seine Brust, leckte seine braunen, krausen Haare und genoß es, ihn zu schmekken. Ihre Haare verdeckten ihr Gesicht, während sie ganz langsam an seinem Körper hinunterglitt, bis sie zwischen seinen Beinen kniete und ihn vorsichtig mit dem Mund verwöhnte, während er mit den Fingern in ihrer seidigen Haarmähne wühlte.

«Ich will in dir sein», sagte er und zog sie zu sich hoch. «Ich will deine Lust sehen.»

Sie spreizte ihre Beine. Sie wollte, daß er in jeden Winkel ihres Körpers vorstieß, während sie vor Lust aufstöhnte, als er in sie eindrang. Er liebte sie langsam, hielt sich zurück, so daß sie ihm immer einen Schritt voraus war. Er erregte sie, bis sie nach mehr flehte. Er umrahmte ihr Gesicht mit den Armen, so daß er ihr in die Augen blicken und ihren Genuß sehen konnte.

Sie genoß es, seinen Körper auf dem ihren zu spüren, um sie herum und tief in ihr. Sie ergötzte sich an seiner Kraft, an seinen Muskeln. Er vertrieb die Welt, die Vergangenheit, alles, was außerhalb dieser Wohnung, dieses Zimmers lag. Er stieß härter in sie, sie legte die Beine um ihn und hielt ihn so gefangen. Sie begann zu zittern, und sie spürte, wie er bebte. Sie schrie ekstatisch auf und er stieß tiefer in sie. Als ihr Orgasmus durch ihren Körper pulsierte, verlängerte er ihre Lust durch seine eigene.

Erfüllt und zärtlich im Nachglühen ihres Liebesspiels hielt er Joanna fest umarmt. «Möchtest du Champagner?» fragte er und küßte ihre Augenbrauen.

«Gern.»

«Ich auch. Er steht im Kühlschrank.»

Sie lächelte ihn unschuldig an. «Gut, ich mag ihn lieber, wenn er ganz kalt ist.»

«Die Gläser stehen im Schrank.» Er stieß sie sanft an die Bettkante.

Sie schlängelte sich zu ihm zurück. «Ich bin hier zu Gast. Ich erwarte, daß man mich bedient.»

«Na gut … dieses eine Mal.» Er schwang die Beine aus dem Bett.

«Wenn du nicht nett zu mir bist, laufe ich dir weg», meinte sie lachend.

«Wenn du das machst, werde ich dich verfolgen und dich zurück in meinen Bau holen.»

Sie lag zwischen den Kissen und beobachtete ihn durch halb geschlossene Augen. Es gab keinen Ort, an dem sie jetzt lieber gewesen wäre.

Adam kam mit einer erlesenen Flasche Champagner zurück.

«Ein ganz besonderer.» Er reichte ihr ein Glas.

«Weil dies das erste Mal ist?»

«Auf daß noch viele Male folgen werden – hoffe ich.»

«Das hoffe ich auch», gestand sie mit plötzlicher Schüchternheit ein.

Er lehnte sich zu ihr herüber und küßte ihre Nasenspitze.

Sie kuschelten sich unter der Decke zusammen, tranken den Champagner und redeten.

Joanna erzählte Adam unvermittelt von Peter, obwohl sie nicht die Absicht gehabt hatte. «Wir hätten uns Jahre vorher trennen sollen», gab sie zu. «Das hätten wir auch, wenn wir unglücklich gewesen wären, aber das waren wir nicht. Wir waren gute Freunde. Es ist so schwer, einen Schlußstrich zu ziehen, wenn alles fast richtig ist.»

«Aber nicht ganz richtig?»

«Genau.» Sie schaute ihn an. «War es bei dir und Val genauso?»

«Ähnlich. Wir lernten uns kennen, es funkte, und wir hatten eine Menge Spaß. Ich gab meine Mietwohnung auf und zog in ihr Haus. Wir stritten uns, aber es funktionierte, weil ich oft fort war und guten Stories hinterherjagte. Als ich anfing, mich hauptsächlich auf die City und die Finanzwelt zu konzentrieren, war ich seltener unterwegs – und wir stritten häufiger. Wir hatten uns schon darauf geeinigt, daß ich ausziehen sollte, als Val merkte, daß sie schwanger war. Ich werde nie vergessen, wie ich in der Nacht nach Hause kam und sie mit einer Flasche Gin am Küchentisch saß.»

«Warst du schockiert, als sie es dir erzählte?»

«Entsetzt. Ebenso wie sie.»

«Habt ihr darüber nachgedacht, zu heiraten?»

«Ich habe es vorgeschlagen, aber Val war vernünftig genug, mir einen Korb zu geben.»

«Habt ihr daran gedacht ...»

«Abzutreiben? Das kam für Val nicht in Frage. Sie wurde katholisch erzogen, und obwohl sie selbst behauptet, sie sei vom Glauben abgefallen, konnte sie einen solchen Schritt nicht in Betracht ziehen. Damals wünschte ich, sie könnte es. Aber heute ...» Er lächelte voller Zuneigung. «Ohne meinen Toby wäre ich verloren.»

Er füllte ihre Gläser auf, und sie legten sich in die Kissen zurück.

«Hast du Safarov geliebt?» fragte er ein paar Minuten später.

Joanna schüttelte den Kopf. «Nein, aber er war charmant, unterhaltsam, mächtig und faszinierend. Ich nehme an, es begann als ...»

«Abenteuer?» Er kam ihr zu Hilfe.

«Ja.» Das hätte sie Peter gegenüber nie zugeben können.

«Eine Abenteuerfahrt gen Hölle!»

Sie rieb ihre Nase an seiner Brust. «Das kannst du laut sagen!»

Er nahm ihr das Glas aus der Hand, schaute ihr in die Augen, küßte die Lider und die sanft abfallenden Augenbrauen. Sie liebten sich erneut, langsam, aber nicht mit weniger Lust, während sich ihre langen Beine ineinanderschlangen und sich das Licht der Nachttischlampe auf ihren Körpern spiegelte.

«Du ... du hast hier also nie mit Val gelebt?» fragte Joanna einige Zeit später. Was sie eigentlich sagen wollte, war: Hast du sie hier in diesem Zimmer, in diesem Bett geliebt?

«Val hat hier nicht einmal übernachtet.»

Joanna legte ihre Wange an Adams Schulter. Sie fühlte sich durch Val nicht bedroht und war auch nicht eifersüchtig auf die Verbindung, die sie dank Toby teilten. Sie nahm an, daß Adam seit der Zeit mit Val andere Freundinnen gehabt hatte, fühlte aber, daß keine von Bedeutung gewesen war. Wie Adam, so hatte auch sie eine Vergangenheit – und ihre war weitaus berüchtigter. Wenn er ihre akzeptieren konnte, dann konnte sie auch seine akzeptieren. Aber sie war froh, daß er nicht mit Val hier gelebt hatte, daß dies nicht das Zuhause einer anderen Frau gewesen war.

Sie wachte durch das Geräusch der Dusche auf. Einige Minuten später kam Adam ins Schlafzimmer zurück. Er trug ein Handtuch um die Hüfte, und seine Haare waren naß und verwuschelt.

Er lächelte, als er sah, daß sie wach war. «Ich muß ins Büro», sagte er mit einem wenig begeisterten Gesichtsausdruck. «Ich muß mein Maastricht-Interview vorbereiten, was ich schon letzte Nacht hätte machen sollen.» Er beugte sich zu ihr hinunter und küßte sie. «Aber ich habe etwas weitaus Wichtigeres auf meinem Terminplan entdeckt.»

Sie legte die Arme um seinen Hals. «Ich habe eine sehr ernste Beschwerde vorzubringen.»

Er hob eine Augenbraue. «Welche?»

«Wo sind meine Croissants?»

«Du bekommst sie am Sonntag – wenn wir im Bett liegen und unsere Story lesen.» Zögernd zog er sich an. «Ich komme so schnell wie möglich zurück. Ich muß den Banker zum Mittagessen einladen, also wird es Nachmittag werden. Claire leistet dir Gesellschaft.»

Joanna glitt aus dem Bett und schlüpfte in Adams Bademantel. «Was kann ich tun?»

«Gib alle Daten von gestern nacht ein: wo wir waren, zu welcher Zeit, was gesagt wurde. Ich habe einige Abschnitte des Artikels schon grob geschrieben, aber ich will den ersten Entwurf des gesamten Artikels heute abend schreiben.»

Das Telefon unterbrach sie.

Adam nahm den Hörer ab. «Guten Morgen, Malcolm. Ja, wir haben die Beweise. Ich erzähle dir gleich alle Einzelheiten. Ja, ich interviewe den Banker heute mittag.»

Adam redete noch immer, als Joanna ins Badezimmer ging. Sie duschte schnell und stellte sich dabei unter das rauschende warme Wasser, während die Seifenblasen des Shampoos durch ihr Haar und über ihren nackten Rücken liefen. Als sie das Wasser abstellte, hörte sie die Klingel, die Claires Ankunft ankündigte. Sie zog den Bademantel an, wickelte sich ein Handtuch um den Kopf und legte ihre Uhr um.

Es war acht Uhr. Sie stellte sich den emsigen Betrieb an ihrem Tisch bei First Clarence vor und ihre Nachfolgerin, Jane Dixon, die das Fax fand. Sie malte sich aus, wie sie Jeremy darauf ansprach – und wie Jeremy nach seinem gelben Telefon griff. Sie hatte Oliver vor Augen, der den Anruf in seiner hellen weißen Villa entgegennahm. Er war vielleicht sogar mit einer Frau im Bett und unterbrach sein Liebesspiel, um zu hören, daß sie, Joanna, sein Spiel durchschaut hatte. Sie malte sich seinen Unglauben aus – und triumphierte innerlich. Sie stellte sich seine Wut vor – und hatte Angst.

Adam wartete im Schlafzimmer auf sie. Er legte die Arme um sie und zog sie fest an sich. «Ich wünschte mir so sehr, ich könnte bleiben – und wenn's nur fünf Minuten wären.»

Sie lehnte sich an ihn und versuchte, Oliver zu vergessen.

Er knabberte an ihrem Ohrläppchen. «Verdammtes Maastricht!»

Sie streichelte über seinen Ärmel. «Du trägst dieselben Manschettenknöpfe wie auf der Party für Merantum Building. Seitdem hast du sie nicht mehr getragen. War R. H. dein Vater?»

«Nein, sie gehörten Richard. Er hat sie mir hinterlassen. Sie waren in dem Umschlag mit dem Carthew-Brief. Bis heute habe ich mich immer unwohl gefühlt, wenn ich sie trug. Ich hatte nie das Gefühl, sie verdient zu haben.»

Joanna gab ihm einen Kuß. «Richard wäre stolz, wenn er dich mit seinen Manschettenknöpfen sehen könnte.»

Er berührte sanft, flüchtig ihr Gesicht. «Sei sehr vorsichtig.»

«Das bin ich.» Sie wünschte, sie könnte ihm anvertrauen, was sie vorhatte, aber sie hatte Angst, daß er versuchen würde, sie davon abzuhalten.

Eine Stunde, nachdem Adam gegangen war, hatte sich Joanna angezogen und war bereit. Sie blieb unschlüssig im Schlafzimmer und überlegte, was sie wegen Claire unternehmen sollte. Die einfachste Lösung wäre gewesen, sich ohne ein Wort davonzuschleichen und zu hoffen, daß Claire sie nicht hörte. Aber das würde Claire Ärger einbringen und wäre nicht fair.

Sie ging nach oben. Claire saß am Tisch.

«Ich muß für ein paar Stunden weg», teilte Joanna ihr mit.

Claire sah sie beunruhigt an. «Sie sind nicht sicher.»

«Ich muß aber.» Joanna machte eine Pause. «Es tut mir leid, ich bin Ihnen wirklich dankbar für alles, aber ich muß heute morgen etwas erledigen.»

«Was?»

«Das kann ich Ihnen nicht sagen – noch nicht.»

Claire erhob sich. «Joanna, ich bin für Ihre Sicherheit verantwortlich. Wenn Sie gehen, komme ich mit.»

Joanna wollte protestieren, hielt aber inne. Nach all dem Aufwand und den Kosten, die Adam auf sich genommen hatte, um für ihre Sicherheit zu sorgen, schien es undankbar, Claires Angebot auszuschlagen.

«Also gut … danke. Aber bitte erzählen Sie Adam nichts davon.»

Claire sah sie noch besorgter an.

«Ich möchte es ihm selbst sagen», erklärte Joanna. «Aber erst sehr viel später.»

«Wie Sie wünschen», sagte Claire. «Aber wir müssen Vorsichtsmaßnahmen treffen. Wir nehmen ein Taxi. Das ist anonymer als mein Auto, und ich habe die Hände frei, um sie notfalls zu verteidigen.»

«Wie Sie meinen.» Joanna verbarg ihre Nervosität hinter einem Lächeln.

Etwa zehn Minuten später machten sie sich auf den Weg.

«Sie haben mir immer noch nicht gesagt, wohin wir fahren», sagte Claire, als sie hinaus in die bereits unangenehm warme Morgensonne traten.

«Wir kaufen eine Eintrittskarte und sehen uns ein altes Foto an.»

Claire postierte sich auf dem Bürgersteig. «Es scheint wichtig zu sein.»

Joanna nickte. «Das ist es.»

Sie fanden sofort ein Taxi. Es flitzte durch die stickige

Stadt und fuhr auf einer Parallelstraße der Oxford Street nach Bloomsbury. Sie baten darum, an der südlichen Spitze des Russell Square abgesetzt zu werden. Claire schaute sich wachsam um, während Joanna den Fahrer bezahlte. Erst als das Taxi davonfuhr, merkte Joanna, daß sie die Straßennummern nicht richtig gelesen hatte.

«Es kann nicht sehr weit weg sein», sagte sie und trat vom Bürgersteig herunter, um die Straße zu überqueren.

In dem Moment näherte sich ein Auto von hinten. Es fuhr direkt auf Joanna zu. Sie starrte es an, wie versteinert vor Angst und unfähig, sich zu rühren oder zu schreien. Claire schaltete sofort. Instinktiv griff sie Joanna fest am Arm und zog sie grob nach hinten, während der Wagen auf den Bürgersteig fuhr. Joanna geriet ins Stolpern und fiel fast, bevor sie an einem Laternenmast Halt fand und das Auto mit dem Kotflügel der Fahrerseite an der anderen Seite des Pfahles entlangkratzte. Sie sah noch einen zusammengekauerten Mann auf dem Rücksitz, der sich die Arme vor den Kopf hielt. Dann fuhr das Auto davon.

«Sind Sie verletzt?» fragte Claire besorgt.

Joanna schüttelte den Kopf. «Danke. Sie haben mir das Leben gerettet», flüsterte sie so erschrocken, daß sich ihre Lippen kaum bewegten.

«Gott sei Dank war ich hier. Jetzt lassen Sie uns bitte nach Hause fahren.»

Joanna atmete tief durch, um ihre Nerven zu beruhigen. «Das geht nicht. Noch nicht.»

«Aber Sie sind in Gefahr.»

«Ich muß unbedingt erst erledigen, was ich mir vorgenommen habe.»

Die beiden Frauen sahen sich an.

«Also gut», gab Claire nach. «Es scheint wichtiger zu sein, als ich gedacht hatte.»

«Es geht um Leben und Tod», erwiderte Joanna leise.

Es war früher Nachmittag, als sie in Adams Wohnung zurückkehrten. Als sie durch die Haustür kamen, hörten sie seine besorgte Stimme auf dem Anrufbeantworter.

«Joanna, wo bist du? Dies ist schon das zweite Mal, daß ich anrufe. Bitte geh ran!»

Sie eilte in sein Schlafzimmer und nahm den Hörer ab. «Ich bin hier.»

«Wo warst du? Alles in Ordnung?»

«Mir geht's gut.» Sie versuchte, ruhig und entspannt zu klingen und die Erinnerung an das Auto zu verdrängen.

«Wo warst du?»

«Ich ... wollte raus. Claire ist mitgekommen. Mach dir keine Sorgen.»

«Ich kann aber nicht anders. Mir gefällt es nicht, wenn du ein Risiko eingehst. Bitte versprich mir, daß du nicht mehr hinausgehst.»

«Ich verspreche es.»

Zu Joannas Erleichterung hakte Adam nicht nach und fragte nicht, wo sie gewesen waren. Er schien anzunehmen, daß sie nur einen Spaziergang gemacht hatte.

Joanna merkte, daß Claire sie unweigerlich hören mußte, deshalb schloß sie die Tür. «Was hat Malcolm gesagt?» fragte sie.

«Er kann es kaum abwarten, den Artikel zu sehen – und ich konnte es nicht abwarten, deine Stimme zu hören.»

«Ich höre deine ebenso gern.» Sie rekelte sich auf seinem Bett.

«Ich habe mir solche Sorgen gemacht, als du nicht ans Telefon gegangen bist.»

Sie dachte an den Mann, der zusammengekauert auf dem Rücksitz gesessen hatte – ein Schauer lief ihr über den Rükken.

«Allein dich zu hören, macht mich ...» fuhr er fort.

«Dann beeile dich und komm nach Hause!»

«Wo bist du?»

Sie rollte auf den Bauch. «Ich liege auf deinem Bett.»

«Hör auf, mich zu verführen!»

«Ich will dich aber verführen.»

«Als ich siebzehn war», sagte er, «wollte ich unbedingt ein Motorrad kaufen. Um während der Ferien Geld zu verdienen, habe ich tiefgefrorenes Obst in Tüten gepackt. Den ganzen Tag habe ich auf die Uhr geschaut und die Zeiger beschworen, sich schneller zu bewegen. So war es auch heute beim Mittagessen.»

«Du könntest früher nach Hause kommen», schlug sie vor.

«Damit du mich ablenkst?»

«Ich könnte dich ignorieren.»

«Untersteh dich!»

Sie kicherte. «Wie war das Maastricht-Interview?»

«Lang und langweilig. Der Banker futterte sich durch die ganze Speisekarte, einschließlich Pudding. Ich mußte immer an dich denken.»

Sie mimte Entrüstung. «Wegen des Puddings oder des langweiligen Bankers?»

«Ich will damit sagen, wenn der Name Joanna plötzlich mitten in dem Maastricht-Artikel erscheint, dann nur, weil ich mit den Gedanken immer woanders war.» Er machte eine Pause, während ein Paket in sein Büro geliefert wurde, und fuhr dann fort: «Wie kommst du mit den Daten voran?»

Voller Schuldgefühle dachte sie an seinen unberührten Computer. «Ich ... äh ... sortiere noch meine Notizen.»

«Kümmere dich nicht darum. Gib einfach nur die Fakten ein, ich sortiere das dann später.» Ein anderes Telefon auf seinem Schreibtisch klingelte.

«Das wird Malcolm sein. Ich muß Schluß machen. Ich bin bald zurück.» Er fügte flüsternd und kaum hörbar hinzu: «Ich freue mich auf heute abend.»

«Ich mich auch», antwortete sie. «Sehr sogar.»

Nachdem Joanna mit Adam gesprochen hatte, stellte sie sich vor seinen langen Spiegel. Ihr Gesicht glühte, ihre Augen glänzten und ihre Lippen schienen voller zu sein. Während sie die Arme verschränkt hielt, konnte sie sich fast vorstellen, daß seine Haut die ihre streichelte. Als sie sich in seinem Zimmer umschaute, fühlte sie sich in Sicherheit – oder zumindest so sicher, wie sie es nur sein konnte, während Oliver da draußen hinter ihr her war.

Kapitel 29

Um sechs Uhr hörte Joanna den Schlüssel in der Haustür, und Adam rief nach ihr. Sie eilte vom Dachboden hinunter. Sie zweifelte nicht daran, daß er dieses Mal allein sein würde. Als er in den Flur trat, sah er, wie sie glücklich am Ende der Wendeltreppe stand und auf ihn wartete.

Er ließ seine Aktentasche fallen und nahm sie in die Arme, wobei er sie so herumwirbelte, wie er es an jenem frühen Morgen getan hatte, als sie in ihrer Arbeitskleidung von BetterClean zu ihm gekommen war und die gestohlene Diskette bei sich gehabt hatte – an jenem Morgen, an dem ihr bewußt wurde, wie sehr sie wollte, daß er allein war, und an dem ihm bewußt wurde, wie besorgt er um ihre Sicherheit war.

Claire kam nach unten, hatte ihre Tasche und ihre Jacke bei sich, und sie wünschten ihr einen guten Abend.

«Danke ... für alles», fügte Joanna gedämpft hinzu. Mehr mußte sie nicht sagen.

Als die Tür hinter Claire ins Schloß fiel, schleuderte Adam seine Schuhe in die Ecke. «Dies muß der heißeste und stickigste Tag des ganzen Sommers gewesen sein», sagte er, als er in sein Zimmer ging und Krawatte und Hemd auszog. «Welch eine Erleichterung, endlich zu Hause zu sein.»

Joanna legte sich aufs Bett und sah ihm beim Ausziehen zu.

«Ich habe an dich gedacht, während ich nach Hause fuhr», fuhr er fort. «Gott sei Dank müssen wir nirgends hin und niemanden sehen. Wir haben den Abend ... die Nacht ... und morgen früh wachen wir nebeneinander auf. Das gefällt mir.»

Joanna lächelte. «Mir auch.»

Adam ließ sich ein Bad einlaufen, legte sich hinein und trank ein eiskaltes Lagerbier. Joanna saß auf einem niedrigen Rattanstuhl und nippte an einem Weißwein.

«Soll ich dir den Rücken waschen?» bot sie ihm an, während sie seinen stählernen Körper bewunderte.

«Nein, unterhalte dich einfach mit mir.»

Sie erzählte ihm von ihrem Nachmittag und dehnte ihn so aus, daß der ganze Tag abgedeckt war. Sie diskutierten über die festgehaltenen Fakten.

«Sobald ich Maastricht den letzten Schliff verpaßt habe, fange ich mit unserer Story an», sagte er und fügte mit gespielter Unschuld hinzu: «Ich habe Malcolm erzählt, daß ich morgen vormittag von zu Hause aus arbeite, mit dir zusammen, und daß uns niemand unterbrechen darf – es sei denn, es ist dringend.»

«Nichts ist so dringend.» Joanna hob ihr Bein in die Badewanne und glitt mit ihrem großen Zeh seine Brust hinab.

Er ergriff ihr Fußgelenk. «Ich sagte arbeiten, nicht spielen.»

«Das bezog sich auf morgen vormittag.» Sie schüttelte seine Hand ab und ließ ihren Fuß weiter hinabgleiten, über seinen Bauch, und kitzelte ihn mit ihren Zehen. Er fuhr mit der Hand über ihre Schenkel aufwärts.

«Du trägst gar keinen Schlüpfer», sagte er und streichelte sie.

Sie lehnte sich vor und leckte einen Wassertropfen von seiner Oberlippe. «Es schien mir unnötig.»

«Laß uns ins Bett gehen», murmelte er nah an ihrem Mund.

Sie nickte.

Sie liebten sich in der Wärme des frühen Abends. Das dumpfe goldene Licht der untergehenden Sonne streichelte ihre nackten Körper. Schließlich trieb sie der Hunger auf den

Dachboden, wo sie einen Imbiß aus Pastete und Erdbeeren zu sich nahmen. Später überarbeitete Adam den letzten Absatz seines Maastricht-Artikels, während Joanna den Küchentisch nutzte, um ihr gesamtes Beweismaterial auszubreiten und ein letztes Mal zu überprüfen.

Als er den Artikel fertig geschrieben hatte, gab er ihn ihr. «Ich will deine Meinung hören.»

Sie nahm die Seiten. «Meine ehrliche Ansicht?»

«Ich möchte nie etwas anderes hören.»

Sie las es sorgfältig, denn sie fühlte sich geschmeichelt, daß sie um ihre Meinung gefragt wurde. «Es ist großartig», sagte sie, als sie zum Ende gekommen war, «aber da ist ein Punkt, den ich ausführen würde.»

«Welcher?» Er war interessiert, nicht ablehnend.

Sie las vor: «‹Die Analysten gehen davon aus, daß der Footsie bald fallen wird, unabhängig von Maastricht oder dem GATT.›»

«Der Zinssatz wird mit Sicherheit steigen», rechtfertigte er seine Aussage.

«Schon, aber wir nähern uns auch dem Ende eines Haussemarktes – zumindest wird das befürchtet. Also wird der nervöse Handel automatisch die Aktien nach unten ziehen.»

«Gutes Argument.» Er ging zu seinem Computer zurück, um eine Zeile einzufügen.

Joanna beobachtete ihn. Sie genoß es, Teil seiner Arbeit zu sein.

Sobald er den Artikel an den *Sunday Chronicle* gefaxt hatte, ging er zu ihr, legte die Arme um sie und liebkoste ihren Nacken.

«Laß uns ins Bett gehen», flüsterte er. «Wir arbeiten morgen.»

Sie lehnte sich zurück gegen ihn, genoß es, seinen muskulösen Körper zu spüren und zu wissen, daß er sie begehrte.

Er knotete den Gürtel ihres Bademantels auf, ließ seine Hand unter das Frottee gleiten und streichelte sie, bis sie vor Lust aufstöhnte.

Früh am nächsten Morgen jagten sie sich gegenseitig aus dem Bett.

«Sonntagmorgen werden wir dafür belohnt, wenn wir unseren Bericht veröffentlicht sehen», sagte Adam, der als erster aufstand.

«Du meinst, wenn du mir meine Croissants servierst?»

Er lachte und zog ihr die Bettdecke weg. «Komm! Steh auf!»

Sie erhob sich zögerlich. «Möge Jeremy im Gefängnis verrotten!»

«Und Safarov?» fragte er und beobachtete ihre Reaktion.

Sie bückte sich, wobei sie nicht verstohlen wirken wollte, sondern nur ihre Haarbürste aufhob. «Ich frage mich, ob er es riskiert zurückzukommen, um am Samstag in der Oper *Tosca* zu sehen?»

«Das wird er nicht wagen.»

Sie dachte an das Auto. «Da bin ich mir nicht so sicher. Er kann es nicht ertragen, eine Niederlage einzugestehen.» Sie richtete sich auf und blieb wie angewurzelt stehen, als sie den Blick in Adams Gesicht sah. «Was ist los? Warum starrst du mich so an?»

«Wirst du ihm gegenüber je gleichgültig sein?»

«Er hat mich zu sehr hintergangen.»

Adam runzelte die Stirn und schwieg.

«Aber es war keine Liebe», versicherte sie ihm eilig. «Es war kein Vertrauen. Da war keine Tiefe, keine Zuneigung, kein Lachen. Es war nie so etwas wie das, was du und ich in diesen wenigen Tagen geteilt haben.»

Er zuckte mit der Schulter. «Wir machen uns lieber an die Arbeit.»

«Sicher.»

Joanna versuchte, sich von seinem Tonfall nicht verunsichern zu lassen. Sie verabscheute es, wenn Dinge unausgesprochen in der Luft hingen, aber sie spürte, daß – egal, was sie sagte – Adam sich nur durch ihr Verhalten überzeugen lassen würde.

Er verbrachte den Vormittag damit, den Artikel zu schreiben, während sie ihn in chronologischer Abfolge mit den Informationen versorgte. Es war ein trüber, bewölkter Tag, viel kälter als die Tage zuvor, und sie mußten in dem vorher sonnendurchfluteten Büro alle Lampen einschalten.

Gegen Mittag durchsuchte Joanna den Tiefkühlschrank und fand ein Paket Hackfleisch. Mit Hilfe einer Zwiebel, etwas gefrorenem Gemüse und einigen großen Kartoffeln zauberte sie einen Auflauf, nachdem sie Käse auf das Kartoffelpüree gerieben und das Ganze überbacken hatte.

«Kochen kannst du auch», bemerkte Adam bewundernd nach dem ersten Bissen.

«Ach, nichts Raffiniertes. Nur Hausmannskost.»

«Ich mag es.» Er nahm einen zweiten Happen. «Ich habe die Restaurants satt, wo man ein halbes Wachtelei auf einem Salatblatt serviert bekommt.»

Sie kicherte über seine Beschreibung der Nouvelle Cuisine. «Du bist also ein Fleisch-Kartoffeln-Gemüse-Mann?»

«Wie die meisten Männer.»

«Lindsays männliche Bekannte nicht. Sie geht nur mit Vegetariern aus. Sie hat sich von einem Mann getrennt, weil er heimlich Fleisch aß.»

Adam sah sie belustigt an. «Und deine kleine Schwester? Hat sie einen Freund?»

«Alice geht noch zur Schule. Sie lebt zu Hause bei meinen Eltern, in einem winzigen Dorf in den Quantock Hills. Sie hat nicht oft Gelegenheit, Jungen kennenzulernen. Meine Mutter hält seit Christophers Tod eine allzu beschützende Hand über sie.»

«Verständlich.» Er füllte sich noch mehr Auflauf auf.

«Was ist mit deiner Schwester?» fragte sie, denn sie wußten zwar viel voneinander, andererseits wußten sie aber auch noch rein gar nichts.

«Sarah ist mit einem Schaf-Farmer verheiratet. Sie haben zwei Kinder und leben in Yorkshire. Er ist zuverlässig und praktisch veranlagt, und sie hat ein großes Herz, ist aber immer schrecklich geistesabwesend. Als sie vor Weihnachten hier war, ließ sie ihre Uhr liegen. Im Juli vergaß sie ihre Perlenohrringe.»

Endlich wußte Joanna, wem sie gehörten.

Am frühen Vormittag hatte Adam den ganzen Artikel fertig. Joanna las ihn mit wachsender Aufregung. Als sie die Geschichte in seiner klaren Sprache verfaßt sah, erlaubte sie sich endlich die Hoffnung, daß der Alptraum vielleicht bald zu Ende sein würde.

«Ich werde mit erhobenem Haupt durch die Straßen gehen können … meine berufliche Laufbahn weiterverfolgen … meine ehemaligen Kollegen sehen können», meinte sie, während ihr Tränen der Rührung in die Augen stiegen.

Sanft wischte er sie beiseite. «Hast du nicht daran geglaubt, daß wir es schaffen?»

Sie lehnte sich gegen ihn. «Doch – aber ich hatte Angst, daß für mich alles davon abhängt.»

Sie wurden vom Telefon unterbrochen. Zögernd wandte er sich ab, um den Hörer abzunehmen.

«Hallo? Ja, Malcolm, ich arbeite gerade an der Story. Was? Auf nächste Woche verschieben! Kommt gar nicht in Frage. Sie *muß* diesen Sonntag erscheinen. Meine Informantin ist in großer Gefahr. In ihre Wohnung wurde schon eingebrochen, und ich mußte einen Bodyguard anheuern, um sie zu beschützen.» Adam schaute Joanna an und verdrehte genervt die Augen. «Malcolm, ich habe dir das alles gestern erzählt. Ja, ich weiß, wir müssen uns mit Verleumdungen vorsehen, aber wir waren uns einig, wenn ich den Artikel bis morgen fertig hätte, wären unsere Anwälte noch in der Lage, ihn zu prüfen.» Er machte eine Pause und hörte zu. Als er fortfuhr, gab er sich keine Mühe, seine Ungeduld zu verbergen. «Um Himmels willen, dies ist die Enthüllungsstory des Jahres. Sie verdient die Titelseite. Genauso etwas braucht der *Sunday Chronicle*.» Er machte erneut eine Pause. «Also gut. Ich bin in einer Stunde da.» Er knallte den Hörer auf. «Wichser!»

Joanna lachte.

«Ich muß ins Büro», sagte er und legte die Arme um sie.

«Das merke ich.» Sie liebkoste seine Brust.

«Es tut mir leid.»

«Mir auch, aber die Story hat Vorrang.»

Er gab ihr einen zärtlichen Kuß. «Nur noch bis Sonntag.»

Adam rief Claire an. Während sie darauf warteten, daß sie kam, bastelte er an dem letzten Absatz herum, und Joanna rief ihre Eltern an.

Ihr Vater nahm ab. «Schatz, wie schön, endlich von dir zu hören. Wir haben zweimal auf den Anrufbeantworter gesprochen. Deine Mutter hat sich Sorgen gemacht.»

Sie erzählte ihm von dem Einbruch.

«Wie grauenhaft!» rief er aus. «Geht es dir gut? Warum hast du uns nichts davon erzählt?»

«Ich wollte euch nicht beunruhigen.»

«Aber wir sind doch deine Eltern, Jo.»

Wieder einmal hatte sie in dem Versuch, sie zu schonen, alles schlimmer gemacht.

«Wurde viel gestohlen?»

«Ich … äh … glaube nicht, aber Felicity ist im Moment nicht da, also habe ich mich entschlossen, bei einem Freund zu wohnen.» Sie warf Adam einen Blick zu. «Ähm … nein, nein, ihr kennt ihn nicht. Ja, bitte macht euch keine Sorgen. Alles ist in Ordnung, es läuft sogar richtig gut. Das wollte ich euch sagen. Dieser Freund und ich – er ist Journalist – wir sind einem Ring auf der Spur, der mit Insider-Informationen handelt. Das ist der Grund, weshalb ich von First Clarence entlassen wurde. Nein, Dad, natürlich hatte ich nichts damit zu tun. Mir wurde eine Falle gestellt, und ich wurde entlassen, weil ich meinen Verdacht geäußert hatte. Ja, nun, ich wollte euch vorwarnen, daß die wahre Geschichte wahrscheinlich an diesem Wochenende im *Sunday Chronicle* erscheint.» Sie hörte sich seine Befürchtungen an und erwiderte dann: «Nein, ich kann die ganze Sache nicht vergessen. Ich wurde zu Unrecht entlassen. Daddy, bitte glaube mir, ich muß es tun – selbst wenn dadurch noch mehr Staub aufgewirbelt wird. Ja, ich habe vor, Lindsay auch vorzuwarnen. Ich werde gleich mit ihr reden. Natürlich tut es mir wegen Mummy leid. Ich möchte sie nicht aufregen. Aber ich muß meinen Ruf wiederherstellen.»

Sie legte auf und sank auf ihren Stuhl, ermüdet von Schuldgefühlen und Entschuldigungen.

Adam schaute vom Bildschirm auf. «Mach dir keine Vorwürfe.»

«Er versteht einfach nicht, warum ich es nicht auf sich beruhen lassen kann.»

«Er liebt dich und will dich beschützen.»

Sie stellte sich ihren Vater vor, wie er nervös die Leiter hinaufstieg, um das Efeu zurückzuschneiden, weil er sich um den Garten kümmern wollte – ebenso wie er versuchte, für seine Familie zu sorgen.

Adam ging, sobald Claire eingetroffen war. Da ihr Artikel fertig war, hatte Joanna nichts zu tun, also verbrachte sie den Nachmittag damit, sich mit Claire zu unterhalten und an Adam zu denken.

Jeder Winkel seines Hauses hatte nun eine sexuelle Bedeutung erhalten. In seinem Schlafzimmer hatten sie sich geliebt. Auf dem Dachboden war er von ihr weggegangen –

und sie war hinter ihm hergelaufen. Unten an der Wendeltreppe hatte sie ihn am Gürtel festgehalten. Am Küchentisch hatten sie miteinander geredet.

Er rief an, gleich nachdem er mit Malcolm gesprochen hatte. «Wir sind Sonntag drin.» Seine Stimme überschlug sich vor Aufregung.

Sie lachte vor bloßer Erleichterung.

«Ich muß noch einen Abschnitt neu schreiben und ihn dann mit den Anwälten durchgehen», fuhr er fort. «Ich bin zum Abendessen zurück. Ich habe Mary, Paola und Holly eingeladen, um zu feiern. Die Spirituosenhandlung liefert in einer Stunde eine Kiste Champagner. Kannst du bei Il Pesto anrufen und sie bitten, uns etwas Köstliches zu schicken? Du findest ihre Karte auf meinem Schreibtisch.»

«Findest du nicht, wir sollten nach der Veröffentlichung feiern?» fragte sie in der Angst, das Schicksal herauszufordern.

«Sei nicht so pessimistisch!»

«Ich bin realistisch.»

«Ich auch. Heute abend erkläre ich dir alles.»

Sie hätte gern gewußt, was er damit meinte, aber sie merkte, daß er es nicht weiter ausführen wollte – oder konnte. «Wir sehen uns nachher», sagte sie.

«Ich freue mich darauf – sehr.» Sein Tonfall klang zärtlich.

«Ich mich auch.»

Adam kam erst zurück, als seine Gäste schon da waren. Er eilte die Wendeltreppe hinauf, gab lauter Entschuldigungen von sich und war erleichtert, daß Joanna schon jeden herzlich aufgenommen hatte. Mary und Paola plauderten mit ihr, als seien sie alte Freundinnen. Holly, eine sehr blasse, hübsche Blondine, hatte es sich auf dem Sofa gemütlich gemacht und hörte zu.

Joanna spürte, daß Adam sich Sorgen machte. Er sagte es nicht, aber er war nervös, fast wütend, und redete sehr schnell. «Auf eine erfolgreiche Enthüllungsstory», sagte er und füllte ihre Gläser auf.

Mary drückte seine Hand. «Ich könnte weinen vor Dankbarkeit. Wenn Richard nur hiersein könnte.»

«Was machst du, wenn Malcolm zu große Angst hat, um den Artikel abzudrucken?» fragte Paola.

Alle atmeten tief durch und starrten sie an.

Adam wandte sich an Joanna. «Ich hatte keine Zeit, dich vorzuwarnen, aber ich habe ein Problem damit, die Hausanwälte zu überzeugen.»

Sie senkte das Glas, während der Champagner in ihrem Mund sauer wurde. «Warum? Weil wir Olivers Quelle nicht identifiziert haben?»

«Nein, obwohl es hilfreich wäre. Das Problem liegt darin, daß Malcolm Angst hat, mit dem Finger auf Safarov zu zeigen, weil er den Vorstand verärgern und seinen Job verlieren könnte.»

«Sind die Direktoren denn nicht an einer einträchtigen Story interessiert?» Joanna versuchte, nicht besorgt zu klingen.

«Es gefällt ihnen nicht, wenn ein Freund als Verbrecher bezeichnet wird. Aber wenn wir beweisen, daß Safarov schuldig ist, dann lassen sie ihn wie eine heiße Kartoffel fallen und unterstützen Malcolm ganz und gar.»

«Was ... passiert jetzt also?» fragte sie.

«Ich habe einiges herausgenommen, und die Anwälte lesen den Artikel noch einmal.» Er schaute auf seine Uhr. «Ich muß gleich bei ihnen anrufen. Mach dir keine Sorgen! Diese Story wird veröffentlicht. Malcolm *muß* sie bringen. Er kann es sich nicht leisten, zu kneifen. Die ganze Zeitung spürt, daß ich an etwas Großem arbeite.» Er hob sein Glas. «Und daß wir heute abend feiern.»

«Das meintest du also, als du dich als Realist bezeichnet hast?»

Er nickte. Es war nicht nötig, mehr zu sagen.

«Aber was machst du, wenn Malcolm den Mut verliert?» beharrte Paola.

«Dann tausche ich morgen abend mit dem Spätdienstredakteur und ändere die endgültige Ausgabe.»

Paola sah ihn entsetzt an. «Adam, du würdest doch nicht deine Story gegen die Anweisungen des Herausgebers bringen?»

«Das war nur Spaß – leider.»

«Gott sei Dank! Du würdest deinen Job verlieren.»

«Ich gehe vielleicht ohnehin.» Er ging zur Tür. «Ich habe Malcolm das nicht gesagt, weil ich kein quengelndes Kind bin, das mit Drohungen um sich wirft, aber wenn er die Safarov-Story nicht bringt, dann werde ich meine Kündigung einreichen.»

«Das ist nicht dein Ernst!» sagte Paola.

«Ich kann nicht für einen Herausgeber arbeiten, den ich nicht respektiere.» Er ging die Treppe hinunter, um das Telefon im Schlafzimmer zu benutzen.

Mary war sichtlich erschüttert. «Adam liebt seine Arbeit.»

«Und die Zeitung braucht ihn wirklich», sagte Paola. «Wenn er geht, verlieren die Finanzseiten die Hälfte ihrer Leserschaft. Ihn nach New York zu versetzen ist schon schlimm genug.»

Die Aussicht, von Adam getrennt zu sein, gab Joanna ein Gefühl der körperlichen Schwäche. «Könnte Malcolm die Versetzung rückgängig machen?» fragte sie.

«Natürlich. Er könnte Sean schicken, der dort Verwandte hat und gern gehen würde. Aber ich glaube nicht, daß Malcolm einen Rückzieher macht, es sei denn, er ist ein besserer Mensch als der, für den wir ihn halten.»

«Ahnt er, daß Adam gehen könnte?»

«Wahrscheinlich. Malcolm hat vielleicht keinen Mumm, aber er hat Intuition.»

«Auch das würde ihn nicht veranlassen, unsere Story abzudrucken?»

«Nur wenn er schwankt – nicht, wenn die Hausanwälte ihm abraten. Falls Safarov erfolgreich klagt, würde der Schaden den *Sunday Chronicle* ruinieren. Kein Herausgeber möchte für die Schließung einer Zeitung verantwortlich sein.»

«Ich verstehe.» Joanna versuchte, nicht niedergeschlagen zu klingen.

Adam berichtete, daß er noch eine weitere Änderung vornehmen mußte. «Sie haben Angst, Safarov direkt für den Absturz von Carthew verantwortlich zu machen», erzählte er Mary zähneknirschend. «Es tut mir so leid, aber Malcolm wird es so, wie es im Moment geschrieben ist, nicht abdrukken, weil wir es nicht bewiesen haben. Wir können nur sagen, daß Donia davon profitiert hat – was es implizit bestätigt, aber ihn nicht direkt beschuldigt.»

Mary tätschelte seine Hand. «Es wird in den polizeilichen Ermittlungen ans Tageslicht kommen. Richard muß eben noch etwas warten.»

«Mach dir keine Sorgen», versicherte er ihr. «Ich werde sicherstellen, daß Walter die ganze Geschichte erfährt.»

Während die anderen weiter über Malcolm redeten, schwieg Joanna und war in Gedanken versunken. Sie dachte an ihre Arbeit, ihre Hoffnungen und an den Morgen, an dem sie entlassen worden war. Sie hatte ihre durchsuchte Wohnung vor Augen, die hinter den Bäumen versteckten Männer und das Auto, das sie fast überfahren hatte. Warum hatte Oliver nicht noch einmal versucht, sie zum Schweigen zu bringen? Er mußte doch wissen, wo sie war. Sie warf einen Blick durch die Terrassentür hinaus in den nächtlichen Himmel. Worauf wartete er?

Kapitel 30

Nachdem Adam am nächsten Morgen zur Arbeit aufgebrochen war, lag Joanna im Bett und hörte, wie er seinen Sportwagen startete. Dann schlief sie wieder ein.

Sie stand spät auf und nahm ein langes, genüßliches Bad, bevor sie nach oben zu Claire auf den Dachboden ging. In der Ecke des Zimmers unter dem Fernseher sah sie die rote Lampe des Videorecorders leuchten. Sie erinnerte sich daran, daß Adam immer die Sendung *Weekly Money* aufzeichnete, und schaltete das Gerät ein.

Davids Gesicht erschien auf dem Bildschirm. Er redete über die Firma Twinberrow, die kürzlich erfolgreich Konkurrenzfirmen erworben hat. Joanna schenkte sich einen Kaffee ein und hörte interessiert zu.

«Twinberrow wurde von dem berühmten Senioranwalt Quentin Brocklebank beraten, der in bedeutenden Übernahmeaktionen scheinbar immer von der einen oder anderen Seite hinzugezogen wird», erzählte David den Zuschauern.

Die Kamera zeigte die Carey Street hinter dem High Court, und Joanna erkannte die unverwechselbar große Gestalt von Quentin Brocklebank, der quer über die Straße marschierte. Er hatte eine schnatternde Schar von Junioranwälten und zwei mit Büchern beladene Gehilfen im Gefolge, die trippelnd hinter ihm her eilten wie Küken hinter der Henne. Während David die Ergebnisse des Verfahrens der vergangenen Woche detailliert zusammenfaßte, ging Brocklebank unter dem alten Steinbogen hindurch in das Lincoln's Inn, und sein Gefolge hastete hinterher. Die Nachhut bildete einer der Anwaltsgehilfen. Bevor er verschwand, blickte er noch einmal zurück – genau in die Kamera.

Joanna stockte der Atem.

«Was ist los?» fragte die ständig wachsame Claire.

«Ich ... dachte, ich hätte jemanden erkannt.»

«Wen?»

Sie entging der Notwendigkeit zu antworten, da das Telefon klingelte. Sobald sie merkte, daß es Adam war, nahm sie den Hörer ab.

«Wir haben ein Problem», meinte er.

Ihr Mund wurde trocken. «Was ist?»

«Malcolm zögert immer noch, weil die Anwälte sagen, daß unsere Beweise nicht wasserdicht sind. Er will dich kennenlernen und deine Geschichte hören. Es tut mir leid, daß ich dich bitten muß zu kommen, aber es ist unsere einzige Hoffnung.»

«Soll ich ihm von BetterClean erzählen?»

«Alles.»

«Aber ... ich dachte, wir sollten das geheimhalten.»

«Ja, aber nicht vor meinem Herausgeber. Malcolm ist vielleicht ein Mistkerl, aber er ist ein Zeitungsmensch. Er würde meine Informanten nie verraten. Es geht nur darum, ihn zu beruhigen. Wenn ich Reg vorbeischicke, kannst du dann sofort kommen? Er liefert im West End aus. Er könnte in zehn Minuten bei euch sein.»

«Ich bin dann fertig.» Der Gedanke, die Wohnung zu verlassen, beunruhigte Joanna, aber sie konnte Adam nicht gerade jetzt von dem Auto erzählen, wo ihr Erfolg von ihr abhing.

«Bitte Claire darum, daß sie mitkommt.» Er machte eine Pause und fügte dann hinzu: «Wiederhole ich mich, wenn ich dir sage, daß du meine beste Partnerin bist?»

«Ja, aber es gefällt mir.»

«Dann sage ich es noch einmal – heute abend.»

Sobald sie sich verabschiedet hatten, eilte Joanna nach unten. Sie kam zu dem Schluß, daß Malcolm – ein von Vorschriften und Angst geleiteter Mann – sich nicht von einer lässig angezogenen Frau beeindrucken lassen würde. Daher wählte sie die einzigen schicken Kleidungsstücke aus, die Adam eingepackt hatte: eine schwarze, maßgeschneiderte Hose und eine gelbe Seidenbluse.

Sie trug gerade Wimperntusche auf, als Reg klingelte. Sie griff nach ihrem Lippenstift, Kamm und dem Parfum und folgte Claire zum Auto, wobei sie ängstlich die Straße entlang schaute, bevor sie auf den Rücksitz glitt.

Reg nahm den gleichen Weg wie ihr Taxi, umfuhr die Oxford Street und bog dann in Richtung Holborn ab. Um einen geplatzten Wasserhydranten im Kingsway zu umfahren, wurden sie um Lincoln's Inn Fields herumgeleitet. Als sie in der Nähe von Max' Büro vorbeifuhren, faßte Joanna den Entschluß, daß sie ihn anrufen würde, sobald die Story veröffentlicht war. Sie hoffte, er würde nicht zu verärgert sein, daß sie sich ihm nicht vorher anvertraut hatte.

Der Empfangsbereich des *Sunday Chronicle* unterschied sich vollkommen von ihrem vorigen Besuch. Damals war sie die einzige Besucherin gewesen. Nun glich der Tisch des Portiers einem regen Bienenhaus, und die Aufzüge waren ständig in Benutzung.

Adam wartete auf sie, und Joanna eilte ihm entgegen. Er schaute sie fragend an. Sie nickte, sagte aber nichts. Er stellte ihr keine Fragen, sondern nahm sie am Ellbogen und vermittelte ihr durch den Druck seiner Hand, daß er sie verstand.

«Danke, daß Sie sich so gut um Joanna gekümmert haben», meinte er zu Claire.

«War mir ein Vergnügen.» Claire wandte sich Joanna zu. «Viel Glück! Sie haben es verdient. Zahlen Sie es ihm ordentlich heim.»

Joanna lachte und schüttelte ihr herzlich die Hand. «Ich

werde nicht vergessen, was Sie für mich getan haben. Wir sollten in Kontakt bleiben.»

«Gern.» Claire sah sie freundlich an. Sie salutierte andeutungsweise und marschierte durch die Drehtüren hinaus.

Adam führte Joanna zu einem leeren Aufzug. «Was meinte Claire?»

«Daß wir nicht nachgeben sollen.» Sie log nicht gern.

«Wolltest du mir das zu verstehen geben?»

«Nein.» Sie wartete, bis sich die Türen schlossen und sie allein waren. «Erinnerst du dich daran, daß ich dir erzählte, Oliver habe einen älteren Butler?»

Adam nickte.

«Dieser Butler hat einen Neffen – und der ist Quentin Brocklebanks Anwaltsgehilfe.»

«Du meinst ... Brocklebank, der Senioranwalt, der all die großen Übernahmen regelt?»

«Genau! Ich habe gerade deine Sendung *Weekly Money* gesehen. David berichtete über Twinberrow. In einem Filmbeitrag wurde Brocklebank gezeigt, und der Neffe trug seine Bücher.»

«Was ... was willst du also andeuten?» Adam drückte auf die Taste für den zehnten Stock. «Daß Brocklebank Safarovs Quelle ist? Joanna, das glaube ich nicht. Der Mann ist ehrlich.»

«Nein, der Neffe», meinte sie schnell. «Ein Gehilfe in den höchsten Amtszimmern des Inns of Court hat eine sehr mächtige Stellung. Er hat Zugang zu allen Unterlagen.»

«Du liebe Güte! Wenn das wahr ist, dann ist dies eine viel größere Story.» Adam starrte auf die Anzeigetafel, auf der die Nummern der Stockwerke aufblinkten. Rasch drückte er auf die Taste für den achten Stock. «Wir müssen reden. Malcolm wird sich gedulden müssen.»

Sie traten auf einen breiten Flur hinaus, der bis auf einen Portier menschenleer war.

«Was weißt du sonst noch über den Neffen?» fragte er und führte Joanna beiseite.

«Sein Name ist Stuart, er ist etwa dreißig und lebt auf großem Fuß. Er hat einen Jaguar E-Type und trägt Designer-Klamotten.»

Adam schaute sie nun wenig überzeugt an. «Ein Gehilfe bei jemandem wie Brocklebank verdient sehr viel Geld.»

«Ich weiß, aber Stuart war derjenige, der seinem Onkel die Position des Butlers bei Oliver verschafft hat. Das hat mir Withers, der Onkel, erzählt. Er hat mir auch erzählt, daß ihn sein Neffe oft besucht. Er sagte immer wieder, wie selbstlos Stuart ist, was für ein guter Junge und all das. Aber, Adam, wenn du Stuart sehen würdest, wüßtest du, daß er nicht der Typ Mensch ist, der einen älteren Verwandten ohne guten Grund besucht.»

«Angenommen, sie haben Withers dort mit Absicht hingesetzt.»

«Um dem Neffen einen Grund zu verschaffen, häufig vorbeizukommen», fügte sie eifrig hinzu.

«Um Informationen an Safarov weiterzugeben, die er bei der Arbeit in Erfahrung gebracht hat?» Adam faßte sich an den Kopf. «Dies ist ein Riesending. Der Neffe sitzt auf einer Goldmine. Brocklebank ist in diesem Gebiet führend.» Er dachte einen Augenblick lang nach. «Könnte der Butler auch in die Sache verwickelt sein?»

Joanna schüttelte den Kopf. «Nein.»

Er hob eine Augenbraue. «Sicher?»

«Adam, ich lasse mich nicht schon wieder in die Irre führen. Der arme alte Mr. Withers ist grundanständig. Armeeveteran und so, und außerdem ist er Oliver ergeben. Er wird am Boden zerstört sein.»

«Wenn Safarov schon seinen behinderten Stiefbruder mißbrauchen kann …», meinte er.

Joanna schnitt eine Grimasse. «Und mich.»

«Dann schert er sich auch einen Dreck um seinen unseligen Butler.»

«Haben wir Zeit, das zu beweisen?»

«Nicht vor Sonntag.» Adam schaute auf die Uhr. «Wir gehen lieber. Malcolm gerät bestimmt schon in Panik.»

Er rief den Aufzug, und sie fuhren weiter in den zehnten Stock. Als sie ein hektisches High-Tech-Büro betraten, in dem drei schwer bedrängte Sekretärinnen Anrufe für den Herausgeber abwehrten, legte Adam die Hand auf Joannas Schulter.

«Erzähl Malcolm alles – außer das mit dem Neffen», sagte er sehr leise.

«Warum sollten wir es verschweigen?»

«Bitte. Ich muß nachdenken.»

«Adam, Malcolm wartet.» Eine der Sekretärinnen warf ihm ein breites Grinsen zu. «Sie sollen gleich hineingehen.»

«Danke, Penny.» Adam öffnete die Tür mit dem Schild *Herausgeber*.

Ein großer, vergnügter Mann mit einem rosafarbenen Gesicht, kurzen grau-blonden Haaren und dem Körperbau eines Rugby-Stürmers saß an einem mit Leder bezogenen Tisch umgeben von Telefonen. Ihm gegenüber saßen zwei Männer in dunklen Anzügen.

«Wie wir schon sagten, Malcolm, vom juristischen Standpunkt aus gesehen ...» Der ältere der beiden Juristen sprach mit den bewußt gewählten Worten eines Anwaltes.

Joanna war erstaunt. Malcolm war vollkommen anders als die schwache, graue Maus, die sie sich vorgestellt hatte.

Er erhob sich, als er sie sah. «Gut, daß Sie gekommen sind, Miss Templeton.» Er hatte eine dröhnende, schroffe Stimme, und sein Händedruck war fest.

«Ich möchte, daß Adams Bericht am Sonntag erscheint», erwiderte sie.

«Äh ... ja ... das hoffen wir alle. Setzen Sie sich doch. Ich möchte, daß unsere Hausanwälte Ihre Geschichte auch hören. Nicht, daß ich Ihnen nicht glaube, Miss Templeton, aber ...» Er lächelte sie vergnügt an.

«Sie wollen nicht verklagt werden?»

«Sie sagen es!»

Sie nahm sich einen Stuhl. Adam ebenfalls.

«Kaffee?» fragte Malcolm höflich.

«Ja, bitte.»

Er lächelte ihr aufmunternd zu, wie ein Richter, der die Aussage eines Kindes aufnahm. «Die Zeit drängt etwas. Würde es Ihnen etwas ausmachen, gleich mit Ihrer Geschichte zu beginnen, oder möchten Sie lieber auf den Kaffee warten?»

«Ich fange gleich an.»

Joanna begann mit ihrem ersten Tag bei First Clarence, als ihr Jeremy das Kathpeach-Konto zuteilte. Als ihr Kaffee kam, war sie schon an dem Morgen angelangt, an dem Kathpeach sich über ihr Verhalten beschwert hatte. Sie erklärte den Grund, weshalb Jeremy Anrufe und Faxe zu sich umleitete – ebenso wie das Fax, von dem er behauptete, sie hätte es übersehen. Sie beschrieb, wie sie plötzlich entlassen worden war und daß Jeremy gedroht hatte, ihr ein Zeugnis zu verweigern. Sie sprach von der Erniedrigung, als Sexsüchtige dargestellt zu werden, und zitterte vor Zorn, als sie sich an die Gerüchte erinnerte, sie habe angeboten, Informationen weiterzuverkaufen. Sie beschrieb die Verfolgung durch die Presse, die Auswirkung von Olivers herablassender Äußerung und den ungehobelten Mann auf der Straße. Sie lächelte Adam kurz zu, als sie mit ihrer Erzählung zu der Nacht kam, in der er angeboten hatte, mit vereinten Kräften zu ermitteln. Sie berichtete von ihrem Vorstellungsgespräch bei Better-Clean, ließ aber die Namen von Max und Felicity aus. In allen Einzelheiten legte sie die Situation dar, in der sie Zugang zu Jeremys Computer bekommen hatte.

Der dienstältere Anwalt hob die Hand. «Einen Augenblick, bitte. Miss Templeton, wir können Beweismaterial, das auf eine solche Weise beschafft wurde, nicht benutzen.»

«Ich weiß, aber diese Diskette führte uns zu Mr. Bilsham.»

«Dessen Namen Sie beide lieber nicht erwähnen möchten?»

«Ja.» Sie lächelte Adam an und war froh, daß er daran gedacht hatte.

Sie befragten sie noch fast eine Stunde, wonach sie ziemlich erschöpft war.

Schließlich unterbrach Adam das Gespräch. «Sie haben Joanna kennengelernt. Sie hat Ihnen ihre Geschichte erzählt. Wo liegt das Problem?»

Die Anwälte sahen sich an.

«Safarov ist ein sehr einflußreicher Mann», antwortete der ältere Jurist. «Sie haben bewiesen, wie er den Betrug hätte begehen können, aber nicht, daß er es tatsächlich macht – zumindest konnten Sie nicht alle Zweifel ausräumen.»

«Erzählen Sie mir nicht, daß zwanzig Geschäfte, alle mit Gewinn, auf Glück oder Zufall beruhen!» meinte Adam ungeduldig.

«Natürlich nicht. Die Fakten sprechen für sich. Es wurde zwanzigmal Betrug begangen. Aber können Sie beweisen, daß Safarov auch nur für einen davon verantwortlich ist?» Er schaute von Adam zu Joanna.

Sie sagte nichts und fragte sich, ob Adam ihnen von Withers Neffen erzählen würde – aber das tat er nicht.

«Laurie nicht zu nennen, ist akzeptabel, weil wir ihn in einem anschließenden Rechtsverfahren nennen können», fuhr der Anwalt fort. «Aber sich auf Informationen eines Bankcomputers zu beziehen, ohne zu erläutern, wie Sie Zugang dazu bekommen haben, bringt uns in Schwierigkeiten. First Clarence wird seine Anwälte einschalten. Jeremy wird alles leugnen. Safarov wird eine gerichtliche Verfügung erwirken. Der *Sunday Chronicle* wird den Laden angesichts von Schadensersatzansprüchen zumachen können. Und Sie, Miss Templeton, wird man aufgehängt an der Blackfriars Bridge finden.»

«Um Himmels willen, das ist doch etwas zu dramatisch!» rief Malcolm aus.

«Warum, glauben Sie, brauchte Joanna einen Bodyguard?» fragte Adam. «Sie wurde auf der Straße verfolgt, ihre Telefonleitung wurde gekappt und ihre Wohnung auf den Kopf gestellt.»

«Haben Sie Beweise dafür, daß Safarov hinter diesen Taten steckt?» fragte der ältere Anwalt.

Adam schüttelte den Kopf. «Leider nicht.»

«Dann könnten es gewöhnliche Einbrecher und normale Fußgänger gewesen sein.»

«Vielleicht, aber dieses Risiko will ich nicht eingehen.»

«Natürlich nicht.» Malcolm beschwichtigte seinen Starreporter eilig.

Adam schaute auf die Uhr. «Wir haben nicht einmal mehr zwei Stunden bis zum Redaktionsschluß.»

«Ich … äh …» Malcolm wandte sich dem älteren Anwalt zu, so als wolle er dem Blick von Adam ausweichen. «Wie lautet Ihr Rat?»

«Zu gefährlich.» Der Anwalt schaute Adam an. «Tut mir leid. Es ist eine großartige journalistische Arbeit, und ich würde Malcolm nur zu gern raten, es zu veröffentlichen, aber das kann ich nicht. Da sind einfach zu viele Lücken.»

Adam war enttäuscht und angespannt.

«Was können wir tun, damit es veröffentlicht werden kann?» erkundigte sich Joanna, bevor er seinem Frust Ausdruck verleihen konnte.

«Überzeugen Sie einen aus dem Ring, die anderen zu beschuldigen. Jeremy scheint der Schwächste zu sein.»

«Unmöglich!» Adam gab sich keine Mühe, seine Ungeduld zu verbergen. «Er würde die anderen vielleicht warnen. Die verlassen dann das Land oder kommen der Zeitung mit einer einstweiligen Verfügung – oder beides.»

«Was könnten wir sonst tun?» beharrte Joanna.

«Es wäre sicherlich hilfreich, wenn Sie bereit wären, vor Gericht zuzugeben, daß Sie sich die Informationen über Jeremys Computer beschafft haben.»

«Das kommt gar nicht in Frage», sagte Adam entschieden. «Wissen Sie, was Sie da vorschlagen? Joanna könnte im Gefängnis landen.»

«Adam, ich sagte nicht, daß Miss Templeton dies tun sollte», erklärte der Anwalt eilig. «Das wäre ihre Entscheidung. Ich kann verstehen, daß Sie ernüchtert sind. Ihr Bericht würde Safarov überführen – und Richard rehabilitieren. Ich wünschte, ich könnte Malcolm raten, ihn abzudrucken, aber das kann ich nicht. Der *Sunday Chronicle* ginge ein zu großes Risiko ein.»

Malcolm beobachtete Adam mit wachsender Sorge. Obwohl Joanna tief enttäuscht war, konnte sie nicht umhin, Mitleid für den armseligen Herausgeber zu empfinden, der zwischen seinem Vorstand, seinen vorsichtigen Anwälten und seinem energischen, gewinnbringenden Journalisten stand.

«Adam, Sie haben hervorragende Arbeit geleistet», sagte er und suchte sorgfältig nach Worten. «Ich versichere Ihnen, daß ich Ihren Bericht nicht zurückweise. Ich verschiebe ihn lediglich. Treiben Sie neues Beweismaterial auf – und wir veröffentlichen. Wir erstatten Ihnen die zwölftausend Dollar. Vergessen Sie alles andere. Konzentrieren Sie sich auf diese Sache. Sie bekommen von mir jede erdenkliche Hilfe. Alle Mittel des *Sunday Chronicle* stehen Ihnen zur Verfügung. Wir werden sehen, ob wir es am nächsten Sonntag bringen können.»

Im Zimmer herrschte Stille. Joanna warf einen Blick auf Adam. Er war tief in Gedanken versunken. Sie wußte, daß er den *Sunday Chronicle* nicht verlassen wollte, aber er würde nicht für einen Herausgeber arbeiten, den er nicht respektierte.

Sie wartete darauf, daß er Withers Neffen erwähnte – vergeblich. Sie hätte es getan, hätte er sie nicht ausdrücklich gebeten, es nicht zu tun. Es schien verrückt, ihren letzten Trumpf nicht auszuspielen.

Sie erhob sich. Adam starrte sie an – aber sie blickte direkt zu Malcolm.

«Ich bin bereit zu sagen, wie ich an die Diskette gekommen bin», sagte sie mit klarer Stimme, «aber nur, wenn Sie die Story morgen bringen.»

«Nein!» Überrascht legte Adam eine Hand auf Joannas Arm und kümmerte sich nicht darum, daß seine Kollegen Zeugen seiner Zuneigung für Joanna wurden. «Du hast schon genug durchgemacht.»

Seine Worte bestärkten sie sogar noch in ihrem Entschluß. «Adam, ich muß es tun – für mich, für dich, für uns.» Sie wandte sich an Malcolm. «Falls nötig, werde ich meine Aussage vor Gericht wiederholen.»

Sie hatte erwartet, daß Malcolm ihr Angebot annahm, aber zu ihrer Überraschung war das nicht der Fall.

«Sind Sie vollkommen sicher?» fragte er.

«Ja. Für mich ist es notwendig, daß Sie diesen Bericht veröffentlichen, damit ich erhobenen Hauptes weiterleben, das Gerede der Leute beenden und meine berufliche Laufbahn weiterverfolgen kann.»

«Miss Templeton, es könnte Anklage gegen Sie erhoben werden.»

«Ebenso wie gegen diese Betrüger, die mich reingelegt haben – und das ist das Risiko wert.»

Malcolm dachte nach. Sein Schweigen machte Joanna rasend. Sie hatte sich selbst als Opfer angeboten, und er war noch immer unentschlossen. Kein Wunder, daß Adam nicht für ihn arbeiten konnte.

«Miss Templeton», sagte Malcolm schließlich. «Ich mußte Ihre Geschichte hundertprozentig glauben.» Er machte eine Pause, während die anderen angespannt darauf warteten, daß er seine Position darlegte. «Ich mußte doppelt sicher sein, denn es ist offensichtlich, daß Sie und Adam sich ... äh ... zugetan sind, und wenn sich Menschen ... äh ... zugetan sind, neigen sie dazu, voreingenommen zu sein.»

«Wollen Sie damit andeuten, daß mein Urteilsvermögen durch Sex beeinflußt wird?» fragte Adam leise.

Joanna errötete. Sie war fuchsteufelswild, weil er sie in Verlegenheit brachte.

Auf der anderen Seite des Tisches lief Malcolm rot an. «Nicht mehr als es bei jedem anderen von uns auch der Fall wäre», erwiderte er – entschlossen, seinen Standpunkt zu behaupten.

Tödliches Schweigen herrschte. Niemand wagte zu atmen.

Dann lachte Adam. «Ich hätte dieselbe Frage gestellt.»

Sichtbar erleichtert stand Malcolm auf. Er schaute in ihre erwartungsvollen Gesichter. «Mein Entschluß lautet, daß wir veröffentlichen», verkündete er mit einem breiten Grinsen. «Herzlichen Glückwunsch, Adam! Genau das braucht der *Sunday Chronicle*. Laßt uns die Sache in Gang bringen, und dann informiere ich den Vorstandsvorsitzenden, daß wir eine bedeutende Enthüllungsstory veröffentlichen.» Er drückte auf die Sprechanlage und sprach mit der Herstellung. «Halten Sie die Titelseite zurück! Wir haben einen Knüller. Ja, wir machen Hunters Story. Das ist eine große Sache – eine riesige. Und um Himmels willen stellen Sie sicher, daß ein aktuelles Foto von Safarov genommen wird.»

Die Atmosphäre in dem Büro hatte sich mit dem Augenblick geändert, in dem Malcolm den Startschuß gegeben hatte. Aufregung, Erwartung und Lächeln war zu sehen – selbst bei den Anwälten.

Joanna sackte in ihren Stuhl zurück und war zu erschöpft, um irgend etwas anderes zu tun, als dem ansteckenden Tumult um sich herum zuzuhören.

Malcolm redete mit Adam. «Wir brauchen 700 Worte auf der Titelseite, 2000 Worte mit Fotos auf der zweiten Seite, ein Bild von Safarov und 1000 Worte auf der ersten Finanzseite und weitere 500 Worte über jüngere Finanzskandale im Innenteil.»

Der ältere Anwalt sammelte seine Unterlagen zusammen. «Adam, ich freue mich», sagte er. «Sobald Sie fertig sind, müssen wir das noch einmal durchgehen. Ich bin in meinem Büro. Sie nehmen es mir hoffentlich nicht übel?»

«Natürlich nicht. Es ist Ihre Aufgabe, Schwachstellen aufzuspüren.»

Unbemerkt stahl sich Joanna aus dem Büro und bat Malcolms Sekretärin, sie mit Paola zu verbinden. Als sie zurückkam, telefonierte Malcolm, und Adam sortierte seine Unterlagen.

Er streichelte über ihre Wange. «Entschuldige, daß ich dich in Verlegenheit gebracht habe, aber ich mußte es einfach sagen.»

Sie legte die Finger um sein Handgelenk und drückte fest zu. «Du wirst dafür bezahlen – später!»

«Das wird mir gefallen», antwortete er leise.

Sie ließ sein Handgelenk los. «Freu dich nicht zu früh!» sagte sie gespielt ernst.

Seine Augen funkelten. «Das tue ich aber!» Er machte eine Pause. «Du hättest nicht zustimmen müssen, dich selbst zu belasten.»

«Es war meine Entscheidung.»

«Ich weiß. Und wenn es zum Schlimmsten kommt, stehen

wir es gemeinsam durch.» Er machte eine Kopfbewegung in Richtung Tür. «Die Anwälte warten auf mich. Ich muß bis etwa acht Uhr hierbleiben, falls wir für die endgültige Ausgabe noch Änderungen machen müssen. Danach feiern wir – ganz allein.»

Sie konnte fast seinen Körper auf sich spüren. «Ich freue mich darauf – sehr sogar.»

Er lächelte ihr liebevoll, vertraut zu. «Ich mich auch. Aber in der Zwischenzeit könnte ich Claire anrufen, daß sie dich nach Hause bringt, oder würdest du lieber hierbleiben? Du kannst in meinem Büro lesen. Hier gibt es jede Menge Bücher und Zeitschriften.»

«Mach dir um mich keine Sorgen. Ich esse mit Paola zu Mittag.»

Der Anwalt kam zu ihnen. «Miss Templeton, Sie müßten für uns eine Erklärung unterschreiben.»

Joanna fühlte sich plötzlich unsicher, aber sie konnte jetzt nicht mehr zurück. «Natürlich.»

«Warten Sie!» rief Malcolm, während er die Sprechmuschel mit der Hand zuhielt. «Wir brauchen keine Erklärung.»

Alle starrten ihn überrascht an.

«Die Tatsache, daß Miss Templeton bereit war, vor Gericht ihre Aussage zu machen, hat mir die Sicherheit zum Veröffentlichen gegeben», erklärte er. «Wenn Safarov uns verklagt, benutzen wir anderes Beweismaterial, um unseren Artikel zu belegen. Wenn nötig, offenbaren wir Bilshams Identität. Aber ich bin überzeugt, daß Safarov nicht klagen wird, wenn er weiß, daß wir Miss Templeton haben. Ihr mündliches Angebot reicht mir. Ich verlange nicht von ihr, eine selbstbelastende Erklärung zu unterschreiben.»

Adam ging zu Malcolm hinüber. «Danke.»

«Nein, ich danke Ihnen beiden.» Malcolm zögerte. «Adam, wir beide müssen uns unterhalten. Diese Story wird

Kreise ziehen, nicht nur jetzt, sondern wenn diese Betrüger vor Gericht stehen. Ich werde Sie hier brauchen, in London, aber ich würde es begrüßen, wenn Sie es noch für sich behielten.»

«Dies könnte weitere Kreise ziehen, als wir uns bisher vorgestellt haben.» Adam sprach leise. «Joanna hat heute morgen die Sendung *Weekly Money* gesehen. Quentin Brocklebank, der Senioranwalt, kam in einem Bericht vor. Sie filmten ihn zusammen mit einem seiner Gehilfen. Dieser Gehilfe ist der Neffe von Safarovs Butler. Joanna hatte ihn in dem Haus gesehen. Noch wichtiger ist, daß ausgerechnet der Neffe seinem Onkel die Stellung bei Safarov verschafft hatte. Wir hatten noch keine Zeit, dies zu überprüfen, aber wir halten den Neffen für die Quelle und glauben, daß er die Informationen durch die Unterlagen erhält, die er in Brocklebanks Amtszimmern sieht.»

«Ach du liebe Scheiße!» Malcolms Gesichtsausdruck zeigte Aufregung und Schock gleichermaßen. «Brocklebank ist in jedes größere Übernahmegeschäft verwickelt.»

«Wir haben noch keine Beweise», erinnerte ihn Joanna.

«Darüber bin ich mir im klaren. Aber wenn es wahr ist, dann ist dies eine Riesenstory. Weiß Gott, wie Brocklebank reagieren wird. Er wird vor Wut platzen. Er wird diesen Gehilfen umbringen. Und seine Kunden! Das sind alles bedeutende internationale Unternehmen.» Malcolm schüttelte den Kopf. «Was für ein Skandal! Adam, wir müssen uns um die Sache mit dem Neffen sofort kümmern. Können Sie morgen zum Mittag kommen? Zu mir nach Hause? Da sind wir ungestörter.» Er lächelte Joanna an. «Sie beide natürlich.»

Adam schaute Joanna an; sie nickte.

«Wir freuen uns darauf», meinte er zu Malcolm.

Während sich die beiden Männer unterhielten, spürte Joanna den Beginn eines neuen, von gegenseitigem Respekt getragenen Arbeitsverhältnisses.

Kapitel 31

Die Neuigkeit von der Enthüllungsstory hatte sich wie ein Lauffeuer in den Büros verbreitet. Die gesamte Zeitung schwirrte vor Aufregung, obwohl nur wenig Auserwählte genau darüber im Bilde waren, was eigentlich veröffentlicht wurde. Als Adam mit Joanna zu Paolas Büro ein Stockwerk tiefer ging, blickten ihr die Angestellten interessiert hinterher.

«Hast du gedacht, daß ich deinen Wunsch ignorieren und Stuart erwähnen würde?» fragte sie, als niemand in Hörweite war.

«Ja … nein.»

Sie lachte. «Doch, das hast du! Ich konnte es dir ansehen.»

«Ich mußte darüber nachdenken», erklärte er. «Da wir keine Beweise hatten, hätte es die Anwälte nicht überzeugt.»

«Und du hattest dadurch auch noch etwas, das du einer anderen Zeitung hättest anbieten können, falls Malcolm nicht veröffentlicht hätte?»

«Oder das ich ihm anbieten konnte, falls er es doch abdruckt.»

Sie lächelte. «Du bist durchtriebener, als ich dachte, Adam Hunter.»

Er zwickte sie verspielt. «Das muß ich auch, wenn ich mit dir mithalten will, Joanna Templeton.»

Sie betraten Paolas Büro. «Alle starren Joanna an, als sei sie vom Mars», meinte Adam zu Paola.

«Das habe ich mir gedacht, also hab ich Sandwiches bestellt.» Paola zeigte auf einige abgedeckte Teller.

«Danke.» Adam lächelte Joanna an. «Hier bist du sicher.»

«Natürlich ist sie das, Adam. Hör auf, dir Sorgen zu machen. Ich kümmere mich um sie.» Paola scheuchte ihn aus ihrem Büro und deutete Joanna, sich zu setzen.

Sie stellte die Sandwiches auf ihren Tisch, öffnete einen kleinen Kühlschrank und holte eine Flasche Weißwein heraus – aber Joanna entschied sich für Mineralwasser: Sie brauchte einen klaren Kopf.

«Ich freue mich, daß du mich angerufen hast», sagte Paola und schenkte Joanna ein großes Glas Wasser und sich selbst ein ebenso großes Glas Wein ein. «Ich bin begeistert von dem Knüller, wie wir alle.» Sie setzte sich auf ihre Seite des Tisches. «Du sagtest, du bräuchtest meine Hilfe. Was kann ich tun?»

«Ich habe vor, Oliver Safarov heute abend im Royal Opera House zu begegnen.»

Paola ließ ihr Glas sinken. «Joanna, das kannst du nicht. Das ist zu gefährlich.»

«Dieser Mann hat mein Vertrauen hintergangen, ist für den Verlust meiner Arbeit verantwortlich und hat mich zum Gespött aller Leute gemacht. Ich kann nicht zulassen, daß er glaubt, er hätte mich kleingekriegt.»

«Er könnte dir etwas antun.»

«Nicht mit dem gesamten Publikum als Zeugen.»

«Was ist mit dem Bericht? Ich will nicht eigennützig klingen, aber Safarov könnte die Zeitung mit einer einstweiligen Verfügung belegen.»

«Mach dir keine Sorgen! Ich habe das genau geplant.» Joanna holte eine Eintrittskarte aus ihrer Tasche und legte sie auf den Tisch. «Die Aufführung beginnt um halb acht. Ich komme erst in der zweiten Pause um halb zehn, und zu dem Zeitpunkt ist die endgültige Ausgabe schon in Druck gegangen. Ich kann ihn nicht vorher zur Rede stellen, sonst könnte er die Veröffentlichung noch aufhalten. Die Pause dauert 25 Minuten – das reicht mir vollkommen.»

Paola sah sie weiterhin skeptisch an. «Safarov ist schlau und einflußreich. Er weiß vielleicht nicht, daß eure Story an diesem Sonntag veröffentlicht wird, aber er wird bestimmt wissen, daß du und Adam ihm auf der Spur wart. Ich kann mir nicht vorstellen, daß er jetzt nach England kommt. Er würde doch nicht in eine Falle laufen.»

«Ich glaube, er kommt», sagte Joanna. «Oliver muß immer gewinnen. Er würde es sich nicht gestatten, verängstigt wegzulaufen – besonders nicht vor einer seiner Schachfiguren.»

«Angenommen, er erhält während der ersten Pause eine Warnung wegen des Artikels und haut ab?»

«Dann habe ich die 65 Pfund verschwendet, die ich für die Eintrittskarte ausgeben mußte, um in den Zuschauerraum zu kommen.»

«Du hast das alles genau durchdacht», meinte Paola bewundernd.

«Es ist mir sehr wichtig.» Joanna aß ein Sandwich mit Kresse.

«Weiß Adam von deinem Plan?»

«Nein, und das möchte ich auch nicht.»

«Weil er versuchen würde, dich davon abzuhalten?»

«Genau.»

Paola runzelte die Stirn. «Er findet es vielleicht heraus. Es ist immerhin euer gemeinsames Ding.»

«Ich hoffe nicht, daß er es erfährt. Wenn doch, versuche ich es ihm zu erklären.»

Paola kaute nachdenklich auf einem Vollkornbrot. «Also? Womit kann ich helfen?»

«Ich brauche ein Kleid. Etwas Elegantes und Provozierendes.»

«Besitzt du keines?» fragte Paola verdutzt.

«Doch, aber in meiner Wohnung. Bei Adam habe ich nichts Passendes, und ich kann es nicht riskieren, nach

Hause zu gehen, bevor die Story erschienen ist. Bis dahin ist es zu spät.»

«Natürlich, du hast recht. Aber wir haben ein Problem. Ich besitze kein Kleid. Ich trage immer Hosen.»

«Holly trägt kurze Röcke, hast du mal gesagt.»

«O ja!» Paola grinste. «Als wir uns das erste Mal trafen. Du warst verärgert, weil du dachtest, ich wollte dich schlechtmachen. Aber das wollte ich nicht. Das ist nur meine Art.»

Joanna lächelte. «Das weiß ich jetzt – sonst würde ich dich nicht um deine Hilfe bitten.»

«Stimmt.» Paola griff nach dem Telefon und sagte: «Holly hat genau das Richtige. Es hat sie ein Vermögen gekostet, und sie hat es kaum getragen.» Sie wählte. «Hallo, ich bin's. Wir stecken in einer Krise. Nein, Liebling, nicht du und ich, sondern Joanna.» Sie erklärte ihr Joannas mißliche Lage. «Sie braucht also ein schickes, verführerisches Kleid. Würdest du ihr diesen kurzen schwarzen Schlauch leihen, den du neulich anhattest? Wirklich? Du bist ein Schatz. Es ist in der Reinigung? Heute abend fertig? Großartig – wenn du es mit einem Taxi schicken könntest.»

«Ich brauche auch Schuhe», flüsterte Joanna. «Hohe Absätze.»

«Welche Größe?» fragte Paola.

«Neununddreißig.»

«Holly trägt achtunddreißig. Paßt du da hinein?»

«Wenn es Holly nichts ausmacht.»

Paola sprach noch einmal mit Holly und nickte Joanna dann zu. «Die Sachen sind um sieben Uhr hier.»

«Bitte grüße Holly, ich bin ihr so dankbar. Ich werde versuchen, ihre Schuhe nicht auszuleiern.»

Sie aßen die Sandwiches und gingen dabei jede Einzelheit von Joannas Plan durch. Dann begleitete Paola sie durch die kleine Ladenzeile im Erdgeschoß, wo sich Joanna einen blutroten Lippenstift und schlichte schwarze Feinstrümpfe aussuchte.

«Für Safarov brauchst du dich sicherlich nicht zurechtzumachen», sagte Paola und verzog mißbilligend den Mund.

Joanna schlenkerte mit ihren Einkäufen. «Man braucht Honig, um eine Hornisse in die Falle zu locken.»

«Genauso würde auch Adam argumentieren. Kein Wunder, daß ihr beide euch so gut versteht.»

«Ja, das tun wir.» Joanna lächelte. «Wirklich.»

Sie gingen ins Büro zurück. Während Paola sich wieder um ihre Arbeit kümmerte, las Joanna eine Zeitschrift. Von Zeit zu Zeit steckte Adam seinen Kopf herein, um zu sehen, ob alles in Ordnung war. Sie wagte nicht daran zu denken, was er sagen würde, wenn er von ihren Plänen wüßte.

Hollys Kleid und ihre Schuhe kamen pünktlich um sieben. Während Paola Wache stand, um neugierige Blicke abzuwenden, zog Joanna sich auf der Damentoilette um. Das Kleid war schwarz und schlicht, ähnlich dem, welches Joanna zu ihrem ersten Abendessen mit Oliver getragen hatte, außer daß Hollys kürzer und enger war. Die hochhackigen Schuhe waren eng und unbequem, aber sie brachten ihre Beine zur Geltung und ließen sie länger und schlanker aussehen. Die Wirkung war verblüffend.

Joanna legte ihr Make-up auf die Ablage unter dem Spiegel und trug besonders viel Maskara und den kräftig roten Lippenstift auf. Dann hüllte sie sich in eine Duftwolke ein, fuhr sich mit den Fingern durch die Haare, um sie aufzulokkern, und drehte sich zu Paola um.

«Was meinst du?» fragt sie.

«Ihm wird das Wasser im Munde zusammenlaufen.»

«Geschieht ihm recht.» Joanna ließ ihre Tasche zuschnappen.

Mit hocherhobenem Kopf und geraden Schultern schritt sie zur Tür. Dann hielt sie inne und war plötzlich unsicher.

«Adam war mein Retter», sagte sie. «Er hat mir mein Vertrauen zurückgegeben. Ohne seine Hilfe hätte ich meinen Ruf nie so unzweifelhaft wiederherstellen können. Ich würde immer noch gegen diesen Tyrann Jeremy ankämpfen, um ein Zeugnis zu bekommen. Nein, ich will mich nicht davonschleichen, um hinter Adams Rücken Oliver zu treffen. Er verdient etwas Besseres.»

«Gott sei Dank!» Paola sah erleichtert aus. «Es stand mir nicht zu, mich einzumischen, aber ich bin froh, daß du deine Meinung geändert hast. Adam vergibt nie jemandem, der ihn hintergangen hat.»

Sie begleitete Joanna nach oben. Das Gebäude war jetzt fast menschenleer, und nur ein Stammpersonal überwachte noch die endgültige Ausgabe.

Adam schaute von seinem Bildschirm auf, als Joanna sein Büro betrat.

«Gütiger Himmel!» rief er aus und starrte auf ihr kurzes, enges Kleid und die roten Lippen. Langsam schlich sich ein sinnliches Lächeln auf seine kantigen Gesichtszüge.

«Du siehst großartig aus. Anders, aber … also … äußerst bezaubernd. Woher hast du das Kleid? Ich kann mich nicht erinnern, es eingepackt zu haben.»

«Ich bin hier, um dir das zu erklären.» Joanna merkte, daß sich Paola diplomatisch zurückzog.

«Was meinst du damit?» fragte er, weil er ihren besorgten Tonfall bemerkte.

Sie atmete tief durch. «Ich habe vor, Oliver heute abend im Opernhaus zur Rede zu stellen.»

Er starrte sie ungläubig an. «Das kannst du nicht. Das kommt gar nicht in Frage. Er ist gefährlich.»

«Ich will es aber.»

Argwohn war in seinen Augen zu lesen. «Warum?»

«Weil ich diesem verdammten Mistkerl ins Gesicht sagen will, was genau ich von ihm halte.»

«Joanna, unser Bericht wird Safarov ins Gefängnis bringen. Er wird wütend auf dich sein. Ich laß dich nicht gehen. Er könnte dir etwas antun.»

Sie hob das Kinn. «Du kannst mich nicht aufhalten. Ich bin entschlossen.»

«Ich könnte dich hier einschließen.»

«Aber das wirst du nicht, oder?»

Er seufzte. «Nein, obwohl ich es gern täte. Ich würde dich am Boden fesseln, wenn ich nur einen Funken Hoffnung hätte, daß du es mir je vergibst.»

Seine Antwort brachte sie zum Lachen. «Ich möchte Oliver nur zeigen, daß er mich nicht zerstört hat.»

Adam wollte noch nicht aufgeben. «Aber er weiß, daß er geschlagen wurde, sobald er die Zeitung liest.»

«Ich möchte die Genugtuung haben, daß er es von mir erfährt.»

Er schwieg einen Augenblick. «Ich will nicht, daß du gehst, weil ich Angst um dich habe. Aber wenn du gehen mußt, warum mußt du dich dann so provozierend anziehen?»

Joanna machte einen Schritt auf ihn zu. «Weil er ein Mann ist, der einer Frau nur zuhört, wenn er von ihr angezogen ist, und ich bin wild entschlossen, daß er mich bis zum Ende anhört.»

Adam legte die Hände auf ihre Schultern. «Ich komme mit.»

«Nein! Ich muß Oliver allein treffen, sonst denkt er, ich hätte Angst.»

«Ich bestehe darauf. Du kannst mich nicht aufhalten. Ich habe Angst um dich.»

Sie lächelte sanft. «Danke.» Aus einem Schrank hinter seinem Tisch nahm Adam das kleinste von verschiedenen Handys und gab es ihr. «Ich warte vor dem Opernhaus. Wenn du mich brauchst, drücke auf die *Eins*.»

Sie legte die Arme um ihn. «Danke, daß du so verständnisvoll bist.»

«Bin ich nicht – aber dieses eine Mal werde ich nicht gegen dich ankämpfen.» Er hielt sie ganz fest. «Nur dieses eine Mal.»

Bevor sie sein Büro verließen, stellte Adam sicher, daß die endgültige Ausgabe in Druck gegangen war. Dann rief er Walter an und kam seinem Teil der Vereinbarung nach.

An den Aufzügen trafen sie auf einen Bürogehilfen, der einen Stapel erster Ausgaben trug. Er gab Adam ein Exemplar, und dann grinste er Joanna an.

«Für Sie auch eines, Miss Templeton?»

«Ja, bitte.» Sie nahm sie und überflog eilig die Titelseite. Neben der Überschrift «*Londoner Finanzring aufgeflogen*» war ein Foto von Oliver und ein etwas kleineres von Jeremy. Als sie das sah, fühlte sie ein triumphierendes Gefühl in sich aufsteigen. Dann las sie weiter.

Als Joanna Templeton ihren Verdacht in bezug auf Kathpeach, einer ihrer Offshore-Kunden, zum Ausdruck brachte, wurde sie entlassen. Als sie damit drohte, Schritte einzuleiten, erschienen in der Presse Geschichten, denen zufolge sie Mr. Safarov sexuell belästigt hätte.

«Zufrieden?» fragte Adam.

«Danke.» Ihr Gesicht glühte vor Aufregung. «Ich kann es kaum erwarten, wieder mit Rebecca und Simon zu reden – und mit all meinen Freunden. Ich möchte, daß du sie kennenlernst. Du wirst sie bestimmt mögen.»

«Das werde ich sicherlich.» Adam nahm ihr Kinn zwischen Daumen und Zeigefinger und lächelte zärtlich. «Ich würde dich küssen, aber du hast zentimeterdicke Schmiere im ganzen Gesicht.»

Sie lachte. «Gefalle ich dir als Vamp nicht?»

«Nein», antwortete er. «Mir gefällst du, wenn du zu Hause, allein, nackt und bei mir bist.»

Kapitel 32

Es war nach neun Uhr, als Adam und Joanna durch Covent Garden fuhren. Der Abend war warm und schwül, und die Straßen um die Piazza waren voller Menschen.

Als sie in Sichtweite des Opernhauses kamen, durchfuhr Joanna ein Gefühl der Angst. Adam hatte recht. Oliver war gefährlich.

«Sollen wir im Auto warten?» fragte er.

«Nur ... nur ein paar Minuten.» Sie versuchte, das Zittern in ihrer Stimme zu verbergen.

Er umfaßte ihre beiden Hände. «Joanna, wir haben unsere Story. Wir haben gewonnen. Du *mußt* Safarov nicht gegenübertreten.»

«Ich will es aber.»

Sie warf einen Blick auf die Uhr am Armaturenbrett. «Halb zehn. Die Pause beginnt gleich. Ich beeile mich lieber.»

Er streichelte über ihre Wange. «Tapfere Lady!»

Sie zwang sich zu einem Lächeln. «Nicht so mutig wie du denkst.»

In dem Moment öffneten sich die Türen zum Opernhaus und das Publikum strömte nach draußen in die Sommernacht, nippte an kühlen Getränken und plauderte über die Aufführung.

Adam öffnete ihr die Wagentür. «Hast du das Telefon?» fragte er, als sie ausstieg.

Sie nickte und klopfte auf ihre Tasche.

«Wenn dir der Mistkerl zu nahe tritt, ruf mich.»

«Das wird er nicht.»

«Wie kannst du dir da sicher sein?»

Sie zuckte mit der Schulter.

Er nahm ihr Gesicht in eine Hand und berührte ihren roten Mund mit dem Zeigefinger. «Versprich mir, daß du vorsichtig bist.»

«Versprochen.» Sie mußte sich zwingen, sich von ihm loszulösen.

Mit Hollys hochhackigen Schuhen ging sie staksend den Bürgersteig entlang.

«Du bist meine mutigste Partnerin, Templeton-Holmes!» rief er hinter ihr her.

Sie hob die Hand, um ihm zu deuten, daß sie es gehört hatte, aber sie schaute nicht zurück. Sie hatte Angst, daß sie vielleicht ihren Mut verlieren könnte.

Am Opernhaus zeigte sie ihre Eintrittskarte und ging die mit rotem Teppich ausgelegten Stufen hinauf. Aber anstatt zu ihrem Platz zu gehen, schritt sie den Flur entlang zu Olivers Loge. Die Tür war geschlossen. Es war ihr nicht in den Sinn gekommen, daß er vielleicht in Begleitung sein könnte, und sie hatte weder Zeit noch Gelegenheit, es herauszufinden. Sie mußte hoffen, daß er allein war.

Sie atmete tief durch und faßte an den Türgriff. Als sie die Loge betrat, verschwand ihre Angst. Sie wurde durch Wut ersetzt. Vor ihr saß der Mann, der sie hintergangen hatte.

Oliver drehte sich ruckartig um. Als er Joanna sah, machte er einen erstaunten Eindruck. Aber er erholte sich schnell und die Falten in seinem Gesicht verschwanden in seinem überaus charmanten Lächeln.

«Welch angenehme Überraschung. Ich bin ja so froh, daß du doch noch kommen konntest. Wie schade, daß du die ersten beiden Akte verpaßt hast.» Er bemerkte ihr provozierendes Kleid und fragte sich, ob seine Informanten unrecht hatten und das dämliche Mädchen immer noch nicht merkte, was er ihr angetan hatte.

Sie sah ihn an, antwortete aber nicht.

«Du bist sogar noch schöner, als ich dich in Erinnerung hatte», fuhr er fort, während er den Entschluß faßte, heute abend mit ihr zu schlafen. «Komm und setz dich. Trink ein Glas Champagner.» Er hielt ihr die Hand entgegen. «Ich brenne darauf, deine Neuigkeiten zu hören. Du hast mir gefehlt. Was hast du getrieben?»

Joanna langte in ihre Tasche, nahm den *Sunday Chronicle* heraus und legte ihn in seine ausgestreckte Hand. «Dich als Betrüger entlarvt, Oliver», erwiderte sie kalt.

Sein Gesichtsausdruck erstarrte. «Was?»

Sie genoß seine Bestürzung. «Lies das!»

Sein Blick richtete sich auf die Zeitung, und die Farbe wich aus seinem Gesicht. Als er anfing, Adams Text zu lesen, verkrampfte sich sein Kiefer.

«Du steckst also hinter diesem letzten Kathpeach-Fax?» In seiner Stimme lag Bedrohung.

«Ja.» Sie erinnerte sich an seinen plötzlichen Ausbruch von Brutalität, als sie im Bett gewesen waren – der kurze Stimmungswechsel, nach dem sie sich gefragt hatte, ob sie ihn sich eingebildet hatte.

«Ich wußte, daß es falsch war, aber dieser Idiot Jeremy bestand darauf, daß Laurie ihn sich ausgedacht hatte.» Er las weiter.

Erst als er das Ende erreicht hatte, schaute er auf. Sein Äußeres hatte sich verändert. Sein Gesicht war gröber, sein Hals dicker und seine gebräunte Haut hatte sich in ein wütendes Rot verwandelt. «Du dämliche Ziege!» zischte er.

Joanna war entschlossen, sich nicht einschüchtern zu lassen, und zuckte nicht einmal mit der Wimper. «Oliver, du hast Informationen aus mir herausgepreßt, hast vorgegeben, mir zu helfen, hast mir meine Arbeit genommen und mich in der Presse lächerlich gemacht. Hast du wirklich geglaubt, ich würde mich nicht wehren?»

«Das wirst du bereuen.»

«Du kannst mich nicht zum Schweigen bringen, indem du in meine Wohnung einbrichst, versuchst, mich zu überfahren oder meine Telefonleitung kappst.»

Er stand auf. «Du wirst dir wünschen, nie von First Clarence gehört zu haben.»

Sie hielt seinem Blick stand. «Drohe mir nicht, Oliver!»

«Dir drohen?» Er machte einen Schritt auf sie zu. «Ich werde dich verdammt noch mal umbringen.»

«Und ein Verbrecher werden so wie dein Vater?»

Er erstarrte. «Was meinst du damit?»

«Hättest du mir nicht gedroht, hätte ich dir dies nicht gezeigt – aber du läßt mir keine Wahl.» Sie langte zum zweiten Mal in ihre Tasche und holte ein fotokopiertes Bild von fünf Männern in Uniform heraus, die lächelnd auf die Kamera zugingen.

Er schaute sich das Bild kaum an. «Woher weißt du das mit meinem Vater?»

«Deine Mutter hat mir ein Foto gezeigt, das mit der rechten Hälfte dieses Bildes übereinstimmt. ‹Lettland, 15. 3. 1944› stand hinten darauf. Ich erinnerte mich an den Ort, das Datum und die Uniform deines Vaters. Ich ging zu einer Fachbibliothek, erzählte denen diese Einzelheiten, und sie zeigten mir dieses Bild. Sie erzählten mir, daß dein Vater Gefängniswärter war, der sich auf die Seite der Nazis geschlagen hatte, und daß er als Kriegsverbrecher hingerichtet worden war, nachdem ihn Insassen identifizierten, die er mißhandelt hatte.»

In Olivers Gesicht war nur noch Verbitterung zu sehen. «Ich hasse diesen Mann. Meine ganze Kindheit lang konnte ich es nicht abwarten, nach Lettland zurückzukehren, seine Freunde aus der Kriegszeit kennenzulernen und meinen heldenhaften Vater mit ihren Augen zu sehen. Aber als ich zurückging, erfuhr ich die Wahrheit – Tatsachen, die meine

Mutter immer noch nicht kennt.» Er zerriß die Fotokopie in winzige, präzise Schnipsel. «Und das wird sie auch nie.»

«Ich habe eine Kopie dieses Bildes bei meiner Bank hinterlegt und bei meinem Anwalt», sagte Joanna.

«Wenn du meiner Mutter etwas zuleide tust, bringe ich dich um.»

«Wenn du mir nur ein Haar krümmst, wird mein Anwalt das Bild an die Presse und die Polizei geben.»

«Du verdammte kleine Erpresserin!»

«Nein, Oliver, ich erpresse dich nicht. Ich verteidige mich. Ich hätte das Foto nicht erwähnt, wenn du mich nicht bedroht hättest. Aber das Bild – und mein Wissen – sind mein Schutz vor dir. Wenn du mich schikanierst, dann werde ich mich darum kümmern, daß sowohl deine Mutter als auch die Presse von deinem Vater erfahren. Wenn du mich in Frieden läßt, ist dein Geheimnis in Sicherheit.»

«Warum sollte ich dir trauen?»

«Du hast keine andere Wahl.»

«Ich könnte dich an Ort und Stelle umbringen.»

«Mach dich nicht lächerlich!» erwiderte sie, nun vollkommen in Kontrolle der Situation. «Willst du ein Verbrechen vor einem Publikum begehen? Willst du den Rest deines Lebens im Gefängnis verrotten? Was glaubst du, wie die Presse die Frau eines Kriegsverbrechers und Mutter eines Betrügers behandeln würde? Ich kann es dir sagen. Sie würden ihre Zelte vor der Villa aufschlagen, sie permanent anrufen, mit einem Zoom Fotos von ihrem Schlafzimmer machen. Ich weiß, wie es ist, verfolgt zu werden. Es ist die Hölle. Ich konnte es kaum ertragen. Deine Mutter würde daran zugrunde gehen.»

«Welchen Preis forderst du?» fragte er unvermittelt.

«Ich sagte es bereits. Halt dich von mir fern.»

«Weiß dein primitiver Journalist über meinen Vater Bescheid?»

Joanna schüttelte den Kopf.

«Versprichst du, ihm nichts zu erzählen?»

Sie zögerte. Sie wollte keine Geheimnisse vor Adam haben. Aber Oliver hatte eine abscheuliche Last geerbt. Sie versuchte sich das Grauen vorzustellen, herauszufinden, daß der eigene Vater ein Kriegsverbrecher war – die Schande, die Schuldgefühle, der Abscheu.

«Also gut», antwortete sie, «aber nur solange du deinen Teil der Abmachung hältst. Was immer auch mit dir passiert, Oliver, du verdienst dein Schicksal. Deine Mutter nicht. Um ihretwillen wird dies mein Geheimnis bleiben.»

Oliver betrachtete Joanna, als träfe er sie zum ersten Mal. «Du spielst ein hartes Spiel. Das hätte ich von dir nicht erwartet.»

«In einem niederträchtigen Spiel sind schmutzige Werkzeuge notwendig – und du hast ein sehr mieses Spiel mit mir gespielt.» Sie drehte sich um und wollte gehen.

«Wenn ich gewußt hätte, daß du aus einem solch harten Holz geschnitzt bist, hätte ich dich nie gehenlassen», sagte er, und seine Stimme nahm dabei wieder diesen lieblichen, samtigen Tonfall jenes Olivers an, den sie zuerst kennengelernt hatte.

Joanna antwortete nicht. Sie trat in den Flur hinaus und ging schnell fort. Sie wollte zu Adam mit seiner Ehrlichkeit und seinem gesunden Verstand und fort von diesem gefährlichen Narziß, der sogar jetzt noch versuchte, sie mit einem Kompliment einzufangen – oder war es noch eine Drohung?

Am anderen Ende des Flures entdeckte sie eine Tür mit der Aufschrift *Damen*. Sie ging hinein, nahm ein Taschentuch und wischte sich rasch das übermäßig aufgetragene Make-up aus dem Gesicht.

Sie hatte angenommen, daß Oliver sofort aufbrechen würde, auch wenn ihm das nichts mehr nützte. Walter hatte mit Sicherheit schon alle Flughäfen und Fähren in Bereitschaft versetzt. Aber als sie die Damentoilette verließ, sah sie ihn zu ihrer Verblüffung auf dem Flur vor seiner Loge stehen. Er stand mit dem Rücken zu ihr und zischte etwas in sein Handy. Sie schnappte nur einen Satz auf: «Wenn du dein Maul aufmachst, Stuart, bis du ein toter Mann.»

Rasch zog sie Hollys Schuhe aus und raste die ausgelegten Treppen hinunter und auf die Straße hinaus.

Adam ging besorgt vor dem Opernhaus auf und ab. Bloße Erleichterung war in seinem Gesicht zu lesen, als er Joanna erblickte.

Sie rannte zu ihm und fiel ihm um den Hals.

Er hielt sie ganz fest. «Ich habe mir solche Sorgen gemacht. Ich wollte gerade hineingehen und dich suchen. Alles in Ordnung? Was ist passiert?»

«Er war fuchsteufelswild. Aber wir hatten recht, in allem – einschließlich Withers Neffen. Oliver telefoniert gerade mit Stuart und verspricht ihm, ihn umzubringen, wenn er redet.»

«Willst du damit sagen, daß er keine Anstalten gemacht hat, abzuhauen?»

«Ist das nicht unglaublich? Er muß verrückt sein, es sei denn, er hat vor, sich im Schutz des ganzen Publikums davonzumachen.» Dann fiel ihr ein, wie sehr er Menschenmengen verabscheute. «Nein, ich glaube, er wird bald herauskommen.»

«Wir gehen besser aus dem Weg. Du bist hier in Gefahr.» Adam führte sie in sein sicheres Auto. «Was hat er gesagt? Hat er dir gedroht?» fragte er, als er sich hinter das Steuer setzte.

«Nur zu Anfang.»

«Gott, wie wirst du nur je vor ihm sicher sein?»

«Das werde ich.»

«Wie kannst du dir da so sicher sein?»

Sie dachte an das Foto. «Ich weiß es einfach.»

Adam nahm ihr Gesicht in beide Hände. «Als du fortgingst, wurde mir klar, wieviel du mir bedeutest – und wie ungern ich dich verlieren würde», sagte er.

Er streichelte ihre Wange. Sie schauten sich in die Augen. Joanna erinnerte sich daran, wie sehr er sie mit seiner Grobheit auf den Stufen des Companies House verletzt hatte. Sie war froh, daß er bei jener Gelegenheit aufrichtig gewesen war. Es bedeutete, daß sie ihm jetzt glauben konnte.

«Laß uns nach Hause fahren.» Sie errötete aus Angst, sie könne anmaßend klingen. «Ich meine ... in deine Wohnung.»

«Es gefällt mir, wenn du ‹nach Hause› sagst.» Er fuhr mit den Fingern am Halsausschnitt ihres Kleides entlang und streichelte sie mit seiner Berührung. «Aber vorher muß ich noch ein Telefonat erledigen. Du möchtest hier vielleicht noch etwas beobachten – oder auch nicht.»

Er tippte eine Nummer in sein Handy. «David», sagte er, «Joanna ist in Sicherheit. Safarov gehört dir. Er ist noch im Gebäude, soweit wir wissen. Aber behaltet den Hinterausgang im Auge.»

«Ich habe Neuigkeiten für dich.» Es knackte etwas in der Leitung. «Jeremy hat sich in seinem Haus verbarrikadiert, und unsere Reporter haben davor ihr Lager aufgeschlagen. Sein Anwalt ist gerade gekommen, und es würde mich nicht überraschen, wenn Jeremy sich anbietet, alles auszuplaudern, um eine geringere Strafe herauszuschlagen.»

«Was hast du getan?» fragte Joanna, als Adam sein Telefon wegsteckte.

«Ich habe David einen Tip gegeben, damit Safarov einmal seine eigene Medizin probieren kann – und du erlebst so den Triumph, den du verdient hast.»

Noch während er sprach, erschien ein Übertragungswagen des Fernsehsenders am Ende der Bow Street. Ein Dutzend Männer sprang heraus. Joanna erkannte David.

«Laß uns nach Hause fahren», wiederholte sie, ohne daß es ihr diesmal unangenehm war.

«Willst du nicht zusehen, wie Safarov dem Pack ausgeliefert sein wird?»

Sie schüttelte den Kopf. «Ich habe erledigt, was ich wollte.»

«Willst du damit sagen, daß du – nach allem, was dieser Mann dir angetan hat – einfach weggehen kannst, wenn er seine gerechte Strafe erhält?»

«Ja.» Sie war von ihrer eigenen Antwort überrascht. «Wir haben ihn besiegt, Adam, und das weiß er. Ich habe nicht das Bedürfnis, zuzusehen, wie er auseinandergerissen wird.»

Adam umschloß ihr Gesicht mit den Händen. «Ich freue mich, daß du so fühlst. Aber warum?»

Sie umfaßte seine Handgelenke. «Oliver ist mir nicht mehr wichtig. Ich verurteile und verabscheue ihn, aber ich bin nicht mehr von Haß durchdrungen. Du hast mir dabei geholfen, mich zu entlasten. Dank dir kann ich all das hinter mir lassen – und nach vorne schauen.»

«Wir haben es zusammen geschafft – wir beide. Ich habe meine Schuld gegenüber Richard beglichen. Ohne dich hätte ich nicht das Recht, diese zu tragen.» Er faßte an seine Manschettenknöpfe. «Komm, Templeton-Holmes, wir fahren nach Hause.»

Sie fuhren langsam am Opernhaus vorbei. Das Fernsehteam hatte sich schon auf dem Bürgersteig postiert; die Kameras und Scheinwerfer waren auf den Haupteingang gerichtet. Joanna rechnete nicht damit, Oliver zu sehen. Sie war sicher, er würde einen anderen Ausgang benutzen.

Aber plötzlich kam er heraus, mit ihrem Exemplar des *Sunday Chronicle* in der Hand. Er blieb stehen, als er die Kameras sah, und in seinem Gesicht spiegelten sich Erstaunen und Wut. Joanna merkte, daß sie sich geirrt hatte. Oliver war zu egozentrisch, um sich klammheimlich davonzuschleichen. Trotz Adams Artikel konnte er nicht glauben, daß er nicht mehr bewundert und respektiert wurde.

David ging mit einem Mikrofon auf ihn zu. Er sagte etwas, aber Oliver antwortete nicht. Statt dessen fuchtelte er herum, so als wolle er David wie eine störende Fliege davonjagen, und suchte über die Köpfe der Kameramänner hinweg nach seinem Chauffeur. Dann erblickte er Adams Auto – und Joanna. Er starrte sie an. Sie hielt seinem Blick stand. In seinem Gesichtsausdruck entdeckte sie eine Art Bewunderung, und ihr fiel ein, daß er gesagt hatte, sie wäre aus hartem Holz geschnitzt. Seine Augen verrieten, daß ihm die Wirklichkeit langsam bewußt wurde: *Du* hast *mir* das angetan.

Das Letzte, was sie von ihm sah, waren seine trotzigen Gesichtszüge im grellen Licht der Scheinwerfer.

Joanna hatte keine Angst davor, daß Oliver sie verfolgen würde, selbst wenn seine Mutter starb. Er würde seiner Mutter zu Lebzeiten nichts antun, und er würde auch seinen eigenen Namen nicht weiter in den Schmutz ziehen, wenn sie einmal nicht mehr lebte. Sie bedauerte ihn auch nicht wegen der Schande, die auf ihn wartete. Sie hoffte, er käme ins Gefängnis. Er hatte es verdient.

Im Laufe der Zeit kam sie zu dem Schluß, daß die Selbstgefälligkeit seine Urteilskraft so sehr verfälscht haben mußte, daß all das nur ein Machtspiel für ihn gewesen war – von dem er nie geglaubt hätte, daß er es verlieren könne. Aber das erklärte noch nicht die Ungereimtheiten – zum Beispiel, warum er sie mit zu seiner Mutter genommen hatte.

Was ihre Erinnerungen an den unheilvollen Mann betraf, der für kurze Zeit ihr Liebhaber gewesen war, so schien es ihr heute, als sei die Joanna Templeton, die Oliver Safarov bei First Clarence begegnet war, ein anderer Mensch gewesen, jemand, den sie früher einmal gekannt hatte.

Starke Frauen

Starke Frauen, freche Bücher – scharfsinnige Geschichten mit viel Witz aus einer exotischen Welt: dem Frauenalltag.

Janice Deaner
Als der Blues begann Roman
(rororo 13707)
«Janice Deaner ist mit ihrem ersten Roman etwas ganz besonderes gelungen: eine spannende, zärtliche Geschichte aus der Sicht eines zehnjährigen Mäödchens zu erzählen.»
Münchner Merkur

Pia Frankenberg
Die Kellner & ich *Roman*
(rororo 13778)

Jane Fraser
Lippenbekenntnisse *Roman*
(rororo 22351)

Christine Howieler
Ja, ich will! *Heiraten – die letzte Herausforderung für starke Frauen*
192 Seiten. Gebunden
(Wunderlich Verlag)

Kathy Lette
Mein Bett gehört mir *Roman*
320 Seiten. Gebunden und als rororo 22270
Eine australische Lebenskünstlerin, hoffnungslos verliebt, folgt ihrem Auserwählten nach London. Aus Lust und Liebe wird eine gar nicht nette Katastrophe: ein sprachliches Feuerwerk liebevoll ausgedachter Gemeinheiten.
Kinderwahn *Roman*
Deutsch von
Thomas Bodmer
320 Seiten. Gebunden

rororo Unterhaltung

Clare Nonhebel
Tea for One *Roman*
(rororo 22340)
«Witz, Charme und ganz viel Herz: Claire Nonhegel landete mit ihrem Debüt einen Volltreffer.» *Freundin*

Francine Prose
Jäger und Sammler *Roman*
(rororo 13793)
Eine geistreiche, witzige Gesellschaftssatire.

Julie Taylor
Was Mädchen wissen sollten
Roman
(rororo 22353)

Ein Gesamtverzeichnis aller lieferbaren Titel der *Rowohlt Verlage, Rowohlt Berlin, Wunderlich* und *Wunderlich Taschenbuch* finden Sie in der *Rowohlt Revue*. Vierteljährlich neu. Kostenlos in Ihrer Buchhandlung.

Rowohlt im Internet:
http://www.rowohlt.de

3601/3